Roman Senčin

Minus

Roman Senčin

Minus

Aus dem Russischen
von Ulrike Zemme

DuMont

Die Übersetzung wurde gefördert vom Literarischen Colloquium Berlin mit Mitteln des Auswärtigen Amtes und der Senatsverwaltung für Wissenschaft, Forschung und Kultur, Berlin.

Die Originalausgabe erschien 2002 unter dem Titel *Minus* bei Eksmo-Press, Moskau.

Erste Auflage 2003

Ausstattung und Umschlag: Groothuis, Lohfert, Consorten (Hamburg)
Gesetzt aus der Stempel Garamond
Gedruckt auf säurefreiem und chlorfrei gebleichtem Papier
Satz: Fagott, Ffm
Druck und Verarbeitung: Clausen & Bosse, Leck
Printed in Germany

ISBN 3-8321-7849-X

1

Wieder sitzt sie in einer malerischen Pose da auf dem Fensterbrett. Seitlich, die Beine hochgezogen. Sieht raus auf die Straße. Der rechte Turnschuh zuckt schnell und fiebrig, in den Ohren die Stöpsel vom Walkman. Ich höre den surrenden, klopfenden Rhythmus der verborgenen Melodie.

Ich wollte gerade zur Toilette, da entdeckte ich sie und blieb stehen. Gestern abend das gleiche ... Sie hockt da, mit ihren angewinkelten, dünnen Beinen in den enganliegenden Jeans, das Gesicht zum Fenster gewandt. Die glatten, langen, glänzenden, kastanienbraunen Haare sind mit einem grünen Samtband zu einem Schwanz zusammengefaßt. Solche Bänder werden an den Kiosken verkauft – fünf Stück für drei Rubel.

Sie ist allein in der leeren, gekachelten Schachtel der ehemaligen Etagen-Küche.

Was sieht sie draußen? Ich weiß es hundertprozentig: Da ist der andere Flügel des Wohnheims, wo in den gelben, quadratischen Fenstern aufgedunsene, verblödete Visagen rumhängen, und unten, im Hof vor der Kantine, ein Haufen verfaulter Holzkisten, ausgekochte Knochen im Container, 40-Liter-Behälter mit Abfällen. Jetzt macht wahrscheinlich der verschlafene Lastträger in seinem blauen, von Fettflecken übersäten Arbeitskittel gerade seine Rauchpause ... Ach was, so ein Blödsinn, welcher Hof, welche Knochen?! Es ist doch stockduster, tiefe Nacht, die Kantine ist zu, fast alle Fenster sind dunkel – die Leute schlafen dem nächsten Arbeitstag entgegen. Und außerdem will sie gar nichts sehen, sie hat sich nur vom Gang abgewandt, die Augen unter den Lidern versteckt. Hört einfach Musik.

Die ist gut drauf. Jeden Abend sitzt sie so da, die Ohren mit den Stöpseln zugestopft. Und ich starre sie an wie der letzte Idiot. Betaste mit meinen Augen ihr Haar, den Pulli, die Jeans, den im Takt der Musik zuckenden rechten Fuß im Turnschuh.

Wo kommt sie her? Vor einer Woche war sie noch nicht da. Vielleicht ist sie aus Kasachstan ausgewandert oder wie ich aus Tuva, oder sie kommt aus dem Norden. In unserem Wohnheim stößt man auf solche in jedem zweiten Zimmer. Aus allen Himmelsrichtungen kommen sie in die kleine russische Stadt.

Was jetzt? Die Kassette müßte doch irgendwann zu Ende sein. Sie wird sie umdrehen, dann wird sie mich bemerken ... Die Hauptsache ist – ihr Gesicht sehen. Ist sie hübsch, spreche ich sie glatt an, ich habe ein paar gute Sätze auf Lager; vielleicht schaffe ich es ja, sie kennenzulernen ... Wann hört denn endlich dieses klopfende, stumpfsinnige Gesurre auf?

Auch gestern habe ich gewartet, trat von einem Bein aufs andere. Hoffte jeden Augenblick, daß sie sich bewegt, den Walkman ausschaltet, mich ansieht ... Umsonst. Totaler Frust. Auf dem Rückweg ins Zimmer saß sie immer noch so da. Das einzige, was sie von einer großen, leblosen Puppe unterschied, war dieser rhythmisch zuckende Turnschuh.

Diesmal bin ich nicht stehengeblieben, ich habe drauf gepfiffen und bin einfach vorbeigegangen. Lieber spiele ich mit Lëcha Karten, als hier wie ein Trottel anzuwachsen. Aber vielleicht morgen ...

»Die sitzt wieder dort«, berichte ich.

Lëcha liegt wie immer auf dem Bett. Starrt zur Zimmerdecke.

»Guck mal, ich hab eine neue Blume gefunden.« Er zeigt nach oben. »Die da ... wie eine Tulpe. Siehst du?«

Die ganze Decke ist mit kleinen Rissen übersät. Am Abend stellt Lëcha verschiedene Blümchen, Fratzen und Ornamente aus diesen Rissen zusammen.

»Idiot«, sage ich zu ihm. »Die Tussi sitzt wieder auf dem Fensterbrett. Komm, wir quatschen sie an.«

»Die ist zu jung«, Lëcha verzieht das Gesicht.

»Na und? Macht doch nichts.«

Er antwortet nicht, runzelt die Stirn und studiert die Decke mit gespannter Aufmerksamkeit. Ich lege mich auf mein Bett. Nach einer Weile ziehe ich die Schuhe aus. Ich gucke auch hinauf – zu den Rissen. Für mich ergeben die Risse kein Ornament, das Mädchen auf dem Fensterbrett läßt mir keine Ruhe.

»Lëcha, komm, wir hauen sie an. Damit wir wenigstens ihr Gesicht sehen. Ja?«

»Wasch lieber deine Socken. Bei dem Gestank erstickt man noch.«

»Ach was ...« Ich drehe mich zur Wand. Wir schweigen eine Weile. Ich denke nach. Zuerst fällt mir ein, daß morgen nur eine Abendvorstellung ist und wir bis vier Uhr nachmittags frei haben. Dann – daß es nicht übel wäre, etwas zu trinken. Absolut nicht übel ... Und sofort packt mich der Frust, kneift mich und zerrt an mir mit seinen spitzen, kalten Fingern ...

»Der Recorder muß repariert werden«, sage ich. »Ohne den ist es überhaupt beschissen ...«

»Gib mir Kohle, dann repariere ich ihn«, ist die lakonische Antwort.

»Ach ...«

Von der Seite drehe ich mich auf den Rücken. Vom Rücken

ein bißchen später auf den Bauch. Vergrabe meine Visage im Kopfkissen ...

Unser Zimmer ist wie alle anderen. Fünf nicht besonders große Schritte lang, zweieinhalb breit. Zwei quietschende Eisenbetten, ein Tisch, zwei Nachttische, zwei Stühle. Auf Nägeln an den Wänden hängen Kleidung und Handtücher. Manche Leute haben natürlich auch besser eingerichtete Zimmer – Möbel, Glotze, anderes Zeug –, aber wenn wir ehrlich sind ... Man kann machen, was man will, ein Zimmer im Wohnheim bleibt ein Zimmer im Wohnheim.

Das Theater hat es für uns bei einer Möbelfabrik für zirka hundert Rubel im Monat gemietet. Im Prinzip wohnen hier alle möglichen Leute, nur keine Arbeiter von der Fabrik. Flüchtlinge, junge Pärchen, die von den Eltern die Nase voll haben, mit ihren Babys, außerdem Chinesen, Vietnamesen, irgendein Gesocks, asiatisches Pack und elende Säufer, die von ihren Familien abgehauen sind ... Vom Theater wohnen hier noch – außer mir und Lëcha – die Friseuse Oksana, ein fettes, maskulines Weib mit borstigen Haaren am Kinn, und der Schauspieler Vališevskij, ein versoffener Alter, der längst nicht mehr auftritt. Für die gewichtigeren Mitarbeiter stellt das Theater großzügig Wohnungen bereit. Sie werden logischerweise nicht gekauft, nur gemietet, aber es sind immerhin Wohnungen ... Trotzdem wäre es eine Frechheit, wenn Lëcha und ich jammern würden: Er hat seine Frau und seine zweijährige Tochter verlassen, das heißt, er ist freiwillig ohne Zuhause, und was ich bin, begreift sowieso kein Schwein. Ich habe mit Mama und Papa in Kyzyl gelebt, der Hauptstadt der Autonomen Republik Tuva, dann wurde diese Republik unabhängig, die einheimische Bevölkerung besann sich auf ihre eigene Identität, die Folge waren diverse Vorfälle und Konflikte. Ein paar

Russen wurden einfach erstochen, viele verletzt. Auch mein Vater hat einiges abgekriegt ... Nachdem er wieder gesund war, hat er uns hierhergebracht, auf russischen Boden.

In einem Dorf haben wir für fast umsonst ein ziemlich verfallenes Häuschen bekommen, wir haben es halbwegs hergerichtet und sind eingezogen. Von der Kreisstadt Minusinsk, wo ich jetzt lebe, liegt das Dorf etwa fünfzig Kilometer entfernt. Ich bin ziemlich oft in die Stadt gefahren, habe versucht, Arbeit zu finden. Ich hatte Glück, man hat mich als Bühnenarbeiter im Theater engagiert und mir sogar ein Dach über dem Kopf gegeben. Mir kommt das wie ein Wunder vor.

In Kyzyl, da waren wir keine arme Familie. Mein Vater galt bis zu jenem Zeitpunkt als wichtiger Spezialist, arbeitete bis zu seiner Kündigung im Kulturministerium ... Wir hatten eine Dreizimmerwohnung im Stadtzentrum, am Ufer des Enisej, eine schöne Datscha, eine richtige Garage und einen Moskvič 412 ... Außer diesem Moskvič haben wir alles verkauft, das Geld ging für die Übersiedlung und für die Renovierung des Häuschens drauf. Die einzige große Investition war der Kauf eines alten Lastwagens, den ein Unternehmen ausrangiert hatte. Auf dem Land ist so ein Lastwagen eine äußerst lukrative Sache. Man kann damit ganz gut etwas dazuverdienen: Brennholz oder Bauholz transportieren oder eine Leiche zum Friedhof fahren. Hier in Minusinsk kosten Wohnungen ein Vermögen! Meine Eltern träumen allerdings davon, wenigstens eine Einzimmerwohnung zu erwerben, das Geld dafür versuchen sie schon seit fünf Jahren mit dem Verkauf von Gemüse zusammenzubekommen. Sie bauen Gemüse an, bringen es in die Stadt auf den Markt, feilschen, schaffen es aber nicht einmal, zwei-, dreitausend Rubel auf die Seite zu legen. Alles geht für das Notwendigste drauf.

Mit Bargeld gibt es, gelinde gesagt, überall Probleme. Unsere Nachbarn, Leute aus Chakassien, haben ihre eigene Währung, die ›Katanovki‹-Geldscheine im Wert von fünf Rubeln. Ihre Farbe ist Weiß-Schwarz-Grün wie der Dollar, das habe ich selbst gesehen, aber statt des Präsidenten ist ihr geistiger und aufklärerischer Führer Katanov in der Uniform eines Staatsanwalts oder eines Eisenbahners abgebildet ... Im Theater wird ein Teil unseres Lohns in Form von Lebensmittelmarken ausbezahlt. Eine Marke entspricht dem Wert von zehn Rubeln, und wir können sie in einigen Geschäften in der Stadt, mit denen wir einen Vertrag haben, gegen Waren eintauschen. Bargeld gibt es sehr selten und sehr wenig ... Na ja, ich kann mich erinnern, beim ersten Mal haben sie uns die Marken gleich für den ganzen Monat gegeben. Alle vom Theater sind sofort feiern gegangen. Etliche Vorstellungen mußten abgesagt werden, alle haben gesoffen und gefressen – und anschließend gejammert: Wir nagen am Hungertuch. Bis zum Ende des Monats standen wir mit Brötchen, Würstchen und Kaffee beim Theaterbüfett in der Kreide. Seither gibt die Buchhaltung die Marken streng nur für eine Woche aus, die Schauspieler und das übrige Personal haben mehr oder weniger zu wirtschaften gelernt und geben Ruhe.

Nein, das geht schon. Vielen geht es wahrscheinlich schlechter.

»Lëcha, laß uns Schafskopf spielen.«

»Meinetwegen.«

Ich stehe auf, nehme einen Stuhl, hole die Spielkarten vom Nachttisch. Setze mich an Lëchas Bett. Fange an zu mischen.

»Mist«, raunze ich gleichzeitig, »wir brauchen neue, das sind nur noch Fetzen.«

»Dann kauf welche«, gibt Lëcha mir höhnisch einen Tip.

Im Gang hört man schwere Schritte und ab und zu Tritte gegen die Wand. Das übliche Geräusch, wenn unser Nachbar rechts nach Hause kommt.

»Saša«, stellt Lëcha fest und grinst:

»Gleich geht's los!«

Saša muß demnächst zur Armee. Nur weil seine Frau versagt hat. Ein Kind haben sie schon, einen eineinhalbjährigen Sohn, das zweite wurde erwartet, aber irgendwas ist mit der Frau passiert – mit einem Wort, eine Fehlgeburt. Nur noch zwei Monate hätte sie vor sich gehabt. Gut möglich, daß Saša im Rausch einiges dazu beigetragen hat. Sie zoffen sich ständig ... Langer Rede kurzer Sinn, der gute Saša muß jetzt zum Militär, weil er nur ein Kind hat.

Ich gebe jedem sechs dreckige, zerknitterte Karten. Pik ist Trumpf.

»Scheiße«, Lëcha guckt sauer auf den kleinen Fächer aus Karten in seiner Hand. »Super gegeben, du Arsch. Fang an.«

Zum Aufwärmen knalle ich ihm gleich ein paar Siebenen hin.

Und bei den Nachbarn hinter der Wand beginnt das Abendkonzert. »Scheißweiber!« brüllt Saša. »Du blöde Kuh!« Seine Gattin kreischt zurück.

»Es ist soweit«, konstatiert Lëcha.

»Ihr könnt mich mal! Ist mir jetzt sowieso scheißegal!« Geschirr klirrt, gellendes Geschrei des Kleinen.

»Die müssen ja unheimlich viel Geschirr haben«, wundere ich mich. »Jeden Abend zerschlagen sie irgendwas.«

»So ist das Familienleben«, Lëcha zuckt die Achseln. »Bei mir und meiner Frau war es noch viel schlimmer.«

»Wozu heiratet man dann?«

»Instinkt.«

Wir werfen die Karten hin und her, kämpfen, einer versucht, den anderen reinzulegen. Nebenan geht der Lärm jetzt richtig los. Hört sich an, als hätten sie angefangen, sich zu prügeln.

»Vielleicht sollte ich mal nachsehen«, sage ich, »die stechen sich noch gegenseitig ab.«

»Laß sie. Die brauchen das. Alles in Ordnung.«

»Aber seine Frau ist gar nicht so übel.«

»Lena? Ha, deswegen rastet er doch aus. Er muß zum Militär, und sie wird hier mit uns …«

»Wäre nicht schlecht«, seufze ich verträumt.

»Was willst du denn mit der anfangen? Eine, die schon geboren hat, die ist nichts mehr. Eine Neunzehnjährige, das ist geil.«

»Na, du hast ja Wünsche! Obwohl … obwohl, mir wäre es auch lieber mit so einer.« Meine Phantasie erwacht wieder, stellt sich die vom Fensterbrett vor.

»Komm, vielleicht ist sie noch dort!«

»Wer?«

»Na die in der Küche …«

»Ach, ich hab keinen Bock. Geh allein, und mach dir nicht in die Hosen. Laß mich in Ruhe mit dem Scheiß.«

»Wie soll ich denn allein, einfach so … Das kann ich nicht …«

Wir spielen zehn Partien. Mir ist stinklangweilig. Zu essen ist auch nichts weiter da. Nur Kartoffeln und Brot. Und Kartoffeln hängen mir, auch wenn sie ein vielseitiges Nahrungsmittel sind, zum Hals heraus.

»Am Montag fahre ich auf einen Sprung zu meinen Eltern und hole Fleisch, Gurken …« schwärme ich.

»Tu das! Dann haben wir endlich was zu futtern.«

Lëcha hat, im Unterschied zu mir, überhaupt keine Alternative. Der Weg zurück, zur Frau, ist ihm versperrt, da ist jetzt schon ein anderer der Herr im Haus, und seine Eltern, die wohnen in Prokopevsk, der Vater ein ehemaliger Bergarbeiter, heute Invalide, und auch die Mutter ist eigentlich krank. Da kann man nicht auf eine Geldüberweisung oder auf ein Paket mit Delikatessen warten, sondern muß eigentlich ihnen helfen.

»Laß uns bei irgendwem vorbeischauen«, meint Lëcha und räkelt sich auf dem Bett.

»Gehen wir zu Pavlik und Ksjucha.«

»Ich krieg das Kotzen, wenn ich die Visage von diesem Weib sehe!«

»Du mußt sie ja nicht bumsen. Wir fragen Pavlik, ob er uns ein bißchen Gras gibt.«

»Gras? Na toll! Und danach kriegen wir einen Affenhunger, was tun wir dann?«

Tja, im Grunde hat er recht. Hasch rauchen ist schön, aber wenn man runterkommt, hat man Hunger wie ein Schwein. Kein Zufall, daß die Usbeken am liebsten in Teestuben kiffen. Sie ziehen einen durch, quatschen über Gott und die Welt, und dann stopfen sie sich mit den Händen Reisfleisch ins Maul. Oder Schaschlik, oder Schaurma …

»Dann gehen wir zu Vališevskij«, schlage ich vor. »Der hat vielleicht Wodka.«

»Pah, wann hast du bei dem denn Wodka gesehen?!« Lëcha läßt seinen Kopf verzweifelt aufs Kissen fallen. »Der schnorrt doch selbst überall.«

Er versinkt wieder in die Betrachtung der Risse an der Decke. Ich gehe im Zimmer auf und ab. Der Wecker zeigt halb zwölf. Gewöhnlich schlafen wir zirka um zwei ein … Wie kann man die Zeit bis dahin totschlagen?

»Und was schlägst du vor?« Langsam werde ich böse. »Dies paßt dir nicht, jenes paßt dir nicht. Wenn wir wenigstens irgendwelche Tussis …«

»Ach, du debile Kreatur«, stöhnt Lëcha. »Nichts als Weiber im Schädel. Macht ein Problem daraus … Geh hinunter, vor die Tür, die stehen da scharenweise und warten nur drauf, daß ein Kerl sie aufreißt, besoffen macht und fickt.«

»Das ist ja die Sache. Wie soll ich da bitte ohne Kohle ankommen? Wenn ich wenigstens eine Flasche hätte …«

Lëcha mustert mich blinzelnd von Kopf bis Fuß:

»Da hast du recht, ohne was zu trinken würde keine mit dir mitgehen …«

»Idiot!« Ich falle auf das Bett.

Stille hinter der Wand. Von Saša ist nichts weiter zu hören … Erlebt die letzten Tage seines zivilen Lebens. Das macht ihn fertig. Ich kenne dieses Gefühl. Du glaubst, mit dir ist es aus. Du wirst kahlgeschoren, bist schwach, verängstigt und wirst einfach in den Zug gesetzt und zur Schlachtbank gefahren. Und ringsum siehst du das normale Leben, Menschen gehen in Freiheit spazieren und bemerken nicht, daß du dich von ihnen verabschiedest. Du bist ihnen gleichgültig, Hauptsache, sie sind glücklich. Und mit dir ist es aus und vorbei.

Ich drehe mich zur Wand und kratze mit dem Fingernagel an der verblaßten, halb vermoderten Tapete.

»Roman«, fängt Lëcha wieder an, ungewöhnlich kultiviert, aber mit verborgenem Hohn, »wie alt bist du?«

»Bald fünfundzwanzig. Warum?«

»Nur so … Wenn man dir zuhört, denkt man, du bist gerade fünfzehn und unschuldig wie ein Maiglöckchen. Oder hast du wirklich«, er platzt fast los vor Lachen, »noch nie in deinem Leben …?«

»Trottel«, sage ich. »Ich bin ein Dichter, kapiert?! Ich brauche den Kontakt mit ihnen. Ich muß ab und zu einen jungen, geschmeidigen, leidenschaftlichen Körper neben mir spüren. Für mich ist eine Frau nicht nur ... nicht nur das ... Eine Frau ist ein Wunder, begreifst du das nicht? Eine belebende, kreative Kraft. Ich brauche das, die sanfte Unruhe, das Geflüster von Liebesworten, die zärtliche Berührung ... Aber wenn es nach dir geht, soll man eine Flasche leer saufen und sich paaren wie die Tiere ...«

»He, ich schaffe eine Buddel locker auch allein«, unterbricht mich Lëcha, »ohne die blöden Weiber. Die drei Jahre mit meiner Frau, die stehen mir bis hier. Übrigens für lange Zeit!«

»Alles klar, dann entspann dich.« Ich habe keine Lust weiterzureden. Ein paar romantische Sätzchen, eigentlich nur zum Spaß gesagt, haben in mir etwas aufgewühlt, und jetzt bin ich total deprimiert.

Ich setze mich auf und ziehe die Schuhe an.

»Wo willst du hin?« fragt Lëcha beunruhigt.

»Ein bißchen raus, auf den Gang.«

»Ich komme mit.«

Der Korridor ist lang, zieht sich über die ganze Etage. Wir wohnen im linken Flügel des Wohnheims, bis zum rechten sind es ungefähr dreihundert Meter, wenn nicht mehr. Rechts und links eine Tür nach der anderen. Der Korridor ist schmal, fast dunkel, die Hälfte der Neonleuchten ist kaputt, die anderen geben ein schwaches, flackerndes, knisterndes Licht. Die Wände sind dunkelblau gestrichen, die Türen in einem sumpfigen Grün.

Wir gehen an den heruntergewirtschafteten Küchen vorbei, den stinkenden Höhlen der Bäder und Toiletten, den abgesperrten Waschküchen, in denen früher die Duschen waren … Das Mädchen vom Fensterbrett ist weg. Schade. Gerade jetzt hätte ich sie anreden, ein Gespräch mit ihr anfangen können. Über Gott und die Welt. Lëcha hätte mir, wenn er schon mal dabei ist, ganz bestimmt geholfen, hundertprozentig …

»Los, gehen wir auf einen Sprung zu Pavlik«, schlage ich vor, als wir am Ende des rechten Flügels angekommen sind und wieder umkehren. »Vielleicht haben wir Glück?«

»Von mir aus …«

An manchen Türen sind schöne Messingschilder mit Ziffern angebracht, an anderen Türen sind die Ziffern mit Farbe oder sogar mit Kreide aufgemalt. An einigen steht überhaupt nichts … Pavlik und Ksjucha logieren in Zimmer Nummer 457, ihre Tür ist mit einem großen Schild geschmückt. Um die Nummer herum schlingen sich Ranken – wie bei reichen Leuten.

Pavlik ist um die dreißig. Ein kleiner, sehniger Kerl mit schütterem Haar, einem aschgrauen Gesicht und winzigen, von Karies zerfressenen Zähnen. Selbstverständlich arbeitslos. Immerhin hat er ein Weib mit Wohnraum gefunden, ein grauenhaftes Monster, aber aus diesem Grund kooperativ und den Männern sehr zugeneigt, und hat sich in ihr Bett gelegt. Diese Ksjucha ruft er »Mama«, und sie nennt ihn stolz »mein Mann«. Manchmal macht Pavlik einen Ausflug in die Steppe, die gleich am Stadtrand beginnt, und sammelt Hanf. Außerdem geht er oft in die Bücherei, verschlingt mit Genuß Abenteuerromane und primitive Krimis.

Ich klopfe an.

»Offen!« ruft eine nicht gerade gastfreundliche, weibliche Stimme.

Wir treten ein, das Zimmer wirkt entsetzlich klein. Es ist mit einem Schrank, einem breiten Bett, zwei Tischen und anderem Kram vollgestopft, das soll zur »Gemütlichkeit« beitragen.

Ksjucha werkt am Herd herum, kocht. Pavlik liegt auf dem Bett, selbstverständlich mit einem Buch.

»Welcher Teufel hat euch zu uns geschickt?« fragt Ksjucha, die Friseuse.

»Na ja ...« Ich bin unschlüssig, Lëcha schweigt finster und lehnt mit dem Rücken an der Tür. »Wir sind einfach vorbeigekommen. Pavlik, du weißt doch ...«

Der reagiert nicht. Er hat ein Prinzip: den Absatz zu Ende lesen, einen alten 25-Rubel-Schein als Lesezeichen einlegen und dann erst mit den Gästen reden.

Endlich legt er das Buch beiseite, steht auf. Schüttelt uns die Hand.

»Wie geht's?« fragt er.

»Hm ... so lala ... Pavlik, hast du zufällig was?« Ich schnippe mit dem Finger an die Kehle, was mein dringendes Bedürfnis nach Alkohol ausdrücken soll.

»Um Gottes willen! Mama und ich haben schon vergessen, wie Schnaps überhaupt schmeckt.«

»Ach, aber vielleicht Gras?«

Pavlik zieht ein Gesicht. Klar, er hat ein wenig gekifft, ist jetzt gut drauf, außerdem sind Schnorrer nicht gefragt ...

»Kümmert euch selbst darum. Das Brachgelände am Stadtrand ist voll von dem Zeug – geht und pflückt, soviel ihr wollt.«

»Da hast du recht, Pavlik«, nicke ich schuldbewußt, »das haben wir auch jeden Tag vor, aber irgendwie klappt es nicht ... Und jetzt sind wir down, ein katastrophaler Zustand ...«

Ich seufze bitter und sage mit ungemein kläglicher Stimme:

»Vielleicht leihst du uns ein kleines Glas voll? Wenigstens zum Braten.«

Ksjucha sieht mich kämpferisch an, bei den ersten Anzeichen von Unverschämtheit wird sie mich sofort hinauswerfen. Aber Pavlik läßt sich Gott sei Dank erweichen.

»Blätter kann ich euch geben, das ist mir egal. Ich dachte, ihr wollt Blüten, reines Hasch.«

»Aber nein, nein!« murmle ich hastig. »Nur die kümmerlichsten Blätter zum Braten ...«

Ksjucha dreht uns den Rücken zu, rührt weiter im Suppentopf. Pavlik kriecht unter das Bett. Holt ein Stoffsäckchen hervor, knetet es, legt es weg, nimmt ein größeres. Bindet es auf.

»Mama, gib mir ein Glas.«

»Die geben es dir nie zurück, und wenn du verreckst«, brummt sie mit ihrer tiefen Bärenstimme, aber das Glas rückt sie trotzdem raus.

»Übrigens, Jungs, habt ihr Chase gelesen? ›Die ganze Welt in der Hosentasche‹?« fragt Pavlik, während er dürre, kleine Zweige und Blätter zerknickt, zerkleinert und ins Glas hineinstopft.

Ich antworte zuvorkommend:

»Die einzige tolle Sache von ihm!« Und korrigiere mich vorsichtshalber gleich. »Das heißt, ein wirklich geniales Buch.«

»Genau!« Pavlik lächelt. Sein kleiner Kopf sieht aus wie ein sorgfältig getrockneter, mit dünner Haut überzogener Totenschädel. »Einfach klasse ... Die Jungs waren auf Draht. Die haben vielleicht einen Coup geplant ... Schade, daß es sie erwischt hat ...«

Ich nicke und lache begeistert und zeige brav Trauer, wenn Pavlik um die toten Helden trauert ... In Wirklichkeit habe ich das Buch nicht gelesen, sondern nur die sowjetische Verfilmung von »Fata Morgana« gesehen, aber ich habe gehört, daß dieser Roman der beste von Chase sein soll.

»Wenn sie den Boß nicht abgeknallt hätten«, erklärt Pavlik, »wäre die Sache glattgegangen. Der hätte alles geschafft ...«

»Was soll man machen«, ich nehme erleichtert das Glas, »das passiert einem im Leben auf Schritt und Tritt. Ewig wird man an irgendwas gehindert ... Tausend Dank, Pavlik! Hast uns gerettet! Auf Wiedersehen, gute Nacht!«

Ksjucha brummt, wir sollten das Glas bald zurückgeben. Lëcha und ich verschwinden aus dem Zimmer. Pavlik dreht sich eine Zigarette und folgt uns.

»Wenn ich den Panzerwagen mit der Kohle und das Schweißgerät vor der Nase hätte«, seine Stimme klingt bereits wie im Delirium, »ich würde keine Scheiße bauen. Mit den Zähnen würde ich ihn knacken ...«

»Wozu brauchst du diesen Dreck?« Lëcha schielt verächtlich auf das Glas.

»Zum Braten.«

»Ich will Wodka.«

»Und wo soll ich ihn bitte herzaubern?!« Ich werde böse. »Wenn du keinen Bock hast, kann ich auch allein ...«

»Bei der Portion klinkst du aus.«

»Aber geil wird es, das gibt schöne Erinnerungen ...«

Kuzmič schmeckt nicht besonders gut. Wie öliges, bittersüßes, knuspriges Stroh. Aber die Wirkung entschädigt für die unangenehme Art des Konsums ... Ehrlich gesagt, Kuzmič und Managa sind mir viel lieber als Kiffen. Kuzmič wird in Pflanzenöl gebraten, und Managa wird so zubereitet: Das Gras muß eine Stunde in der Milch köcheln, und nachdem der Sud durch ein kleines Sieb gefiltert worden ist, wird er getrunken. Schmeckt wie ein Kaffeegetränk ... Außerdem kann man mit den Blättern und Stengeln Bliny backen. Die werden wie normale Bliny zubereitet, nur wird dem Teig Hanf beigemischt. Sie haben eine zartgrüne Farbe, schmecken pikant, und das Feeling ist wirklich cool, überkommt dich wie in Wellen.

Diese Rezepte kenne ich noch nicht sehr lange, erst seit ich hier lebe. In Kyzyl habe ich selbstverständlich auch schon Gras probiert, es wäre eine Sünde gewesen, es gerade dort nicht zu rauchen. Aber hauptsächlich habe ich schweren, süßen Portwein getrunken. Ich war ein ziemlich anständiger Junge, der gern gelesen und Gedichte geschrieben hat. Aber damit war es hier mit einem Schlag vorbei. Ich bin, wie man so schön sagt, auf die schiefe Bahn geraten, habe den Halt verloren. Im normalen Zustand ist mir meistens stinklangweilig. Besonders unerträglich sind Abende wie heute, in diesem widerwärtigen Zimmer, allein mit diesem widerwärtigen Lëcha. Da will man einfach stoned sein, um diese stumpfsinnige Eintönigkeit zu durchbrechen. Ein ganz normaler Wunsch …

2

In der Quatschbude, wie das Besprechungszimmer im Theater genannt wird, gibt es Zoff vor der Vorstellung. Die Kostümbildnerinnen, gleichzeitig für die Garderobe verantwortlich, haben ein Kleid nicht kontrolliert – auf seinem breiten Faltenrock prangt ein kolossaler Fleck. Die Schauspielerin Tanja Taroševa hat vermutlich das Bühnenbild gestreift, das mit einer schrecklich schmierigen Farbe, ähnlich wie Ofenruß, bemalt war, und schon ist der Teufel los …

»Das ist Ihr Job, kapiert?! Ausschließlich Ihr Job, daß die Kostüme sauber, gebügelt und fix und fertig sind!« Viktor Albertovič, der Intendant, ein äußerlich intelligenter, aber innerlich hysterischer Mensch und ein äußerst mittelmäßiger Ex-Schauspieler, liest den Leuten aus der Kostümabteilung die Leviten. »Und das passiert nicht zum ersten Mal. Einmal ist ein Hemd weg, ein anderes Mal ist der Zylinder aus ›Die letzten Tage‹ zerknittert!«

Valja, eine der Kostümbildnerinnen, reibt den Fleck mit einem Bleichmittel ab, die andere, Olga, steht vor dem Intendanten und nickt schuldbewußt und mit absoluter Zustimmung. Der Regisseur Dubravin hockt verkrümmt und mit beleidigtem Gesicht in einem Lehnstuhl und raucht nervös. Die Schauspieler schweigen, gehen in dem engen Zimmer auf und ab. Alle sind schon im Kostüm. Die Frauen haben sich in Damen verwandelt, tragen prächtige, bunte Gewänder, ihre Alltagsgesichter sind hinter einer dicken Schicht Schminke versteckt. Auch die Männer sind völlig verändert. Die Mageren sehen aus wie kleine Hähne mit stolzem Kamm, die Korpulenten wie behäbige Pinguine. Der Frack verleiht ihnen ein absurdes und lächerliches Aussehen, gleichzeitig aber etwas Faszinierendes, denn, da kann man sagen, was man will, im Frack und in ähnlichen Kostümen sehen die Männer viel vornehmer aus als in Pulli, schäbigen Jeans und Sportmütze – ihrer Kleidung im realen Leben.

Wir, die fünf Bühnenarbeiter, sitzen nebeneinander auf dem langen Ledersofa und hören uns gelangweilt den mal ohrenbetäubend lauten, mal erschreckend leisen Vortrag des Intendanten an, der kein Ende zu nehmen scheint. Wir rauchen träge, unser Part für die bevorstehende Vorstellung ist erledigt.

»Und was jetzt?« fragt Viktor Albertovič mit eiskalter Stimme. »Nur noch zehn Minuten bis zum Vorstellungsbeginn ...«

Olga blickt hoffnungsvoll auf Valja, die am Kleid herumreibt, und auf den Fleck, der zwar nicht mehr so schwarz ist, sich dafür aber über den halben Rock ausgebreitet hat.

»Also was?« Die Intendantenstimme erhebt sich wieder. »Soll ich vielleicht die Vorstellung absagen? Ich werd's euch zeigen!« Der nächste hysterische Anfall. »Ich werde euch entlassen, verdammt noch mal!«

In diesem Augenblick kommt die Pašnina, unsere Hauptdarstellerin, die Primadonna, wie es so schön heißt, aus der Maske. Eine zickige, gealterte, verbrauchte Schauspielerin, aber, weil die Regisseure an sie gewöhnt sind, unersetzlich. Sie hat alle weiblichen Hauptrollen der Weltliteratur gespielt ... Und jetzt appelliert sie mit ihrer heiseren, leidenden Stimme an alle:

»Wann, wann ist endlich Schluß?! Viktor Albertovič, ich flehe Sie an! Die Leute müssen sich einstimmen, sich konzentrieren. Was soll das!« In stolzer Pose steht sie im Türrahmen der Quatschbude, in einem strengen Kleid, auf dem Kopf eine Perücke mit prachtvollem Haar, das faltige Gesicht bis zur Unkenntlichkeit geschminkt. Im Augenblick ist sie einfach göttlich. Furchterregend göttlich.

»Gebt ihr einen Schal, soll sie spielen, daß ihr kalt ist, und sich, was weiß ich, darin einwickeln«, schlägt die Primadonna nervös vor. »Eine Zumutung, ich vergesse noch meinen Text!« Und faßt sich mit einer heftigen Bewegung an den Kopf. »Ich habe meinen Text vergessen! Oh, was soll ich jetzt tun!« Die Göttliche steht kurz vor einem Nervenzusammenbruch ...

Da ertönt das rettende Klingelzeichen. Das dritte, lange Zeichen. Anja, die Regieassistentin, kommt atemlos angerannt, mit irgendwelchen Papierfetzen in der Hand, wie immer zu Tode erschrocken, als käme für sie jede Vorstellung einem Zahnarztbesuch gleich.

»Auf die Bühne! Bitte!« ruft sie mit verkrampfter, zittriger Stimme.

Die Pašnina reckt ihren geschmeidigen, schlangenartigen Körper. Die Friseuse Ksjucha rückt ihr die ein wenig verrutschte Perücke zurecht. Valja rennt nach dem Schal, um den unglückseligen Fleck zu verstecken.

Im Gänsemarsch traben die Schauspieler durch den schmalen Gang zur Bühne. Dubravin läßt sich mit dem Kopf gegen die Sessellehne fallen und starrt zum Lüster empor. Viktor Albertovič marschiert wie ein Polizist, der die Ordnung wiederhergestellt hat, in sein Büro zurück.

»Irgendwelche Angebote?« fragt unser Brigadeleiter Vadim, der Veteran unter den Bühnenarbeitern – sieben Jahre hat er es schon auf diesem Posten ausgehalten.

»Wäre nicht übel«, der Muskelprotz Andrjunja, ein riesengroßer Kerl, errät sofort den Sinn der Frage. »Ich habe zwölf Rubel.«

»Und ich einen Zehner«, reagiert Dimon, ein weiterer Bühnenarbeiter, eine Sekunde später.

»Nicht schlecht, nicht schlecht«, Vadim nickt, »das Minimum hätten wir. Roman, was ist mit dir?«

»Ich habe sechs fünfzig«, gebe ich nur mit Mühe zu, »aber ich brauche das Geld für das Busticket, ich muß am Montag unbedingt zu meinen Eltern fahren ...«

»Ach, Quatsch, laß uns lieber einen heben.«

Ich schweige, eine definitive Weigerung kommt nicht in Frage. Der Brigadeleiter nimmt inzwischen Lëcha das letzte Kleingeld ab ... Mir ist klar, daß ich mich von meinen sechs

Rubeln trennen muß. Das heißt, diese Woche ist die Fahrt zu den Eltern abgesagt. Wie alle anderen hole ich mein Geld heraus. Wir übergeben Vadim Scheine und Münzen, die er sorgfältig sortiert.

»Das reicht«, sagt er schließlich, »zweiundfünfzig Rubel. Wir können saufen, daß es uns nur so schüttelt! Wer geht?«

Hier herumzuhängen und auf den Umbau in der Pause zu warten, paßt mir nicht in den Kram, außerdem befinde ich mich nach dem gestrigen Kuzmič in einem desolaten Zustand. Besser an die frische Luft.

»Ich gehe.«

Das Geld wandert in meine Hände.

»Kauf eineinhalb Liter zum Saufen«, instruiert mich der Brigadeleiter, »und etwas zum Essen ...«

»Wurst! Tomaten!« Von rundherum hagelt es Aufträge, als hielte ich keinen erbärmlichen Fünfziger, sondern mindestens ein Bündel Hunderter in der Hand.

Vorsichtig schleiche ich zu unserem Kabuff. Ich muß über die Hinterbühne gehen. Ein paar Schritte von mir entfernt, hinter dem Vorhang, vergnügen sich die Schauspieler auf der hell ausgeleuchteten Bühne. Sie machen soeben ein kleines, adeliges Picknick.

Auf der Bühne eine erfundene, zwei Stunden währende, kleine Welt aus Furnierholz. Aber Schauspieler leben nur dann wirklich, wenn sie mit Ausdruck ihre vom Regisseur festgelegten Wege gehen, wenn sie überspitzt und gefühlvoll die auswendig gelernten Phrasen verkünden, die sie bis zu einem solchen Grad verinnerlicht haben, daß sie ihnen wie ihre eigenen, direkt aus dem Herzen kommenden Worte erscheinen. Und sie versuchen, mit ihrem Spiel das Publikum im Zuschauerraum anzustecken. Anzustecken, um später klar zu zeigen: Das Ganze war nur ein Spiel, eine Täuschung, und jetzt müssen alle schleunigst wieder in die Realität zurückplumpsen ... Unser Bühnenmaler Sergej Petračenko ist übrigens ein Meister in der Erörterung dieses Themas ...

Ich habe oft das Bedürfnis, diese kleine Welt auf irgendeine Weise zu torpedieren, den Betrug aufzudecken. Zum Beispiel könnte ich jetzt in der Künstlergarderobe einen Pelzmantel anziehen, mir einen Bart ankleben, auftreten und mit heiserer Stimme krächzen: Na, ihr Gutsherren, ihr Ungeheuer, habt euch hier versammelt? Amüsiert euch? He-he! Aber bald wird euch der Hals umgedreht. Man wird euch glühende Kohlen in den Arsch schieben! – Dann würde ich mit der Faust drohen und ins Dunkle humpeln ... Wie würden sich die Schauspieler aus der Patsche helfen, ihr von der Regie eisern festgelegtes und durch meinen Auftritt völlig verwirrtes, hölzernes Spiel fortsetzen? Allen, in erster Linie der göttlichen Pašnina, würde es eiskalt über den Rücken laufen!

Anja, die Regieassistentin, verfolgt, wie immer in den Kulissen versteckt, mit angstgeweiteten Augen die Vorstellung. Vorsichtshalber führt sie den Finger an die Lippen: Leise! Ich nicke verschwörerisch, gehe geräuschlos die eiserne Treppe hinunter in den Keller. Dort befindet sich unser enges, stickiges Kabuff, wir nutzen es fast nie, aber überflüssig ist es trotzdem nicht. Falls nötig, hat man seine Ecke, kann hier schlafen, sogar kurz wohnen, wenn man keine andere Möglichkeit hat. Und wenn man es geschickt anstellt, kann man sogar ein Mädchen mitbringen ...

Ich hole unter der Pritsche die eineinhalb Liter fassende Plastikflasche hervor, lege sie in eine Tüte. Ziehe meine Jacke an, verstecke die Tüte darunter ... Tja, die Sache mit den sechs

Rubeln ist mir unangenehm, ich schäme mich vor den Eltern. Wir müssen möglichst bald die Kartoffeln ernten, aber einen saufen möchte ich auch gerne. Daß es einen nur so schüttelt, wie Vadim sagt.

Mitte Oktober. Kurz nach sieben ist es draußen völlig dunkel und menschenleer. Gegen zehn ist die Vorstellung aus. Diese Spielzeit, die hundertsechzehnte, hat erst vor kurzem begonnen, fast zehn Monate eintöniger Arbeit stehen an, fast jeden Abend, außer am Montag, ist Dienst.

Das Theater ist alt, hat seine Tradition und Geschichte wie alles in dieser Stadt. Das Foyer schmücken etliche Ständer mit rissigen, verblichenen Fotos, abgegriffenen Anschlagzetteln (einige sind hundert Jahre alt), vergilbten Rezensionen aus den Lokalblättern. Abgesehen von allem anderen ist das Theater besonders stolz auf seine Überlebenskraft. Natalja Jurevna, unsere alte Dramaturgin, erzählt gern vom Kampf um das Theater in den sechziger Jahren. Man wollte es damals schließen und war der Ansicht, für das Kreiszentrum genüge der Kulturpalast. Aber die Öffentlichkeit hat sich leidenschaftlich für die Erhaltung des Theaters eingesetzt: So viele aus politischen Gründen verbannte Schauspieler sind hier aufgetreten! Und so viele Revolutionäre hat das Theater mit seinen Aufführungen moralisch unterstützt! Der berühmte Schriftsteller Jan hat hier gearbeitet! Und Amfiteatrov, ein Freund von Gorkij! Es ist nicht auszuschließen, ja sogar sehr wahrscheinlich, daß Vladimir Iljitsch Lenin höchstpersönlich die eine oder andere Vorstellung besucht hat – die Bibliothek, in der er die Bücher studiert hat, ist nur hundert Schritte vom Theater entfernt! Also hat man beschlossen, das Theater zu erhalten, und so lebt es weiter und ist in Betrieb. Und das Erstaunlichste ist, daß – obwohl Minusinsk nur hunderttausend Einwohner hat – das Theater fast jeden Abend voll, ja manchmal sogar total ausverkauft ist.

Es liegt in der Mitte der Altstadt am Ufer des schlammigen, an einigen Stellen gestauten Enisej-Kanals. In unmittelbarer Nähe stehen ein- und zweistöckige, kleine Steinhäuser aus dem vorigen Jahrhundert und schwarze, aus sehr dicken Baumstämmen gebaute Bauernhäuser mit winzigen Gemüsegärten ... Die größten Gebäude hier sind das Museum für Landeskunde, errichtet vor etwa hundertdreißig Jahren, und die Erlöser-Kirche, die, glaube ich, im Jahr 1815 geweiht wurde. Diese Kirche belebt den Hauptplatz, schart die umliegenden Gebäude um sich und unterstreicht, daß Minusinsk eine alte, russische Stadt, eine Art russischer Vorposten ist an der Grenze zu den asiatischen Turkvölkern. Es gab eine Zeit, als diese Grenze sich ein wenig rückwärts verschoben hat, bis zur Mongolei, aber jetzt ist Asien wieder ganz nah. Im Süden – hinter den Sajan-Pässen – liegt Tuva. Im Westen, zwanzig Kilometer entfernt, befindet sich Chakassien, im Osten Burjatien.

Ich kann mich an meine Eindrücke aus der Kindheit erinnern, als ich meine Großmutter in Minusinsk besucht habe. Unser Kyzyl schien ganz nah zu sein, war nicht einmal vierhundert Kilometer entfernt (nach sibirischen Maßstäben gleich um die Ecke), aber Natur, Häuser, Luft, Sprache, Lebensweise waren hier ganz anders. Ich schlenderte durch die stille, wie im ewigen Schlaf liegende, kleine Stadt, betrachtete ausgiebig die Gebäude, die scheinbar den Geruch und die Stimmung einer längst vergangenen Zeit ausströmten. Jeden Augenblick hätten irgendwelche Leute in altertümlichen Bauernröcken, Mützen und Ziehharmonika-Stiefeln um die Ecke kommen können. Außerdem waren da noch diese Kirche auf dem Hauptplatz und der alte Friedhof mit den massiven Grabmälern, mit Kreuzen aus Granit, Grüften, Aufschriften mit Buchstaben aus der Zeit vor der Revolution und den fast mythischen Daten »1854«, »1871«, mit Ruinen einer Friedhofskapelle, genau wie auf dem Bild »Die Saatkrähen sind da«. Mir kam es so vor, als wäre die Geschichte selbst hier zu Hause, so daß ich ohne die Kreuze, die Alleen mit den Apfelbäumen, die verrosteten, durchbrochenen Tore, die verfallenen Häuser mit Resten von Stuckverzierung an den Fassaden Čechov und Bunin niemals wirklich hätte begreifen können, auch nicht die Bedeutung des Wortes »Rußland« … Man kann sich vorstellen, was einem vierzehnjährigen Jungen, der ein bißchen zuviel klassische Literatur gelesen hat, an besagtem Ort durch den Kopf gegangen ist …

Und als die Frage nach Übersiedlung im Raum stand, habe ich beide Arme gehoben und mit Ja gestimmt. Was ist schon Kyzyl? Ja, Kyzyl, das ist Heimat, Freunde, der saubere, ungestüme Enisej, die trockene, heiße Sonne, die Steppe und die Gebirgskette am Horizont. Aber als ich vom Militärdienst zurückgekommen bin, nach etwas mehr als zwei Jahren Abwesenheit, habe ich das Ganze mit anderen Augen gesehen: Kyzyl kam mir vor wie ein enger Sack, in dem ich weiterhin leben mußte, die nahe liegenden Berge fingen an, mich zu bedrücken und zu erschrecken wie brüchiges Gemäuer. Die Freunde waren verändert, interessierten mich nicht mehr. Plötzlich wollte ich weg, wollte in jene Welt übersiedeln, die mit den kurzen, fröhlichen Erinnerungen meiner Kindheit bunt angemalt war.

Jetzt aber, seit Minusinsk real und mein ständiger Aufenthaltsort geworden ist, bedrückt mich diese Stadt, geht mir auf die Nerven. Diese altertümlichen, staubigen Häuschen würde ich am liebsten zerstören, diese schiefen, wurmigen Apfelbäume ausreißen. Auch von hier möchte ich weglaufen …

Mir ist aufgefallen, daß jede Stadt ihr eigenes Tempo hat, dem sich ein Fremder, ein Neuankömmling nur schwer anpassen kann. Das Tempo des Lebens in Minusinsk ist schlaff und zähflüssig wie das Blut in den Venen eines Greises. In Kyzyl, wie in den meisten jungen Hauptstädten, ist das Tempo dagegen schnell, leicht, frei. Die Menschen in Minusinsk erscheinen träger, alles wird hier mit großer Mühe gemacht. Jetzt fehlen mir der nahe, rasant dahinfließende Fluß, die trockene, heiße Sonne im Sommer und der leblose Winter ohne überraschende Tauwetter. Mir fehlen die rastlosen, jungen Leute, die bis ins hohe Alter hinein mit phantastischen, grandiosen Ideen herumlaufen, Almanache herausbringen oder Rockmusik spielen wollen und zwischen zwei Gläschen Wodka ihre Verse mit einer lächerlichen und sympathischen Bedeutsamkeit deklamieren, als wären das die besten Gedichte, die die Menschheit je geschaffen hat. Hier, in Minusinsk, gibt es das alles nicht. Der Sommer ist heiß, aber nicht sehr heiß, der Winter ist nicht streng, die Menschen sind durchschnittlich, mit Ausnahme vielleicht von einigen versoffenen Malern und zwei, drei graumelierten Alternativlern, die im Park des Sieges den ganzen Tag Bier trinken und davon träumen, sich endlich elektrische Gitarren zu kaufen, coole Songs zu komponieren und dann »so richtig aus sich herauszugehen« … Seltsam: so viele Menschen kommen aus allen Himmelsrichtungen hierher – aus Zentralasien, aus Kyzyl, aus Norilsk –, man denkt, die sollten eigentlich dieses Städtchen aus seinem hundertjährigen Schlaf erwecken, aber nein, alle lösen sich darin auf wie unnützes Pulver im Sumpfwasser, das weder seine Farbe noch seinen Geschmack beeinflußt …

Ich weiß: Es gibt keinen Weg zurück, wir sind zur Übersiedlung gezwungen worden, wir sind eigentlich Flüchtlinge, und ich muß einen gleichwertigen Ersatz für jenes Leben, jene Welt suchen, die vor Minusinsk die meine war.

Die nächstgelegene Stadt ist Abakan, die Hauptstadt von Chakassien, nur fünfundzwanzig Kilometer von hier entfernt. Sie ist meiner Heimatstadt Kyzyl sehr ähnlich, die vielen Gebäude, das Theater, der Regierungspalast und das Kaufhaus sehen fast so aus wie in Kyzyl, wahrscheinlich sind beide Städte nach dem gleichen Plan gebaut worden. Und auch die Menschen gleichen einander.

Bei jeder Gelegenheit fahre ich hin. Ich habe dort so etwas Ähnliches wie Freunde, es gefällt mir, ich fühle mich beinahe geborgen … Ja, das ist seltsam, aber ich fühle mich wie zu Hause in einer Stadt, die in der kargen Steppe liegt, in der die ältesten Gebäude aus den fünfziger Jahren stammen, wo man überall Asien spürt und die unruhige Verflechtung verschiedener Völker, verschiedener Kulturen.

Wenn es möglich wäre, würde ich sofort nach Abakan übersiedeln. Aber ich habe im verschlafenen, öden Minusinsk meine Arbeit, ein Dach über dem Kopf, und die Eltern wohnen in der Nähe auf dem Land …

In solche Gedanken vertieft, bin ich automatisch bei dem vertrauten Häuschen in der Rote-Partisanen-Straße (die ehemalige Alexander-der-Zweite-Straße – laut dem Schild am ersten Haus) angekommen. Ich klopfe an das Tor mit dem eisernen, runden Türgriff. Der Hund fängt an zu bellen und springt mit rasselnder Kette im Hof hin und her. Ein großer, bösartiger Hund, der hier einiges zu bewachen hat. Mindestens fünf Fässer mit Spiritus, aus dem das stadtbekannte Gesöff, die sogenannte »Zigeunerin« hergestellt wird, ein halber Liter für zwölf Rubel. Das Gesöff ist sagenhaft billig und angeblich nicht schädlich – von ernsthaften Vergiftungen habe ich noch nichts gehört, und der Kater ist nicht schlimmer, als nach stinknormalem Wodka.

»Wer ist da?« krächzt eine heisere Stimme vom Hause.

»Ich brauche Heizstoff«, antworte ich wie gewöhnlich. »Gibt's was?«

Der Hund, der für einen Augenblick verstummt ist, reagiert mit einem irrsinnigen Bellen auf meine Stimme und springt wütend gegen das Tor.

»Sei still«, befiehlt ihm der Hausherr ruhig und kommt zum Tor. »Hör sofort auf ...«

Das Tor öffnet sich, zwei scharfe Augen mustern mich rasch und professionell von Kopf bis Fuß. Ich reiche ihm die Plastikflasche.

»Wieviel?«

»Voll«, antworte ich.

Während der Mann die Flasche füllt, zähle ich sechsunddreißig Rubel ab. Hauptsächlich in Münzen. Na ja, psychologisch gesehen ist die Geldreform gar nicht so blöd: Den Leuten fällt es leichter, sich von Rubeln in Münzen als von Rubeln in Scheinen zu trennen. Wenn das noch dazu solide »Tausender« sind, fällt es noch schwerer, sie auszugeben. Das alles sind natürlich Lappalien, Hauptsache, man hat das verdammte Geld überhaupt in der Hand. Wie es aussieht, ist wirklich Nebensache ...

Ich tausche eine Handvoll Münzen gegen die schwere, randvoll mit »Zigeunerin« gefüllte Flasche. Nicht schlecht. Nach der Vorstellung, wenn wir das Bühnenbild abgebaut haben, warten wir, bis das Theater leer ist, und trinken dann die

Buddel in aller Ruhe bei einem einfachen Essen und einer genauso einfachen Unterhaltung aus. Was kann man sonst vom Abend erwarten, wenn die Kohle nur für das reicht und man, ehrlich gesagt, für andere Dinge sowieso keine Kraft und Phantasie hat.

Kurz vor der Pause bin ich zurück gewesen. Habe die Flasche im Kabuff unter der Pritsche versteckt, die Jacke ausgezogen. Und bin auf die Bühne gerannt.

Dort nehme ich den leichten Trumeau, trage ihn zu einem anderen Platz, stelle ihn schräg auf. Helfe Andrjunja und Dima, die Attrappe eines Flügels hinter die Kulissen zu schieben, und mache mir dabei die Hände mit Ruß dreckig.

»Und? Hast du alles bekommen?« tönt es leise und besorgt von allen Seiten.

»Ja«, nicke ich, »alles in bester Ordnung.«

Vadim, sofort fröhlicher gestimmt, schleppt einen hölzernen Springbrunnen in Form einer Vase zur Mitte der Bühne.

Im Zuschauerraum geht es jetzt lebhaft zu. Hinter dem dicken Vorhang sind wir, die banalen Kulissenschieber, unsichtbar. Die Zuschauer studieren das Programmheft, stehen Schlange vor dem Büfett, essen Schokolade, genießen die lang ersehnte Zigarette. Sie entspannen sich vor dem zweiten Akt. Ihnen ist es egal, was in der Pause auf der Bühne passiert, sie sehen nur das Resultat, das bunte, mühelos veränderte Resultat eines langwierigen und ziemlich schmutzigen Prozesses. Wie ein appetitliches Gericht auf einer festlichen Tafel, das aus einer verqualmten, dreckigen Küche voller Abfall und zerquetschten Kakerlaken kommt. Wer denkt schon daran, während er die köstlichen Dinge verspeist, wie sie eigentlich zubereitet worden sind?

Nachdem alles erledigt ist, gehen wir wieder in die Quatschbude. Der Vorhang hebt sich, im Zuschauerraum erlischt allmählich der Lüster mit den zahllosen Glühbirnen. Und wieder die lauten, künstlich artikulierenden Stimmen. Die Vorstellung geht weiter. Farblose Frauen haben sich vorübergehend in schlanke, verführerische Damen verwandelt; schmächtige Männer sind zu ansehnlichen Kavalieren geworden, bieten den Damen galant den Arm und spazieren mit ihnen auf und ab. Alles lacht, liebt, leidet. Nur der Schauspieler Semuchin, ein kleiner, miserabel angezogener, ein bißchen niedergeschlagener Mann, wirkt vor diesem Hintergrund mehr oder weniger realistisch. Aber nur wegen seiner Rolle. Heute wird »Das Granatarmband« aufgeführt, und er spielt den romantischen, häßlichen Zwerg Želtkov. Morgen ist »Die Möwe« dran, und Semuchin wird sich in Trigorin, einen gutsituierten, unter seiner Popularität leidenden, hochnäsig-herablassenden Literaten verwandeln. Heute ist er klein und glatzköpfig, morgen wird er einen modischen Haarschopf tragen und sich kerzengerade aufrichten, als wäre er über Nacht fünfzehn Zentimeter gewachsen.

Wir sitzen wieder nebeneinander auf dem Sofa. Rauchen, warten auf das Vorstellungsende. Alle fünf möchten gern einen trinken, aber noch ist es zu gefährlich, obwohl wir praktisch nur noch die Aufgabe haben, nach der Vorstellung die Bühne leer zu räumen. Aber es könnte Komplikationen, fast Katastrophen geben. Ich weiß noch, wie letztes Jahr, als wir das blöde Märchen vom Schneewittchen gespielt haben, eins von den Seilen gerissen ist, an denen eine bunte Glaskuppel (aus Plexiglas) hing. Wir mußten zum Schnürboden hochklettern und zwischen den heißen Scheinwerfern hängend diese verdammte Kuppel über der Bühne halten, bis das Märchen zu Ende war. Wie haben wir die Schauspieler verflucht, die sich als Feen und Gnome verkleidet immer wieder an die Rampe drängten, um sich zu verbeugen! Endlos lang, als wollten sie uns verhöhnen, quälen, haben sie den Kindern ihr Lächeln zugeworfen, sich verneigt (diese Kunst beherrschen sie ganz großartig!) und kleine Blumensträuße entgegengenommen. Wir hatten die größte Lust, die Kuppel auf ihre Schädel fallen zu lassen! Und schließlich ist die Kuppel auf die leere Bühne gestürzt ... Bis heute spüre ich den Schmerz in meinen ausgeleierten Armen ... Kurz, es ist zu früh, sich zu entspannen, alles kann noch passieren. Alle möglichen Scherereien.

3

Wer mir leid tut, ist Onkel Gena, unser Fahrer. Für den ist sicher jede Vorstellung wie eine Fischgräte im Hals. Wie er rastlos herumwuselt, man könnte in Tränen ausbrechen. Zwanzigmal kommt er in die Quatschbude, sieht auf die Uhr an der Wand, vergleicht sie mit seiner eigenen am Handgelenk, setzt sich, raucht langsam eine Zigarette, geht wieder weg, kontrolliert seinen Bus, kehrt zurück, döst in einer Ecke oder säubert mit Schmirgelpapier die Zündkerzen, mit denen seine Taschen stets gefüllt sind.

Bei den ersten Zeichen, die das Ende der Vorstellung ankündigen, sitzt Onkel Gena schon in seinem Bus, längst bereit, sofort zu starten. Am Abend hat er zwei Fahrten. Eine mit den Schauspielern, die andere mit dem übrigen Personal (Kostümbildnerinnen, Friseusen, Bühnenarbeiter, Requisiteure). Sein Arbeitstag endet gewöhnlich um Mitternacht.

Heute erleichtern wir ihm sein Los, wir haben vor, es selbst nach Hause zu schaffen. Außerdem möchten wir in aller Ruhe ein bißchen zusammensitzen. Als wir Onkel Gena darüber informiert haben, hat er uns verständnisvoll zugezwinkert:

»Geht in Ordnung, recht habt ihr«, und schielte dabei beunruhigt auf den Regisseur Dubravin, der schon seit drei Stunden völlig reglos dasitzt.

Nervosität und Aufregung sind etwas Normales, besonders bei einem Regisseur, aber unser Dubravin übertreibt schon gewaltig. Er ist total abwesend, praktisch ohnmächtig, wenn seine Aufführung läuft. Und es spielt keine Rolle, ob es die erste Vorstellung oder die dreißigste ist – er hockt mit kreidebleichem Gesicht da und starrt ins Leere. Erst wenn der Schlußapplaus zu hören ist und die Schauspieler mit Blumen und fröhlich lachend in die Quatschbude hereinstürzen, kommt Dubravin wieder zu sich, holt ein Taschentuch hervor, wischt sich lange über das Gesicht und fängt wieder an zu atmen. Man gratuliert ihm, küßt ihn, und er lacht auch, allerdings so erschöpft, als hätte er einen fürchterlich schweren Sack irgendwohin geschleppt, ihn von den Schultern fallen lassen und darf nun endlich den Rücken durchstrecken, sich freuen, sich den Schweiß abwischen ... Die Vorstellungen machen ihn fertig, sie gehen ihm zu nahe. Was soll man machen – ich habe gehört, es gibt Leute, die sich regelmäßig mit dem Messer ins Fleisch schneiden, damit sie sich vor Schmerzen krümmen dürfen und ihr aus der Wunde schießendes Blut stillen können. Jeder hat so seine Schrullen.

Im allgemeinen hängen die Schauspieler gern im Theater herum. Sie kommen drei Stunden vor Proben- oder Aufführungsbeginn, sitzen zusammen, rauchen, schwatzen. Oft kommen sie auch im Sommer während der Theaterferien oder an ihrem freien Tag vorbei. Es zieht sie her: Anscheinend können sie es ohne dieses Gebäude nicht lange aushalten, sie würden krepieren wie Junkies ohne ihre Dosis. Aber nach der Vorstellung flitzen sie wie die Verrückten hinaus. Schnell, schnell in den startbereiten Bus neben dem Bühneneingang! Noch geschminkt, halb umgezogen kommen die Männer mit den sorgfältig gelegten, lackierten kleinen Locken über der Stirn angerast, die Frauen reiben sich im Laufen ihre Puppengesichter mit in Vaseline getunkten Wattebäuschen ab. Die Arbeit ist getan, die Droge konsumiert, jetzt nichts wie weg!

Ein wahnsinniges Getrappel auf der Treppe. Runter, runter! Die Tür geht krachend auf und wirft sie an die frische Luft. In einer halben Stunde sind sie brave Mamas und Papas, ein bißchen müde, aber unendlich glücklich. Befriedigt und wie neugeboren. Morgen allerdings, wenn die Schauspieler aufwachen, eilen sie wieder hierher, um an die neue Dosis zu kommen. Und die Zuschauer honorieren den Rausch der Schauspieler mit Konzentration, mit Stille und Applaus, und wollen auch ein bißchen high werden.

Die Aufgabe von uns Bühnenarbeitern besteht darin, die Bühne mit Attrappen von realen Gegenständen auszustatten oder im Gegenteil das Märchenhafte und Irreale der Handlung noch zu verstärken. Ohne Dekoration wäre es für die aktiven und passiven Teilnehmer der Vorstellung viel komplizierter, in Ekstase zu geraten …

Die Vorstellung ist aus, der Zuschauerraum leer, die Schauspieler genießen, während sie im Bus auf der holprigen Straße hin und her geschüttelt werden, die Leichtigkeit des Seins und ihre kurze Freiheit. Und wir bauen ab, schleppen die Hauswände aus Furnierholz, die Klavierattrappe und die dürren, kleinen Birken mit Blättern aus grünem Papier ins Lager … Morgen ist eine andere Vorstellung mit anderen Kulissen angesetzt, und die Schauspieler werden sich für zweieinhalb Stunden in andere Menschen verwandeln, aber das Ziel ist dasselbe … So läuft es praktisch jeden Tag.

Nach getaner Arbeit sitzen wir in einer Garderobe am gedeckten Tisch. Die Kostümbildnerinnen haben sich uns vorübergehend, bis Onkel Gena von der ersten Fahrt zurück ist, angeschlossen. Vom Personal sind sie die sympathischsten und unkompliziertesten Frauen. Die fette Ksjucha haben wir selbstverständlich nicht eingeladen.

Die Kostümbildnerinnen sind immer noch sauer auf den Intendanten.

»Aus einem kleinen Fleck macht der eine Katastrophe«, beklagt sich Valja, während sie sorgfältig ein Stück Teewurst aufschneidet. »Ich habe vor lauter Angst den ganzen Rock dreckig gemacht … Ich nehme das Kleid mit nach Hause und koche es aus, wie es sich gehört, das kriege ich schon hin.«

»Ja, Viktor ist manchmal zu streng«, stimmt Vadim im Ton eines alten Soldaten zu. »Einmal hat er …«

Dimon unterbricht ihn:

»Trinken wir ein Glas, dann kannst du erzählen.«

Jeder hat einen Schluck Schnaps. Auf einem Theaterplakat liegt das frugale Mahl. Wurst, Schmelzkäse, zerbröckeltes Brot und Tomatenscheiben.

»Zum Wohl!«

Wir stoßen an. Schlucken hastig die »Zigeunerin« hinunter. Die Kostümbildnerinnen haben nicht alles geschafft.

»Huuch!«

»Mit dem Essen sparsam umgehen«, sagt Vadim.

Wir kauen intensiv und wortlos, starren auf den Tisch.

»Ach!« Olja springt plötzlich auf. »Ich habe belegte Brötchen mit!« Sie holt aus der Tasche eine Tüte mit nassen, schlappen, mit Schinken belegten Brötchen.

»Dir geht's nicht schlecht, Olja«, grinst Lëcha hämisch, »wenn du sogar den Schinken vergißt! Mir ist so etwas noch nie passiert ...«

»Alles nur wegen des Skandals«, rechtfertigt sie sich, »Valja und ich haben während der ganzen Vorstellung vor Angst gezittert ...«

»Hör auf«, Vadim verzieht das Gesicht, »vergiß es. Wir wollen uns entspannen.«

Durch die Anwesenheit der Kostümbildnerinnen hat sich unsere Stimmung gehoben. Das geschieht übrigens immer, überall, wo getrunken wird und eine mehr oder weniger sympathische Frau mit dabeisitzt. Nach der Vorstellung hatte Vadim einigen jungen Schauspielerinnen unauffällig vorgeschlagen, bei uns zu bleiben, aber die hatten es eilig und haben die Einladung nicht angenommen. Beim männlichen Teil der Schauspieler, mit zwei, drei Ausnahmen, hüten wir uns vor näherem Kontakt, genauer gesagt, sie widern uns an. Viele von ihnen sind nämlich schwul. So ist das ... Als ich meine ersten Schritte als Bühnenarbeiter gemacht habe, bin ich bei den abendlichen Saufereien von denen ganz offen angemacht worden. Das ist vielleicht ein Gefühl!

Man munkelt, die ersten Schwulen waren zwei Schauspieler aus Charbin, vom dortigen russischen Theater, die nach dem Krieg hergekommen sind und fast alle Männer des Ensembles angesteckt haben. Auch eine Art Tradition ...

Einmal wäre auch ich um ein Haar in diese Sache hineingerutscht. Ich hatte erst zwei Wochen Arbeit hinter mir und habe mich noch nicht ganz ausgekannt, wer von der anderen Seite war und wer nicht ... Nach der nächsten Premiere haben wir gefeiert. Ein prächtiges Bankett im oberen Foyer, mit allem Drum und Dran. Selbstverständlich war ich sternhagelvoll. Gegen Mitternacht ist der Großteil der Leute nach Hause gegangen, der harte Kern hat sich wie üblich in kleine Grüppchen aufgeteilt und sich mit dem restlichen Alkohol in die Garderoben, Werkstätten und Büros zurückgezogen. Ich war plötzlich mit dem Schauspieler Ljalin allein, einem ziemlich hübschen und gleichzeitig klebrigen Typen um die fünfunddreißig ... Wir haben im Büro des Prokuristen auf dem Sofa gesessen und aus einer langhalsigen Flasche Metaxa getrunken. Ljalin hat mir irgendwas erzählt, monoton mit seiner hohen, fast schnarrenden Stimme auf mich eingequatscht. Kurz gesagt – er hat mir sein Herz ausgeschüttet. Ich habe mechanisch genickt, bin in ein betrunkenes Schlummern versunken und zwischendurch nur mit Mühe und Not wieder aufgetaucht, um einen Schluck aus der Flasche zu nehmen. Plötzlich habe ich bemerkt, daß Ljalin mich umarmte und streichelte, sein Gesicht war drei Zentimeter von meinem entfernt. »Fahren wir zu mir«, sagte er leise und vertraulich zu mir, »komm, mein Junge!« Ich habe einen Schluck Metaxa getrunken und für mich selbst überraschend gefragt:

»Und deine Frau?« Meine Stimme war weich und kokett. In diesem Augenblick – Gott sei Dank nur für eine Sekunde – habe ich mich wie eine Frau gefühlt. Wie ein sich auf dem Sofa räkelndes, besoffenes, verspieltes Luder! Mir war, als würde ich einen Rock tragen, als hätte ich zwischen den Beinen eine nasse, heiße Spalte und meine glatten Oberschenkel wären mit Spitzenstrümpfen überzogen. Plötzlich wurde mir angst und bange, ich kam zur Besinnung, versuchte aufzuspringen und Ljalin wegzustoßen. Aber der hielt mich zurück. Nicht grob, aber sehr fest. »Was ist denn«, flüsterte er beruhigend wie ein Arzt, der seinem Patienten eine Spritze gibt. »Was ist denn los, mein Lieber?« Und preßte seine Lippen auf meine Lippen, steckte schnell seine Zunge in meinen Mund. Eine lange, muskulöse, kühle Zunge. Die Männerzunge ähnelt sehr einer Rindszunge, so wie sie in den Auslagen der Fleischereien liegen ... Dann hat er seine Wange mit den stacheligen Stoppeln an meiner Wange gerieben, die genauso einen Dreitagebart hatte ...

Endlich konnte ich mich befreien. Aber auf eine fast schon peinliche Art, wie eine Frau, die sich besinnt und nüchtern wird, wenn man sie schon fast im Bett hat. Ich habe Ljalin nicht die Fresse poliert, was eine typisch männliche Reaktion gewesen wäre, nein, ich habe nur versucht, mich tolpatschig und schwach herauszuwinden, indem ich ihn wegschubste und kläglich piepste wie eine Maus. Fast hätte ich noch gekreischt und um Hilfe gerufen! Als ich aus dem Büro flüchtete, sah ich noch, wie Ljalin verächtlich lächelte und nickte, als wäre er mit einem kurzen Aufschub einverstanden.

Seit jener Geschichte wirft er mir ab und zu einen fragenden Blick zu:

»Bist du immer noch nicht reif? Immer noch dagegen? Seltsam, seltsam, mein Junge!«

»Bleibt doch hier! Laßt uns noch ein wenig zusammensitzen und reden«, versucht Vadim, soweit sein Wortschatz reicht, die Kostümbildnerinnen zu überreden. »Der Wodka reicht für uns alle. Na, was ist, Mädels?«

»Wir haben lange genug gesessen und geredet«, antwortet Valja traurig, und ich höre in ihrer Stimme Enttäuschung, einen versteckten Ärger, weil das Zusammensein mit uns sich tatsächlich nicht lohnt. Wir lassen uns vollrinnen, bis wir unter den Tisch fallen, und sie muß jetzt an den Stadtrand fahren, zu den neungeschossigen Neubauten, wo in einer kleinen Wohnung tagtäglich ihr Mann und das launische Kind, das ohne Mama nicht ins Bett gehen will, warten.

»Da muß man schrittweise vorgehen, Valja«, erkläre ich und lege wie zufällig meinen Arm auf die Lehne ihres Stuhls.

»Schrittweise – in welcher Hinsicht?«

»Na, in erster Linie bei der Konversation.« Ich sehe sie an, sie mich, und in ihrem Blick blitzt kurz ein Schimmer von Interesse auf. »Verstehst du, Valja, man darf nicht alles überstürzen, nicht so hastig sein.« Ich berühre ihre weiche, warme Schulter und drücke sie ein wenig, als wollte ich verhindern, daß sie aufsteht. »Heutzutage, wo alles so verdammt chaotisch ist, muß man ruhig und langsam ...«

Draußen kräftiges Hupen. Dieser Mistkerl, muß das immer in so einem Moment sein! Warum ist diesem blöden Bus nicht ein Reifen geplatzt oder eine Zündkerze naß geworden?!

Eine Kostümbildnerin zieht ihren Mantel an, die andere ihre Pelzjacke, sie schnappen ihre Taschen, Einkaufstüten. Wir sind vergessen, meine intelligente Erörterung ist im Keim erstickt. Olga und Valja stürzen hinaus. Verabschieden sich nicht einmal.

»Mädels, einen Abschiedsschluck!« Dima versucht, sie aufzuhalten, und schwingt die halbleere Flasche.

Lëcha zischt böse:

»Laß sie doch ziehen, die Zicken!«

»Los, kippen wir einen!« Vadim seufzt.

Wir stoßen an und leeren das Glas ohne Trinkspruch.

Bald darauf kommt selbstverständlich die Nachtwächterin angehumpelt. Wie die meisten Leute auf solchen Posten ist sie ein mürrisches, stupides, ewig unzufriedenes Geschöpf. Sie raunzt:

»Was ist denn hier los? ... Ihr habt hier nichts verloren ... Das ist keine Spelunke ... Ich muß zusperren ... Muß man so viel rauchen ... Wenn wieder was verschwindet, bin ich dran ... Los, packt eure Sachen ...«

Streiten ist sinnlos. Wir nehmen die Flaschen, die Reste vom Essen und verschwinden. Die Alte besichtigt die Garderobe, schüttet den Aschenbecher aus, kontrolliert, ob die Kippen ausgedrückt sind. Dann löscht sie das Licht, sperrt die Tür ab.

»Gehen wir zu Petračenko«, schlägt Vadim vor.

»Wohin sonst? Bei ihm ist es gemütlich ...«

Als Bühnenmaler ist Sergej Petračenko unersetzlich. Wo sonst könnte man so einen gehorsamen Vollstrecker fremder Ideen finden? Der Bühnenbildner macht einen Entwurf, holt sich vom Regisseur die Zustimmung und kommt dann mit seinem Werk zu Petračenko. So und so, sagt er, hier blau, hier rosa. So lang und so breit. Wehe, wenn ein Blümchen auf dem Furnierholz zehn Zentimeter zu weit rechts gemalt oder die Farbe ein wenig anders ist. Sofort Skandal, Hysterie! Verhöhnung der Kunst! Alles verpfuscht! Und das arme Schwein von Bühnenmaler fällt in eine tiefe Depression.

Aber bei Petračenko kommt so etwas nicht vor, er macht alles peinlich genau und richtig. Dafür, Verzeihung, säuft er wie ein Loch. Er ist der einzige chronische Alkoholiker, den ich kenne. Er ist im wahrsten Sinne des Wortes nie trocken. Für ihn ist Wodka was für mich die Zigaretten sind. Jede halbe Stunde kippt er ein Glas, trinkt einen Schluck Wasser hinterher, und dann geht die Arbeit weiter.

Wie er oft beteuert, hat er wegen des Gefühls der Unfreiheit, aus Kränkung und Neid angefangen zu saufen. »Ich bin doch auch ein Künstler wie der dort, verdammt noch mal. Ich habe die gleiche Kunstakademie besucht wie er, aber sieh dir den Unterschied an ...« So ungefähr, abgesehen von jeder Menge Ausrufungswörter, jammert Petračenko. »Als hätte ich keine Ideen. Die habe ich, verdammt, in Hülle und Fülle! Nur ... Deswegen saufe ich ja eine Pulle nach der anderen. Meinen Kummer muß ich runterspülen!«

Tag und Nacht verbringt er in seiner Werkstatt. Die von den Eltern geerbte Wohnung hat Petračenko seiner letzten Frau und dem kleinen Sohn überlassen. Insgesamt hat er fünf Kinder von drei verschiedenen Frauen. Für alle muß er Alimente zahlen, deswegen schuftet er für das Theater und arbeitet, wenn möglich, auch noch schwarz nebenher.

Es ist natürlich schade um ihn, aber was soll man machen ... So ist das Leben, nicht nur er ist so versumpft. Aber selbst wenn man ihm jetzt plötzlich die künstlerische Freiheit für das eigene kreative Schaffen geben würde – er könnte gar nicht. Manchmal spielt er sich auf, quasselt von Ideen »in Hülle und Fülle«, aber ich glaube ihm kein Wort. Die Sache ist gelaufen, Petračenko, bald bist du fünfzig, das Pulver in deiner Büchse taugt nichts mehr ...

»Guten Abend, wir sind's! Du wirst uns doch nicht rauswerfen?«

»Herzlich, hm, also herzlich willkommen.«

Der ganze Haufen fällt ungeniert in das Zimmer ein, wir räumen den Tisch ab. Abfall, Plastiktüten, leere Konservenbüchsen wandern in einen kleinen, bunt bemalten Eimer aus irgendeinem Märchenstück.

»Sergej, gleich gießen wir uns einen hinter die Binde!«

»Das ist, hm, wie man so sagt, eine heilige Sache ...«

Auf den ersten Blick kommt einem diese Werkstatt wie das klassische Atelier eines Malers vor. Das unvermeidliche Chaos, überall Farbtuben, Leinwandstücke, Reste von Bilderrahmen, jede Menge Plunder, der sich üblicherweise bei Malern ansammelt – Meermuscheln, kleine Vasen mit abgeschlagenen Rändern, Fahrzeugteile und Betonstücke. Bei näherer Betrachtung wird aber klar, daß der Bewohner der Werkstatt hier nicht der Herr ist, sondern ein Sklave, ein unterdrückter Handwerker. Auf Fetzen von Zeichenpapier mit Skizzen drauf sieht man Stempel, die bezeugen, daß der Entwurf von den Vorgesetzten gebilligt worden ist. Und außerdem finden sich überall, auf Möbeln, auf Bilderrahmen, zwar unauffällig plazierte, aber doch deutlich sichtbare, dreistellige Zahlen – die leblosen Indizien der Inventarisierung.

»Ich habe gehört, die planen ein neues Märchenstück«, sagt Vadim langsam. »Da soll es ein Bühnenbild geben, daß wir ausflippen werden. Ein zweistöckiges Turmhaus, Wald und noch dazu Zarengemächer. Beim Aufbauen werden wir ordentlich schwitzen.«

Andrjunja bläst in das gleiche Horn:

»Jeden Abend eine andere Vorstellung, und bei jeder müssen wir weiß der Teufel was schuften. Auf der ganzen Welt baut man längst andere Bühnenbilder: ein Stuhl, ein Tisch, eine Bank – und das war's.«

»Na, da bin ich anderer Meinung«, Petračenko grinst spöttisch. »Die Dekoration, wie soll ich sagen ... verschönert die Sache.«

»Das Verschönern verdirbt die Leute«, sage ich, »für die ist es schon zu langweilig, nur den Schauspielern zuzuschauen.«

»Für die Kinder muß es aber schön sein, hm, wie soll ich sagen, bunt.«

»Du hast natürlich recht«, Vadim verhindert den Streit, »Dima, schenk uns ein bißchen ein.«

Wie immer reden wir über das Theater. Wie dem auch sei, wir sind eng mit ihm verbunden. Im Grunde hätte keiner etwas dagegen, wegzugehen, sich eine andere Stelle zu suchen, aber das Theater läßt einen nie mehr frei, zieht die Leute in seinen Bann, umgarnt einen wie mit einem Netz. Sogar ehemalige Mitarbeiter, die gekündigt haben oder wegen Trunksucht gefeuert worden sind – angefangen von Bühnenarbeitern und Tischlern bis hin zu den Schauspielern –, kommen oft vorbei, sitzen in der Quatschbude, fragen alle über alles aus, müssen sich dann zum Fortgehen zwingen und den Wunsch bekämpfen, zu Viktor Albertovič ins Büro zu laufen, auf die Knie zu fallen und ihn anzuflehen, er möge sie wieder aufnehmen.

»Wißt ihr, wie, hm, hm, Larisa Volkova heute gespielt hat?« fragt Petračenko vorsichtig, mit einem schuldbewußten Lächeln.

»Zum Henker«, platzt der einfältige Andrjunja dumm heraus, »wir haben ihr nicht zugeschaut. Obwohl, sie ist schon ein geiles Weib!«

Der Bühnenmaler stöhnt verärgert, und ich, wohl wissend, daß ich ihn kränke, kann mich nicht beherrschen und sage:

»Ich würde sie auch nicht gerade aus meinem Bett stoßen.«

»Wer würde das schon tun!« Dima lacht auf.

Lëcha will originell sein und erklärt stolz und laut:

»Ich, zum Beispiel.«

»Lëcha, aus irgendeinem Grund hast du in letzter Zeit etwas gegen das weibliche Geschlecht«, sage ich. »Das Charbiner Syndrom, was? Dann solltest du dich an Ljalin wenden.«

Ich weiß nicht, warum mir dieser Satz herausgerutscht ist. Wahrscheinlich nur, weil der Mensch, mit dem ich schon das zweite Jahr auf so engem Raum zusammenwohne, mir langsam ganz schön auf die Nerven geht. Deswegen wollte ich ein wenig sticheln.

»Scheiße!« Er zuckt zusammen, seine Visage verfinstert sich, er will aufstehen. »Das war aggressiv, du Arsch!«

»Hör auf!« Vadim stößt ihn zurück und sieht mich bedrohlich an. »Paß besser auf, was du daherfaselst. Das ist nicht ungefährlich.«

Dima gießt uns hastig Schnaps ein. Lëcha kommentiert finster, warum er sich der kleinen, hübschen Schauspielerin Larisa Volkova verweigern würde.

»Er weiß doch, ich habe es ihm bis zum Kotzen erklärt, daß ich nach meiner Frau kein Weib mehr riechen kann, ich will diese Schlampen nicht mehr sehen …«

»Nein, Frauen, hm, wie soll ich sagen, das ist etwas Heiliges«, sagt Petračenko, der vielfache Vater und vielfache Ehemann, langsam.

Die »Zigeunerin« war irgendwie schnell und unmerklich zu Ende, die eiserne Ration des Bühnenmalers war auch schon fast ausgetrunken. Buchstäblich nur ein paar Tropfen sind übriggeblieben.

Es war zu spät, um nach Hause zu gehen. Wir hatten keine Kraft mehr, waren schon drauf und dran umzukippen, sogar Petračenko ist in sich zusammengesackt. Der ganze, im Lauf des Tages konsumierte Alkohol ist ihm jetzt in den Kopf geschossen. Aber bevor er in seinen berauschten Schlaf sinkt, wird er noch, das weiß ich genau, eine glänzende Rede halten. Eine Rede über den Beruf des Schauspielers, über jene, die ihn hereingelegt haben, indem sie ihn zuerst verzauberten und dann diesen Zauber mit einem Schlag in Staub verwandelten. Diese Rede hält er immer am Ende einer Sauferei wie einen von Bitterkeit und Frustration triefenden Monolog aus einem Bühnenstück.

Vorläufig aber beschimpfen sich Lëcha und Andrjunja, während sie auf dem Fußboden ein Bettlager aus Kulissenteilen und Leinwandstücken bauen. Vadim hockt nachdenklich da, als wolle er analysieren, ob die Sache mit dem »Zusammensitzen, bis es uns schüttelt« heute auch wirklich geklappt hat. Ich rauche, während ich mit dem Schlaf kämpfe, eine Zigarette nach der anderen, und der Bühnenmaler döst vor sich hin ... Dima, ein stämmiger und trinkfester Kerl, teilt peinlich genau die Reste vom Schnaps auf und fragt:

»Sergej, bringst du mir bei, wie du die Kohle für das Saufen auftreibst? Du verjubelst nicht weniger als dreitausend Rubel pro Monat. Ich möchte das auch können ...«

»Ja, hm, wie soll ich sagen ...« murmelt Petračenko.

Vadim nimmt ihn in Schutz:

»Dima, halt's Maul! Nun, der Mensch säuft wie ein Loch, na und? Was wühlst du in seiner Seele herum? Entspannen wir uns ...«

Ein guter, kräftiger Schluck, und die Gläser sind leer. Jetzt kann man sich fallen lassen. Der Kopf ist schwer und kribbelt dumpf, als würden dort winzige, bissige Ameisen rumlaufen. Die Lider rutschen wie kleine, rauhe Schilder über die Augen, und es kostet unheimlich viel Kraft, sie immer wieder hochzuziehen. Der Körper will auf den Fußboden, in die horizontale Lage. Hau dich hin, komm, hau dich hin! befiehlt die innere Stimme. Das ist keine Betrunkenheit mehr, sondern pure Erschöpfung nach der langen, fünf Stunden dauernden Sitzerei. Wenn man sich schnell vollaufen läßt, läuft es anders ab. Ein wilder Schwindel, ein Wirbel, ein Kaleidoskop aus grellen Blitzen vor den Augen. Und dann haut es dich rapide um. Wenn man aber langsam trinkt, gerät man nur mühsam in den Dämmerzustand, muß das Bewußtsein und die dumme, menschliche Sturheit bekämpfen. Hau dich auf den Boden, hau dich hin, flüstert die weise Stimme. Aber ich Idiot will nicht, ich glotze ins Nichts, versuche die versteinerte Zunge zu bewegen ... Das geile Gefühl ist weg. Verbrannt, hat sich in einen Haufen bissiger Ameisen verwandelt, also muß ich dem weisen Flüstern gehorchen.

Schnell, schnell sich irgendwo hinlegen, sich in die Lappen wühlen, sich flach machen. Ich lasse mich auf das Lager fallen, unter mir Fluchen, Tritte. Ich schweige, bewege mich nicht, bin aber immer noch ein wenig bei Bewußtsein. Irgendeine winzige Zelle pulsiert noch, leuchtet wie ein kleiner, blasser Punkt. Und diese Zelle beobachtet die zarten Linien auf meinen Lidern. Die Linien fließen wie glühende, elektrische Wellen. Wann hören sie auf? Die Zelle versucht, sie zu zählen ... Also, drei auf dem linken Lid, vier auf dem rechten ... Nein, je drei ... oder vier ... Ich muß mich konzentrieren ...

»Also das Leben, hm, sagt ihr, die Kunst? Na ja ... Das Leben. Nein, verdammt, darum geht es nicht. Das ist kein Leben, hm, sondern, wie soll ich sagen, ein Pseudoleben.«

Na bitte, es geht los. Eine überirdische, ein wenig unheimliche Stimme scheint von irgendwo oben zu kommen. Nicht schwer zu erraten, daß Petračenko nun predigt. Er konnte sich einfach nicht ohne den heißersehnten Monolog aufs Ohr hauen. Das muß zum Schluß sein, und sei es ins Leere ... Soll er, ich werde einschlafen wie bei den Märchen der Großmutter. Wenn ich nur bequemer liegen könnte.

»Falls ihr wollt, hm, erzähle ich euch, wie soll ich sagen, eine Geschichte. Das ist, verdammt noch mal, eine fürchterliche Geschichte. Ja … Sie handelt davon, wie ich, hm, hm, begriffen habe, was das Theater eigentlich ist. Hm, hm … Da hat es, wie soll ich sagen, ein Mädchen gegeben, ein hübscher Fratz war das. Kurz gesagt, eine kleine Schauspielerin. Schön war sie, sage ich euch, bildschön! Und sie hat also gespielt, hm, hm, einen genauso hübschen Fratz. Und in dieser Rolle hatte sie den Text: ›Ich liebe Sie!‹ Solche Worte, wie soll ich sagen, das muß man sich vorstellen: ›Ich liebe Sie!‹ Ja? … Das gilt doch als das Höchste, was ein Mensch in seinem Leben überhaupt sagen kann. So ist es, hm, wie soll ich sagen, aber nicht jeder hat die Möglichkeit … ›Ich liebe Sie!‹ Das ist heilig, Jungs! Und sie hat das in jeder Vorstellung gesagt. In jeder! Und hat diese verdammten Worte so gesprochen, daß wir alle, hm, hm, ihr geglaubt haben, der ganze Zuschauerraum war wie eine einzige, zum Zerreißen gespannte Saite. Kannst du dir das vorstellen? Ja? Wenn du sie berührst, wird sie reißen …«

Die weißen Wellen auf den Lidern haben sich zu einer fest gespannten Saite zusammengezogen. Ja, das kann ich mir vorstellen. Ich sehe es sogar. Und über die ganz zart vibrierende Saite hüpft das Mädchen aus dem Wohnheim. Die vom Fensterbrett in der Küche. In einem weißen Ballettkleid. Die schlanken Beine. Das glänzende, kastanienbraune Haar. Aber das Gesicht ist nicht da, es ist versteckt, unerreichbar für mich. Sie tanzt schwebend, und ich liege auf der Lauer, beschatte sie und ihren Tanz. Ich sehe ihr heimlich zu, und Petračenko vertont das Bild:

»Hm, und während sie ihren Text gesprochen hat, bin ich extra, wie soll ich sagen, auf die Beleuchterbrücke hinausgekrochen. Und habe geweint, wie soll ich sagen, echte Tränen, und ich habe ihr wirklich geglaubt und vergessen, daß es nur eine Aufführung war und nicht das Leben. Aber dieses liebe, kleine Mädchen hat nur seine Rolle gespielt, hm, hm, zehn Minuten später war es völlig anders, wie soll ich sagen, ein total anderer Mensch. Aber damals war ich überzeugt, daß sie es nur zu mir gesagt hat: ›Ich liebe Sie!‹ – Sie hat mir die Seele zerfleischt. Die Saite zerrissen, damit sie klingt ... Hm, hm, und am nächsten Tag hat sie einen kleinen Hasen gespielt, wie soll ich sagen – so einen blöden Hasen. Oder einen Knaben. Oder hat hier Wodka mit mir getrunken. Warum ist es so?! Wozu gibt es, wie soll ich sagen, diese Masken? Nein, ich kann nicht, wie soll ich sagen, ich kann ihr nicht verzeihen ...«

Stille. Absolute Stille. Alles ist wie ausgestorben, kein Röcheln, kein betrunkenes Grunzen, nichts. Petračenko schläft, nachdem er endlich seine schon hundertmal erzählte Geschichte losgeworden ist, die er wie eine Rolle, wie seine eigene, lebenslange Rolle auswendig gelernt hat. Sitzt da, die Beine gespreizt, der krause, schütter behaarte Kopf hängt auf die Brust herunter, aus dem halboffenen Mund trieft ein klebriger Spukkefaden. Er schläft. Und ich, mit einem Schlag nüchtern, habe einen klaren Kopf, starre auf seine schwärzliche Silhouette und habe aus irgendeinem Grund Angst, meine Lider zu bewegen, die Augen zu schließen und nichts unter den Lidern zu finden.

4

In letzter Zeit kommt es selten vor, aber manchmal doch: Ich wache in der Frühe auf, mit einem freien Kopf, ich fühle mich erholt und wie neu geboren. Ein halb vergessenes Gefühl aus der Kindheit.

Ich liege ein paar Minuten und starre zur Zimmerdecke (im Augenblick sind dort keine schwarzen Risse), die Augen fallen nicht zu und tun nicht weh, ich will mich nicht auf die Seite drehen, um weiterzuschlafen. Anfangs kommt es mir vor, als läge ich in meinem Zimmer in der vertrauten Wohnung in Kyzyl. Ich bin zwölf Jahre alt. Ich horche, anscheinend macht Mama in der Küche Frühstück. Gleich wird mein Vater hereinschauen:

»Roman, aufstehen! Ab in die Schule. Du mußt was lernen, mein Freund.« Ich lächle ein bißchen, recke und strecke mich – angeblich wachsen Kinder schneller, wenn sie sich dehnen.

Nein, kein Lärm aus der Küche, mein Vater guckt nicht herein. Also ein freier Tag, vielleicht sogar ein Feiertag. Der Erste Mai ...

Ich bin munter, ich schlafe nicht, aber mein Zustand ist schöner als der wunderbarste Traum. Die Augen sind offen, aber die Seele reist an einen fernen Ort, wo es mich längst nicht mehr gibt, sie findet und erlebt wieder die angenehmen Minuten am Morgen, die Augenblicke der Kindheit ... Aber dann, als würden fette Schneewolken über den klaren, blauen Frühlingshimmel kriechen, kehrt meine Seele zurück und schlüpft in den, der ich heute bin. Und ich erinnere mich, wo ich gestern war, was ich getan habe, wie alt ich bin und was ich vom neuen Tag erwarten kann. Ich gähne mit einem Stöhnen, mit einem Pfeifen in den Raucherlungen, ich höre Lëchas Schnarchen vom anderen Bett. Alle Knochen tun mir weh, in der Seite spüre ich Stiche, der ungewaschene Kopf juckt. Ächzend setze ich mich auf, schüttle eine Zigarette aus der Schachtel.

Die meisten Zigaretten werden in der Frühe konsumiert. Man muß sich zuerst aufputschen, sich mit der gewohnten

Menge Nikotin vollpumpen und kann dann erst das Leben fortsetzen. Die erste Zigarette rauche ich im Bett sitzend, in die Decke eingehüllt, sehe mich um und flüstere immer wieder:

»Ach, Scheiße … ach, Scheiße …«

Obwohl ich gestern nicht total blau war, bin ich erledigt wie nach einem fürchterlichen Gelage, zerschlagen, als wäre ich durch ein krummes, vibrierendes Rohr gezogen worden. Jetzt hat mich das Rohr ausgespuckt, und allmählich erhole ich mich, massiere die Prellungen und Beulen, bringe die durchgeschüttelten Eingeweide und mein Hirn wieder in Ordnung.

Ich ziehe mich langsam, mühselig an und rauche gleichzeitig meine zweite Zigarette. Halbherzig mache ich das Bett, nehme das Handtuch, schleppe mich davon, um meine Visage zu waschen.

Es gibt nur kaltes Wasser. Nicht kalt, sondern eiskalt. Ich versuche, meine Haare zu glätten, davon werden meine Hände klebrig und ölig. Beim Waschbecken suche ich nach Seife, aber es gibt keine. Zum Teufel damit. Ich spüle meine Kehle, räuspere mich, spucke dunkle, feste Schleimklümpchen aus. Drehe den Wasserhahn zu, nehme das graue Handtuch mit dem Waffelmuster und trockne mich ab. Betrachte mich in der Spiegelscherbe, die an den Fliesen klebt. Ich sollte mich rasieren, aus den Stoppeln ist schon fast ein Bart geworden, aber alle Rasierklingen sind stumpf. Sinnlos, ich würde mich nur verletzen.

Auf dem Tisch die Reste vom Abendessen. Ein paar Pellkartoffeln, Brotschnitten in einer Plastiktüte, Salz. Ich setze mich hin, schäle eine Kartoffel und fange parallel die Mücken, die über dem Tisch kreisen. Ich esse, während Lĕcha laut und widerlich schnarcht. Von Zeit zu Zeit sehe ich ihn an, sehe den zurückgeworfenen Kopf, die Höhle des Mundes, aus der monotone Laute kommen. Zuerst hört man das trockene, in den Ohren kratzende Kch-ch-ch, dann das schleimige, rasselnde N-nja-aa. Ich würde ihm am liebsten eine Kartoffel oder einen Lappen in den Mund stopfen, damit endlich Ruhe ist. Nur die Furcht, er könnte morgen, falls er früher aufwacht, dasselbe mit mir machen, hält mich zurück.

Sonntagmorgen. Aber es sind schon viele Leute unterwegs. Die Zeiten, als man sich am Wochenende ausschlafen, vor der nächsten Arbeitswoche ausruhen konnte, sind längst vorbei. Jetzt ist es den meisten Leuten verdammt egal, ob Werktag oder Wochenende ist. Zwar ist jetzt das Wort »weekend« aufgekommen, aber das Wochenendgefühl ist für sehr viele verlorengegangen. Das heutige Leben ist eine unfaßbar saure Brühe – keiner arbeitet ordentlich, und erholen kann man sich schon gar nicht. Eine einfarbige, endlose Unfaßbarkeit.

Ich gehe ins Zentrum der Neustadt von Minusinsk. Die Stadt ist durch den Enisej-Kanal in zwei gleich große Hälften geteilt. Das Zentrum der Altstadt bilden die Erlöser-Kirche, das Museum und das Theater, und das Zentrum der Neustadt ist der Handelskomplex. Das zweigeschossige Kaufhaus Sajany und ein Supermarkt, umgeben von einem riesigen Markt unter freiem Himmel.

Vor einigen Jahren war an dieser Stelle ein ödes, mit Beifuß bewachsenes Gelände, übersät mit Abfall und Bauschutt. An drei Seiten des Geländes haben sich neugebaute, neungeschossige Wohnhäuser erhoben, die vierte Seite stand offen zur Trudovaja-Straße, der Hauptstraße der Neustadt. Zuerst war geplant, auf dem Gelände ein Sportzentrum mit Fußballstadion und Schwimmbecken zu errichten. Da man aber diesen Plan nicht finanzieren konnte, kam man auf die Idee, einen Park mit Alleen, gemütlichen Bänken, einem Gartenlokal und diversen Attraktionen anzulegen. Das Gelände wurde sogar gesäubert, geebnet, man hatte bereits begonnen, fruchtbare Erde zu liefern. Aber dann ist die Zeit der freien Marktwirtschaft angebrochen, und das Brachland hat sich auf der Stelle in einen Marktplatz verwandelt.

Zuerst war der Handel primitiv, die Ware lag auf Zeltplanen, Wachstüchern oder auf den Motorhauben der Autos aus, später haben sich häßliche, aus Metallstäben gebastelte, mit Teerpappe oder Furnierholz überdachte Verkaufsbuden dazugesellt, aber vor ungefähr drei Jahren hat der Markt ein zivilisiertes Aussehen bekommen. Gebaut wurden der Supermarkt und das Kaufhaus, Reihen von Kiosken mit bunten, auffallenden Schildern und Läden mit Blechdächern, einer hinter dem anderen, »Großhandel Ruslan«, »Handelsvertretung Bagira«, »Firma Shanghai«. Innerhalb von wenigen Tagen sind kleine Cafés im altrussischen Stil aus dem Boden geschossen, in denen Verkäufer und Kunden einen Imbiß nehmen, sich ausruhen und sich mit einem Glas Fanta oder Bier erfrischen können. Hier gibt es natürlich auch ein WC mit Pächter, eine Polizeiwache und die kleine, unauffällige Bude der Marktbehörde.

Ich komme gern frühmorgens hierher, um zu beobachten, wie die Händler mit ihren Karren anrücken, wie die Pullmanwagen der ernsthaften Geschäftsleute ausgeladen werden, wie sich die alten Marktweiber fluchend um die besten Plätze raufen. Früher hat es mich ans Ufer des Enisej-Kanals gezogen, ich habe es genossen, im Gras unter den unglaublich hohen, schwarzen Pappeln zu liegen, auf die schwach gekräuselte

Oberfläche des Wassers zu schauen, den erwachenden Vögeln zu lauschen und dem vereinzelten Plätschern der kleinen Fische. Aber nun fasziniert mich das Handelszentrum. Anscheinend wird aus mir ein zivilisierter Mensch mit westlichen Gewohnheiten – haha. Ich habe irgendwo gehört, die beste Erholung für einen normalen Bürger, zum Beispiel in den Vereinigten Staaten, ist das Bummeln durch die Einkaufsstraßen, nicht um etwas zu erwerben, sondern um einfach zu gaffen, um die in Hülle und Fülle angebotenen Kleidungsstücke in jeglichen Variationen, Größen und Schnitten, die Haufen von amüsantem Kram und die Berge verschiedenster Köstlichkeiten zu genießen.

Ich habe bemerkt: Wenn man über den Markt geht, um etwas zu kaufen, wenn man, von Zweifeln geplagt, schließlich etwas aussucht, herumfeilscht, dann kriegt man Kopfschmerzen, die Kräfte sind rasch verbraucht. Im Endeffekt pfeift man auf alles und nimmt den erstbesten Quatsch, nur damit die ermüdende Prozedur möglichst schnell erledigt ist … Nein, man sollte mit leerer Geldbörse über den Markt spazieren und sich einreden, man sei auf einer Ausstellung oder in einem Freilichtmuseum. Dann ist man unbelastet, dann steht man über der bekümmerten, hektischen Masse und ist ein freier, unbeteiligter, leicht ironischer Beobachter.

Der Markt – das ist eine eigene Welt, die nichts mehr gemeinsam hat mit der Welt des Basars, die ich aus meiner Kindheit kenne, dem Basar der Kolchosbauern mit den gutmütigen Frauchen am Verkaufstisch, mit dem Aroma von leicht gesalzenen Gurken, Knoblauch und Gartenerdbeeren. Der heutige Markt ist nicht nur die Lebensquelle von mehr als hundert Gemüsebauern, einigen Fleischern und Leuten aus Georgien, die umgeben sind von kleinen Pyramiden aus Mandarinen,

Aprikosen und Granatäpfeln. Nein, heute bedeutet der Markt den Lebensunterhalt von einem Drittel der Stadtbevölkerung (das habe ich vor kurzem in diesem Lokalblatt »Die Macht der Arbeit« gelesen), ehemalige Schlägertypen und Herumtreiber, entlassene Arbeiter und Lehrer, Hausfrauen und Rentner treiben da Handel. Hier werden Bananen und Bücher, Kleidung und Kosmetik, geräucherter Fisch, Gebäck, Ersatzteile, Toilettenpapier, Kassetten und Geschirr verkauft, damit man bis zum Abend das Geld beisammen hat, das die Familie für den nächsten Tag benötigt. Äußerst selten begegnet man hier einem leidenschaftlichen Gemüsegärtner, der den Überschuß an Gemüse von seinem eigenen Grundstück verkauft, der mit Freude das geheime Rezept preisgibt, wie er so große und süße Karotten oder so gleichmäßig geformte Tomaten, als wären die extra ausgesucht, gezüchtet hat. Jetzt sitzen finstere, zermürbte Menschen auf Bänken, Kisten, Klappstühlen, schieben ihre Ware hin und her, damit sie, wie sie glauben, für den Kunden attraktiver und verführerischer aussieht. Sie wollen mit dem Blick die Vorübergehenden einfangen, preisen mit falscher, künstlich erhobener Stimme ihre Ware an:

»Pullis, Pullis, reine Wolle! Buckellachs, bitte! Kommen Sie her! Originalkassetten, keine Raubkopien! Die besten Filme der letzten Jahre!«

Ja, schön ist es hier am frühen Morgen. Kein Geschiebe, keine Hast. Nur die ruhige Vorbereitung auf den turbulenten Tag. Die guten Plätze werden besetzt, die Preisschilder neu beschrieben. Die Gespräche der Händler über den gestrigen erfolgreichen oder glücklosen Tag plätschern so dahin.

Ich setze mich auf einen der vorläufig leeren Verkaufstische am Anfang einer unglaublich langen Reihe von Ständen, hole eine Schachtel »Prima« heraus. Zähle die Zigaretten. Zwölf

Stück. Das würde reichen, wenn ich morgen früh zu meinen Eltern fahren könnte, aber wo soll ich jetzt Zigaretten für die nächste Woche hernehmen? Geld leihen ist eine fast irreale Sache, nicht einmal lumpige zehn Rubel würde ich zusammenbekommen. Die einzige Hoffnung ist, daß mein Vater mich besucht, wenn ich am Montag nicht gekommen bin, und Lebensmittel und ein bißchen Geld mitbringt ...

Ich rauche langsam, sehe mich um. Viele von den Stammhändlern kenne ich. Die sind wie Figuren aus einer endlosen Fernsehserie, ihr Charakter, ihre Art zu feilschen, ihre Stimmen sind mir vertraut. Während ich sie beobachte, phantasiere ich, erfinde, was ich nicht sehen kann. Zum Beispiel, wie sie vor zehn Jahren ruhig und gelassen in irgendeiner Handschuh- oder Möbelfabrik gearbeitet haben, Unmengen von überflüssigen, hundsmiserablen Waren produziert haben, wie sie sich vom Vorschuß bis zur Auszahlung des Lohns gehangelt haben, wie eines Tages mit den Vorschüssen Schluß war und dann auch mit dem Lohn, wie ihre Fabriken geschlossen wurden und sie hier gelandet sind – im Handelszentrum. Zuerst haben sie natürlich geglaubt, das wäre ein provisorischer Zustand, später haben sie kapiert, daß dies ihr weiteres Leben sein wird. Und jetzt beziehen sie aus den Lagern Bücher, Kosmetik, Kisten mit Bananen und tiefgefrorenen Hühnerschenkeln, transportieren sie auf kleinen Karren, schleppen sie in großen Einkaufstaschen. Sie kriegen zehn oder zwölf Prozent vom Verkaufspreis – das ist ziemlich gut. Aber die Bananen werden mit jedem Tag schwärzer, verfaulen, und kein Mensch kauft sie mehr. Die tiefgefrorenen Hühnerschenkel werden zehnmal aufgetaut und wieder eingefroren, jeden Morgen muß man sie anbieten, um sie am Abend wieder fluchend in der Tiefkühltruhe zu verstauen. Die Glühbirnen zerplatzen, die Kugelschreiberminen laufen aus, die Schachteln mit dem teuren Parfüm werden so leicht zerdrückt, die Pullis stauben ein … Besonders deutlich kann ich mir die Abende dieser Menschen vorstellen. Die ganze Familie ißt schweigsam in der winzigen Küche. Gemeinsam essen sie nicht wegen der familiären Harmonie, sondern damit jeder seinen Anteil vom Essen abkriegt. Der finstere, nüchterne Mann, völlig fertig nach dem Schleppen von Säcken mit Zucker und Graupen. Die nervöse Frau, deren Gesicht nach dem Tag auf dem Markt grau und aufgedunsen ist, schöpft Reis in die Teller und gießt haßerfüllt eine dünne Soße mit ein paar Stückchen geschmortem Hammelfleisch über den Reis. Die Kinder trauen sich nicht, ausgelassen zu sein. Kaum bist du unartig, kriegst du todsicher vom Vater eine Ohrfeige ab, die Mutter kreischt, zittert, schmeißt den Löffel auf den Fußboden, läuft ins Zimmer und wirft sich auf das klapprige Sofa … So in etwa läuft's, hundertprozentig.

Gegenüber baut ein Ehepaar seine Ware auf. Nach ihrem Aussehen müßten die beiden etwas über dreißig sein. Ich sehe sie oft, zählen sie doch zu den Protagonisten meiner Fernsehserie. Sie sind auf Waschmittel, Putzmittel und Hygieneartikel spezialisiert. Waschpulver, Seifen, das Putzmittel »Komet« mit Chlorinol, Slipeinlagen und Tampons, Toilettenpapier, Zahnpasta. Sie haben ihre Ware in zwei zu Karren umfunktionierten Kinderwagen herbeigeschafft. Ohne überflüssige Worte drapieren sie geschickt Schachteln und Behälter auf dem Verkaufstisch. Ihre Gesichter sind noch verschlafen, die Augen trüb. Die Frau sieht eigentlich nicht übel aus, aber todmüde, vermutlich ist sie wegen der Sorgen und der täglichen Arbeit bei jeder Witterung für immer verwelkt. Anscheinend trägt sie ihre besten Kleider, das Gesicht ist geschminkt, auf dem

Kopf sitzt ein kleines, kokettes Barett. Schlampiges Aussehen schreckt die Kunden ab, deswegen muß man bemüht sein, sich dem Niveau der schönen Waschpulververpackungen anzupassen, sich dem Äußeren der hübschen, gepflegten Mädchen auf den Seifenschachteln anzugleichen. Mit einem Wort, man muß der Ware entsprechen ... Der Mann trägt Arbeitskleidung: alte Jeans, eine Windjacke, eine ausgebleichte Sportmütze. Er arbeitet als Hausmeister. Das weiß ich ganz genau, ich habe einmal beobachtet, wie er den Gehsteig kehrte und aus einem in der Nähe liegenden Neungeschosser den Müll zum Container brachte. Ein Glückspilz. Nein, im Ernst, einen Hausmeisterjob zu kriegen, ist pure Glückssache. Der Lohn ist mehr oder weniger anständig und wird vor allem, wie ich gehört habe, ohne größere Verzögerungen ausbezahlt. Da kann man ganz gut leben, sogar ab und zu ein bißchen auf den Putz hauen. Habe selbst eine Weile als Hausmeister gearbeitet, ich mußte nur das Terrain eines Kindergartens sauberhalten. Aber ich muß zugeben, schon nach einem Monat hatte ich den Eindruck, die einzige Beschäftigung dieser verdammten Kinder würde darin bestehen, Süßigkeiten zu essen, Bonbonpapier wegzuwerfen und Zweige abzubrechen. Mir schien, als wären von den Bäumen Milliarden von Blättern heruntergefallen, als hätten die Kindergärtnerinnen den Abfall extra neben den Müllcontainer geworfen und die Hunde absichtlich in der Nacht buchstäblich das ganze Areal verdreckt, nur um mich zu quälen ... Sehr bald hatte ich den Eindruck, daß ich nicht die asphaltierten Gehsteige fegte, sondern mein eigenes Hirn ...

Dieses Ehepaar hat, wie es üblich ist, zwei Kinder. Der Junge ist zirka zwölf Jahre alt, das Mädchen ein wenig jünger. Sie kommen normalerweise nach drei Uhr und bringen von zu

Hause eine Dose Suppe und eine Thermosflasche mit. Bis zum Abend sitzen die Kinder links und rechts von der Mutter mit dem gleichen Gesichtsausdruck wie sie und warten auf Kunden.

Das Geschäft läuft hier mittelmäßig, nicht viel schlechter und nicht viel besser als bei allen anderen, die mit solcher Ware handeln. Aber es läuft. Trotz allem waschen die Leute immer noch die Wäsche, putzen ihre Zähne, waschen sich selbst.

Ungefähr gegen fünf erscheint dann der Mann, er ist umgezogen, trägt jetzt seine guten Hosen und eine Kunstlederjacke. Er steht neben dem Verkaufstisch und bespricht mit seiner Frau, was er für das Abendessen und für den nächsten Tag einkaufen soll. Die Frau gibt ihm Geld. Er schlendert an den Ständen und Buden entlang. Ein Kilo Schweinefleisch vielleicht, nein, lieber Hammelfleisch, das ist billiger, eine Pakkung russische Spaghetti, ein bißchen Grünzeug, zweihundert Gramm Gehacktes ... Als kleinen Luxus kauft er Eis für die Kinder, eine kleine Tafel Schokolade für die Frau und eine Flasche Bier für sich selbst. Er kommt mit der Einkaufstasche zurück, verteilt großzügig seine Geschenke an die Familienmitglieder, öffnet bedeutsam die Flasche Bier. Eine Weile essen und trinken sie schweigend und mit Vergnügen, auf den Gesichtern die pure Seligkeit ... Dann sind sie fertig und werden auf den Boden der Realität zurückgeworfen, die Gesichter sind wieder grau. Der Mann legt die leere Flasche in die Tasche zu den Lebensmitteln und geht nach Hause. Zwanzig Minuten später kommt er mit den Karren zurück. Ohne Eile packen sie die Ware ein. Die Kinder helfen ... Und ohne Eile leert sich allmählich auch der Markt, die Menschen verstauen müde ihre Sachen, verlassen das Areal zu Fuß oder mit dem Auto. Auf den Verkaufstischen, in den Durchgängen, liegen leere Kisten, zerknüllte Zeitungen, verfaultes, zerquetschtes Gemüse. Bettler treiben sich herum auf der Suche nach leeren Flaschen, nach etwas Vergessenem oder Verlorenem. Über jeden Fund (gleichzeitig der Verlust von jemand anderem) freuen sie sich, als hätten sie einen Schatz gefunden ... Nach den Bettlern kommt das Reinigungspersonal und bringt das Handelszentrum in Ordnung, damit es morgen früh sauber ist und gewappnet für den nächsten Arbeitstag.

Ich denke, es ist klar, daß ich nicht so ein Kretin bin, der den ganzen Tag von acht Uhr früh bis acht Uhr abends hier rumgafft. Nein, das ist nur ein Bild, das sich aus vielen Fragmenten zusammensetzt, wenn ich frühmorgens, tagsüber oder abends auf dem Markt war. In der Rolle des Beobachters. Zumindest vorläufig ...

»Junge, laß mich mal meine Sachen hier am Rand aufstellen«, bittet mich ein älterer, stämmiger Mann mit einer großen Tasche über der Schulter und einem Eimer, der mit einem Kopfkissen bedeckt ist.

Ich springe vom Tisch herunter, und sofort beginnt er, kleine Gläser mit Sauerrahm, Plastiksäckchen mit Quark oder Butter aus der Tasche zu packen. Höchstwahrscheinlich hat er seine eigene Kuh.

Zeit für einen Spaziergang. In meinen Gedanken versunken, habe ich nicht bemerkt, daß das Geschehen schon in vollem Gang ist, fast alle Verkaufsplätze sind besetzt. Ziemlich viele Kunden sind unterwegs. Heute ist Sonntag, das Geschäft sollte florieren.

Die Händler locken routiniert und gewandt:

»Socken, Socken, Markenware, direkt vom Lager! Reine Baumwolle! Nur fünf Rubel!« – »Hausgemachte Salzgurken!

Kosten Sie, genieren Sie sich nicht!« – »Wer braucht Halwa-Bruch? Aus Krasnodar!«

Die Stimmen der Händler mischen sich mit Liedern, die aus den Musikkiosken dröhnen. Es gibt etwa fünf solcher Kioske, deswegen entsteht eine grauenvolle Kakophonie. Aus einem Kiosk brüllen abwechselnd zwei männliche Stimmen, eine ist hoch und zart, die andere dämonisch:

Der blaue Mond, der blaue Mond.
Der blaue Mond, der blaue Mond.
Der blaue Mond, der blaue Mond.
Der blaue Mond, der blaue Mond.

In einem anderen Kiosk erzählt eine zutrauliche Tenorstimme das bekannte Märchen von Fedora und Ivan:

Aus dem Hause Vanja schlich,
seine Eier kratzt er sich,
schenkt Fedora einen Blick,
wär' bereit für einen Fick.

Ausgerechnet um diesen Kiosk herum haben sich alte Frauen niedergelassen, die Gemüse aus ihren eigenen Gemüsegärten verkaufen. Die späte Lauchernte, Dill zum Einwecken, in häuslicher Wärme gereifte Tomaten ... Von Zeit zu Zeit sieht bald die eine Alte, bald die andere stirnrunzelnd auf die vor Anstrengung zitternden Musikboxen, die draußen vor dem Kiosk aufgestellt sind. Den Frauen ist es peinlich, das obszöne Märchen anzuhören, aber was soll man machen – der Platz ist gut, viele Leute gehen hier vorbei. Was soll's, sie werden es schon irgendwie aushalten ...

Seit vier Jahren versuchen auch meine Eltern, hier im Handelszentrum ihre finanzielle Lage zu verbessern. Auch sie sitzen an einem mit Gemüse überhäuften Verkaufstisch und handeln. Was sie verdienen, reicht wie bei allen anderen nur für die täglichen Ausgaben: Lebensmittel, Benzin, das Notwendigste. Die Einnahmen bleiben meistens auf dem Markt hängen, bei den benachbarten Buden und kleinen Geschäften.

Wenn ich weiß, daß meine Eltern herkommen, meide ich den Markt – es deprimiert, ja beschämt mich, wenn ich meine engsten Verwandten in diesem Gedränge als armselige Händler sehen muß. Händler, die sofort mit dem Preis nach unten gehen, noch eine Gurke drauflegen würden, nur damit sie sicher Geldscheine bekommen, ohne die man nicht überleben kann. Und wenn ich sie so sehe, verschwindet sofort der gleichgültige Beobachter und ironische Bummler in mir, zu dem ich normalerweise während meiner Marktbesuche aufblühe, und zurück bleibt eine kleine, beleidigte, schwache Kreatur mit Tränen in den Augen. Aber das passiert nur, wenn ich plötzlich auf meine Eltern stoße, auf ihren Blick, der mich im ersten Moment nicht erkennt und fleht: »Gurken, Radieschen, frischer, saftiger, wunderbarer Lauch …«

Ich verlasse das Handelszentrum. Gehe zum Kinderspielplatz auf der gegenüberliegenden Seite der Trudovaja-Straße. Ich möchte ein bißchen auf der Bank sitzen, den sorglos herumtollenden Kindern zusehen, rauchen. Wenn ich nur acht Rubel für ein Bier hätte, aber wie es so schön heißt: Von nichts kommt nichts.

Ich laufe an einem Denkmal vorbei. Auf dem braunen Granit steht mit dicker, weißer Farbe geschrieben: Hier war Vovka! Unter diesem Satz ist säuberlich eingemeißelt: Die Aufenthaltsorte von W.I. Lenin im Gebiet Krasnojarsk während seines Exils in den Jahren 1897–1900. Daneben eine kleine Landkarte. Darauf Krasnojarsk, Minusinsk, die Dörfer Kozlovo, Šušenskoe, Ermakovskoe. Ein Stückchen unterhalb der Karte befindet sich eine Vertiefung, in die man Blumen legen kann. Anstelle von Blumen ist hier im Augenblick eine leere Flasche Russkaja-Wodka deponiert.

Aus irgendeinem Grund kann ich mich von dem mir schon so lange vertrauten Denkmal und dem fettgeschriebenen Satz – Hier war Vovka! – nicht trennen, und als ich doch weitergehe, stoße ich beinahe mit einer Prozession hiesiger Maler zusammen.

Sie gehen nicht, wie üblich, in einem Haufen, sondern im Gänsemarsch, als hätten sie Angst, die Spur zu verlieren – jeder guckt auf die Fersen seines Vordermannes. An der Spitze marschiert Jura Pikulin, ein kleiner, magerer Typ mit dem Gesicht eines Halbwüchsigen, aber erschreckend bleich und verdorrt. Hinter ihm drei hagere Gestalten mit Vollbart …

Wie eine Ikone bei der Kirchenprozession trägt Jura eine in ein Leintuch gewickelte Leinwand. Seine Augen sind trüb, wie mit Hornhaut überzogen, und starren blind vor sich hin. Wahrscheinlich sieht Jura jetzt durch den Nebel seines grauenvollen Katers nur die verschwommenen Konturen des Handelszentrums. Mich hat er ganz sicher nicht gesehen, denn er zuckt erschrocken zusammen, als ich ihn anrede:

»Na, wollt ihr ein Bild verhökern?«

Er bleibt stehen, blinzelt mich an und sagt heiser:

»Ja, ja … Hallo.«

Auf Jura folgt Šura Rešetov, ein hoch aufgeschossener Kerl mit einem langen, spärlichen Bart, er prallt gegen den Vordermann und bleibt gehorsam und still stehen. Die anderen sind ebenfalls der Reihe nach aufeinandergerumst und nun in einer kurzen, zusammengedrängten Kolonne erstarrt.

»Hast du ... was zu trinken?« fragt Jura Pikulin mit trockener, leidender Stimme.

»Nein«, ich winke hilflos ab, »ich habe keine einzige Kopeke.«

Jura schluckt, verzieht das Gesicht und geht weiter. Rešetov, Dima Kovrigin und Sanja Missing setzen sich ebenfalls in Bewegung. Ich hole Jura ein, gehe neben ihm.

»Was ist das für ein Bild?«

»Na ja ... wir wollen die ›Kumarinnen‹ verscherbeln.«

»Das gibt's ja nicht!« Ich bin wirklich überrascht. Weil ich weiß, daß dieses Bild Juras Stolz ist, vielleicht eines seiner besten Werke.

»Ich scheiß drauf«, wieder verzieht er das Gesicht, »ich muß was trinken.«

Diese Maler kenne ich fast vom ersten Tag an, seit ich in Minusinsk lebe. Also länger als drei Jahre. Aber wer kennt sie nicht, diese Bande von dreißig- bis vierzigjährigen Säufern und Maulhelden, die sich trotz Hunger, Armut und ihren Saufgelagen hartnäckig mit Kunst beschäftigen, was aber außer sie selbst keinen weiter interessiert.

In der verschlafenen, bornierten, spießigen Welt von Minusinsk sind die Maler die schillerndste Gruppe. Und sie fügen sich organisch ein in diese kleine Provinzstadt, obwohl die Bevölkerung, wenn sie mit etwas Neuem und Ungewöhnlichen konfrontiert wird, sich niemals freut, sondern mit ängstlichen Grimassen und gefletschten Zähnen versucht, diese Fremdkörper möglichst weit von ihrem kleinen, gemütlichen Nest, von ihren verfetteten Hirnen, wegzustoßen. Genauso agieren hier auch fast alle Behörden, in deren Kompetenz es liegt, das Neue und Ungewöhnliche entweder zu fördern oder zu ersticken. Die in Minusinsk lebenden, avantgardistischen Dichter und Musiker pflegen ausschließlich mit der Nachbarstadt Kontakte, mit dem jungen Abakan, das so voller Energie ist. Dort gibt es eine Kulturszene und Rockfestivals, dort werden Almanache herausgebracht.

Für die Maler ist aber gerade Minusinsk das Zentrum. Natürlich dank der Kunstschule und dem Museum für Landeskunde, die beide über eine eigene Galerie verfügen und es den Malern ermöglichen, ihre Bilder auszustellen und ihr Publikum zu finden. Die Musiker, Dichter und andere Vertreter der alternativen Szene aus Minusinsk besuchen ständig Abakan, um dort Energie zu tanken, sich irgendwie zu verwirklichen, und umgekehrt sind die Maler aus Abakan Stammgäste in Minusinsk. Auch bei dieser Gruppe hier sind drei aus Minusinsk und der vierte, Dima Kovrigin, aus Abakan. Das heißt, sie trinken zu Ehren seiner Ankunft, und das Gelage ist sicher nicht erst seit einem oder zwei Tagen in vollem Gang, sondern höchstwahrscheinlich seit einer Woche. Diese Kerle wären nach einem zwar ernsthaften, aber kurzen Besäufnis nicht in einem derartig miserablen Zustand. Daß die Augen so weiß sind, daß die Jungs sogar im Gänsemarsch gehen – dafür muß der Suff schon eine ganze Weile dauern.

Die Leute in dem kleinen Geschäft »Dolina«, das erste auf dem Weg, wollen sich das Bild nicht einmal anschauen.

»Wir müssen zu Kirill«, murmelt Rešetov. »Der nimmt das Bild vielleicht. Vor kurzem habe ich ihm zwei Gouachen angedreht … Er steht total auf Erotik.«

»Das ist keine Erotik«, sagt Jura gekränkt und fügt hinzu:

»Aber meinetwegen, ich scheiß drauf … Wo ist er?«

Rešetov kratzt seinen Bart, sieht sich um, orientiert sich. Er führt uns durch das Labyrinth des Handelszentrums.

Mir tut es leid um Juras Bild. Nach dem Suff wird er sich sicher ärgern und bereuen, daß er das Bild auf so blöde Weise verloren hat. Ich versuche, ihn zu überreden:

»Jura, das wird dir später leid tun. Vielleicht sollst du das sein lassen?«

»Was soll ich machen«, stöhnt er traurig, »ich muß was trinken …«

»Da ist er«, Rešetov bleibt neben dem Kiosk »Videoverleih« stehen.

Einige Jungen betrachten die Videokassetten in der Auslage. Der Besitzer, ein sympathischer, höflicher, junger Mann, reckt sich aus dem Fenster und erklärt einem der potentiellen Kunden etwas.

Jura bindet die Schnur auf. Zieht das Tuch von der Leinwand. Hier auf dem Markt, inmitten von Unmassen warm angezogener Menschen, von Verkaufsbuden, von schmutzigen Pfützen neben überfüllten Müllcontainern, sehen die auf der Leinwand dargestellten, nackten, tanzenden Kumarinnen, die Göttinnen des Haschisch, besonders zart und wunderschön aus.

Das Bild erinnert ein bißchen an das Gemälde »Der Tanz« von dem französischen Avantgarde-Künstler Henri Matisse. Fast im gleichen Reigen schweben die sieben graziösen, göttlichen Kumarinnen. Aber sie sind viel besser gemalt, man könnte sogar sagen, sie wirken ganz lebendig. Bei Matisse sind das irgendwelche grellrosa, schlacksigen Körper von hüpfenden Halbwüchsigen, aber das Bild von Jura Pikulin hat ein wirkliches Sujet, einen ästhetischen Wert, tiefe Gedanken und ist eine wahre Augenweide.

Folgendes ist auf dem Bild dargestellt: Auf einer pittoresken Wiese tanzen Hand in Hand wunderschöne Mädchen. Sie sind sorgfältig und minutiös gemalt und sehen absolut lebendig aus. Nein, im realen Leben gibt es solche Mädchen nicht, die wirklichen Mädchen haben immer irgendwelche Schönheitsfehler, Mängel, Mankos. Aber diese da sind perfekt. Alle sieben sind tadellos. Unterschiedlich, aber jede ist wunderschön … Sie tanzen ihren Reigen, und etwas abseits im Gras liegt still ein Mann (der hat übrigens Ähnlichkeit mit Pikulin) und raucht eine riesige Zigarette. Selbstverständlich keine normale Zigarette, sondern einen Joint – das merkt man an seinem Gesicht und am Rauch der Zigarette. Die ganze Leinwand ist in diesen Rauch gehüllt, ein leichter, aber offensichtlich betörender Nebel. Dieser Nebel ist Kumarin. Aus ihm sind die Kumarinnen geboren, diese überirdischen, wunderschönen Jungfrauen, geboren, um den Blick des Künstlers zu versüßen, indem sie vor ihm ihren herrlichen Reigen tanzen. Und wenn die Wirkung des Haschisch nachläßt, werden sie sich in Luft auflösen.

Und dann wird die Wiese leer sein, und der Künstler wird sich einsam und elend fühlen. Er wird aufstehen, das Gras von sich abschütteln, traurig seufzen und sich nach Hause schleppen, in eine Realität, die er längst satt hat, mit einem Berg von unlösbaren Problemen, mit einer durch Zellulitis verunstalteten Frau. Und nur die Erinnerung an die wunderschönen, überirdischen Kumarinnen wird sein Herz wärmen, und nur die Hoffnung, sie wiederzusehen, und der Versuch, diese unglaublich herrliche Erscheinung auf die Leinwand zu bannen, werden ihn, während er einen Joint nach dem anderen durchzieht, inspirieren … Ich weiß, vielen ist es gelungen, die Kumarinnen zu sehen, wenn sie high waren, viele haben auch versucht, sie zu malen, aber Jura Pikulin hat es fast geschafft.

»Fast«, das ist kein Vorwurf, denn hundertprozentig kann das sowieso keinem jemals gelingen …

Während der Ausstellung im letzten Jahr hat ein sehr wohlhabender Mann (der Direktor einer Crackers-Fabrik) Jura in meiner Anwesenheit darum gebeten, den Preis für die »Kumarinnen« zu nennen, aber Jura hat abgelehnt. Und jetzt bringt er das Bild selbst zum Handelszentrum und wird es höchstwahrscheinlich zum Spottpreis verhökern, nur um genug saufen zu können, damit der Kater verschwindet.

»Ich scheiß drauf«, murmelt der Maler und betrachtet den Reigen der tanzenden Göttinnen, als würde er sie um Verständnis dafür bitten, daß es im Augenblick keine Alternative gibt und er gezwungen ist, sich von ihnen zu trennen.

»Ich muß …« Mit verschleiertem Blick sucht er nach Rešetov und reicht ihm die Leinwand:

»Los, Šura, verkauf das Bild! Versuch es für zweihundert Rubel.«

»Wieso ich?« Der erschrickt, weicht sogar zurück. Jura runzelt die Stirn:

»Hör auf … Du kennst ihn, hast du doch selbst gesagt. Da. Also los!«

Rešetov übernimmt das Bild, betrachtet es eine Zeitlang, als ob er sich von ihm verabschieden und es um Verzeihung bitten wolle, und geht zum Kiosk. Jura folgt ihm mit dem Blick, leckt sich über die bläulichen, aufgeplatzten Lippen. Kovrigin und Missing haben offensichtlich keine Ahnung, wo sie sind, was überhaupt los ist, sie starren nur auf den Boden, bemüht, sich auf den Beinen zu halten.

Rešetov redet mit Kirill, läßt das Bild beim Kiosk liegen und kehrt zurück:

»Er zahlt keine zweihundert Rubel, obwohl es ihn nicht kalt gelassen hat.«

»Wieviel rückt er heraus?«

»Siebzig.«

Mir scheint, Jura ist tödlich beleidigt. Er wird das Bild sofort zurücknehmen, ins Leintuch wickeln und in seinen Armen wiegen. Wird es nach Hause bringen, verstecken ...

»Soll er ... soll er wenigstens hundert Rubel dafür zahlen«, bittet er kläglich. »Šura, du mußt mit ihm feilschen. Sag ihm, allein die Farbe hat mehr gekostet ...«

»Ich versuche es.« Rešetov trottet zurück.

»Macht nichts, Jura«, Missing lebt plötzlich auf, »jetzt geht's erst richtig los, dein nächstes Bild wird eine absolute Wucht!«

»Das bezweifle ich ...«

Sie haben sich auf neunzig Rubel geeinigt. Für dieses Geld sind auf der Stelle zwei Flaschen vom billigsten Wodka, eine Flasche Bier, ein grauer Brotlaib und etliche kleine Packungen chinesische Nudeln gekauft worden. Beim nächstbesten gemütlichen Plätzchen, gleich hinter den Kiosken, ist die Wodkaflasche geöffnet worden, sie wurde im Kreis weitergereicht, und jeder hat direkt aus der Flasche getrunken. Der Wodka wurde mit Bier hinuntergespült. Auch ich habe ein paar Schlucke genommen.

Jetzt sind die Maler wie neu geboren. Der weiße Nebel ist aus den Augen verschwunden, die Gesichter haben sich gerötet. Sie brechen in Gelächter aus.

»Ach«, seufzt Kovrigin erleichtert auf, ein kleiner, vierzigjähriger Kerl mit einem üppigen, roten Bart, der in alle Richtungen, nur nicht nach unten, wächst. Kovrigins Atem stank so, als hätte er sich seine Fahne seit gestern abend aufgespart.

Missing pflichtet ihm bei:

»Ja, der Kater ist weg.«

Jeder nimmt noch einen Schluck, Jura macht die Flasche zu:

»Na, Šura, gehen wir jetzt zu dir?«

»Wohin sonst ...«

Die Maler gehen auf das Viertel mit den Neungeschossern zu. Pikulin dreht sich zu mir um:

»Und was ist mit dir?«

»Ich kann nicht«, sage ich mit Bedauern, »ich muß zur Arbeit. Wohl bekomm's.«

»Tja, hoffentlich ... Schon der zwölfte Tag ... Wir sollten langsam mal aufhören.«

»Dann wünsche ich euch einen glücklichen Absprung.«

Ich sehe ihnen nach. Jetzt gehen sie, zu einer kleinen Schar zusammengedrängt, tragen behutsam Getränke und Essen. Sie reden miteinander, geraten schnell in Wut, fangen an zu streiten. Das Leben hat sie wieder.

5

Mein Vorhaben, zur Kartoffelernte zu fahren, hat sich zerschlagen, dafür hat mir das Schicksal beschert, an Sašas Abschiedsfeier teilzunehmen.

Lëcha und ich waren kaum ins Wohnheim zurückgekehrt, wie immer am Abend müde und schlecht gelaunt angesichts der drögen, langweiligen Zeit bis zum Schlafengehen und wegen des genauso stinklangweiligen, darauffolgenden arbeitsfreien Montags, als auch schon unser Nachbar ins Zimmer hereingeplatzt kam. Sein Kopf war kahlgeschoren, mit frischen Schnittwunden, er selbst war schon ziemlich blau und auf unangenehme Weise aufgeregt.

»Jungs, seht euch das an!« Er klopft sich auf die Glatze. »Morgen bin ich weg!«

»Schon morgen?« fragt Lëcha, der sich gleich ins Bett legen wollte, ohne besonderes Mitgefühl.

»Um zehn Uhr vormittags, verdammte Scheiße, starte ich von der Militärkommandantur. Und dann good bye, Saša, warte auf schöne Briefe aus der Heimat!«

Ich möchte ihn ermuntern:

»Macht nichts, du wirst schon zurückkommen. Ich habe auch zwei Jahre abgesessen und lebe noch, wie du siehst.«

»Mist, ich habe wirklich Schwein«, Saša zuckt die Achseln, holt eine Schachtel »Bond« heraus, schenkt Lëcha und mir eine Zigarette, zündet sich auch eine an und sagt dann mit einer anderen, irgendwie vernünftigeren Stimme:

»Die werden mich in den Waggon stecken und abtransportieren. Wohin? Heutzutage ist alles möglich ... Die Tschetschenen machen einen Sklaven aus mir, dort irgendwo, und dann ab mit mir, in die Grube ...«

»Hör auf, Saša, du übertreibst ...«

»Vergiß es!« Er drückt die nicht fertiggerauchte Zigarette im Aschenbecher aus, zerbröselt nervös den Filter. »Die Jungs werden gleich da sein, wir wollen was saufen. Meine Frau kocht mit den anderen Mädchen. Sitzen wir ein bißchen zusammen ... vor der Abreise.«

Nachdem Lëcha vom bevorstehenden Besäufnis erfahren hat, will er nicht mehr ins Bett, geht unruhig im Zimmer auf und ab. Ich sitze am Tisch, rauche die gute Zigarette, zerdrücke mechanisch trockene Brotkrümel. Ich finde keine passenden, tröstenden Worte. In meinem Kopf sind nur hämische, giftige Sätze aufgetaucht, aus irgendeinem Grund fällt mir nichts Positives ein ... Und Saša hat sich inzwischen wütend in negative Gedanken hineingesteigert, stellt Mutmaßungen darüber an, was geschehen wird, wenn er weg ist:

»Also, ich muß dort verrecken, und Lena kann hier tun, was sie will ... Ich sehe doch alles, die ist ganz geil darauf, daß ich abhaue!«

»Na komm«, entgegne ich, »es gibt auch solche, die anständig sind und warten.«

»Wo denn? Im Film? Ich kenne die Weiber – einen Monat hält sie es aus, und dann auf Teufel komm raus ... Ist mir egal ... aber wenn ich was erfahre, verdammt, dann komme ich mit einem Maschinengewehr und zeig's ihr!« Saša nimmt die nächste Zigarette. »Ich habe doch sonst niemanden, nur Lena und Serëga, meinen Sohn, und wenn ich erfahre, daß dieses Luder ...«

Er möchte gern seine Drohung mit dem Maschinengewehr wiederholen, oder vielleicht hat er schon eine noch grausamere parat, da hört man auf dem Gang Getrampel und laute, offensichtlich betrunkene Stimmen.

»Oh, die Jungs sind da!« Saša springt auf, guckt auf den Gang hinaus. »Hallo!«

»Huh, Saša! Du Arschgeige!«

Zu uns ins Zimmer rollt eine Lawine von zehn Leuten. Alle sind mit Flaschen beladen. Alle wollen Sašas kahlrasierten Kopf tätscheln, klopfen auf seine Glatze und brüllen:

»Du! Häng dich lieber auf, bevor sie dich in den Arsch ficken! Saša, wir lassen uns vollaufen! Ach, du kahler Arsch!«

Nachdem die Jungs den Rekruten genügend verhöhnt haben, übersiedeln sie (auch Lëcha und ich) ins Nebenzimmer.

Der Tisch, der vom Fenster bis zur Tür reicht, ist schon gedeckt. Flaschen, große Schüsseln mit mariniertem Kraut, aufgeschnittene Gurken, Salate, Hering, gekochte Kartoffeln. Von irgendwo kommt der Duft eines Bratens, aber auf dem Tisch steht er noch nicht. Umgeben von einer Schar lärmender, beschwipster Kerle, warte ich auf die Aufforderung, sich zu setzen.

Sašas Frau Lena und zwei Freundinnen aus dem Wohnheim werken hastig herum, decken das Geschirr auf, schieben die Gerichte von einem Platz zum anderen, zählen alles besorgt ab. Im Kinderbett hüpft und plärrt der eineinhalbjährige Serëga.

»Los, fangen wir an!« Saša schiebt die Gäste zum Tisch. »Wir müssen sofort einen kippen ...«

Die Stühle reichen nicht aus, ich hole zwei aus unserem Zimmer. Im Kopf spüre ich einen leichten Schwindel, als ob ich schon ein halbes Glas getrunken hätte. Ja, der Abend verspricht, nicht langweilig zu werden. Zum Saufen ist ein ganzes Meer da. Noch dazu ist eine von Lenas Freundinnen da, eine aus dem vierten Stock (wie sie heißt, weiß ich nicht), ziemlich hübsch. Sie ist mir schon lange aufgefallen, und heute habe ich die Chance, sie kennenzulernen und vielleicht, wenn Gott will, könnte ich ...

Wie die meisten betrunkenen, nervösen Menschen ist Saša mal aufgeregt und fast lustig, mal finster und nachdenklich. Aber die Jungs lassen ihn nicht grübeln, sie geben ihm ständig einen Klaps auf den rasierten Schädel, auf die Schultern, auf den Rücken. Sie wollen ihn aufmuntern, wie es so schön heißt. Besonders um ihn bemüht ist ein riesiger Kerl mit einer stupiden, gleichsam versteinerten Visage. Er sitzt links von dem Gefeierten, und sobald Saša anfängt, depressiv zu werden, verpaßt er ihm sofort einen saftigen Hieb auf den Schädel und schenkt ihm mit schallendem Gelächter ein:

»Trink, verdammt, trink! Dort wirst du keine Gelegenheit mehr dazu haben!«

Und bei jedem Anstoßen hält er es für nötig, mit irgendeinem Spruch herauszuplatzen:

»Wie du deinen Abschied feierst, so wird es dir bei der Armee ergehen!«

Oder:

»Zwei Jahre, Saša, das ist keine Frist. Denk an die Jungs im Knast … ach was!« Und so weiter.

Rechts von Saša sitzt seine Frau, schön angezogen und stark geschminkt, was die besorgte und ängstliche Miene nicht überdecken kann. Mir gegenüber sitzt das bereits erwähnte hübsche Mädchen aus dem vierten Stock. Die sehe ich ständig an und suche nach einem Vorwand, um sie anzureden. Praktisch sofort ist ihr einer von den Jungs auf die Pelle gerückt, ein stämmiger, rothaariger Kerl in einem T-Shirt mit englischen Buchstaben, mit verkrüppelten Fingern an der rechten Hand und Kopfhörern um den Hals. Er quasselt pausenlos im tiefen Flüsterton auf das Mädchen ein, grinst, und sie lächelt auch, hört zu, nickt. Auf meine heißen Blicke keine Reaktion.

Lëcha ist überhaupt alles egal, der häuft unentwegt Essen auf seinen Teller und verschlingt es im Nu. Wie will er sich betrinken mit dem vollen Bauch? Das Saufgelage kommt anscheinend in Fahrt. Da wird auch noch eine riesige Schüssel mit Fleisch gebracht. Zum Fleisch wird noch häufiger getrunken. Alle drei Minuten ein Trinkspruch, man klopft Saša auf den Schädel, wirft den Kopf zurück, um Schnaps in den Mund zu kippen.

Der eineinhalbjährige Serëga, die kleine Kopie seines Vaters, dieses Familienterroristen, versucht ununterbrochen, aus dem Laufgitter herauszukrabbeln. Dem gehen der Lärm und der Haufen von Menschen auf die Nerven. Seine Mutter steckt ihm irgendwas Köstliches in den Mund, dann gibt er eine Zeitlang Ruhe.

Obwohl noch keine Stunde vergangen ist, sind alle schon sternhagelvoll. Saša ist vergessen, der ist auf dem Stuhl zusammengesackt und döst vor sich hin, sein armseliger, bläulicher Schädel liegt auf der Tischdecke. Ein paarmal hat er noch versucht, wieder zu Bewußtsein zu kommen, ist aufgestanden, hat die Gäste mit dem Blick einer Leiche angesehen und hat sich schließlich endgültig ausgeklinkt. Jetzt regt ihn nichts mehr auf. Daß dies die letzten Stunden seines zivilen Daseins sind, daß der Hüne mit der stupiden Visage genauso stupid und unübersehbar seine Frau aufreißen will, daß einer von den Jungs heimlich seine Kassette eingesteckt hat, daß die Gäste das Zimmer vollgeraucht haben, daß der kleine Serëga keine Luft mehr kriegt und hustet – Saša ist im Augenblick alles schnurzegal, er schwebt im siebten Himmel.

Ein gemeinsames Gespräch kommt am Tisch nicht auf, zwei, drei Leute reden miteinander, genauso wird getrunken – in kleinen Gruppen. Der Rotschädel mit den Kopfhörern um den Hals hat das Mädchen aus dem vierten Stock umarmt, kitzelt sie hinter dem Ohr, was ihr anscheinend gefällt, sie blinzelt und kichert, schmeichelt ihm wie eine zugelaufene Katze. Vielleicht gefällt ihr dieser Kerl gar nicht, aber er wohnt ganz sicher in der Stadt, während sie ganz sicher aus einem Kuhdorf kommt, und da hat sie die Hoffnung, daß der Junge »ach!« sich in sie verliebt und sie dann »ach!« heiratet und alles in Erfüllung geht, wovon sie in den schlaflosen Nächten auf dem klapprigen Bett im Wohnheim geträumt hat.

Ich brauche eine Pause. Ziehe aus irgendwessen Zigarettenschachtel zwei »Kosmos«, gehe auf den Gang.

Der Gang ist leer und finster. Ein Teil der Neonleuchten ist kaputt, die anderen flackern blau auf, sind kurz davor, durchzubrennen. Es zieht, wahrscheinlich ist es windig draußen.

Eine Zigarette zünde ich an, die andere stecke ich mir hinter das Ohr. Ich gehe in die Richtung der ehemaligen Küche. Hinter den Türen Geräusche von Leben. Da eine Schießerei im Fernsehen, dort eine lautstarke Auseinandersetzung, ein wenig gedämpft durch ein fröhliches Liedchen aus dem Kassettenrecorder. Das Weinen von Kindern, die nicht einschlafen wollen, das Klirren von schmutzigem Geschirr, das vom Tisch geräumt wird, Flüche ... Die übliche Abendstimmung hier. Bald bricht die Nacht herein, alle werden sich auf ihr Lager werfen, und morgen kommt der nächste Tag. Morgen wird der Montag mit seiner ganzen Last auf mich herabfallen.

Ein paar Schritte von der ehemaligen Küche entfernt, bleibe ich stehen und setze die Miene eines charmanten Draufgängers auf. Ich schiebe die Zigarettenkippe in den Mundwinkel, zwinkere. Ich gehe locker und ohne Eile weiter ... Frust.

Ein einziger Frust. Die ehemalige Küche ist leer. Ohne das Mädchen wirkt sie kalt und langweilig. Das Fensterbrett ist frei. Das Mädchen mit dem glänzenden, kastanienbraunen Haar sitzt nicht da, sieht nicht zum Fenster hinaus, kein Fuß zuckt im Takt der Musik aus dem Walkman. Frust. Denn ausgerechnet heute, in diesem Augenblick, wäre ich imstande, sie anzureden und zu bezaubern ... Gerade jetzt wäre ich lustig, gesprächig, grenzenlos gesellig ...

Ich setze mich auf das Fensterbrett. Rauche die Zigarette

zu Ende, werfe den angeschmorten Filter ins trockene Waschbecken (der Wasserhahn wurde aus irgendeinem Grund vor Urzeiten abmontiert) und spucke auf die Fliesen an der Wand. Kratze mit dem Fingernagel die abblätternde Farbe vom Fensterbrett. Meine gute Laune ist dahin, verflogen in der Leere dieser ehemaligen Küche. Was soll ich jetzt tun? Zurück zum Tisch, zu den Jungs? Vorläufig habe ich keinen Bock. Ich kenne mich: Noch fünf Gläser Schnaps und es ist aus mit mir. An einem anderen Tag wäre das nicht schlecht, aber heute …

Ich habe noch nicht wahnsinnig viele Mädchen gehabt, meistens war ich betrunken, und es lief nicht besonders glücklich. Das erste Mal war mit einer Schulkameradin, die mir seit der vierten Klasse gefallen hat. Sie ist mit älteren Jungen gegangen, aber ich habe den richtigen Moment abgewartet … Passiert ist es auf der Abschlußfeier, nach der Verteilung der Zeugnisse und dem traditionellen Ball. Anschließend war Diskothek, ein heimliches Saufgelage hat stattgefunden. Wir sind auf das Dach der Schule geklettert. Es war finster und sehr warm. Juni … Sie trug ein leichtes, fliederfarbenes Kleid … Ich hatte keine Ahnung, wie man das macht, ich hatte damals noch nicht mal einen Erotikfilm gesehen, und sie fand es klasse mit einem unerfahrenen Jungen … Ich habe versucht, sie auszuziehen, meine Hände zitterten, ich war schweißgebadet. Ich keuchte, sie lächelte, hat keinen Widerstand geleistet, mir aber auch nicht geholfen. Bis zu einem gewissen Zeitpunkt hat sie sich einfach amüsiert. Wir haben beide kein Wort gesagt. Unten, in der Aula, hat die Musik gespielt … Ich konnte mich fast nicht beherrschen, wäre fast explodiert wie eine tonnenschwere Bombe … Dann riß an ihrem Kleid eine Naht, sie stieß mich zurück, und ich wäre fast vom Dach gefallen. Sie lachte kurz und verächtlich auf und ging tanzen. Ich wollte vom

Dach hinunterspringen, habe es dann aber doch nicht getan, sondern bin nach Hause geschlichen. Im Gehen mußte ich mein unter der Hose gekrümmtes, vor Überreizung schmerzendes Glied halten.

Später hat es auch erfolgreichere Versuche gegeben, aber diese ganzen Geschichten waren nicht das, was ich gesucht habe, nämlich Liebe. Mit siebzehn war ich sicher, daß die Liebe existiert und daß man sie finden kann. Wie sollte man sonst mit siebzehn denken? Mit der Zeit bin ich allerdings vernünftiger geworden und habe begriffen, daß man sich vor der Liebe am meisten fürchten sollte. Die Liebe kann einen in den Abgrund, in eine Wolfsgrube stürzen ... Die Leute um mich herum sind das beste Beispiel. Zuerst kommt das Glück – im wahrsten Sinne des Wortes, die Zeit der Seligkeit, der Genuß, der blinde Flug, aber dann ... Die Liebe ist wie das letzte Glas von einem selbstgebrannten Schnaps: die ersten paar Schluck sind klasse, stark, schmecken herrlich, aber dann folgt der ekelhafte, bittere Bodensatz. Am besten sollte man gar nicht davon kosten ...

Aber manchmal bin ich sicher, daß ich mich gleich verlieben werde. Den Kopf verlieren und mich in die Tiefe der Wolfsgrube stürzen werde. Als ob ich wieder siebzehn wäre. Das ist wie eine Krankheit. Ich bin auf der Suche nach einer Frau, für die ich den romantischsten, galantesten Quatsch machen würde, für die ich mich in einen duftenden See verwandeln würde ... Sie muß nur kommen, mich nur ansehen ... Ich träume von zärtlichen Händen, von ihren unergründlichen Augen, von Lippen, von allem anderen. Ich träume davon und fühle mich dabei wie der letzte Idiot. Lĕcha beruhigt mich insofern, als er behauptet, daß der schlimmste Idiotismus ohnehin der Geldmangel sei. Hast du Geld, dann kannst du sehr viel anstellen, hast du keins – Finger weg. Selbstverständlich bin ich auch dieser Meinung, nur meine Seele will das nicht akzeptieren. Meine Seele ist durch romantische Geschichten, durch Märchen von Rendezvous und Blumenstrauß, von Liebesgeständnis und doppelsinniger Weigerung, kurz gesagt, von all dem lästigen Schwachsinn vergiftet.

Schuld daran sind natürlich meine Eltern. Wem sollte man sonst die Schuld in die Schuhe schieben, wenn nicht ihnen? Meine Eltern gehören, wenn auch in der ersten Generation, zur Intelligenzija. Nach dem Abschluß einer Kunstakademie haben sie als Kulturbeauftragte gearbeitet. Das ist die sogenannte 60er-Generation. Damals war das Mode. Man hat nach der Kunstakademie die Großstadt verlassen, um die Kultur in eine junge, nationale Republik zu tragen. Sie waren damals schon über fünfzig und haben immer noch geglaubt, daß sie alles im Leben richtig machten. Sie waren davon überzeugt, wenn man an dem Ort, an den man gestellt ist, nur anständig arbeitete, dann würde auch alles andere in Ordnung gehen. Eine Weile war ihnen das Schicksal gewogen …

Und mich haben sie nach ihren Prinzipien erzogen. Ich kann jetzt noch das Gedicht von Majakovskij »Was gut ist und was schlecht ist« auswendig, und selbstverständlich werde ich bis ins Grab an Aphorismen denken, die sie mir in den Schädel gehämmert haben, wie: Die Seele muß sich plagen, Tag und Nacht, Tag und Nacht, oder: Was du für dich selbst nimmst, wirst du verlieren, was du gibst, bekommst du zurück. – Tausendmal habe ich diese Sätze von Mutter und Vater gehört, habe sogar versucht, sie zu befolgen … Ich habe mich bemüht, ein ehrlicher, hilfsbereiter, guter Junge zu sein. Haha, ich war fast so brav wie ein Mädchen. Ich habe unsere Bekannten angenehm überrascht, die haben meine Eltern beneidet und mich ihren schlimmen Söhnen als positives Beispiel hingestellt.

Bis ich sechzehn war, hatte ich keine Lust auszugehen! Nachdem ich meine Schulstunden fleißig abgesessen hatte – kapiert habe ich zwar nichts, dafür aber die Worte des Lehrers aufmerksam notiert – und nachdem ich in den Pausen eine gebührende Ladung Tritte und Ohrfeigen bezogen hatte, bin ich nach Hause gerast. Und habe Bücher gelesen, blöde, verlogene Bücher. Jules Verne, Walter Scott, Mayne Reid. Selbstvergessen habe ich mir den »Club der Fernsehreisen« angeschaut, habe die Zeitschrift »Rund um die Welt« gesammelt. Die Jungen in der Schule und im Hof haben mich »Weichei« und »Hosenscheißer« genannt. Ich konnte mich nicht prügeln, Raufereien waren für mich etwas Schlimmes, Beschämendes, also habe ich bevorzugt, nach den ersten Schlägen umzufallen, mich zusammenzurollen, um mein Gesicht zu schützen und keine blauen Flecke abzukriegen. Das hätte doch meinen Eltern weh getan, wenn sie gesehen hätten, daß ich verprügelt worden bin ... Ich habe von der Freundschaft mit einem Mädchen geträumt, mich aber nicht getraut, den ersten Schritt zu machen, weil ich Angst hatte, ausgelacht zu werden. Außerdem war mir klar, daß wahrscheinlich kein Mädchen Lust gehabt hätte, sich mit mir, dem »Weichei« anzufreunden. Die tapferen, starken, unendlich frechen Jungs waren den Mädchen doch viel lieber.

In der neunten Klasse habe ich den Versuch gestartet, mich zu ändern. Ich war fast sechzehn, ein erwachsener Mensch, höchste Zeit, endlich reifer zu werden. Aber es ist nicht möglich, sich einfach so, eines schönen Tages, plötzlich zu ändern. Ja, ein paarmal habe ich zurückgeschlagen, worauf ich brutal verdroschen worden bin. Ich habe ernsthaft versucht, mich mit einem hübschen Mädchen aus der Parallelklasse anzufreunden, aber sie hat mich nur angeglotzt wie einen Affen, der plötzlich redet.

Ich kann mich noch haargenau daran erinnern, wie ich mich jeden Samstag heimlich zur Schuldiskothek geschlichen habe, um den betrunkenen, bösen Kerlen auszuweichen. Ich habe mich in irgendeinem Winkel der Aula verkrochen, den zärtlichen Melodien gelauscht und durch das Licht der Scheinwerfer, die im Rhythmus der Musik zuckten, die tanzenden Mädchen beobachtet. Wunderschöne, himmlische Wesen in Miniröcken aus Leder, in enganliegenden Jeans, mit nackten Schultern, die so aufregend ihre jungen, geschmeidigen Körper bewegten. Ich war auch jung, aber ich versteckte mich in meinem kleinen Winkel und hatte Angst, daß die bösen Kerle mich entdecken, auf den Gang schleppen würden und mir als eine Art Aufwärmtraining vor einer heißen Nacht mit den Mädchen oder auch nur, um sich vor ihnen aufzuspielen, die Fresse polieren würden. So etwas ist ziemlich oft passiert, trotzdem ging ich weiterhin jeden Samstag zur Diskothek.

Wie ich mich vorbereitet habe! Wie ich aufgepaßt habe, daß meine Mutter die Hose richtig bügelt! Ich habe den Mantel abgebürstet, mit einem Lappen die Turnschuhe poliert, die Pickel auf der Stirn mit Creme abgedeckt, mein Haar gebürstet und geglättet. Mama war stolz auf mich, wollte mich mit einem positiven Lächeln aufmuntern. Sie war sicher, daß ich eine Freundin hatte. Haha ... Meine Rückkehr hat ganz anders ausgesehen. Fast im Laufschritt bin ich allein durch die finsteren Höfe gerannt. Von allen Seiten die lauten, aufgeregten Stimmen einer sich wild gebärdenden Jugend, und da war ich – allein, böse, feige, aber auch erregt, erregt bis zum Wahnsinn.

Die Party bei Saša ist vorbei. Alle haben sich, wie es heute üblich ist, blitzschnell vollaufen lassen. Am Tisch, der immer noch gedeckt war, voll mit Speiseresten und halbleeren Schnapsgläsern, hockte der Herr des Hauses. In derselben Lage, den Kopf nach wie vor auf der Tischplatte, den Körper verkrümmt. Lena versuchte, das matt plärrende Kind einzuwiegen, starrte auf die Wand und flüsterte im Singsang:

»Schlaf, mein Kleiner, schlaf geschwind, leg dich nicht zum Bettrand hin ...« Im Zimmer waren noch zwei Jungs, der Hüne mit der versteinerten Visage und ein anderer, von dem ich nur die Sohlen seiner dreckigen Schuhe gesehen habe. Beide lagen ausgestreckt auf dem Ehebett und schnarchten wie die Teufel.

Ich habe mich, ohne lange zu fackeln, an den Tisch gesetzt, die Wodkaneigen aus drei Gläsern in das meine gegossen, eine Scheibe Gurke mit der Gabel aufgespießt. Lena hat mir einen müden, unfreundlichen Blick zugeworfen, wieder die Wand angestarrt und murmelnd das unsinnige Wiegenlied fortgesetzt.

Klar, wenn wir ehrlich sind, hätte ich aufstehen sollen, das Zimmer verlassen und, falls wir ganz ritterlich sein wollten, auch die Jungs wachrütteln und mitnehmen müssen. Aber ich wollte nur trinken. Eine halbe Stunde mit blöden Gedanken und Erinnerungen – und der ganze Rausch ist verflogen, hat sich im Nichts aufgelöst. Das mußte wieder gutgemacht werden.

Ungefähr dreißig Milliliter Wodka habe ich zusammengebracht und ausgetrunken, einen Happen vom Kraut genommen. Und gedankenlos auf das Fenster geglotzt. In der schwarzen Glasscheibe spiegelten sich das kleine Zimmer und darin ich, mit kauendem Mund.

»Hm, uaah …« Saša wacht auf, hebt mit Anstrengung den Kopf. »Ach …«

Er sieht sich um, rollt die blutunterlaufenen Augen hin und her, richtet sich auf und stöhnt wieder, aber diesmal lauter, vernünftiger:

»Ach, Scheiße …«

»Kannst du nicht leiser sein?« zischt seine Frau.

Saša zeigt ihr sofort, wo es langgeht:

»Schnauze!«

Dann sieht er mich:

»Gibt es noch was zu trinken?«

»Weiß ich nicht«, ich zucke die Achseln, »da war noch ein Rest in den Schnapsgläsern …«

»Hol den Wodka«, wendet sich Saša an seine Frau.

»Keiner mehr da, die haben alles weggesoffen.«

»Hast du gehört!«

»Im Kühlschrank.«

Saša versucht aufzustehen, verhakt sich dabei im Stuhlbein, fällt fast um. Ohne mich groß bitten zu lassen, mache ich den alten Kühlschrank auf, nehme eine von drei angelaufenen Flaschen heraus. Setze mich näher zum Gastgeber, fülle zwei Gläser, sehe Lena fragend an, ob sie auch trinken will. Die verzieht verächtlich den Mund und wendet sich ab.

»Also, auf alles!« Saša stößt mit mir an.

»Los …«

Zwei Gläser reichen, um ihn wieder in ein Häuflein Elend zu verwandeln. Er umfaßt seinen kahlrasierten Kopf, fängt an zu jammern und zu plärren wie ein Kind:

»Das ist das Ende! Und man kann nichts tun ... kann sich nicht drücken. Aus! Wie eine Herde Schafe zum Schlachthaus ... Wer geht heute überhaupt noch zum Militär? Was für eine Armee, was für eine Scheißheimat?! Ich ... ich will nicht verrecken! Könnt ihr das begreifen – ich will nicht!«

Der Sohn fällt in Papas immer lauter werdendes Heulen ein. Lena versucht vergeblich, ihn abzulenken. Der Knirps will zu Saša. Der sieht den Sohn an, reißt ihn aus Mutters Armen.

»Ja, mein Kleiner, so ist das: Dein Alter ist geliefert! Morgen werde ich verhaftet und abtransportiert. Und aus! Und wofür? Ich bin am Arsch, mein Sohn!«

»Hör auf!« Lena will ihm das Kind wegnehmen. Saša stößt sie gegen die Brust:

»Laß mich in Ruhe, du Trampel! Du bist an allem schuld! Du Mistvieh ...«

»Ich bin an allem schuld?! Und wer hat mich jede Nacht verprügelt, als ich schwanger war? Wer? Gib mir das Kind, du Schwein, gib es mir!«

Saša haut ihr eine rein. Ich nehme die Flasche und verschwinde stillschweigend. Hinter mir toben die Leidenschaften. Serëga erstickt fast vor Weinen, Saša knurrt, Lena kreischt. Kurz gesagt, wie üblich ...

Eigentlich wollte ich in meinem Zimmer noch etwas trinken und dann in Ruhe schlafen, aber daraus wird nichts. Lëcha hat einen Teil der Jungs mitgenommen, und die wälzen sich jetzt auf beiden Betten. Lëcha schläft in den Armen eines fürchterlichen Typen, der aussieht wie ein Bär. Drei weitere Schnapsleichen liegen auf meinem Bett. Auf dem Fußboden obendrein eine riesige Pfütze Kotze.

Ich schleiche zu Ksjucha und Pavlik. Wir könnten noch ein wenig zusammensitzen und den Rest der Flasche austrinken.

Pavlik soll mir von dem Buch erzählen, das er zuletzt gelesen hat. Später könnten wir noch etwas unternehmen ... Ich glaube, heute kann ich saufen wie ein Loch, ich falle nicht um ...

Ich klopfe, setze eine fröhliche Miene auf, halte die Flasche wie einen Strauß Tulpen.

»Wer ist da? Wir schlafen schon!« sagt Ksjucha mürrisch und wie außer Atem.

Ich weiche zurück, mein Lächeln ist verschwunden. Die vögeln jetzt, die Schweine ... Hilflos blicke ich mich um. Der Korridor ist leer, still, kein einziger Mensch. Wenn nur jemand auftauchte, egal wer, ich würde ihn einladen. Keiner kommt. Nur die Leuchten flackern gleichgültig.

Ich nehme aus der Flasche einen Schluck »Zigeunerin«, die mir süßlich in der Kehle brennt – Saša hat sie einfach in eine Flasche Minus-Wodka gefüllt. Dann gehe ich zum ersten Stock hinunter, zum ehemaligen Schauspieler Vališevskij.

Eine stinkende Bude, das Fenster mit einer Bettdecke zugehängt. Der Fußboden ist mit einer dicken Schicht Abfall bedeckt, so daß bei jedem Schritt unter den Füßen etwas knirscht und zerbricht.

»Ah, Kollege!« Ein Lächeln überzieht Vališevskijs runzeliges Gesicht, als er die Pulle in meiner Hand sieht.

»Nur herein, herein! Ich freue mich sehr, mein Freund!«

An diesem alten Säufer, der sich schon fast in ein schmutziges Tier verwandelt hat, sind immer noch schwache Spuren des früheren Vališevskij zu erkennen, der dreißig Jahre lang eine Rolle nach der anderen gespielt hat. Kaltblütige Liebhaber, fesche Husaren, hohe Parteifunktionäre, vorbildliche Arbeiter und andere mythische Helden. Er war etwas Besonderes in unserem Theater: Angeblich hatte er Unmengen von Verehrerinnen, wurde nicht nur auf der Bühne, sondern auch im Privatleben mit Blumen überhäuft. Das Stiegenhaus vor seiner Wohnung war mit Lippenstift vollgeschrieben, einige Frauen sollen sich seinetwegen sogar vergiftet haben …

Ja, Vališevskij hatte Verehrerinnen, eine Frau, Kinder, aber er liebte junge Männer. Er hat ausgerechnet zu jener Generation gehört, die mit der Welle von Heimkehrern aus Charbin gespielt hat. Und die haben ihn selbstverständlich verführt.

Aber heute ist Vališevskij nur noch ein versoffener Alter. Ein Quartalssäufer, wie die meisten meiner Bekannten. Seine Saufphase dauert zwei, drei Monate, gefolgt von ein paar absolut trockenen Wochen. In der nüchternen Periode übersiedelt Vališevskij zu seiner Tochter, zieht seinen uralten, aber seinerzeit sehr teuren Anzug an und rasiert sich jeden Tag. In dieser Zeit benimmt er sich wie ein echter Theater-Patriarch, sieht jeden herablassend an, redet langsam, mit großen Pausen. Er geht zu Viktor Albertovič ins Büro und bespricht mit ihm seine Rückkehr auf die Bühne, wühlt in Manuskripten, sucht nach einem passenden Stück für seine Benefizvorstellung. Dann passiert irgend etwas, meistens ist es die Auszahlung der Rente, und Vališevskij zieht flink seinen Anzug aus, verkriecht sich in seinem Zimmer im Wohnheim, läßt den Bart wachsen. Und versinkt im Suff. Ab und zu schafft er es, hinauszugehen, dann sucht er seine Bekannten, ehemaligen Liebhaber und Verehrerinnen heim, um Geld zu schnorren. Im Theater taucht er in dieser Phase nie auf. Dafür schwelgt er in seinen Erinnerungen an vergangene, goldene Zeiten!

Ich weiß noch, wie man ihn einmal ernsthaft auf die Bühne zurückholen wollte. Dubravin hat die Inszenierung von »Gentlemen« vorbereitet, ich glaube, das ist ein Stück über einen alten Schürzenjäger. Zuerst ist alles wie am Schnürchen gelaufen, aber bald hat sich Vališevskij wieder dem Trunk ergeben, eine Probe nach der anderen versäumt. Und, nachdem er alle als blutige Laien und klägliche Parodien auf wahre Künstler beschimpft hatte, warf er seine Rolle hin …

»Nehmen Sie Platz, Roman, setzen Sie sich«, sagt der einst kaltblütige Liebhaber mit einem Hauch von Koketterie, während er die Speisereste vom Tisch räumt. »Ich verbringe meinen Abend leider in Einsamkeit. Tja …«

Vališevskij ist halb im Öl – ein Zustand, in dem man das dringende Bedürfnis hat weiterzutrinken. Wie auch ich im Augenblick.

»Brot, eingelegtes Kraut, Eier, soeben gekocht«, der Alte stellt das Essen auf den Tisch, »ich mag weichgekochte Eier …«

»Das wird uns guttun«, ich gieße »Zigeunerin« in zwei kleine trübe Gläser.

Schweigend und hastig stoßen wir an.

Das Kraut entpuppt sich als warm und verfault. Nur mühsam würge ich einen Bissen hinunter. Vališevskij ißt nicht, betrachtet mich nur mit traurigen, liebevollen Augen, will etwas erzählen. Ich schenke nach.

»Wissen Sie, Roman«, er seufzt, als die Gläser wieder leer sind, »wissen Sie, es ist so schwer, alt zu sein.«

Ich brumme verständnisvoll.

»Aber glauben Sie nicht, daß ich mich beklagen möchte!« Vališevskij schüttelt energisch den Kopf. »Ich jammere nicht, aber … Die Jugend … O Jugend, du Synonym für das Glück! Glauben Sie mir, mein Freund, und schätzen Sie Ihre Jugend!«

Immer und ewig dasselbe Thema. Genauer gesagt – zwei: die Sehnsucht nach der Jugend und die Erinnerung an sein stürmisches Leben, an seinen Ruhm … Man muß gar nicht antworten, der Alte wird stundenlang erzählen – mit geschlossenen Augen, den ungewaschenen Kopf mit den dünnen, grauen Strähnen zurückgelegt. Hauptsache, es gibt was zum Saufen ... Auch heute läuft alles nach dem üblichen Schema. Eine Art Monospektakel, mit mir als einzigem Zuschauer.

»Ach, mein Freund, wie habe ich gespielt, wie habe ich gelebt! Was das Zeug hält, ohne Grenzen und Barrieren«, Vališevskij gerät in Euphorie über sich selbst, »man muß die Barrieren niederreißen, sich die Freiheit erkämpfen und fliegen, fliegen. Sie können das leider nicht. Tja, junger Mann ... Ich sehe, ich sehe, Sie sind schon seit der Kindheit erschöpft. Sie haben schwache Batterien, mein Freund! Schade, schade ... Ach, wenn Sie mich in meiner Glanzzeit gesehen hätten. Ich war für den Zuschauer Zar und Gott zugleich. Ich habe über das Theater geherrscht! Aber leider bin auch ich müde geworden. Alles hat ein Ende ... Nein, nein, ich jammere nicht! Ich beklage mich über nichts! Ich habe auf Teufel komm raus gelebt. Ich habe den Kelch des Lebens in einem Zug geleert, ohne Angst, und ohne Bedauern. Ich habe diesen wunderschönen Kelch zerschmettert, wie ein echter Ritter! Jawohl, in tausend Scherben!«

Ich nicke automatisch, gieße das Gesöff von Zeit zu Zeit in die kleinen Gläser. Schlage mit einer Geste vor, den Schnaps hinunterzukippen. Und Vališevskij trinkt verwegen, als wollte er zeigen, wie er seinen Kelch in einem Zug geleert hat.

Bis ungefähr fünf Uhr früh haben die Jungs mit Saša an der Spitze ausgelassen im Heim gefeiert. Haben neuen Wodka geholt, gebrüllt, sich geprügelt. Sie haben abwechselnd bei dem Rekruten oder bei uns im Zimmer gesoffen.

Nach meinem Besuch bei Vališevskij habe ich hauptsächlich auf meinem Bett gesessen, ohne an der allgemeinen Feier teilzunehmen. Ich war zu schwach, um weiterzutrinken, konnte aber auch nicht abschalten.

Lëcha war vom Fressen und Saufen völlig verblödet, provozierte seine neuen Freunde, suchte Streit und wurde nur wie durch ein Wunder nicht verdroschen.

Schließlich sind alle erschöpft zusammengebrochen, und um halb zehn haben sie den Rekruten zum Abschied begleitet. Lëcha und ich blieben selbstverständlich zu Hause. Wir hörten noch, wie Saša im Gang immer wieder schluchzte, daß er ein Hammel sei, den man zum Schlachthaus führte. Anscheinend wollte er umkehren, aber die Jungs haben ihn unter wieherndem Gelächter weitergestoßen, hin zur Treppe. Das Kind wimmerte monoton, Lena flüsterte, wahrscheinlich bat sie ihren Mann, sich zu beruhigen ...

Den ganzen Tag im Wohnheim ohne Geld, ohne Zigaretten – das ist die Hölle. Noch dazu hat es geregnet. Bei so einem Wetter traut man sich nicht hinaus. Wohin auch ... Wer sollte sich über meinen Besuch freuen? Also habe ich im Bett gelegen, zu dösen versucht, habe das geschmacklose Wasser aus der Plastikflasche getrunken, die Kippen aus dem Aschenbecher aufgeraucht.

Ein paarmal guckte Vališevskij vorbei und erkundigte sich, ob wir vielleicht saufen wollten. Bis Lëcha sich nicht mehr beherrschen konnte und ihm sagte, er solle sich gefälligst verpissen. Vališevskij hat auf seinen Lippen herumgekaut, verständnisvoll genickt und ist verschwunden.

Am späteren Nachmittag hatte ich plötzlich Lust, mich zu unterhalten.

»Hörst du«, redete ich meinen Zimmergenossen an, »das wäre aber ein Mordsspaß, wenn die ihn dort wirklich kaltmachen würden.«

»Wen?«

»Saša.«

»Ist mir scheißegal!« Lëcha wälzte sich ächzend von einer Seite auf die andere. Der Betteinsatz knarrte, als hätte er Schmerzen. »Wer braucht ihn schon? Lena wird nicht weinen und Eltern hat er keine. Ob er lebt oder tot ist ... Der ist sowieso eine Null.«

»Na ja, im Grunde ...«

6

Jeden Tag schafft es jemand, durch den Bühneneingang ins Theater zu gelangen, um etwas zu verkaufen. Hexenähnliche, alte Weiber mit meterlangen, dicken Zöpfen in Zellophantüten, alte Knacker mit schäbigen Wiener Stühlen, Kleinhändler, die zu einem Spottpreis Holzbretter, Preßspanplatten, Faserholz, Farbe und Ersatzteile für den Bus anbieten. Heute zum Beispiel hat ein altbekannter Alkoholiker, der irgendwie mal mit dem Theater zu tun hatte, eine geköpfte, hastig gerupfte Gans gebracht. Hat auf dem Gang die Wächterin beschimpft und sich erfolgreich bis zur Quatschbude durchgeschlagen.

»Einen wunderschönen, guten Abend!« Und verbeugte sich in alle Richtungen. »Gesundheit wünsche ich.«

Die Schauspieler haben herablassend gegrüßt. Sie waren bereits in Frack und prächtiger Kleidung und fertig geschminkt. Haben sich schon in Adelige von vor hundert Jahren verwandelt. Im Augenblick waren sie von dem dreckigen, ungewaschenen Mann von der Straße so weit entfernt wie nie. Aber der hat das nicht begriffen und vertraulich weitergeredet wie mit gewöhnlichen Menschen:

»Leute, wollt ihr eine Gans? Eine ganz frische Gans.« Der Mann hat die Tüte ein bißchen geöffnet. »Eine fette Gans, fast fünf Kilo! Das wird ein Braten, ein Genuß – oh!«

Der Ehegatte der Schauspielerin Kruglova, selbst Schauspieler, aber heute nicht im Einsatz, wollte die Ware betrachten. Da packte ihn die Kruglova am Arm und zischte ihm etwas zu.

Der alternde Schönling Chrapčenko im schneeweißen Sommeranzug und in leichten, weißen Schuhen, mit einer kleinen Fönwelle auf dem Kopf, ging auf und ab und warf dem Mann verächtliche Blicke zu. Die anderen haben nicht einmal hingesehen, das wäre unter ihrer Würde gewesen.

»Nur fünfzig Rubel, na?« Der Schnapsbruder setzte seine Bitten und Überredungsversuche fort. »Ich habe Besuch, meine Frau hat Geburtstag, und ich habe kein Geld für Wodka ... Also mußte ich die Gans ... Gutes, zartes Fleisch. Na? Ihr könnt sie braten.«

Das erste Zeichen. Bald müssen alle auf die Bühne. Chrapčenko trat stirnrunzelnd auf den Mann zu:

»Wir brauchen keine Gans ... Gehen Sie, mein Lieber. Gehen Sie, habe ich gesagt!«

Der Mann ließ seinen erloschenen Blick durch die Quatschbude wandern, seufzte gekränkt, drehte sich um und ging.

Nach der Vorstellung, als sie, ins normale Leben zurückgekehrt, wieder in ihrer Alltagskleidung steckten und zu Onkel Genas Bus hasteten, haben einige ihre Arroganz der Gans gegenüber bereut:

»Schade, schade! Vier, oder sogar fünf Kilo Fleisch für fünfzig Rubel – billiger geht es nicht. Wir hätten uns in der Kantine Geld leihen sollen, dann hätten wir jetzt gutes Fleisch gehabt. Ein Jammer!«

Schon den dritten Tag regnet es fast ununterbrochen. Ein feiner, hartnäckiger Oktoberregen. Schirm habe ich keinen, also fahre ich mit dem Bus zur Arbeit.

Die früheren, geräumigen, orangefarbenen Busse sind fast völlig verschwunden, an ihrer Stelle sind kleine, alte Busse aus irgendwelchen Betrieben unterwegs. Das bedeutet einen Nebenverdienst für die Chauffeure, indem sie mit den privaten Bussen die in der Werkstatt stehenden oder wegen Mangels an Treibstoff nicht verwendbaren Busse des städtischen Fuhrparks, der total auf den Hund gekommen ist, ersetzen. Auf den betriebseigenen Fahrzeugen steht in Großbuchstaben die Warnung: Keine Ermäßigung! Die alten Frauen schimpfen an den Haltestellen, wenn sie diese Busse sehen, und warten geduldig auf die öffentlichen, aber jetzt äußerst selten fahrenden, »nichtkommerziellen« Busse. Auch ich warte und verstecke mich vor dem Regen unter dem Dach der Haltestelle. Ich habe kein Geld, zu Fuß zum Theater zu gehen ist unsinnig, ich würde naß werden bis auf die Haut. Minusinsk ist keine große Stadt, aber sie zieht sich verdammt in die Länge. In einem öffentlichen Bus hätte ich die Chance, mit der Schaffnerin zu verhandeln und kostenlos zu fahren, in einem privaten muß man gleich beim Einsteigen bezahlen, noch dazu bei irgendeinem ehemaligen Boxer, der taub auf beiden Ohren ist und einen unverschämten Parasiten sofort hinauswirft. Er kennt sowieso nur eine Antwort: Ich hau dir gleich eine in die Fresse!

»Ach, ich glaube, da kommt einer!«

»Gott sei Dank, endlich.« Die Alten werden lebendiger.

Auf der anderen Seite der Trudovaja-Straße kriecht ein schiefer Bus vorbei, klappernd und zitternd wie eine leere Konservendose, die an einen Katzenschwanz angebunden ist.

»Gleich wird er umkehren«, seufzt eine dürre, auf eine Krücke gestützte Alte erleichtert auf. Aus Angst, daß sie es nicht schnell genug in den Bus hinein schafft, steht sie startbereit unter dem kleinen Bächlein, das vom Dach der Haltestelle herunterrinnt.

»Da kannst du lange warten«, entgegnet die andere Alte zweifelnd, sie ist korpulenter und wirkt energischer, »das ist die Nummer acht, der fährt noch um das Handelszentrum und dann bis zur Tankstelle. Der kommt, wenn Gott will, in einer halben Stunde.«

»O je ...«

»Das ist nicht der Achter, sondern der Neuner. Können Sie nicht besser hinsehen«, widerspricht ein älterer Mann, fast ein Greis, »man hat sowieso keine Nerven mehr ...«

Sie streiten matt, um die Zeit totzuschlagen. Ich mische mich nicht ein, obwohl ich ganz deutlich die Nummer neun auf dem Bus gesehen habe. Und wenn er in den nächsten Minuten nicht auseinanderfällt, werden wir einsteigen und fahren.

Völlig klar, daß er seit der ersten Haltestelle vollgestopft ist. Hauptsächlich mit Rentnern, und so riecht es auch. Eine betäubende Mischung aus Herztropfen, säuerlichem Schweiß, Lavendel, nicht gelüfteter, feuchter Kleidung.

Ich arbeite mich in die Mitte des Busses vor, wo es gewöhnlich nicht so eng ist. Kaum habe ich einen freien Platz gefunden und angefangen, zum Fenster hinauszustarren, höre ich die Stimme der Schaffnerin. Sie schimpft mit einem Passagier. Vielleicht hat der seinen Seniorenausweis vergessen oder will einfach nicht zahlen … In Kürze muß auch ich mit ihr streiten.

Nicht weit von mir entfernt sitzt auf einem Einzelplatz ein hübsches Mädchen. Sie trägt einen hellblauen Regenmantel mit Knittermuster, die rötlichen Haare sind hochtoupiert. Das macht sie natürlich, um größer zu wirken. Ich versuche mich zu aufzuheitern, indem ich ihr kleines, gepflegtes Gesicht betrachte. Ein Gesicht, total anders als die Gesichter der Rentner ringsum.

Der Bus bewegt sich langsam fort, bleibt ununterbrochen an Haltestellen und vor Verkehrsampeln stehen. Die Schaffnerin kommt immer näher. Sie kämpft sich hartnäckig zwischen dicken und dürren Körpern hindurch, kontrolliert Ausweise, die eine Ermäßigung ermöglichen, kassiert. Über der Brust hängt ihr eine kleine Tasche für das Geld, am Gürtel angeheftet ist eine Rolle mit alten Fahrscheinen. Die stammt noch aus jenen Zeiten, als es in den Bussen Kassen gegeben hat, in die jeder Fahrgast gewissenhaft vier Kopeken eingeworfen und sich dann eine Fahrkarte abgerissen hat.

Ich bereite mich auf den Streit vor. Gucke von der Schaffnerin zum Mädchen, dann zum Fenster hinaus … Anfangs versuche ich, gleichgültig und locker zu wirken, dann unzugänglich und grimmig. Vielleicht will die Schaffnerin nicht riskieren, sich mit mir anzulegen.

Nein, sie riskiert es doch. Boxt mich sogar in den Rücken:

»Haben alle eine Fahrkarte?«

Ich schweige, betrachte einen Tropfen getrockneten Schmutz auf der Fensterscheibe.

»Junger Mann, haben Sie bezahlt?«

»Ja.«

»Zeigen Sie mir Ihre Fahrkarte.«

Ich seufze und wende mich der Schaffnerin zu. Ihr Gesicht ist nervös und erschöpft, ihre Wangen sind wie schlaffe Säcke. Sie hat den Blick eines frechen, kleinen Hundes.

»Verzeihung«, jammere ich. »Ich habe kein Geld, aber ich muß dringend zur Arbeit.«

»Dann gehen Sie zu Fuß.«

»Es regnet, ich komme zu spät. Verzeihung ...«

Wir stehen Auge in Auge und hassen einander. Wir warten beide auf irgend etwas ... Was kann sie mir überhaupt antun? Sich etwa an mich klammern und eineinhalb Rubel fordern? Aber innerhalb dieser Zeit würden zehn Leute aussteigen, die problemlos bezahlt hätten. Sinnlos, die Polizei zu rufen – ich würde sie wegstoßen und abhauen ... Deswegen gibt sie nach, schleppt sich weiter und schreit noch gereizter:

»Achtung! Zahlen! Schieben Sie mir Ihren blöden Ausweis nicht in die Augen, ich bin nicht blind!«

Das Mädchen mit dem hochgekämmten Haar sieht mich interessiert an, als hätte ich etwas Außerordentliches geschafft. Ich grinse zurück, nach dem Motto: Ich habe gewonnen!

Donnerstag früh ist mein Vater zu Besuch gekommen. Lëcha und ich haben noch geschlafen, es war neun Uhr. Das Wetter war an der Müdigkeit mitschuldig, der Wind hat gegen das Fenster gestoßen, die Regentropfen trommelten böse gegen die Scheibe.

Der Vater klopfte an die Tür – wie immer nicht laut, aber deutlich. Im Schlaf habe ich das zuerst für eine heftigere Attakke des Regens gehalten, aber dann bin ich wach geworden, bin aufgesprungen, habe die Tür aufgemacht:

»Hallo!«

»Grüß dich! Habt ihr noch geschlafen?«

»Ja … Komm rein.«

In der Hand hielt mein Vater eine große, alte Einkaufstasche. Vor sieben Jahren habe ich sie vor meiner Abreise zum Studium nach Piter, wie wir das damalige Leningrad nannten, gekauft. (Nach der Schule wollte ich zuerst eine Baufachhochschule besuchen, ich habe davon geträumt, ein Mädchen aus Leningrad kennenzulernen, und wollte im Jahr darauf mit dem Studium an der Historischen Fakultät der Pädagogischen Hochschule beginnen. Aber alles hat ein Ende gefunden mit der Einberufung zum Militär. Im Dezember 1991 war der Militärdienst vorbei, da war keine Rede mehr von Piter und dem Studium, ich wollte es nur mehr irgendwie nach Hause schaffen.) Und in dieser Tasche hat mir jetzt mein Vater Lebensmittel mitgebracht.

»Mama hat einiges eingepackt, Piroggen, ein Kaninchen, noch etwas … Hast du noch Kartoffeln?«

»Ja, genug«, antworte ich und ziehe mich schnell an. »Leg ab, nimm Platz, wir trinken Tee.«

Ich setze Wasser auf.

Lëcha bewegt sich im Bett, der Lattenrost quietscht.

»Wie geht es euch?« fragt mein Vater mit gedämpfter Stimme.

»Wie immer. Entschuldige, daß ich am Montag nicht gekommen bin. Ich hatte kein Geld.«

»Na ja, wir dürfen die Kartoffelernte nicht länger aufschieben. Sie haben Frost angesagt. Wenn die Kartoffeln erfrieren, was dann …« Vater holt aus der Jackentasche drei Zehnrubelscheine. »Nimm, das haben wir gespart, wir kommen bis zum nächsten Monat aus.«

»Danke.«

Der Kessel gibt schwache Geräusche von sich. Ich schütte frischen Tee in die Kanne, mein Vater redet leise weiter:

»Ich würde die Kartoffeln auch allein ausgraben, Mama ist doch krank, aber mein Ekzem ist ausgerechnet jetzt schlimmer geworden.« Er zeigt mir die großen, runzeligen Hände mit den kleinen, dunkelroten, verkrusteten Wunden. »Heute haben wir uns entschlossen, auf einen Sprung in die Stadt zu fahren. Mama ist kurz ins Krankenhaus, um Rezepte zu holen, sie hat keine Medikamente mehr, und ich bin zu dir …«

Ich seufze mitleidig und schuldbewußt.

»Wie geht es euch?« fragt mein Vater wieder. »Was eßt ihr?«

»Alles in Ordnung«, ich versuche, munter zu klingen, »wir hungern nicht. Wir haben zwar noch keine Lebensmittelmarken gekriegt, aber sie haben versprochen, sie bald auszugeben. Wir haben jeden Tag Vorstellung, das ›Granatarmband‹ von Kuprin läuft gut, wir sind fast immer ausverkauft.«

»Mama hat vor kurzem eine Auszeichnung bekommen, für die Organisation des Konzerts am Lehrertag. Irgendein Funktionär war da, der war ganz beeindruckt.«

Meine Eltern arbeiten in der Dorfschule. Mama unterrichtet Musik, leitet eine Tanzgruppe, und mein Vater unterrichtet Zeichnen.

»Oh«, ich versuche, mich über die Nachricht zu freuen, »richte ihr meine Glückwünsche aus!«

Das Wasser kocht, ich gieße es in die Teekanne.

»Wir müssen möglichst schnell zurück«, sagt mein Vater, »wir dürfen das Haus nicht allein lassen … Wir haben zwar Valentina Stepanovna gebeten aufzupassen, aber trotzdem … Bei den Petrovs wurde in der Nacht ein Kalb gestohlen.«

»Wirklich?«

»Sie haben dem Hund mit dem Prügel eins verpaßt, der hat sich in seiner Bude verkrochen … Dann haben sie das Kalb in aller Ruhe durch den Hinterhof hinausgeführt. Die Alten haben sich nicht aus dem Haus getraut, die hätten sonst auch was abbekommen …«

»Und niemand weiß, wer das war?«

»Woher willst du das wissen? Außerdem haben alle Angst …«

Wir trinken den heißen Tee in kleinen Schlucken.

»Nimm die Piroggen heraus. Sie müßten noch warm sein, Mama hat sie heute früh gemacht. Andere Sachen sind auch noch dabei.«

»Ja, ja«, nicke ich, »danke.«

Im Zimmer wird es langsam heller. Die Sonne hat sich durch die Wolkenberge geboxt und starrt durch das Fenster herein.

»Heute könnte es noch schön werden«, mein Vater wird fröhlicher. »Der Wind kommt von Süden, und dort ist der Himmel klar. Vielleicht hält sich das warme Wetter noch eine Weile.«

»Ich komme auf jeden Fall am Montag«, verspreche ich. »Wir schaffen die Kartoffelernte an einem Tag.«

»Hängt vom Wetter ab. Wenn es stark regnet, können wir nicht arbeiten …«

Wir haben den Tee getrunken und rauchen.

»So, ich muß weg.« Mein Vater steht auf. »Ach ja, Mama sagte, ich soll die leeren Einmachgläser mitnehmen. Sie möchte aus den letzten Tomaten, die jetzt noch reif werden, aus den Nachzüglern, einen Rachenputzer machen.«

Ich packe leere Einmachgläser, Deckel, Tüten in die Tasche. Vater redet inzwischen über überflüssige, aber angenehme Dinge:

»Das Kaninchen kannst du mit Kartoffeln schmoren, wie du es gern hast. Mama wollte es selbst zubereiten, aber sie wurde nicht fertig mit dem Kochen …«

»Klar, mache ich. Danke. Ich begleite dich hinaus.«

Wir gehen durch den Gang zur Treppe.

»Soll ich dir den Fernseher bringen?« fragt mein Vater. »Dir ist wahrscheinlich oft langweilig?«

»Nein, nein«, ich verzichte rasch auf das Angebot. »Ihr würdet euch sicher langweilen. Hier sind viele Leute, besonders fad ist es nie.«

Wir gehen hinunter in den Hof des Wohnheims. Es regnet nicht mehr, ein schwacher Wind weht. Am Himmel sieht man kleine, zerrissene Wolkenflecken.

Vor dem Eingang steht unser »Rotfuchs« – der alte Moskvič 412. Die orange Farbe ist im Lauf der Jahre verblaßt, die Karosserie ist an einigen Stellen zerkratzt, leicht beschädigt. Fast fünfzehn Jahre ist er alt, der Zähler wird bald zweihunderttausend Kilometer anzeigen ... In den letzten drei Jahren ist es mit dem »Rotfuchs« rapide abwärtsgegangen. Früher, in Kyzyl, konnte er sich in einer gemütlichen Garage ausruhen, aber jetzt muß er ständig unter freiem Himmel vor dem Haus stehen. Der Vater möchte immer eine Garage bauen, aber das macht zu viele Probleme. Der Zement ist unerschwinglich, Holzbretter sind Defizitware – das Sägewerk im Dorf ist außer Betrieb. Und mit der Gesundheit sieht es auch nicht rosig aus. Die ganze Zeit und die ganze Kraft werden in den Gemüsegarten und in die Treibhäuser investiert, um Gemüse für den Verkauf anzubauen.

»Also, mein Freund, mach's gut!« Mein Vater lächelt optimistisch und gibt mir die Hand.

Ich drücke sie vorsichtig – diese rauhe, durch das Ekzem ein wenig angeschwollene, aber immer noch kräftige Hand.

»Bis Montag«, sage ich, »schöne Grüße an Mama!«

Er nickt, steigt in den »Rotfuchs« ein, versucht zu starten. Der Motor streikt, man hört nur ein trockenes Knallen.

»O je«, seufzt mein Vater. »Die Zündkerzen sind naß geworden. Es regnet und regnet …«

Er macht die Motorhaube auf, hantiert mit einer Feile, schaltet die Zündung wieder ein. Diesmal startet der Motor, aber er läuft zu laut. Er hat nicht gestartet, sondern aufgeheult. Der Vater macht schnell die Motorhaube zu und schreit:

»Der Auspuff! Ich habe ihn zwar geflickt, aber wahrscheinlich ist der Flicken runtergefallen. Den repariere ich zu Hause. Mach's gut!«

»Bis bald!«

Der »Rotfuchs« verläßt niesend, hustend und lustlos wie ein zu Tode erschöpftes Tier den Hof und kriecht zitternd auf dem aufgerissenen Asphalt durch die Pfützen weg.

»Und?« Vom Bett ertönt die sehnsüchtige Stimme meines Zimmergenossen. »Hat der Papa Geld mitgebracht?«

»Dreißig Rubel.«

»Juhu! Versaufen wir die?«

»Die sind für die Fahrkarte, ich muß aufs Land fahren«, erkläre ich.

»Die Fahrkarte kostet doch keine dreißig Rubel!«

»Na ja, sechs Rubel fünfzig. Ich muß Rasierklingen kaufen, wir haben schon richtige Bärte. Es gibt keine Zahnpasta, keine Seife …«

»Vergiß es!« Lëcha setzt sich im Bett auf und kratzt sich energisch. »Das erledigen wir später. Los, wir kaufen einen Liter »Zigeunerin«! Komm, Roman!«

Ich wehre mich mit Händen und Füßen. Ich habe keine Lust, schon in der Früh zu trinken, vor der Arbeit, vor der Vorstellung. Und, klar, mir tut's leid ums Geld.

»Zum Fleisch, ganz zivilisiert, ja? Wie normale Menschen,

Roman!« Mein Mitbewohner macht Druck. »Wir räumen das Zimmer auf, decken den Tisch. Wir können uns locker bis vier Uhr entspannen. Ich laufe schnell. Das ist doch klasse!«

Ich hole das Geld heraus.

»Aber keinen ganzen Liter! Es müssen sechs Rubel fünfzig übrigbleiben. Hast du verstanden?«

Nicht weit vom Wohnheim entfernt kann man eine gar nicht so üble »Zigeunerin« kaufen. Der Preis ist wie überall – zwölf Rubel für den halben Liter. Das Geschäft mit der »Zigeunerin« ist professionell organisiert, die ganze Stadt ist voll von Verkaufsstellen, an denen man rund um die Uhr das billige Gesöff erwerben kann. Eine spürbare Konkurrenz für den legalen Riesen »Minal«, (»Minusinsker Alkohol«). Vielleicht ist es auch dasselbe Syndikat, das so an verschiedenen Bevölkerungsschichten verdient …

Ich bin in gehobener Stimmung. Zum Teufel mit diesen vierundzwanzig Rubeln, mit Rasierklingen und Zahnpasta. Das Trinken ist wichtiger … Unser Zimmer ist grell erleuchtet und warm. Der ewig rastlose Staub wirbelt golden flimmernd auf. Ich bereite das Kaninchen zu.

Eigentlich sollte man es im Backofen dünsten, in einem gußeisernen Bräter, aber es geht auch einfach auf dem Herd, in einem Kochtopf. Das schmeckt selbstverständlich nicht ganz so gut, aber köstlich ist es auch … Wenn alles so ist, wie man will, wenn alles zu perfekt ist – dann kommt sofort etwas Schlimmes auf einen zu. Nicht umsonst spucken sich die Menschen über die linke Schulter, um etwas nicht zu verschreien, und wiederholen dabei immer wieder: Wenn Gott will … Wenn nur alles gutgeht … Sie haben Angst, sich herzlich über etwas zu freuen, Zukunftspläne zu schmieden. Ich weiß das aus eigener Erfahrung: Man freut sich, und kurz darauf möchte man sich aufhängen. Man sieht eine Münze auf der Straße liegen, hebt sie auf, und ein paar Tage später verliert man das Zehnfache ... Wenn alles normal läuft, dann ist es gut ...

Ich habe im Zimmer aufgeräumt, habe sogar den Fußboden gefegt. Kaum habe ich mit einem Stoß sauberen Tellern in den Händen den Waschraum verlassen, begegne ich dem verschlafenen, finsteren Pavlik.

»Grüß dich!« Aus irgendeinem Grund freue ich mich über seinen Anblick. »Wie geht's?«

»Geht so ... Gibt es heißes Wasser?«

»Nein. Willst du was trinken?«

»Wann?« Das Verschlafene, Finstere verschwindet sofort aus Pavliks Gesicht.

»Jetzt gleich. Lëcha holt gerade eine Buddel »Zigeunerin«. Wir haben auch was zu essen, alles da. Komm!«

»Danke!« Er nickt lächelnd. »Ich muß mir nur zuerst die Visage waschen.« Plötzlich trübt sich seine Stimmung wieder. »Äh, weißt du ... Darf ich Ksjucha mitbringen?«

Ach, das wollte ich selbstverständlich nicht. Die habe ich vergessen. Ich zucke zweideutig die Achseln.

»Ja, wahrscheinlich ... bring sie mit ...«

Pavlik lächelt erleichert.

Man muß sich im Leben manchmal gehenlassen. Sonst dreht man ziemlich schnell durch. Hundertprozentig. Das Leben ist so überaus kompliziert, ohne gewisse Entspannungen geht es nicht. Also muß man bei jeder Möglichkeit zuschlagen.

Ich sehe selten fern, überfliege nur gelegentlich die Zeitung. In den letzten drei Jahren habe ich kein einziges Buch zu Ende gelesen. Hobbys habe ich keine, damit war es mit achtzehn vorbei, als ich zum Militär mußte.

Was ist der Militärdienst? Das sind nicht bloß zwei Jahre, die man verschleudert hat – weiß der Teufel wohin und wozu. Der Militärdienst ist sozusagen die letzte Stufe auf der pädagogischen Leiter eines Bürgers. Zuerst kommt der Kindergarten, dann die Schule, dann die Armee. Heutzutage kracht es allerdings in allen Fugen, die Leiter ist morsch und kurz vor dem Zerfallen, und wir haben keine Ahnung, wer überhaupt noch das Stadium eines Erwachsenen erreicht. Am ehesten irgendwelche monströsen Individualisten, die keine Grenzen kennen, die nie in ihrem Leben, immer nur auf den Nacken des Vordermannes starrend, in einer Kolonne marschieren mußten. Leute, die keine Ahnung haben, was Stille während des Unterrichts, strenge Ordnung, Massenspeisung bedeuten. Lustige Zeiten werden da anbrechen! Im Augenblick gibt es nur ein paar solche Typen, aber was tun, wenn alle so sind?

Damit sie ihre Identität nicht verlieren, erfinden die Menschen verschiedene Hobbys, Weltanschauungen, Spiele, Feste als eine Art Schutz vor der Auflösung durch die Außenwelt. Ich hatte Pech: Als ich vom Militärdienst zurückkam, erkannte ich, daß meine früheren Hobbys und Spielchen lächerlich und blöd waren. Diese Hefte mit den lyrischen Ergüssen über den Septemberregen, die Intimitäten im Tagebuch, die zusammengehefteten Ausgaben von »Rund um die Welt«, die selbstentworfenen Karten von den Seefahrten des Columbus und den Kreuzzügen. Alle diese Attribute der sogenannten Innenwelt sind verstaubt und brüchig geworden, und ich habe sie ohne Nachdenken und Bedauern vernichtet. Aber mit dem Ersetzen des Alten durch etwas Neues hat es bisher noch nicht geklappt. Ohne irgendeinen Schutz vor der Außenwelt jedoch ist es schwer, fast unerträglich. Man glaubt, die Welt ringsum könnte einen jede Sekunde zermalmen.

Es gibt die verschiedensten Schutzmechanismen: Briefmarken sammeln, kleine Spinnen züchten, Tätowierungen, Gartenarbeit, Saufen, pausenlos Bücher verschlingen. Viele schützen sich sogar mit ihren aktuellen Problemen. Sie nehmen nichts mehr wahr, sie lassen nichts mehr an sich heran, nur die Sorge um die Nahrungsbeschaffung für den nächsten Tag, damit man auch morgen noch die Kraft hat, sich weiter abzurackern. Ein Kreislauf, der einen sich selbst vergessen macht. Hobbys, Arbeit, der Sinn des Lebens. Drei Dinge auf eins reduziert ... Da muß ich lachen, denn ehrlich gesagt habe ich, als ich jung war, viel darüber nachgedacht und mich mit der idiotischen Frage, worin der Sinn des Lebens besteht, gequält. Habe Berge von philosophischem Zeug durchgeackert, habe sogar selbst versucht, diese Frage zu beantworten, das weiß ich noch. Habe die verschiedensten Theorien entwickelt. Erst vor kurzem habe ich begriffen, daß der Sinn des Lebens in der Beschaffung von Nahrung besteht. Die Wege dahin sind verschieden, aber das Ziel bleibt gleich. Der Mensch unterscheidet sich im Grunde durch nichts von der Tierwelt. Und all diese Philosophen ... Für sie war es leicht, sich über das Jenseits Gedanken zu machen, konnten sie doch sicher sein, daß sie am nächsten Tag versorgt waren, sich zumindest nicht um das Futter scheren mußten. Sie haben in schalldichten Räumen gesessen, Kaffee geschlürft, und in der Küche wurde für sie Mittagessen zubereitet, zehn Gänge. Nach dem Sinn des Lebens zu suchen ist das Privileg von naiven Teenagern und von denen, die sich den Bauch vollschlagen können. Der Rest hat wesentlichere Probleme.

Lëcha zieht die Jacke aus, ich bin mit dem Tischdecken fertig.

»Warum zum Henker für vier Personen?« wundert er sich.

»Pavlik und Ksjucha wollten vorbeischauen.«

»Was?!«

»Es hat sich so ergeben«, rechtfertige ich mich. »Als ich vom Geschirrwaschen zurückkam, bin ich Pavlik begegnet …«

»Du bist debil!« Lëcha setzt sich finster an den Tisch. »Für zwei wäre es ideal. Was zu trinken und essen genau für zwei. Na, was ist mit dem Fleisch?«

»Bald fertig.« Ich setze mich auch, esse eine Gurke, versuche zu erklären. »Pavlik hilft uns ab und zu aus, da müssen wir ihm auch mal was abgeben …«

»Geh zum Teufel«, Lëchas Arm langt nach der Flasche. »Vergiß es. Kippen wir einen.«

Wir haben kaum ausgetrunken, als Pavlik schon dasteht, mit Ksjucha selbstverständlich. Sie haben eine halbe Flasche Minus-Wodka mitgebracht. Auch das Kaninchen war gar. Ich stellte den Kochtopf in die Mitte des Tisches.

»Das ist ja ein Festessen!« Die Friseuse ist begeistert. »Was feiern wir heute?«

»Nur so … Das Essen und ein bißchen Geld sind plötzlich hereingeflattert, also feiern wir.«

Nach dem zweiten Glas ist das Gespräch lebhafter geworden. Genauer gesagt, Pavlik wird redseliger. Wie immer erzählt er über seine Eindrücke von dem Buch, das er zuletzt gelesen hat.

»Ein Hammer, Jungs, ein Hammer! Es heißt ›Die drei Teufelskerle‹, von einem Franzosen, Michel Sportier. Habt ihr nichts davon gehört? Ein Bestseller. Und das Wichtigste ist, daß die Handlung auf einer realen Geschichte basiert.«

»Ach so«, Lëcha nickt sauer und schenkt ein. Offensichtlich öden ihn die Gäste an.

»Es geht um folgendes«, Pavlik kommt in Schwung und redet hastig und fast unverständlich. »Die Hauptfiguren sind

Geschwister, Jean und Valérie. Sie stammen aus einer Durchschnittsfamilie, ihre Eltern sind, wie soll ich sagen … normale Angestellte. Die leben von der Hand in den Mund. Jean ist kriminell, er bricht mit seinen Kumpels Autos auf, aber Valérie ist eine angehende Lyrikerin, eine Schönheit. Sie schreibt sich an der Kunstakademie ein. Da wird der Vater krank, kann nicht mehr arbeiten, sie haben kein Geld. Valérie muß als Model Geld verdienen. Und da trifft sie sozusagen auf die Kehrseite des schönen Lebens. Ekelhaftes Pack, Restaurants, Orgien, Perversionen. Und das gefällt ihr überhaupt nicht, sie träumt von schönen Dingen, von Gedichten, von Paris. Die Handlung spielt in einer kleinen Stadt, so einer wie unser Scheißkaff …«

Ohne seine Erzählung zu unterbrechen, säuft Pavlik mit uns mit, schlingt etwas hinunter. Weder Lëcha noch Ksjucha interessieren sich offenbar besonders für die Geschichte, auch ich eigentlich nicht. Aber was will man machen? Soll er quasseln.

»… Inzwischen geht es der Familie immer schlechter. Jean sitzt wegen einer Schlägerei ein Jahr im Knast, der Vater liegt krank im Bett. Die Mutter arbeitet als Sekretärin bei so einem algerischen Blutsauger. Sie ist nicht seine Geliebte, sondern … hm …« Pavlik sucht nach dem passenden Wort. »Na ja, der Algerier fickt … äh, schläft mit ihr ab und zu. Dann sieht er, daß sie immer miserabler aussieht, und denkt sich: Verdammt, wozu brauche ich diese vierzigjährige, alte Schachtel? Früher hat sie sich gepflegt, und jetzt – auf einmal so was. Der Algerier sagt, sie soll kündigen. Und sie, klarer Fall, sie weint: Wo soll ich hin?! Wir verhungern fast! – Hängt ihm also ihre Probleme an den Hals, da bietet ihr der Algerier an, bei ihm in der Firma zu bleiben, aber – der reinste Hohn – als Putze. Kurz gesagt, nach dem ganzen Kram bringt sich die Mama um …«

»Sollen wir vielleicht Musik anmachen?« Ksjucha bemerkt, daß wir vor Langeweile schon in den Seilen hängen.

»Der ist kaputt«, brummt Lëcha und deutet auf den Kassettenrecorder.

Pavlik ist beleidigt:

»Halt, laßt mich fertigerzählen! Das ist eine lehrreiche Geschichte … Kurz gesagt, Valérie lernt einen Jungen kennen, der ist klasse, Laurent Remis heißt er, so ein sympathischer Kerl aus einer adligen Familie. Der hat die Sorbonne absolviert. Er ist weg von den Eltern, weil er Bildhauer sein will und jetzt zur Boheme gehört. Seine Eltern haben kein Verständnis dafür … Kurz und gut, totale Liebe, hin und her, Laurent ist überzeugt, daß er ein Auserwählter ist, also über den anderen steht. Wie Raskolnikov …«

»So ein Scheiß«, entschlüpft es Lëcha, der schon völlig frustriert ist.

»Nein, hör zu! Das sind lauter echte Fakten, das ist eine reale Geschichte!« Pavlik droht sogar mit dem Finger, um uns zu überzeugen. »Also, dann leben er und Valérie zusammen, vögeln und so weiter, gleichzeitig philosophieren sie darüber, wie mies dieses Frankreich ist, daß die Leute geldgierige Schweine sind, daß überhaupt die ganze Welt Scheiße ist. Nur Australien finden sie geil, sie träumen davon, dorthin abzuhauen, haben aber keine Kohle, klar.« Der Erzähler macht eine Pause, um sein Glas zu leeren, und redet, ohne etwas zu essen, weiter. »Da kommt gerade Jean, der Bruder von Valérie, aus dem Knast. Der macht sich auch seine Gedanken. Man sollte die Reichen abmurksen und ihnen die Kohle wegnehmen.«

»Sehr originelle Gedanken!« Ich kann mich nicht beherrschen.

»Ja, ja, so war es. Im Grunde waren diese Überlegungen absolut richtig … Sie haben zu dritt einen Plan gemacht, wie sie zehn Millionen für die Reise nach Australien auftreiben könnten: Valérie macht sich in einem Restaurant an einen reichen Trottel heran, sie essen, saufen und dann nimmt ihn Valérie zu sich mit. Und dort warten schon ihr Bruder und Laurent Remis.«

Ich konnte mich wieder nicht zurückhalten:

»Das ist doch ein absolut banales Sujet, verdammt, geradezu lächerlich! Ich habe mindestens zwanzig solcher Filme gesehen.«

»Banal hin, banal her, aber acht Leute haben sie auf diese Art kaltgemacht«, Pavlik gibt nicht auf. »Und das Interessanteste ist nicht die Handlung selbst, es sind die Kommentare des Autors. Man merkt, daß er total auf der Seite von diesen Leuten steht. Er findet, ihnen bleibt gar nichts anderes übrig, um finanziell unabhängig zu sein … Und die, die sie kaltgemacht haben, das sind lauter Schweine, Blutsauger, die auf Kosten von anderen reich geworden sind. Übrigens, Valérie und die Jungs haben auch den Algerier erledigt, der daran schuld war, daß ihre Mutter sich ertränkt hat … Der Autor steht total hinter den Leuten, er ist gegen die Reichen, vor allem gegen die Farbigen. Er schreibt völlig offen, daß die jungen Leute in Frankreich ihr Land wegen der totalen Überfremdung nicht mehr als ihre Heimat empfinden können!«

»Ja, das ist jetzt ein Jammer bei denen dort«, flicht Ksjucha ein. »In ihren neuen Filmen geht es oft um Neger und Algerier, die sich dort unverschämt aufführen.«

»Und haben sie das Geld für Australien zusammengebracht?« Ich zeige mich interessiert, damit die Unterhaltung weitergeht.

Pavlik seufzt bitter, als ginge es um seine eigenen Freunde.

»Nein. Man hat sie verhaftet … Aber während des Prozesses haben viele Leute für ein mildes Urteil plädiert.«

»Wahrscheinlich haben sie jedem ein Jahr aufgebrummt?«

»Nein, lebenslang für alle …« Pavlik verspeist traurig eine Pirogge, nimmt die nächste, will schon hineinbeißen, da bricht es leidenschaftlich aus ihm heraus:

»Ein richtiges, ein ganz richtiges Buch! Wenn ihr wollt, ich leihe es euch für ein paar Tage … Versteht ihr, die Leute haben keine andere Wahl gehabt, als die anderen umzubringen. Nehmt diese Familie: Der Vater hat geschuftet und geschuftet, hat sich kaputtgemacht und eine armselige Invalidenrente bekommen. Die Mutter ist gealtert und über Bord gegangen. Jean, ein junger Mann, hat diese ganze Scheiße gesehen, er konnte doch nur die klägliche Existenz seines Vaters wiederholen oder kriminell werden. Valérie wollte sich mit der Kunst beschäftigen, aber man hat eine Hure aus ihr gemacht. Der Staat ist eben so aufgebaut, daß er die Menschen zum Verbrechen zwingt. Die ganze Bevölkerung ist in diese … wie heißen sie … Klassen aufgeteilt. Wie im Wald. Zuerst das Moos – das sind die Obdachlosen, die Bettler, die versoffenen Typen; dann kommt das Gras, die Kletten – das sind die Arbeiter, so etwas wie wir; ein bißchen höher sind dann die Sträucher – das sind die Beamten, verschiedene intelligente Leute, die können ein bißchen Sonne sehen. Aber am meisten Sonne kriegen die Bäume ab. Stimmt's? Kiefern, Birken – das sind die Blutsauger. Was bleibt denen anderes übrig, die unten sind? Die Bäume fällen, damit man freien Platz bekommt, um die Sonne zu sehen …«

Diese Erörterung hat mich überrascht. Das habe ich von Pavlik nicht erwartet. Oder er hat das alles aus dem Buch erfahren und erzählt es jetzt, wie immer, bloß nach.

»Es ist praktisch unmöglich, aus der Misere zu etwas Höherem aufzusteigen«, setzt er fort. »Wenn man mit legalen Mitteln versucht, sich durchzuboxen, werden einen die anderen sofort fertigmachen. Keiner macht freiwillig die Bahn frei. Das heißt, man muß über Leichen gehen. Zum Beispiel die Gangster in Amerika! Al Capone, was?! Der hat sich selbst aus der letzten Scheiße hochgearbeitet und über die ganzen Vereinigten Staaten geherrscht ... Und die Jungs im Buch haben es auch richtig gemacht. Zuerst haben sie den Kerl das Scheckbuch ausfüllen lassen, und dann ab mit ihm – in die Kanalisation. Hast du Spaß gehabt, Freundchen? Jetzt kannst du dich erholen!«

»Schon gut, stoßen wir an«, Lĕcha hebt sein Glas. »Auf daß wir armen Grashalme die Sonne sehen.«

»Wir müssen was tun«, antwortet Ksjucha mit betrunkener und entschlossener Stimme. »Von nichts kommt nichts.«

Gegen halb vier war der Schnaps zu Ende. Ksjucha und Pavlik sind gegangen. Pavlik hat zum Abschied vorgeschlagen, noch einen Joint zu rauchen, aber wir haben darauf verzichtet, genauer gesagt, es auf den späteren Abend verschoben. Wir hatten noch die Arbeit im Theater vor uns, die verdammte Kulissenschieberei. Das ist eine gefährliche Tätigkeit, wenn man zuviel getankt hat. Besser ist es, erst nach der Arbeit high zu sein.

Nachdem wir die Gäste verabschiedet hatten, legten wir uns ins Bett. Ein blöder Zustand, weil der Organismus nach mehr Alkohol verlangt. Lĕcha raunzte:

»Du Idiot, wozu hast du die angeschleppt?! Für uns zwei hätte es genau gereicht ...«

Ich habe nicht reagiert, auch er hat Ruhe gegeben, nur bitter geseufzt.

Auf dem Tisch der leere Kochtopf, schmutzige Teller, Häuflein von sorgfältig abgenagten Knochen. Dort schalten und walten schon die Kakerlaken und Mücken …

Wir schweigen zwanzig Minuten. Mir geht das langsam auf die Nerven.

»Lëcha«, rufe ich, »möchtest du ein Baum werden? So eine dicke, weit ausgreifende Eiche?«

»Halt's Maul!«

»Nein, im Ernst. Nach der Theorie von Pavlik? Mir würde das gefallen … In Kyzyl habe ich eine Bekannte gehabt, ein tolles Mädchen. Chljustnina hat sie geheißen. Und die hat behauptet, daß sie aus einer alten, adligen Familie stammt. Ihr Urgroßvater wurde angeblich vor vielen, vielen Jahren nach Sibirien verbannt … Sie war überhaupt ganz verrückt nach dieser Geschichte! Bei ihr zu Hause hat es sogar ein spezielles Regal gegeben, da haben Bücher gestanden mit Lesezeichen an den Stellen, wo dieser Familienname erwähnt wurde … Chljustnin.«

»Ach, was brauche ich einen Adelstitel?« Lëcha beteiligt sich lustlos an dem Gespräch. »Ich fühle mich nicht schlecht auf meinem Platz. Ich habe nur keine Kohle. Ich meine, so viel Kohle, daß ich mich als normaler Mensch fühlen könnte. Wenn ich wenigstens das hätte, was mir in diesem kleinen, armseligen Theater zusteht. Wenn die mir das Geld bar auf die Hand geben würden, wäre ich zufrieden. Ich würde sogar danke sagen … Aber diese … diese ganzen Bäume, die müßte man wirklich fällen. Mit einer Motorsäge, ausrotten einschließlich der Wurzeln!«

»Sie werden auch gefällt. Einmal habe ich im Fernsehen eine Sendung über die Kriminalität gesehen. Allein in dieser Reportage haben sie von fünf Morden an Geschäftsleuten und an einem Bankdirektor berichtet …«

»Nein, das ist etwas anderes«, Lëcha stützt sich auf einen Ellbogen. »Die bringen sich gegenseitig um, aber es müßte so sein, daß das Volk sie fertigmacht. Das wäre gerecht. Dafür bin ich hundertprozentig!« Seine Stimme wird immer aufgeregter, auch ich spüre in mir eine Unruhe. »Die haben doch einen Nachtklub aufgemacht. Wie heißt er? ›Schaum‹, stimmt's? Wo diese ganzen Arschlöcher rumhängen, diese Jeunesse dorée. Man müßte dort zehn Kilo TNT deponieren – und das wär's dann! Alles wunderbar! Stimmt's? Wir müssen »Zigeunerin« saufen, uns die Gedärme verbrennen, und diese Hunde dort ...«

Er ist verstummt, wollte sich an ein bestimmtes Wort erinnern; eine Minute später ist es ihm eingefallen. »Und diese Hunde dort schlabbern Martini. Warum ist das so?«

»Die haben eben das Hirn zum Geldmachen.«

»Was für ein Hirn, verdammt ...« Lëcha verzieht das Gesicht und läßt den Kopf auf das Kissen fallen. »Das sind nur Dreckschweine oder Kinder von Dreckschweinen. Die muß man ausrotten. Sie haben alle Möglichkeiten, deswegen scheißen sie uns auf den Kopf ... Uh, die verdammten Hunde!« Lëcha knurrt eine Weile unverständlich vor sich hin, dann wechselt er das Thema. »Meine Alten zum Beispiel, die haben ihr ganzes Leben in Prokopjevsk verbracht, ich glaube, die waren kein einziges Mal fort. Mein Vater war Bergmann wie meine beiden Großväter ... Jetzt ist er schon längst auf Rente, ein Invalide zweiten Grades. Von zwanzig bis dreiundvierzig hat er gearbeitet, dann war es aus. Jetzt ist er siebenundfünfzig und vegetiert nur noch vor sich hin. Sitzt die ganze Zeit auf dem Stuhl, schaut in die Glotze. Wenn er eine Bewegung macht, hustet er drei Stunden. Vom Bett bis zum Stuhl – mehr geht nicht ... Und wofür? Warum? ... Und dann sind sie noch wahnsinnig stolz darauf, daß sie Bergleute sind! Wie Helden kriechen sie in das Loch. Worauf sind sie stolz, diese Bekloppten? Die Chefs von der Kohlengrube wechseln jedes halbe Jahr. Jeder rafft den Zaster zusammen und verschwindet, kein Schwein weiß, wo der steckt. Aber die Kumpel ... Wenn sie nicht in der Grube verrecken, dann sind sie mit vierzig erledigt ... wie mein Vater ... Ich bin gleich nach dem Militärdienst von dort abgehauen. Ich bin lieber obdachlos, als dort ... Ksjucha hat es ganz richtig gesagt – wir müssen endlich was tun. Zuschlagen! Alles wegputzen, zur Hölle damit!«

Ich frage mit aufrichtiger Verwunderung:

»Was regst du dich so auf? Eineinhalb Jahre hängst du rum, und jetzt tust du, als wärst du vom Ofen gefallen.«

»Weil ich jetzt klarsehe«, antwortet Lëcha in der Tonart eines Musterschülers, der eine komplizierte Gleichung gelöst hat. »Ich denke schon lange darüber nach, und heute habe ich es kapiert ... Aber ich bin schwach. Hörst du, Romyč, ich bin schwach ... Und das Deprimierendste ist – wir sind umgeben von lauter Schwächlingen. Alles Nieten, die ich kenne. Keine Führer, keine echten Helden. Nur Saftsäcke ...«

Ich denke an Abakan, an die Jungs dort. Als erstes fällt mir selbstverständlich der stets betrunkene und deswegen äußerst kampflustige Serëga ein, mit dem Spitznamen Anarchist. Er marschiert in einem Soldatenmantel auf der nackten Haut herum, trägt auf dem Kopf ein rotes Fallschirmjägerbarett mit dem IRA-Abzeichen (Irisch-Republikanische Armee also). In der rechten Hand hält er ein Wodkaglas, in der linken eine chinesische Spielzeugpistole, eine Mauser. Wir werden morden, alles niederbrennen und rauben! brüllt er. Wir, die fröhlichen Jungs, voll von feurigem Lachen! – Solche Typen gibt es in Hülle und Fülle. Ich habe mich auch ausgetobt, als ich jung war, bin zu Kundgebungen gegangen, habe zornige Protestlieder geschrieben. Dann ist mir das auf die Nerven gegangen. Aber Lëcha ist heute plötzlich reif für so eine Stimmung. Oder er hat einfach zu wenig getrunken.

Ich sehe auf die Uhr. Kurz nach vier.

»Los, arbeiten. Die Vorstellung beginnt in drei Stunden. Steh auf!«

Lëcha stöhnt, als ob er krepieren müßte.

7

Das Häuschen steht auf einer kleinen Anhöhe an einem Teich. Die alten, schwarzen, erschreckend porösen Baumstämme, aus denen das Haus gebaut ist, habe ich mit grünen Holzlatten verkleidet. Die stammen noch von der Veranda unserer Datscha in Kyzyl, die wir vor unserer Abreise abgerissen haben. Die Verkleidung verleiht dem Häuschen ein etwas fröhlicheres Aussehen, es wirkt sogar größer.

Wenn man den Nachbarn glauben kann, ist das Häuschen vor dreißig Jahren für eine alte Frau gebaut worden, die alleine leben wollte, nachdem ihr Sohn geheiratet hatte. Errichtet wurde es auf Kosten der Sovchose, mit vereinten Kräften, in nur einer Woche. Die Alte hat es eine Zeitlang bewohnt. Nach ihrem Tod hatte das Häuschen Dutzende von Besitzern, die sich um seinen Zustand nicht besonders gekümmert haben, weil sie gleich wieder ausgezogen sind, wenn sie ein besseres, geräumigeres Zuhause gefunden haben.

Jetzt wohnen dort meine Eltern, obwohl sie von einem anderen Haus träumen, einem mit Kreuzgewölbe und Fundament aus Beton. Aber vorläufig ist es ihr Haus und auch mein Haus. Wenn ich es, von der Bushaltestelle kommend, aus der Entfernung sehe, überkommt mich eine angenehme Aufregung, und mir wird irgendwie warm ums Herz. Mir ist, als würde mir der seit der Kindheit vertraute, aus unserer Wohnung in Kyzyl mitgebrachte Geruch in die Nase steigen.

Der Vater träumt davon, ein großes Haus zu erwerben, glaubt allerdings nicht ernsthaft daran, deswegen sucht und hortet er Holzstämme, um noch zwei Zimmer anzubauen. Eigentlich hat er schon genügend gesammelt, findet aber nicht die Zeit, um mit dem Anbau anzufangen.

Ich weiß noch, wie mein Vater sich in den ersten Monaten nach der Übersiedlung gewundert hat, wie passiv, faul und langweilig die Dorfbewohner waren. Er hingegen hatte grandiose Pläne im Kopf, wie toll wir uns das Leben hier einrichten könnten. »Das hier ist eine Synthese von Stadtwohnung und Datscha«, sagte er ... Bald war von diesen grandiosen Plänen nicht mehr viel übrig, genauer gesagt nur eine Frage – wie wir überleben konnten.

Wir, mein Vater, meine Mutter und ich, sitzen am Tisch in der Küche, die sozusagen gleichzeitig das Wohnzimmer ist. Am Freitag habe ich Lebensmittelmarken bekommen und habe ein halbes Kilo Teewurst, einen Hering, dreihundert Gramm Käse und eine Flasche Pfefferwodka »Percovka« mitgebracht ... Wir haben ausgemacht, erst am Abend zu trinken, jetzt essen wir hastig – wir müssen die Kartoffeln ernten.

»Ich habe die Kisten schon ins Auto verladen«, sagt mein Vater. »Wir dürfen die Eimer und die Forken nicht vergessen ... Die Erde ist naß, gestern hat es wieder den halben Tag in Strömen geregnet. Die Kisten stellen wir dann in die Sauna, damit die Kartoffeln trocknen. Sonst verfaulen sie.«

»Hoffentlich schafft ihr es irgendwie«, sagt meine Mutter. »Das hat uns so viel Kraft und Mühe gekostet …«

In diesem Jahr haben sie uns kein sehr gutes Feldstück zugeteilt. Es ist zwar Schwarzerde, aber mit einem Meer von Unkraut drauf. Hauptsächlich stachelige, zählebige Disteln. Sinnlos, sie mit der Hacke zu bearbeiten, sie sprießen sofort wieder, man muß die Stengel mitsamt den langen, verzweigten Wurzeln herausreißen. Etwa viermal haben wir im Sommer gejätet.

Vater sieht mich an und lächelt:

»Du hast dir den Bart abrasiert? Dabei habe ich Mama vorgewarnt, daß sie nicht über deinen Bart erschrecken soll.«

Ich lächle nur traurig, wenn ich daran denke, wie ich gestern abend zwei Stunden lang meine Visage mit stumpfen Rasierklingen traktiert habe.

»So«, mein Vater steht auf, »wir müssen fahren.«

Mama sucht hastig irgendwas im Schrank.

»Zieht euch warm an. Nehmt die Regenmäntel mit, es ist total bewölkt.«

Der Hof ist klein und eng. Gerade Platz genug für unsere zwei Autos – den »Rotfuchs« und den Lastwagen »Zachar«. Früher war es hier noch enger, aber als wir den Zaun neu bauen mußten, haben wir ihn ein bißchen zur Straße hin versetzt, die Ruine einer kleinen Scheune abgerissen und den Schuppen für Holz und Kohle in den Hinterhof verlegt.

Am Rand des Hofs befinden sich eine winzige Sauna und die Sommerküche. Die Sauna steht fest, aber das Dach ist ramponiert. Im letzten Frühling hat die Sommerküche gebrannt, die Ursache war ein Kurzschluß in der Stromleitung, und das Feuer ist aufs Dach der Sauna übergesprungen. Der Brand wurde ziemlich schnell gelöscht, aber der Schiefer war beschädigt, von dem eine Platte heute fast fünfzig Rubel kostet. Die Reparatur ist momentan also zu teuer.

Den größten Teil unseres Grundstücks nimmt der Gemüsegarten ein. Ungefähr zwei Hektar. Hier stehen fünf Treibhäuser, die wir ab Mitte April mit Zellophanplanen abdecken. Zwei davon, mit starken Öfen ausgerüstet, sind für die frühen Gurken, Tomaten und Paprika vorgesehen. Manchmal ist das Gemüse schon Anfang Juni reif. Das Problem ist nur, die Temperatur ständig im Plus zu halten, wenn es nachts minus zehn Grad oder noch mehr sind.

Normalerweise beginnt mein Aufenthalt bei den Eltern mit einem Rundgang durch die kleine Wirtschaft, mein Vater zeigt mir, was er in letzter Zeit getan hat, prahlt mit seinen Erfolgen oder beklagt sich, wenn etwas nicht geklappt hat. Ich würde mit Vergnügen durch den herbstlichen Gemüsegarten spazieren, bei den Kaninchen vorbeisehen, aber im Augenblick haben wir eine andere Aufgabe …

Das Kartoffelfeld ist nicht weit entfernt. Es liegt gleich am Rand des Dorfes, hinter den Viehställen.

Da stehen zehn langgestreckte, niedrige Kuhställe in exakten Reihen, aus der Entfernung wirken sie behaust, sauber, frisch gestrichen. Unter dem Dach sind kleine Fenster, die Öffnungen für die Ventilation. In Wirklichkeit werden aber nur zwei Kuhställe benutzt, die anderen sehen, aus der Nähe betrachtet, wie Ruinen aus. Der Schiefer ist von den Dächern gestohlen worden, die Fensterscheiben sind eingeschlagen, die Türen stehen entweder sperrangelweit offen oder sind aus den Angeln gerissen. Ringsum ein Dickicht aus Beifuß und Hanf, die Zäune sind demoliert.

Rechts von den Kuhställen befindet sich der Friedhof für das landwirtschaftliche Gerät. Sämaschinen, Eggen, verrostete, halb zerlegte Mähdrescher, schiefe Traktoren mit kaputten Reifen. Der Zaun um diesen Friedhof ist ein zweifelhafter Schutz, viele Latten fehlen.

Vater und ich rauchen schweigend. Ein Gespräch wäre sowieso undenkbar – der Motor heult, das Auto wird auf der holprigen Landstraße heftig gerüttelt. Und wenn mein Vater einen anderen Gang einlegt, kreischt »Zachar«, als fühlte er heftige Schmerzen.

Die hiesigen Einwohner bekommen ihr Feldstück in der Nähe vom Dorf, die Kartoffelfelder von den Leuten aus der Stadt liegen weiter entfernt – hinter dem Waldstreifen. Die Dorfbewohner bezahlen nur für das Pflügen, die Stadtleute pachten die Parzelle für eine Saison. Die Sovchose selbst baut keine Kartoffeln mehr an. Es finden sich keine Arbeiter mehr, die ohne Bezahlung auf dem staatlichen Feld arbeiten würden, es gibt keine Technik. Die letzte Kartoffelkombine ist im vergangenen Herbst auf den Friedhof für Gerätschaften übergesiedelt.

Das Feld zieht sich, von Waldstreifen durchzogen, über den sanften Hang eines flachen Hügels. Hier und dort sieht man auf dem Hang die roten, grünen, braunen Flecken der Autos, Menschen tummeln sich auf dem grauschwarzen Boden.

»Wir sind nicht die einzigen, die später kommen«, überschreit mein Vater, den diese Tatsache fröhlicher stimmt, das Gebrüll unseres »Zachar«.

Ich nicke und klammere mich an den Haltegriff am Armaturenbrett unter der Windschutzscheibe. Der »Zachar« rumpelt schwerfällig und vorsichtig über das von Rädern zerfurchte Ackerland, kriecht zu unserer Parzelle.

Bevor wir mit der Arbeit anfangen, gehen wir unser Grundstück ab. Auf den ersten sechs Metern hat Vater bereits im August und September für unseren Eigenbedarf geerntet. Etwas weiter, inmitten des halbtoten Unkrauts, sieht man trockenes und geknicktes Kartoffelkraut. Am anderen Ende des Feldes wurde auch gegraben – schlampig, hastig. Kleine, grünliche, vom Regen gewaschene Kartoffeln liegen herum.

»Solche Schweine«, sagt Vater fast gleichgültig, ohne großes Erstaunen, und spuckt Tabakkrümel aus. »Sie haben ungefähr zwei Säcke gestohlen …« Und versucht sofort, mich und sich selbst zu beruhigen:

»Egal, ist in Ordnung, für uns reicht's allemal. Die Kartoffeln sind in diesem Jahr nicht schlecht.«

Es ist kühl. Die Sonne hält sich irgendwo in weiter Ferne hinter einer riesigen, dichten, den ganzen Himmel bedeckenden Wolke versteckt. Man hat nicht die geringste Ahnung, wo sie momentan ist – von Horizont zu Horizont ein eintöniges, schweres Grau. Man glaubt, daß die Wolke jeden Augenblick platzen könnte, zerreißen, und dann wird Schnee fallen, grauer noch als die Wolke.

Die Erde ist naß und klebrig. Die Finger sind im Nu durchgefroren, werden steif. Aber mit Handschuhen kann man in dem mit der Forke aufgelockerten Nest nicht ordentlich wühlen, mir kommt es ständig so vor, als ob ich die Kartoffeln nicht finde und in der Erde liegenlasse. Wenn ich meine Hände ein bißchen gewärmt habe, ziehe ich die Handschuhe aus und wühle mit bloßen Fingern weiter.

Vater arbeitet schnell, ist schon zehn Reihen vor mir. Mit der Forke zu arbeiten ist selbstverständlich auch einfacher: Man sticht mit der Forke neben dem Nest in die Erde, lockert sie auf, wendet den Großteil der Knollen nach oben, und fertig ist die Sache. Aber wie soll er auch mit seinen vom Ekzem wunden, roten, geschwollenen Händen in der Erde wühlen.

Wir arbeiten schweigend, hastig. Ich habe nur einen Gedanken, nur eine Sorge – meine vor Kälte erstarrten Hände. Ich durchstöbere bald mit der rechten, bald mit der linken Hand die kleinen Gruben. Während die eine Hand nach verborgenen Kartoffeln sucht, wärmt sich die andere. Besonders unangenehm ist es, mit den Fingern in die eiskalte, flüssige Masse der nicht ganz verfaulten und vom Frühling übriggebliebenen Saatkartoffeln zu greifen. Als würde man in einen Klumpen von fremdem, gefrorenem, schleimigem Auswurf hineinpatschen.

Ich warte nur darauf, daß mein Vater eine Rauchpause vorschlägt.

Die Knollen sind meistens groß, trotzdem füllen sich die Eimer schrecklich langsam. Oder es kommt mir nur so vor. Wenn ich es nicht mehr aushalte, in der Erde zu wühlen, nehme ich zwei nicht ganz volle Eimer, trage sie zum »Zachar« und schütte sie in die am Rand der Ladefläche aufgestellten Kisten. Beim Zurückgehen sehe ich mich um, in der Hoffnung, etwas Interessantes, Vergnügliches zu erblicken …

Kleine menschliche Figuren, die gebückt arbeiten oder Säcke und Kübel schleppen, sind da und dort verstreut. Ihre Beschäftigung ist die gleiche wie unsere – die Nahrungsbeschaffung. Und die Kartoffel ist das Grundnahrungsmittel, der wichtigste Vorrat. Solange wir Kartoffeln haben, werden wir nicht verhungern! – ein Spruch, den man sowohl von alten Leuten als auch von jungen, gepflegten Frauen und sogar von nicht arm aussehenden Männern ständig hört. In diesem Jahr werden kaum Kartoffeln zum Verkauf angeboten. Vielleicht, weil keine große Nachfrage besteht (kaum jemand hat nicht zumindest einen kleinen Kartoffelacker in der Nähe der Stadt), oder man hortet sie bis zum Frühling. Wer weiß, wie die Situation im Winter und im Frühling sein wird, dann hat man wenigstens Kartoffeln im Keller, sollen sie dort ruhig liegen …

»Was ist, mein Freund, rauchen wir?« schlägt mein Vater endlich vor.

»Gern!«

Wir klettern ins Fahrerhaus, schlagen die Türen zu. Rauchen die ätzenden, ausgetrockneten Prima-Zigaretten, ein Rubel achtzig pro Schachtel. Einzelne Regentropfen klatschen dumpf auf das Dach und die Motorhaube. Der Wind kommt in Böen … Vater möchte anscheinend plaudern, aber ich habe weder Worte noch das Bedürfnis. Das Schweigen ist mir irgendwie lieber. Sonst müßte ich kläglich, leise winseln. Alles wird doch so bleiben wie in den letzten vier Jahren, und sehr, sehr lange wird sich nichts ändern. Wir sind von einem Reifen umschlossen und fest in ihn eingespannt, wie ein Faß. Man kann sich daraus nicht befreien, nur mit größter Anstrengung immer die gleichen Bewegungen machen, immer das gleiche sehen, über das gleiche nachdenken. So sieht unser weiteres Leben aus. Meine Eltern in diesem dahinsiechenden, maroden Kaff Zacholmovo, und ich in der öden, verschlafenen Kreisstadt … Meine Eltern werden sich von Jahr zu Jahr bemühen, Geld zu verdienen, um mir ein erträgliches Leben zu ermöglichen, werden jeden Winter grandiose Pläne schmieden, die sie bis zum nächsten Winter verwirklichen wollen, während ihre Kraft und ihre Hoffnungen draufgehen, während sie altern und mir zuliebe gegen das Altern ankämpfen werden. Ich werde weiterhin Wände und Lauben aus Furnierholz sowie Möbelattrappen aufbauen und wieder abbauen, werde versuchen, mir ab und zu ein armseliges Lustgefühl zu gönnen, werde von dem Mädchen auf dem Fensterbrett oder von einem anderen träumen, falls ich nicht imstande bin, eine kennenzulernen. Ich werde schimpfen und mit Lëcha Schafskopf spielen und jeden Montag meine Eltern besuchen … So wird es ewig weitergehen, bis zu irgendeinem Ende …

»Na, mein Freund, warum bist du traurig?« Mein Vater legt mir den Arm um die Schulter. »Wir haben schon drei Säcke voll. Ich grabe auch, dann geht's flotter voran …«

Das Wort »Freund« und die leichte Umarmung verstärken mein Bedürfnis zu heulen. Während ich den Kloß in meiner Kehle hinunterwürge, mache ich einen möglichst tiefen Zug, wende mich ab, schaue zum Fenster hinaus … Die kraftlosen, halbnackten Birken und Espen im Waldstreifen sind wie tot, die Menschen taumeln über das Feld wie verlorene Zombies …

»Der Herbst«, brumme ich, »ist irgendwie deprimierend …«

»Ja«, seufzt mein Vater, »bald wird es schneien. Wir müssen noch Brennholz zum Heizen beschaffen … Ich habe es mit Gennadij, dem Förster, besprochen, er wird uns ein Stück im Wald zuweisen und eine Motorsäge geben. Das müssen wir irgendwann erledigen.«

»Machen wir, Vater, versprochen. Geht's am nächsten Montag?«

»Das hängt von meiner Gesundheit ab und vom Wetter …«

Unser gemeinsames Abendessen, das sind die schönsten und gleichzeitig die schwersten Minuten zu Hause. Wir haben alles erledigt, was bis zum Einbruch der Dunkelheit möglich war. Die Kartoffeln haben wir fast alle ausgegraben, bis auf zehn, zwölf Reihen. Weil es geregnet hat, mußten wir die Arbeit abbrechen. Vater sagte, er würde den Rest in den nächsten Tagen ernten. Die Kisten haben wir nicht abgeladen, die liegen, mit Lappen und Zeltplanen bedeckt, im Laderaum. Hoffentlich gibt es in der Nacht keinen Frost.

Kaninchen, Hühner, Schweine und Biča, unser Hund, haben ihr Futter bekommen. Wir haben uns in der Sauna gewaschen. Nun sitzen wir am Tisch, essen, trinken Wodka. Aus dem Radio heiseres Murmeln, der Fernseher ist abgeschaltet. Filme oder Nachrichten interessieren Mama und Vater nicht, wenn ich da bin.

Mama bietet mir ununterbrochen mal dieses, mal jenes Gericht an, legt mir ständig etwas auf. Vater schenkt ab und zu ein. Selbstverständlich wollen sie wissen, was es Neues gibt und wie es mir geht.

»Alles in Ordnung, alles läuft«, sage ich. »Wir haben zwanzig Lebensmittelmarken bekommen. Vorräte habe ich genug, der Schrank ist voll mit Buchweizen, Reis, Hirse und Kartoffeln. Ihr müßt mir nicht so viel bringen ...«

»Und dein Zimmerkollege? Trinkt er nicht zuviel?« fragt Mama besorgt.

»Es geht. Wir wohnen doch schon länger als ein Jahr zusammen, wir haben uns aneinander gewöhnt ... Alles in Ordnung.«

»Guck nicht zu oft ins Glas, mein Kleiner, trink nicht zuviel, bitte! Der verdammte Wodka macht die Leute nur unglücklich!«

»Nein, Mama, fast nie ...«

»Was gibt es Neues im Theater?«

Ich habe überhaupt keine Lust, vom Theater zu erzählen. Wenigstens einen Tag nicht daran denken. Automatisch verzieht sich mein Gesicht, aber ich besinne mich und versuche, fröhlich zu antworten.

»Uns geht's super! Demnächst kommt ein neues Stück, irgendein grandioses Märchen. Die Leute stürmen das Theater, wir sind meistens ausverkauft ... Nur die Bezahlung ...«

Und prompt kommt das klägliche, mütterliche Flehen:

»Bitte paß auf, daß du die Arbeit nicht verlierst. Das ist immerhin ein Job. Was kriegst du sonst heutzutage ... Du hast auch ein Zuhause, bis wir dir eine Wohnung kaufen ...«

»Alles in Ordnung, macht euch keine Sorgen«, ich bemühe mich um einen heiteren Ton. »Die Arbeit ist nicht übel. Ich sehe mir alles genau an«, ich lache kurz, »und eines Tages bin ich Schauspieler!«

»Das wäre gar nicht schlecht«, Mama nimmt meinen Scherz ernst, »dein Vater und ich haben auch nach dem Studium ein bißchen Theater gespielt, weißt du, wie man davon profitiert! Sprechweise und Bewegung kriegen mehr Ausdruck ...«

Das Deckenlicht ist ausgedreht, nur die kleine Glühbirne hinter dem Ofen brennt noch. Mein Vater ist bald nach dem Abendessen ins Bett gegangen, Mama und ich sitzen am noch immer gedeckten Tisch und flüstern.

»Vielleicht sollen wir dir ein paar Möbel, ein bißchen Geschirr und einen Teil der Bücher bringen?«

Diese Frage stellt mir Mama fast jeden Montag, und jedesmal gebe ich eine ausweichende Antwort:

»Nein, plötzlich passiert was, dann müssen wir alles wieder zurückbringen ... Das Nötigste habe ich dort, alles in Ordnung ...«

»Ach was ... Es gibt nichts Schlimmeres als so ein Leben aus dem Koffer.«

»Schon gut, wir werden sehen. Aber später, ja?«

Mama nickt, dann räuspert sie sich, offensichtlich will sie mir etwas Wichtiges mitteilen.

»Jetzt möchte ich dich noch was fragen. Beim Amt für Volksbildungswesen wurde ein Geschäft eröffnet. Dort verkaufen sie …«, sie kann das passende Wort nicht finden, »verkaufen sie Waren zu Lasten von nicht ausbezahlten Gehältern. Es gibt dort tolle Sachen für dich. Die Preise sind zwar höher als im Handelszentrum, aber … vernünftig. Die Schule schuldet Vater und mir ungefähr dreitausend Rubel, da haben wir uns gedacht, wir könnten für dich eine Winterjacke, Stiefel und Jeans kaufen. Auch einen schönen Pulli habe ich gesehen. Deine Sachen sind schon derartig kaputt, ich habe sie heute gewaschen – nur noch Fetzen …«

»Mama«, protestiere ich, »ich bin ganz normal angezogen.«

»Warte …«

»Wozu brauchen wir Sachen zum Anziehen? Womöglich zahlen sie das Geld doch aus, dann kaufen wir Schiefer für die Sauna und neue Zellophanplanen.«

»Ich bezweifle, daß die Löhne bald ausgezahlt werden«, schaltet sich mein Vater von hinten ein. »Die bleiben uns das Geld noch lange schuldig. Und dann werden sie wieder eine Inflation organisieren – und alles ist für sie wieder in Butter.«

»Wir sollten wirklich das nehmen, was wir jetzt kaufen können«, Mama verfällt wieder in ihren kläglichen, flehenden Ton. »Dann hast du wenigstens was zum Anziehen, und wir sind beruhigt.«

»Ich bin angezogen.«

»Das nennst du angezogen?« Mein Vater lacht spöttisch und bitter. »Früher, zu unserer Zeit, hatte jeder Junge, auch wenn das Leben schwierig war, in seinem Schrank einen anständigen Sonntagsanzug, Schuhe und mindestens fünf Krawatten. Auf den Anzug, falls Anzüge aus der Mode sind, kann man verzichten, aber man muß etwas Anständiges zum Anziehen haben, damit man sich nicht zu schämen braucht, wenn man auf Besuch geht oder sich mit einem Mädchen trifft.«

»Ich schäme mich auch so nicht.«

»Das ist ja das Schlimme, daß sich die Leute heutzutage fast nicht mehr schämen.« Ächzend dreht sich mein Vater zur Wand.

Letztlich hat es Mama doch geschafft, ich habe aufgegeben. Streiten will ich nicht, es ist sowieso sinnlos. Was soll ich tun, also nicke ich nur.

»Am Donnerstag fahre ich wieder mit dem Bus zum Krankenhaus«, flüstert Mama. »Da treffen wir uns und sehen uns dieses Geschäft an. Sonst ist das Geld futsch. Heute gibt es eine solche Gelegenheit, wer weiß, was morgen ist. Du suchst dir neue Sachen aus, ganz nach deinem Geschmack. Abgemacht, mein Schatz?«

»Schon gut, schon gut ...«

Ich gehe hinaus, um eine Zigarette zu rauchen. Es hat fast aufgehört zu regnen, aber der Himmel bleibt schwarz, kein einziger Stern. Gut, daß es bedeckt ist, dann gibt es wenigstens keinen Frost.

Biča, unser alter, grauer Hund, hat mich gewittert und kriecht aus seinem Häuschen. Er dehnt sich, streckt seine alten Knochen, winselt leise. Ich gehe zu ihm und zupfe zärtlich an seinem muskulösen Hals. Der Hund bohrt seine Schnauze in mein Bein, schnüffelt, winselt weiter. Er beklagt sich.

»Na, Biča, bald kommt der Winter«, sage ich. »Es wird wieder schneien, ja? Macht nichts ... Ach, du Hund, du Hund ... Los, ab in dein Häuschen, schlaf. Ich gehe auch ...«

Biča ist schon sieben Jahre bei uns. Ich weiß noch, als uns die Nachbarin in Kyzyl den guten, tapferen, aber nicht mehr jungen Hund angeboten hat. Ihre Bekannten sind ausgezogen, der Hund ist zurückgeblieben und hat sich um das nunmehr fremde Haus herumgetrieben. Die neuen Hausbesitzer haben sich einen anderen Hund angeschafft und gedroht, den lästigen Biča zu vergiften. Worauf mein Vater und die Nachbarin ihn abgeholt und zu uns auf die Datscha gebracht haben. Zuerst hat er geknurrt, ist auf uns losgegangen, wir mußten ihn in die Scheune sperren. Wir haben ihn gefüttert, indem wir seine Schüssel vorsichtig durch die einen Spalt breit geöffnete Tür hineinschoben ... Allmählich hat er sich an uns gewöhnt, hat am vierten Tag leicht mit dem Schwanz gewedelt, sich am sechsten Tag streicheln lassen, und einen Tag später haben wir ihn an die Kette gelegt. Manchmal hat ihn Vater ein wenig frei herumlaufen lassen, und eines Tages war Biča über eine Woche verschwunden. Schließlich ist er wiedergekommen, mit einem fremden Halsband und einem Stück abgerissener Kette ...

Vor vier Jahren haben wir Biča hierhergebracht, zu unserem neuen Wohnsitz. Ein paar Monate, während meine Eltern mit dem Verkauf der Wohnung und den organisatorischen Problemen der Übersiedlung beschäftigt waren, haben Biča und ich zu zweit hier gelebt, ich habe eine einfache Suppe für uns beide gekocht und viel mit ihm gespielt und geredet ...

Mama hat inzwischen den Tisch abgeräumt und studiert irgendwelche Rezepte. Die Brille verleiht ihr ein komisches und bemitleidenswertes Aussehen. Nach einem Routinebesuch im Krankenhaus war diese Brille plötzlich da. Mir wird seltsam zumute, wenn ich Mama mit der Brille sehe, sie erschreckt mich, ist gleichsam ein Hinweis auf das nahende, schwächliche Alter.

»Roman, willst du dir ansehen, was für Tabletten sie mir verschrieben haben?«

Sie gibt mir den Beipackzettel.

»Gebrauchsanweisung«, ich fange an zu lesen, »wir ersuchen Sie, die Informationen aufmerksam zu lesen! BERLIKOR®.«

»Schau auf der anderen Seite«, sagt Mama, »wo die Nebenwirkungen aufgeführt sind. Oder laß mich lieber selbst.«

Sie rückt die Brille zurecht, hält den Zettel ins Licht und liest mit einem lauten, pfeifenden Flüstern, furchterregende Worte besonders betonend:

»Folgende Nebenwirkungen können auftreten, mondförmiges Gesicht, Fettleibigkeit (Cushing-Syndrom), Muskelschwäche, Atrophie des Muskelgewebes, Atrophie der Knochen, Zuckerkrankheit, Störungen in der Sekretion der Geschlechtshormone, Impotenz, rötliche Streifen auf der Haut, Hautblutungen ...«

Ich stehe da und höre zu. In mein Mitleid mischt sich wachsender Unmut, sogar eine Art Wut. Ich möchte ihr den Zettel aus der Hand reißen und zerfetzen. So was in der Art.

»... vermehrte Ausscheidung von Kalium aus dem Organismus, Atrophie der Substanz der Nebennieren, Venenentzündung, Schleimhautentzündung der Speiseröhre, Magen-Darm-Trakt-Schmerzen, Magengeschwüre, erhöhte Infektionsgefahr, verlangsamter Heilungsprozeß von Wunden und Knochen ...«

Wann ist endlich Schluß? Und wie konnte das alles auf einem kleinen Blatt Papier, nur eine Spur größer als eine Musikkassette, Platz finden?

»... Sehnenriß, Wachstumsstörungen bei Kindern«, hämmert Mamas Stimme auf mein Hirn ein, »Knochennekrose (Hüft- und Schultergelenk), Kopfschmerzen, Schwitzen, Schwindelgefühle, erhöhter Blutdruck im Gehirn, Neurosen, erhöhte Thrombosegefahr, Entzündung der Bauchspeicheldrüse, Gewichtszunahme, Ansammlung von Wasser im Körper, erhöhter Blutdruck in den Arterien.«

Stille. Ich habe nicht gleich kapiert, daß es nichts mehr zum Vorlesen gibt. Mama guckt immer noch auf den Zettel.

»Grauenvoll«, sage ich, um irgendwie zu reagieren, obwohl dieses »grauenvoll« falsch klingt. Und mit genauso falschem Staunen füge ich hinzu:

»Und das sollst du schlucken?«

Mama richtet ihre durch die Brille veränderten, vergrößerten Augen auf mich. Und nickt traurig:

»Ja, das hat man mir verschrieben.«

»Nimm es bitte nicht! Das ist doch … Vielleicht hilft es sehr gut gegen Asthma, schädigt aber etwas anderes … Wie kann man überhaupt so ein Zeug produzieren?!«

»Was soll ich tun, mein Kind … Manchmal packt es mich so, daß ich keine Luft mehr kriege … Vor kurzem hatte ich zwei Anfälle – dein Vater hat mich nur mit kaltem Wasser zu Bewußtsein gebracht. Eine Zeitlang geht es mir gut, aber dann kann ich nicht mehr atmen und … dann bin ich wie tot. Noch dazu kommt bald das Tanzfestival, die Leute rechnen mit mir … ich muß alles mit ihnen einstudieren … Ich versuche es, vielleicht schaffe ich es. Das ist ein starkes Mittel. Was soll ich machen …«

8

Das eintönige, stumpfsinnige Trommeln der Čadagan. Mir kommt es so vor, als würde nicht der Fingernagel die Saiten zupfen, nein, als trappelten die Hufe eines kleinen, kurzbeinigen Pferdchens über die endlose, steinerne, von der asiatischen

Sonne verbrannte, hügelige Steppe. Und durch dieses Getrappel dringt ein undeutliches, schläfriges Murmeln, das in einen gedehnten, heiseren Kehlkopfgesang übergeht.

Šura Rešetov hat ungefähr zwanzig Schallplatten mit Ethno-Musik. Auf meine Bitte hat er das tuvinische Epos »Aldan-Maadyr« aufgelegt. Ein sehr langes Märchen eines sehr kleinen, schwachen Völkchens über heldenhafte Riesen und ruhmreiche Ahnen.

Halb auf einem unbequemen, selbstgebauten Sofa liegend, lausche ich der Folklore meiner kleinen Heimat. Šura preßt inzwischen das Gras durch eine über den Blendrahmen gespannte, noch nicht grundierte Leinwand, die ihm als Sieb dient. Das Pochen der Finger gegen die Leinwand erinnert an das Trommeln eines Schamanen, paßt gut zu »Aldan-Maadyr« und bereichert den kargen Gesang …

Ich bin Šura zufällig begegnet, als ich durch die Trudovaja-Straße bummelte und er von dem unbebauten Terrain am Stadtrand mit einer Tüte voll Hanf zurückkam. Er hat mir angeboten zu kiffen, und ich war selbstverständlich einverstanden.

»Der Stoff ist klasse«, sagt Šura, während er vorsichtig ein kleines Häuflein aus dem gewonnenen Pulver formt, »schau, wie der an den Fingern klebt.«

»Hm«, antworte ich.

»Der Sommer war auch schön heiß! Ideal.«

»Ja …«

Ich erinnere mich, wie ausgerechnet während der ärgsten Hitze und Dürre der »Kama« (der Motor unserer Wasserpumpe) gestreikt hat. (Ich hatte gerade Urlaub und habe Tag und Nacht mit den Eltern im Gemüsegarten geschuftet.) Der »Kama« war also kaputt, mein Vater hat versucht, ihn zu reparieren, hat die Bürsten ersetzt, die Kontakte überprüft und hat ihn dann schließlich, dem Rat der Nachbarin folgend, zu unserem Dorfspezialisten getragen. Er hat auch eine Flasche Wodka mitgenommen, um die Reparatur sofort zu bezahlen. Kaum hat der Meister die Flasche gesehen, hat er meinen Vater überredet, zuerst einen kleinen Wodka zu trinken. »Das ist doch kein Fernseher«, zeigte er mit der Hand auf den »Kama«, »keine Sorge. Solche Apparate schaffe ich in zehn Minuten. Los, laß uns einen heben!« Sie haben also jeder ein kleines Glas getrunken, und dann hat der Meister blitzschnell auch den Rest ausgesoffen. Und war natürlich sternhagelvoll ... Mein Vater ist mit dem Motor wieder nach Hause gegangen. Als die Nachbarin die Geschichte hörte, fing sie an, kluge Ratschläge zu geben:

»Man darf ihm die Flasche nicht zeigen! Erst wenn er fertig repariert hat, darf man mit ihm trinken.« Wir sind mit dem Motor in die Stadt gefahren, zu einer Werkstatt, die waren jedoch für die nächsten zwei Wochen ausgebucht. Gurken und Tomaten halten es aber ohne Wasser nicht einmal drei Tage aus. Deshalb waren wir gezwungen, das letzte Geld für einen neuen Motor auszugeben ...

»Fertig!« Šura hat das Pulver in einem Lappen gesammelt und ist aufgestanden. »Wollen wir vorher ›Balabas‹ essen?«

Ich schalte den Plattenspieler aus und folge dem Hausherrn in die Küche. Šura stellt die Wasserkanne auf den Herd und füllt die Teller. Gleichzeitig belehrt er mich:

»Roman, bevor du einen Shit rauchst, mußt du immer was Anständiges essen.« Seine Stimme ist tief und klar, und trotz der zahlreichen Zahnlücken artikuliert er richtig, ohne Sprachfehler. »Wenn der Magen leer ist, bricht das Feeling ein. Kaum hast du einen Flash, kriegst du einen wahnsinnigen Hunger. Dem muß man vorbeugen.«

»Ich weiß, Šura, ich kenne diese ganzen Weisheiten ...«

Wir essen gedünstetes Kraut mit Reis. Nichts Besonderes, schmeckt aber ziemlich gut. Šura Rešetov kann kochen, er zaubert aus fast nichts etwas Eßbares, kennt einen Haufen Rezepte von diversen, exotischen Gerichten, nennt aber jedes Essen »Balabas«. Und sein stehender Spruch ist: Balabas rettet uns!

Er ist knapp vierzig und wohnt mit seiner Mutter in einer Zweizimmerwohnung im vierten Stock eines neungeschossigen Hauses. Seine Mutter ist eine alte, kranke Frau, die von ihren zwei mißratenen Söhnen ganz aufgerieben worden ist. (Viktor, der zweite Sohn, sitzt momentan im Knast, ich glaube zum dritten Mal). Sie muß häufig und für längere Zeit ins Krankenhaus. Zur Zeit ist sie wieder da ... Šura hatte eine eigene Familie, aber seine Frau hat ihn wegen seiner permanenten Sauferei und seiner Arbeitsscheu auf die Straße gesetzt. Er hat nämlich keine Lust, an fünf Tagen in der Woche acht Stunden zu arbeiten. Seine Frau verlangt nicht einmal Alimente von ihm für die gemeinsame Tochter.

Obwohl Rešetov als einer der besten Maler von Minusinsk gilt, will kein Mensch ihm einen richtigen Auftrag geben – zum Beispiel einen Kiosk bemalen, ein Ladenschild gestalten, eine neue Verpackung für Crackers entwerfen. Denn jedes Kind weiß, daß er ein Quartalssäufer ist und daß er, wenn er einmal nicht säuft, sicher bekifft ist. Geschäftsleute jedoch bevorzugen Auftragnehmer, die vielleicht weniger Talent haben, dafür aber pünktlich und gewissenhaft sind.

»Super, das Wasser kocht!« Šura hat sich von seinem Balabas getrennt und ist schnell aufgestanden.

Aus dem Schnabel der Kanne schießt eine dichte Dampfsäule. Šura knotet den Fetzen, in dem das Hanf liegt, fest zu und hält ihn über den Dampf. Mit einem schmerzverzerrten Gesicht, weil er sich die Finger verbrennt, kann er es etwa eine Minute aushalten. Dann steckt er den Fetzen in den Spalt zwischen Tür und Türrahmen und spannt ihn, indem er die Tür zumacht, wie in einen Schraubstock ein.

Das Resultat der Aktion ist eine kleine, grünbraune Scheibe – etwa drei Gramm Stoff.

»So, das testen wir gleich«, sagt Šura liebevoll und fährt fort zu essen. Er ißt, ohne den Blick von dem kleinen Ding abzuwenden. »In diesem Jahr habe ich noch kein gutes Hasch geraucht. Seit Juli hat es nur irgendein mieses Zeug gegeben, dann habe ich eineinhalb Monate gesoffen, und da kann man nicht kiffen ...«

Ich nicke mitfühlend, verständnisvoll.

In der Tiefe der Kehle gibt es einen geheimnisvollen Punkt, so ein blaßrotes Zäpfchen. Es ist extra für das »Kumarin«, das Feeling beim Kiffen, geschaffen. Wenn ich normale Zigaretten rauche, denke ich nicht daran, aber wenn ich einen Joint durchziehe immer. Ein einziger Zug – und ich sehe es deutlich, dieses passive, blasse, halbtote Zäpfchen. Sobald das Haschisch dieses Zäpfchen berührt, verwandelt es sich blitzschnell, es blüht auf, wird prall und strotzt vor Kraft. Saugt sich gierig voll mit der magischen Wirkung vom Gras, wie ein Schwamm mit Wasser, schwillt an, wächst und blockiert fast den Hals. Man kriegt kaum noch Luft, aber ich bin sicher, daß ich nicht daran sterbe. Das Zäpfchen ist klug, es wird mich nicht umbringen.

Ausgehend von diesem Punkt ziehen sich Tausende feine Nervenstränge durch meinen ganzen Körper. Die sind gelb, so wie die Nerven in einem Anatomielehrbuch dargestellt sind ...

Die Äderchen schlängeln sich durch den Organismus, dringen in jede Zelle ein, sogar in die Haare, in die Nägel, in die Hühneraugen. Sie sind überall, aber der größte Teil konzentriert sich auf den Kopf, das ist klar. Ich nehme die Papirossa, sauge den würzigen, ein wenig stechenden Rauch ein, das Zäpfchen nimmt ihn auf und leitet ihn zu den Nervensträngen weiter. Durch die laufen schon eilig winzige, heiße Kohlen, rotglühende, hastige Funken. Sie verbrennen mich, schmelzen mich, holen Energie aus jeder Zelle und tragen sie zum Hirn. Und der Körper wird für eine Minute, vielleicht für eine Stunde, leicht, fast schwerelos. Ich habe Angst vor einer heftigen Bewegung, sonst würde ich durch das Zimmer wirbeln wie ein goldenes Staubkorn.

»Na, bist du schon angetörnt?« fragt Rešetov, während er den Joint aussaugt.

»Es geht los ...« antworte ich und strecke mich auf dem Sofa aus.

Ich hätte Lust, Šura von meinem geheimen Punkt zu erzählen, von den winzigen, heißen Kohlen, die jetzt in meinem Inneren hin und her jagen und den Weg zum Kopf suchen. Aber meine Zunge ist wie Blei, außerdem würde sich das blöd anhören, wenn ich meinen Zustand in Worte faßte. Abgesehen davon, entdecke ich jede Sekunde etwas Neues, so viel Erstaunliches und Tiefgründiges blitzt auf – das muß ich unbedingt voll spüren ... Zum Beispiel klopft jetzt mein Herz. Klopft gleichmäßig, gemächlich und exakt, wie eine soeben aufgezogene Wanduhr. Eine große, antike Wanduhr. Lange Zeit war sie stumm, versunken im Schlaf der Gleichgültigkeit, aber plötzlich hat das Pendel, von irgendeiner Hand berührt, angefangen zu schwingen. Eine Sekunde nach rechts, eine Sekunde nach links. Ticktack, hin und her, ticktack, hin und her. Und das Blut sprudelt wie diese Sekunden aus dem Herzen. Jedes Tick und jedes Tack sind geflohene Tropfen des Lebens, ein freigekommener Spritzer und noch einer. Zuerst habe ich Angst, glaube, daß meine Brust aufgerissen ist und mein Herz das Blut aus mir herauspumpt – irgendwohin. Šura wird fluchen …

Ich fasse mir an die Brust, richte mich sogar ein wenig auf, beuge mich vor. Selbstverständlich bin ich erschrocken. Nein, alles ist in Ordnung. Im Unterschied zur Uhr bewahre ich das Produkt der Herztätigkeit in mir. Und ich freue mich. Lache leise vor mich hin. Beobachte Šura, der am Plattenspieler hantiert – der ist urkomisch! Ein langer, dünner, bärtiger Kerl in einer ausgebeulten Trainingshose und einem verwaschenen T-Shirt. Mit Händen und Beinen. Mit den Händen kann er geschickt Bilder malen und seinen Balabas kochen, auf den Beinen kann er stehen, mit ihrer Hilfe gehen, laufen und sogar hüpfen. Und wenn auf seinen Armen Federn wachsen würden, könnte er sich in die Lüfte erheben.

Ich lache laut.

»Na?« Rešetov dreht sich um, auch sein Gesicht hat sich durch eine lachende Grimasse erhellt. »Hast du jetzt das Lachen eingefangen, weil du so wieherst?«

Der Dummkopf hat keine Ahnung, was ich eingefangen habe. Ich habe das Geheimnis entdeckt, wie man die Zeit anhält. Man muß sie einfach in sich einsperren! Wie man das Herz einsperrt. Ich nehme mein Herz und sperre es ein, und die Sekunden fallen in ein Sparschwein, und falls nötig, werde ich das Sparschwein aufmachen und die Sekunden herausholen. Wie Münzen, um sie dann gelassen und vernünftig auszugeben.

»Die großartigste Entdeckung!« erkläre ich Šura. »Ich habe die Zeit eingefangen!«

»Das ist normal«, nickt er wissend. »Jetzt wollen wir Led Zeppelin hören.«

Aber ich habe keinen Bock. Musik stört mich, schlägt sich mit den Gedanken. Haschisch und Musik, das ist zuviel. Gitarren sind wie Messer, die mal langsam, mal schnell das Hirn zerstückeln. Wie Sülze in einem kleinen Gefäß. Und die Stöcke vom Schlagzeug rühren darin um. Die Gedanken sterben ab, verschwinden, bevor sie zu Begriffen geworden sind. Da zweifle ich schon daran, ob ich die Zeit eingefangen habe. Ob ein Mensch das schaffen kann, dessen Herz nicht größer ist als ein normales Herz? Das Herz hat Arterien, um das Blut aufzunehmen, das Zäpfchen hat das Nervengeflecht. Und eine Uhr? Die hat gar nichts, sie schleudert die Zeit ins Leere, wirft mit jeder Bewegung des Pendels die abgenützten Sekunden weg, die überflüssig sind wie Abfall. Und nichts, nichts bleibt übrig, das Sparschwein ist leer. Wenn die Uhr nur in meinem Inneren wäre ... Ach, diese schrecklichen Sägen! Nein, das sind nur die Klänge der Gitarren. Gitarren sind nicht so gefährlich wie Sägen ... Doch, gefährlich, gefährlich, sie zersägen mein Hirn. Sie sägen an meinem Hirn. Ich muß ...

»Uff!« Mit einem Ruck setze ich mich auf und atme langsam aus.

»Na, kommst du schon runter?« ertönt Šuras lächelnder Baß.

Statt zu antworten, sage ich:

»Dreh bitte schnell die Musik ab. Sonst zerplatzt mein Kopf.«

Rešetov steht auf, drückt widerwillig auf den Knopf. Die Stille wurde geboren. Diese fünf Sekunden andauernde Stille umfaßte die Ewigkeit. Und die Ewigkeit ist, wie sich zeigt, so kurz: kein Erinnern, kein Unterscheiden, kein Fixieren. Wie ein buntes Kaleidoskop, dieses primitive Ding aus der Kindheit mit den kleinen Gläsern und Spiegeln, die sich, zugegeben, mit kosmischer Geschwindigkeit drehen. Huusch …

»Laß uns Tee trinken«, Šura zerschlägt die Unendlichkeit. »Tee schadet nie. Dann ziehen wir noch einen durch.«

»Ja, der Stoff ist wirklich gut.«

»Der bringt das Hirn in Gang. Ich kenne nur fünf Worte auf englisch, aber wenn ich von einem guten Gras high bin, kapiere ich jeden Text von Led Zeppelin.«

»Ich würde überhaupt alles verstehen. Aber irgendwas Blödes stört mich immer, die Sache total zu begreifen.«

»Das ist in Ordnung«, beruhigt mich Šura. »Wenn du alles kapieren würdest, wärst du selbst nicht froh … Trinken wir Tee?«

In diesem Augenblick läutet es laut und frech an der Tür.

»Mist, wer ist das?« Rešetov schleicht ins Vorzimmer.

Tatsächlich, wer konnte da einfach aufkreuzen? … Ich reibe meine steinernen Schläfen mit tonnenschweren Händen. Ich habe Angst, ich weiß, sie haben uns beschattet und werden uns verhaften. Durchaus möglich, daß sie vom Nachbarhaus aus beobachtet haben, wie wir den Joint geraucht haben. Ich muß mich sofort, sofort zusammenreißen, in meinen normalen Zustand kommen.

Geräuschlos jage ich im Zimmer hin und her, lecke Gaumen, Zähne und Zahnfleisch ab, putze die darauf klebenden Moleküle vom Haschisch weg. Ich horche auf das undeutliche Gemurmel im Vorzimmer.

»Rešetov, gleich fliegen wir mit dem ganzen Körper!« Ich höre eine bekannte Stimme. »Wir werden hundertprozentig aus den Latschen kippen …«

»Zuerst kiffen, dann saufen«, ordnet Šura mit klarer Baßstimme die Reihenfolge an.

»Nein, umgekehrt!«

Ich gucke hinaus. Neben der Eingangstür ziehen sich Pikulin und Serëga Bondin aus. Serëga erkennt man sofort an seinem spitzen Don-Quijote-Bärtchen und an dem unverzichtbaren, sackähnlichen, grauweiß gestreiften Pulli. Seine Stimme ist laut, durchdringend und gleichzeitig so heiser, als hätte er einen Riß in der Kehle.

Nachdem ich mich von meinem Schrecken erholt habe, gehe ich hinaus und begrüße die beiden.

»Salut, Alter!« brüllt Jura Pikulin, während er seine Schuhe aufschnürt. »Willst du Wodka?«

»Da sage ich nicht nein.«

»Los, zuerst rauchen wir!« Der Gastgeber versucht, sich durchzusetzen.

»Nur mit der Ruhe. Wir flippen heute aus!« Bondin hat einen Liter Ferejn-Wodka aus der Tasche gezogen. »Außerdem haben wir einen Anlaß.«

Zum Trinken gehen wir in die Küche. Bondin und Pikulin sind lustig, schwatzen ununterbrochen, aber Šura ist down. Klar – er hat sich erst vor kurzem entschlossen, mit dem Saufen aufzuhören und auf Hasch umzusteigen, aber es hat nicht geklappt. Dieser Liter ist sicher nicht der letzte.

»Jungs, ich kaufe ein Haus!« erklärt Bondin gleich nach dem ersten Glas Wodka. »Gratuliert mir!«

»Gratuliere, Serëga.« Šuras Stimme läßt kein großes Vertrauen in diese Mitteilung erkennen.

Ich bin neugierig:

»Und was ist das für ein Haus?«

»Ein affengeiles Haus, mit Kreuzgewölbe! In der Puškin-Straße, fast im Zentrum der Altstadt. Neben der Schule Nummer drei.«

»Nicht schlecht,« Pikulin gießt »Ferejn« in die Gläser.

»Das ist nicht das richtige Wort, Alter! Ach, trinken wir ex, auf daß alles klappt!«

Wir stoßen an, trinken. Der glückliche, zukünftige Hausbesitzer nimmt schnell einen Happen Balabas zum Wodka und erzählt mit heiserer Stimme aufgeregt weiter:

»Ein nagelneues Haus, erst vor kurzem gebaut. Drei Zimmer, eine Küche – so groß! Abstellraum, Vorratskammer, zwei Eingänge. Der eine im Vorzimmer hinaus, der andere durch die verglaste Veranda! Was? Und eine Sauna, da drehst du glatt durch! Und alles für fünfzigtausend Rubel.«

»Das ist ziemlich billig«, sagt Šura, mißtrauisch wie zuvor.

»Was heißt billig?! Umsonst! Wenn Danila auf die Welt kommt, kann er von der Klinik gleich dorthin übersiedeln. Ein tolles Leben. Ach, saufen wir noch einen!«

»Serëga«, ich versuche, die Quelle seines Reichtums zu erforschen, »hast du deine Bilder so gut verkauft?«

»Was?«

»Wo hast du das Geld her? Von den Bildern?«

Bondin ist augenblicklich angefressen, kippt den Wodka nicht mit Freude wie vorhin, sondern frustriert hinunter.

»Das Geld ... na ja ... das Geld muß ich noch auftreiben.«

Man munkelt, er habe Anfang der neunziger Jahre mit seinen Bildern halb Europa bereist und in Schweden sogar einen kleinen Katalog herausgebracht. Aber ich habe bei ihm noch nie besonders viel Geld gesehen, außerdem hat er vor kurzem geheiratet und wird demnächst Vater. Der zukünftige Papa ist felsenfest davon überzeugt, daß es ein Sohn wird. Seit einem halben Jahr sucht er nach einem Namen. Er will einen absolut russischen, christlichen und nicht allzu archaischen Namen finden. Jeden hat er damit belästigt:

»Vielleicht Makar? ... Nein, zu bäuerlich ... Oder Nefed, was? Nein, paßt nicht ... Pantelej, Paramon, Prokl? ... Nein, Lavruša! Klingt affengeil! Lavr Sergeevič Bondin. Cool, was? Das kli-i-ngt! Silantij ist auch nicht schlecht. Vielleicht wirklich Silantij?« Bondin hat unheimlich viel Energie in dieses Problem investiert, dann aber letztlich den Namen Danila ausgesucht. »Ideal! Der Name ist schön, russisch und christlich. Und nicht ganz in Vergessenheit geraten. Daniil Sergeevič Bondin – toll! Und wie viele große Männer im heiligen Rußland so geheißen haben: Daniil Zatočnik, der Erzbischof Daniil, der berühmte Ikonenmaler Daniil Černyj, der Sohn von Aleksandr Nevskij, Daniil Aleksandrovič – der erste Fürst von Moskau. Oh! Danke, Herrgott, daß du mir diesen würdigen Namen eingegeben hast!«

Zum Christentum hat Bondin durch seine Frau gefunden. Vor einigen Jahren hat er Möbel im Vorraum der Erlöser-Kirche restauriert, und während er damit beschäftigt war, wurde er dort in bezug auf den Glauben intensiv bearbeitet. Angeblich hat er mit dem Priester erbittert diskutiert, hat behauptet, daß die Kirche nichts anderes sei als ein Armenhaus für kümmerliche, alte Weiber, die nur noch auf den Tod warten. Neben der Kirche wohnte Varvara, eine Waise, sie war als Baby bei dem Kiosk, an dem Kerzen und Heiligenbilder verkauft werden, ausgesetzt und später von einer Gläubigen adoptiert worden. Varvara hat fast ihr ganzes Leben in der Erlöser-Kirche verbracht. So ist sie zwar ganz hübsch, aber natürlich nicht ganz dicht in der Birne.

Es ist auch kein Wunder, daß jemand, der von klein auf unter der Aufsicht eines unsichtbaren, dafür aber überaus strengen Gottes lebt und ausschließlich mit Gläubigen, Krüppeln und uralten Leuten verkehrt, nicht hundertprozentig dicht in der Birne ist. Außerdem muß man statt interessanter Bücher irgendwelche Psalmen und Offenbarungen lesen. Jeder Mensch würde bei so einem Leben durchdrehen. Aber Varvara ist trotzdem eine tolle Frau geworden, sie hat es immerhin geschafft, einen Mann zu finden und aus der Welt der Ikonen, Hostien und Kreuzchen in eine normale, allgemeine menschliche Welt überzusiedeln. Obwohl, besonders leicht hat sie es in dieser allgemein menschlichen Welt nicht. Sie arbeitet praktisch umsonst im Vorraum der Kirche, haust mit Bondin in seiner kleinen, häßlichen Zweizimmerwohnung (inklusive Küche) im Souterrain eines halbzerstörten Hauses aus dem neunzehnten Jahrhundert. Früher hat hier ein alleinstehender Hausmeister gewohnt, und heute muß es für eine fast dreiköpfige Familie reichen ... Varvaras Mann ist nicht gerade ein Energiebündel, sondern, mit einem Wort, ein Künstler. Er trinkt zwar nicht besonders viel, ist aber auch nirgends angestellt und versucht, sich von den Früchten seiner Kunst zu ernähren.

Nach einem Shit Wodka zu trinken, das führt zu einem unangenehmen Rauschzustand. Mit jedem Schluck fällt einem gleichsam ein schwerer Lehmbrocken auf den Kopf. Der Organismus hat seine ganze Energie in der Haschisch-Euphorie verbrannt, und da wird er wieder bombardiert – mit dreihundert Milliliter »Ferejn«.

»Ich warte auf eine Einladung nach Schweden«, unterbricht Bondin das anhaltende Schweigen, »die reißen sich dort um eine Ausstellung von mir. Das letzte Mal war ich vor viereínhalb Jahren dort. Da habe ich gut verdient. Ja, fünftausend Dollar ... Damals haben wir gesoffen – o Gott! Kannst du dich erinnern, Rešetov?«

Šura nickt mit nostalgischer Schwermut:

»Wir haben uns mit Kognak begossen ...«

»Wenn ich jetzt nur die Hälfte von jener Summe hätte, verdammt, dann würde das Haus mir gehören. Da könnte man sogar noch eine Doppelcouch aufstellen.« Bondin greift nach der fast schon leeren Flasche. »Varja und ich, wir träumen von einer breiten Couch, auf der man sich richtig ausstrecken kann. Auf unserem Eisenbett zu zweit – das ist die Hölle ... Aber eine richtige, bequeme Couch hat bei uns keinen Platz, die wäre ja größer als das Zimmer ...«

Bondins Stimmung hat sich auffallend verschlechtert, aber die Lust, sich zu betrinken, wurde davon natürlich nicht beeinträchtigt. Obwohl noch ein bißchen Wodka da war, fing er schon an, Geld für die nächste Ladung abzuzählen. Dabei hat er sich verplappert:

»Ich habe vorhin ein kleines Stilleben an einen Liebhaber aus Abakan für hundertsiebzig Rubel verkauft. Hundert Rubel habe ich Varja gegeben, und der Rest ... Den haben wir in die Pulle verwandelt – und schon sind fünfzig Rubel weg.«

»Ihr hättet billigen Wodka kaufen sollen«, grinse ich. »Im Handelszentrum gibt es eine Flasche ›Russkaja‹ für dreiundzwanzig.«

Serëga ist ein bißchen gekränkt:

»Heute ist für mich Feiertag – ich habe ein Haus ausgesucht. Was soll's ...«

»Hör zu, Bondin!« Pikulin kommt plötzlich in Schwung. »Laß uns die Sache gebührend feiern!«

»Wir feiern doch schon ...«

»Findest du? Das ist nichts. Wir müssen einen draufhauen, daß wir ewig daran denken.«

»Ich habe kein Geld. Nur die zwanzig Rubel ...«

»Aber ich. Paßt auf ...«

Pikulin schenkt den Rest vom »Ferejn« ein, trinkt sein Glas aus und beginnt zu erzählen:

»Ich habe den Billardsaal im ›Schaum‹ ausgestaltet. Kennt ihr das Lokal? Der Nachtklub ... Sie haben mich bezahlt, alles war in Ordnung. Die Kohle war schnell weg, klar. Wir haben gesoffen, was sonst ... Aber das ist nicht wichtig. Wichtig ist«, Pikulins Stimme wird verschwörerisch, »daß der Direktor vom Lokal zu mir gesagt hat, ich könne, wann immer ich will, zu jeder Zeit, umsonst rein. Dann war ich dort – da flippst du komplett aus! Mädels, Bier, Kellnerinnen ... Warst du schon dort, Serëga?«

»Nein ...«

»Dann gehen wir hin! Ich habe hundert Rubel. Wir kaufen noch eine Pulle, saufen, bis wir in der richtigen Stimmung sind, und ab in den Klub. Amüsieren wir uns einmal wie normale Leute! Was sitzen wir ständig in der Küche und im Atelier herum? Ich möchte mich einmal zivil entspannen. Na?«

Bondin zupft an seinem Don-Quijote-Bärtchen und schüttelt den Kopf.

»Nein, ich bin ein Christ. Ich will nicht in so eine Spelunke gehen ... Ich mache nicht mit.«

»Was für eine Spelunke, Serëga? Spinnst du?!« Pikulin kriegt sich nicht ein vor Erstaunen. »Das ist eine stinknormale Kneipe. Ganz Minusinsk war schon dort, außer uns Kellerratten.«

»Also gut«, stimmt Bondin widerwillig zu. »Und wie schaut's dort mit dem Gesöff aus?«

»Das ist leider teuer. Aber macht nichts, wir schmuggeln ein paar Flaschen hinein. Die werden uns schon nicht durchsuchen. Scheiß drauf«, Jura nimmt eine würdevolle Haltung ein, »ich bin schließlich ein Ehrengast. So«, er ist energisch vom Stuhl aufgesprungen, »alles klar. Ich will schnell Wodka holen, und dann ab in die Bude.«

Während er unterwegs war, hat Rešetov uns überredet, zu dritt einen Joint zu rauchen. Danach war mir klar, daß ich mich übernommen habe und es äußerst fraglich war, ob ich heute noch würde arbeiten können ...

Es dämmerte schon, als wir uns zum Klub schleppten. Voran Jura Pikulin, der Bondin, der fast schon schlapp gemacht hatte, stützte und antrieb. Stolpernd und ächzend hielten Rešetov und ich uns mit Mühe hinter ihnen.

»Verdammt, warum tu ich das?« murmelt Šura. »Ich könnte mich aufs Ohr hauen, einen durchziehen, um den Kater zu vertreiben, und malen. Ich habe schon sieben Bilder angefangen, aber habe einfach keine Zeit, sie fertigzustellen.«

»Und ich muß ins Theater«, jammere ich. »Die Jungs schuften jetzt und verfluchen mich todsicher. Wenn ich bei denen auftauche, bringen sie mich um.«

Jura beruhigt uns, ohne sich umzudrehen.

»Macht nichts, Leute. Der Klub ist jedes Opfer wert. Wir machen einen drauf, daß es für das halbe Leben reicht. Als ich den Billardsaal ausgestattet habe, habe ich sofort geschnallt, daß der Klub in unserer erbärmlichen Stadt der Platz ist, wo am meisten los ist. Und verdammt elitär! Der Eintritt allein kostet fünfzig Rubel.«

Der Klub liegt zentral, in der Trudovaja-Straße, einen Häuserblock vom Handelszentrum entfernt. Früher war hier das Kino »Orbita«, aber keiner geht mehr ins Kino, also wurde ein

Nachtklub daraus. Der Ort wurde in »Schaum« umbenannt, was dem Geschäft mehr entspricht, zumal Bier dort angeblich das beliebteste Getränk ist.

Tagsüber ist es rings um das Gebäude still und friedlich, unvorstellbar, daß nach Sonnenuntergang ein Auto nach dem anderen vorfährt, die Jugendlichen sich hier treffen und herumlungern und Leute, die leere Flaschen sammeln, gierig nach der Beute spähen.

»Da!« schreit Pikulin fröhlich. »Da ist sie – die Insel des wahren Lebens. Das hier ist lässiger, Bondin, als in einer erbärmlichen, kleinen Küche Wodka zu tanken. Das ist die Zivilisation, verstehst du!«

»Also los«, röchelt Bondin, um einen Hauch lebendiger.

Neben dem Klub hat sich ein netter kleiner Minimarkt eingenistet, in dem man Bier oder etwas Härteres kaufen kann, um sich vorher ein wenig einzuheizen. Die Preise drinnen sind nicht schlecht.

Pikulin hat Šura und mir Bondin übergeben, ist schnell in den Laden gelaufen und wie der Blitz mit drei kleinen Flaschen vom billigsten Kognak und einer Stange geräucherter Wurst zurückgekommen.

»So, Jungs, die Kohle ist weg«, erklärt er, während er die kleinen Flaschen hinter den Gürtel steckt. »Eine süffeln wir gleich hier, den Rest drinnen, mit allem Komfort.«

Wir haben die bittersüße, klebrige Flüssigkeit im Nu hinuntergespült, Bondin hat das Bewußtsein wiedererlangt, kann sich selbständig auf den Beinen halten, guckt sich aber immer noch fassungslos um:

»Wo sind wir? In welcher Stadt?«

»In Paris, Bondin, am Montmartre und so weiter«, Jura lacht und weist wie ein gastfreundlicher Besitzer auf den Klub. »Meine Freunde, bitte treten Sie ein in das schillernde Reservat der Freuden!«

Die Außentüren aus dickem, mattem Glas haben wir ohne Schwierigkeiten passiert, aber dahinter, im Foyer, standen die Jungs vom Sicherheitsdienst. Als sie uns erblickten, wurden ihre Gesichter ernst.

»Wir kommen zu Vjačeslav Igorevič!« brüllte Pikulin.

»Und wer sind Sie?« Einer der Kerle hat gleich mal seine Hand an die Pistolentasche gelegt.

»Wir sind Maler.«

»Ach? Und?«

Diese Art von Empfang und die Notwendigkeit, sich diesen stumpfsinnigen Gorillas in schwarzer Uniform zu erklären, haben Pikulin leicht aus dem Konzept gebracht, aber irgend etwas mußte er sagen.

»Ich habe hier vor zwei Monaten den Billardsaal ausgestaltet«, sagte er, »und Vjačeslav Igorevič und ich haben ausgemacht, daß ich jederzeit kostenlos hineinkann. Ist das klar?«

»So, so ...«

»Was heißt ›so, so‹? Lassen Sie uns hinein!«

»Daraus wird nichts.«

Der Ausdruck von Pikulins Kindergesicht wird hart wie der der Gorillas. Streng fordert er:

»Ich muß mit Ihrem Chef reden. Mit Vja... mit Vjačeslav Igorevič!«

Von hinten drängt eine kleine, laute Schar von jungen Leuten, die saubere und teure Klamotten tragen. Nachdem sie begriffen haben, daß der Weg zum Vergnügen blockiert ist, verstummen sie erstaunt und bleiben stehen.

»Laßt die Leute durch«, befiehlt uns der eine Wächter, der der Sprache mächtig ist, der andere hat bisher kein einziges

Wort gesagt. Nur sein Gesicht wird mit jeder Sekunde finsterer.

Wir treten beiseite. Drei hübsche Mädchen mit langen Beinen und drei Burschen in aufrechter Haltung flattern ins »Reservat der Freuden« hinein, nachdem sie den Gorillas irgendwelche Kärtchen gezeigt haben.

»Vjačeslav Igorevič ist momentan nicht da und wird auch heute nicht mehr kommen«, die Aufmerksamkeit der Sicherheitsleute kehrt zu uns zurück. »Wir haben keine Anweisungen, was Sie angeht. Haben Sie eine Gästekarte? Nein? Dann verzeihen Sie.« Die Gorillas kommen wie eine unüberwindliche Mauer auf uns zu.

»Gehen Sie. Und in Zukunft lassen Sie sich bitte mit so einem Aussehen hier nicht mehr blicken. Man muß irgendwie wie ein Mensch aussehen ... Okay?«

Der kleinwüchsige, aber drahtige Jura hat verzweifelt gekämpft. Er hat am meisten abgekriegt. Flog vom Stiegenaufgang herunter, prallte gegen die Räder eines geparkten »Žiguli«, verletzte sich am Bein. Die Kognakflasche ist zerbrochen, seine Kleider waren voll Dreck, versteht sich ...

»Mißgeburten, Scheißkerle!« brüllte er wütend und durchdringend, während er versuchte, die Glascherben aus dem Hosenbein zu schütteln. »Diesen Schweinen werde ich einheizen! Die steche ich ab! Die verdammten Mißgeburten ...«

»Schon gut, Jura, beruhige dich«, bat Rešetov. »Komm, wir gehen zu mir. Ich habe genug Stoff ... Wir kiffen ein bißchen, reden.«

Aber Pikulin hat noch nicht aufgegeben:

»Ich werde diesen beschissenen Vjačeslav Igorevič noch treffen! Diese Hunde haben uns den ganzen Abend verdorben ...«

»Du wirst ihn nicht treffen«, plötzlich ist mir eine philosophische Bemerkung entschlüpft. »Diese Leute trifft man nur, wenn sie selbst es nötig haben.«

9

Die Verkäuferin starrt uns erschrocken und angeekelt an, als wären wir Einbrecher, die die Ware mit dreckigen Pfoten anfassen. Wenn wir Bargeld hätten, würde sie, da bin ich sicher, anders dreinsehen, sie würde sich sogar bemühen, uns beim Aussuchen zu helfen. Aber in diesem Fall begreift keiner, was das soll – sie nicht, wir nicht. Es ist irgendwie wie im Kommunismus.

»Schau dir diese Hose an«, zischt Mama leise. »Schwarz, wie du es magst.«

»Ich will so eine Hose nicht«, ich verziehe das Gesicht, »die muß man bügeln … Besser wären Jeans.«

»Da. Die sind auch schwarz. Probier sie mal.«

Ich nehme die Jeans und schleiche wie ein Dieb zur Kabine, mache die Vorhänge zu, ziehe mich um. Die Kabine ist eng wie in einem Geschäft für Kinderbekleidung …

»Zu klein«, gebe ich ehrlich zu.

Mama wendet sich sofort an die Verkäuferin:

»Fräulein, haben Sie vielleicht Jeans in dieser Art, aber größer?«

»Alles hängt auf den Ständern. Schauen Sie selbst.«

»Welche Größe kann das sein? Sechsundvierzig«, Mama durchsucht die lange Reihe von Jeans. »Aha, achtundvierzig. Probier die, mein Schatz.«

Ich schleppe mich wieder zur Kabine, der Blick der Verkäuferin durchbohrt mich. Ich gehe lieber in alten Sachen, als auf diese Weise etwas Neues zu erwerben. Wirklich wie ein Dieb.

»Paßt sie?« Mama erwartet mich neben dem Vorhang mit einer Mischung aus Angst und Freude.

»Anscheinend ja …«

»Was heißt – anscheinend? Du mußt sie tragen, sie muß bequem sitzen.«

»Die ist bequem«, brumme ich und streichle meine alte Hose.

»Bitte, hör auf. Ich kriege sowieso gleich einen Anfall … Ich muß noch in die Apotheke, um Medikamente betteln … Sehen wir uns die Pullis an. Letztes Mal habe ich einen sehr schönen gesehen …«

Der Laden ist winzig, ein Zimmer, vollgestopft mit allem möglichen Plunder. Hier gibt es alles, angefangen von Büroartikeln bis hin zu Kinderspielzeug, Staubsaugern und Kühlschränken. Wie in der Quizsendung »Das Wunderfeld« – man kann sich aussuchen, was man will, allerdings nur für eine bestimmte Summe. Aber anstelle des fröhlichen Showmasters hat man hier ein unfreundliches Weib, das mißtrauisch jeden Schritt beobachtet.

»An diesem Ständer hängen nur teure Sachen«, erklärt sie, als Mama anfängt, die Pullis zu befühlen, um ihre Qualität zu testen. »Da drüben hängen die normalen.«

»Vielleicht wollen wir aber einen teuren!« antwortet Mama gereizt, sieht sich extra noch ein paar von den teuren an und widmet sich erst dann dem nächsten Ständer. »Schau, Roma, der ist nett. Möchtest du ihn anprobieren?«

Ich ziehe den Pulli an, der scheint nicht übel zu sein … Ja, ich muß schnell etwas aussuchen, und nichts wie raus hier. Dann bringe ich Mama zur Apotheke und kaufe mir erst mal ein Bier.

»Ideal«, sage ich mit munterer Stimme. »Und jetzt ist Schluß. Eine Hose, ein Pulli – das reicht.«

»Und die Schuhe? Und die Winterjacke? Hör auf, wenn wir schon da sind, müssen wir alles erledigen ... Schau dir die Schuhe dort an ...«

»Ja ...«

Mama hat einen Hustenanfall, holt schnell aus der Manteltasche ein Inhalationsspray, sprüht sich das Aerosol in den Hals. Sie steht eine Weile da, mit hochgerecktem Gesicht, und versucht, ihre Atmung in Gang zu bringen. Inzwischen probiere ich die Schuhe an.

Vadim sitzt bereits in der Quatschbude – wie immer früher als die anderen Bühnenarbeiter. Er hängt lässig auf dem Sofa, raucht, tupft die Asche in einem schmutzigen, blechernen Eisschälchen ab. Ihm gegenüber der Schauspieler Ljalin, der langsam und genüßlich den aus dem Büfett mitgebrachten Kaffee trinkt.

»Na so was, ein Wunder!« sagt der Brigadeleiter giftig und als wäre er erstaunt. »Bist du vielleicht gekommen, um zu arbeiten?«

Auf diesen nicht besonders liebevollen Satz folgt die klebrigsüße Stimme von Ljalin:

»Guten Tag, Romik. Wie geht's?«

»Es geht.«

»Gut, gut. Aber man sollte sich mehr am Leben erfreuen.«

Ljalin schlürft den letzten Tropfen aus der Tasse, wischt sich mit dem Taschentuch die schmalen Lippen ab und steht auf. »Ein herrlicher Kaffee, kann ich nur empfehlen. Alina ist heute guter Laune, sie schreibt mit Freude an.«

»Normalerweise ist uns etwas anderes lieber«, Vadim grinst spöttisch. »Kaffee ist schädlich.«

»Kommt drauf an, kommt drauf an ...«

Ljalin ist gegangen, der Brigadeleiter schleudert ihm ein verächtliches, böses Zischen nach.

»Ekelhafte Schwuchtel!« und wendet sich sofort mir zu. »Hast du gehört, Dima will weg.«

»Wohin?«

»Zum Friedhof.«

»Was?«

»Als Totengräber. Eine Stelle ist vakant, er behauptet, daß man dort ein Schweinegeld verdient. Jetzt müssen wir einen Ersatzmann für ihn finden.«

»Kein Problem, fünf Leute kommen jeden Tag und suchen Arbeit.«

»Du glaubst, wir nehmen den erstbesten, dahergelaufenen Kerl in die Truppe auf? Und wenn das der letzte Schnapsbruder oder ein ehrgeiziges Arbeitsvieh ist, der uns in drei Tagen mit seinem Gerechtigkeitswahn fertigmacht? Wir brauchen einen, der sich harmonisch in unsere Truppe einfügt.«

Vadim hat recht, wir dürfen nicht irgendwen nehmen. Ich gebe ihm einen Tip:

»Rede mit dem Direktor, der soll niemand anstellen. Wir werden selbst einen finden.«

Der Brigadeleiter nickt, dreht in der Hand eine Schachtel »Java«, schüttelt eine neue Zigarette heraus.

»Noch was ...« Seine Stimme wird ernsthaft. »Wir müssen etwas Geschäftliches besprechen. Aber erst nach der Vorstellung, ruhig, ohne Hektik. Andrjunja hat eine Idee, wir sollten darüber reden.«

In die Quatschbude kommt das Ehepaar Kruglov. Die häßliche, fette Frau, die normalerweise die Gemahlinnen von Kaufleuten oder Hausfrauen im Rentenalter spielt, stolziert aus Gewohnheit wie eine Königin daher, was nur lächerlich ist. Ihr schmächtiger, unterdrückter Mann versucht nicht einmal, sich aufzuspielen, was sympathisch wirkt ... Gleich hinter ihnen kommt Lëcha, verschlafen und finster, als wäre er der mißratene, geistig zurückgebliebene Sohn der Kruglovs. Dieser Aufmarsch provoziert mich zu einem kurzen Lachen.

»Was gibt's da zu grinsen, du Arsch?« geht mich Lëcha aggressiv an. »Du kommst dir wahnsinnig gut vor, was?«

Ich habe ihm bereits meine neuen Klamotten gezeigt, er hat lange gestaunt und, während er seinen Schlaf zu bewältigen versuchte, nachgerechnet, wie viele Liter »Zigeunerin« wir statt der Klamotten hätten kaufen können. Er wollte einfach nicht glauben, daß ich das alles ohne Bargeld bekommen habe ... Und erzählt es Vadim:

»Coole Jeans, Stiefel, eine Jacke mit Pelzkragen hat er gekriegt! Und lügt wie gedruckt, daß er dafür keine Kohle rausrücken mußte. Seit wann können Lehrer Tauschgeschäfte machen?!«

»Doch«, beruhigt ihn der Brigadeleiter. »Meine Cousine arbeitet im Kulturhaus, die kriegt auch statt Geld Kondensmilch, Strümpfe und irgendein blödes Zeug.«

»Und was bekommen die, die denen das blöde Zeug geben, vom Kulturhaus?« Lëcha bemüht sich, zu begreifen.

»Auch blödes Zeug.« Vadim wechselt das Thema:

»Dima haut ab, der Mistkerl kündigt ...«

Die Vorstellung beginnt um sieben Uhr abends. Gegen fünf fangen wir an, die Kulissen vom Lager, das sich in einem Anbau befindet, ins Theater zu schleppen. Heute wird »Der chinesische Götze«, ein blöder Krimi in vier Akten, aufgeführt, und in jedem Akt gibt es ein anderes Bühnenbild. Wir werden ganz schön schwitzen.

Dima arbeitet ohne Eifer. Verständlich, in drei, vier Tagen ist er eine Wolke, und wahrscheinlich ist es hart, an einem Ort, der dir bereits fremd ist, zu arbeiten. In Gedanken ist man schon woanders, aber der Körper muß trotzdem noch hier schuften.

»Los, Dima, du mußt deine Muskeln trainieren«, treibt ihn der Hüne Andrjunja an. »Gruben schaufeln ist etwas anderes, als Kulissen schieben.«

Dima ist nicht zu Späßen aufgelegt, er brummt nur irgendwas.

»In zwei Wochen bist du total zugesoffen!« Andrjunja hänselt ihn weiter. »Ich war mal auf einem Begräbnis, die Totengräber haben zwei Flaschen Wodka und Geld gekriegt. Und das jeden Tag.«

»Das war vielleicht früher«, sagt Dima ächzend, während er eine Wand aus Furnierholz auf dem Bühnenboden fixiert. »Außerdem arbeiten jetzt dort keine Säufer mehr, sondern Ingenieure. Mein Onkel hat mir die Stelle verschafft, war ziemlich schwierig. Das ist ein Prestige-Job.«

»Übrigens hast du dich beschissen verhalten«, erklärt Vadim. »Du kannst jederzeit kündigen, keiner hält dich hier. Aber du mußt rechtzeitig Bescheid sagen. Woher sollen wir jetzt einen Ersatz nehmen?«

Dima versucht, seine Gleichgültigkeit zu verbergen, und zuckt die Achseln.

»Ich hätte einen passenden Jungen!« schreit Andrjunja freudig auf. »Mein Nachbar, ein guter Kerl, aber erst sechzehn ...«

»Kann er arbeiten?«

»Wahrscheinlich. Was kann schon passieren? Ich werde es ihm schon beibringen, wenn er nicht spurt«, der Hüne grinst und zeigt seine mächtige Faust. »Nein, im Ernst, der Junge ist in Ordnung und interessiert sich außerdem fürs Theater!«

»Der muß nur kurz hier arbeiten, sich das Ganze anschauen, dann läßt er es gleich wieder.« Lëchas Antwort kommt wie aus der Pistole geschossen.

Das Bühnenbild für den ersten Akt ist aufgebaut, die Dekoration für den zweiten wartet hinter den Kulissen. Wir kehren in die Quatschbude zurück, lassen uns auf das Sofa fallen. Wir rauchen, warten.

Die Schauspieler, bereits in die Personen im Stück verwandelt, schlagen, jeder wie er will, die letzten Minuten bis zum Beginn der Vorstellung tot. Mit Maske und Kostüm haben sich auch ihre Stimmen und Manieren geändert. Der Witzbold Chrapčenko, nun ein eleganter Hochstapler, wirft mit feurigen Blicken um sich, ist auf der Suche nach einem Opfer. Die junge, kleine Schauspielerin Larisa Volkova ist drauf und dran, sich in den vierzigjährigen, für ein paar Stunden zum grünen Jüngling mutierten, Schauspieler Micheev zu verlieben ...

Vadim hat aufgeraucht und ist zum Direktor gegangen, um mit ihm wegen des neuen Bühnenarbeiters zu sprechen. Dima holt Spielkarten aus der Tasche:

»Vielleicht spielen wir ein bißchen, damit die Zeit schneller vergeht? Siebzehn und vier oder Poker?«

»Hast du zuviel Geld?« Lëcha setzt ein schiefes Grinsen auf.

»Wir können auch ohne Geld, nur so ...«

»Nur so, dann Schafskopf.«

»Meinetwegen Schafskopf.«

»Los, in unser Kabuff.«

Vadim ist ernst, sogar streng. Er sitzt abseits und beobachtet, wie wir der Reihe nach die Karten auf eine Sperrholzplatte werfen, die uns als Tisch dient. Wir spielen paarweise gegeneinander, Andrjunja und ich verlieren pausenlos.

»Quatsch«, brummt mein Partner, während er von der Sperrholzplatte einen Haufen Karten, die er wieder nicht stechen konnte, einsammelt. »Das ist kein Spiel, das ist Idiotie. Romyč, unternimm was.«

»Ich werde was unternehmen«, Lëcha schleudert mit bösartiger Heiterkeit drei Könige auf den Ersatztisch. »Stich, dann hast du auch noch den Trumpfkönig.«

Der breite Fächer in meiner linken Hand wird um drei Könige reicher. Das ist natürlich ärgerlich, aber ich verspüre keine echte Spiellust. Ich bin neugierig, was Vadim uns sagen will. Man sieht ihm an – gerade jetzt würde er gern die tolle Idee, die Andrjunjas Schädel heimgesucht hat und die dringend nach einer gemeinsamen Besprechung verlangt, loswerden. Aber wir bedrängen den Brigadeleiter nicht, er weiß selbst, wann er reden soll.

»Haha, vierfache Schafsköpfe!« Lëcha gibt mir mit seiner letzten Karte eins auf die Nase. »Lernt was, solange Papa noch lebt!«

Andrjunja nimmt die Karten, mischt hastig:

»Jetzt, ich spür's, jetzt habe ich Glück …«

Der Brigadeleiter zündet sich eine Zigarette an, ergötzt sich an der Flamme des Feuerzeugs. Geht in dem kleinen Zimmer auf und ab. Unsere Blicke folgen ihm, Andrjunja legt die Karten weg. Es ist soweit.

»Also … Erstens, die Sache mit dem Jungen habe ich besprochen. Viktor Albertovič ist einverstanden. Zweitens, ungefähr in einer Woche geben wir irgendwo ein Gastspiel. Wo genau, weiß ich nicht, der Chef hat nur gesagt: Bereitet euch vor.«

»Klasse!« schreit Lëcha, aber der ernste Blick des Brigadeleiters schwächt seine Emotionen im Nu ab.

»Jetzt zur Hauptsache.« Pause. Wie die Affen bei Kipling rücken wir näher zu Vadim. »Andrjunja hat eine Idee, einen Geistesblitz, auf den ersten Blick ist die Sache ... unrealistisch, aber wenn man sich's überlegt, könnte man es versuchen.« Wieder eine psychologische Pause, etwa eine halbe Minute lang. »Kurz gesagt, ich glaube, ihr wißt alle, daß unsere Buchhalterin jeden Dienstag nach zwölf den wöchentlichen Erlös zur Bank bringt ...«

»Klar!« Lëcha nickt eifrig. »Und?«

»Und sie geht, wie Andrjunja behauptet, immer denselben Weg.«

»Die letzten vier Male sicher«, bestätigt Andrjunja.

»Und da hat er also die Idee ... kurz gesagt, wir sollten ihr das Geld abnehmen.« Vadim schweigt, sieht uns an. Keiner kichert, keiner seufzt skeptisch – wir sind ganz Ohr. »Da ist ein Hof«, die Stimme des Brigadeleiters wird lebhafter, »den habe ich heute besichtigt ... Ein bequemer Platz. Die Alte kann sich kaum bewegen und ist fast blind.«

»Gar nichts sieht die!« mischt sich Lëcha ein. »Als ich noch verheiratet war, bin ich einmal zu ihr gegangen wegen einer Bescheinigung für die Hausverwaltung, die Buchhalterin war allein im Büro, konnte die Brille nicht finden ...«

»Warte«, unterbricht ihn Vadim, »jeder weiß das ... Langer Rede kurzer Sinn, man muß sich leise von hinten an sie heranschleichen, ihr die Brille runterreißen und die Tasche wegnehmen. Der Hof ist ideal – daneben steht eine leere Baracke, die Leute sind vor kurzem ausgezogen, ringsum Scheunen, Gemüsegärten. Aus dem Hof hinaus führen etliche Pfade zwischen den Zäunen. Man begegnet dort selten jemand. Stimmt's, Andrjunja?«

»Ja!«

»Wir könnten es versuchen. Ich habe über den Daumen ausgerechnet, wieviel Geld sie mithaben könnte.« Vadim holt einen Zettel aus der Hosentasche. »In einer Woche haben wir normalerweise acht Vorstellungen. Zwei Märchen, sechs Abendvorstellungen. Die Eintrittskarte für Erwachsene kostet zwischen fünfzehn und dreißig Rubel, für die Kinder zehn. Nehmen wir als Richtlinie den niedrigsten Preis, also den Durchschnitt – fünfzehn Rubel. Der minimale Schnitt von Zuschauern bei einer Vorstellung sind fünfzig Leute. Das heißt, eine Vorstellung bringt siebenhundertfünfzig Rubel ein. Mindestens! Acht Vorstellungen ergeben sechstausend Rubel. Das ist, ich wiederhole, das Minimum. Plus Programmhefte, Theatergläser ...«

»Und das Büfett?!« schreit Lëcha. »Das Büfett bringt viel Kohle!«

»Idiot«, sage ich, »die Einnahmen vom Büfett werden anderswo abgerechnet.«

»Ja, das Büfett zählt nicht«, pflichtet mir Vadim bei. »Nehmen wir als reale Summe sechstausend Rubel an.

Dann dividieren wir durch fünf ...«

»Jungs, da mach ich nicht mit«, sagt Dima entschlossen. »Wenn ich bleiben würde, gern, aber so, nein.«

Andrjunja hat angefangen, ihn zu überreden, aber der Brigadeleiter hat ihn sofort unterbrochen.

»Hör auf! Das ist seine Sache. Dann durch vier. Ergibt ... das ergibt für jeden tausendfünfhundert Rubel. Von läppischen zweihundert Rubeln abgesehen, sind das zwei Monatsgehälter.«

»Die wir«, Lëcha kann eine giftige Bemerkung nicht unterdrücken, »verdammt noch mal sowieso nie zu Gesicht bekommen.«

Lëcha ist Feuer und Flamme, anscheinend mehr als die anderen. Dima ist es egal, der ist fast weg, auf den wartet ein Geldjob, er will nichts riskieren, klar. Vadim und Andrjunja haben den Vorschlag gemacht, zeigen aber keinen besonderen Eifer ... Ich bin unsicher, ob wir uns wirklich zu so etwas durchringen werden. Ich glaube, wir werden einfach endlos darüber quatschen, vom entscheidenden Schritt schwärmen und es dann allmählich vergessen ...

»Also, Jungs«, sagt Vadim nach einer langen, unangenehmen Schweigeminute. »Heute ist Donnerstag. Wir haben Zeit, uns alles in Ruhe zu überlegen. Am Dienstag gehe ich der Buchhalterin nach, beobachte und teste alles. Und in ein paar Wochen haltet euch bereit.«

»Warum so lange warten? Tausendfünfhundert Rubel pro Nase ist keine Kleinigkeit!« Lëcha, der debile Kretin, hat natürlich kein Verständnis für die Vorsicht des Brigadeleiters. »Wir sollten uns die Alte schnappen, und zwar sofort! Aber wir müssen uns maskieren, verkleiden. Oh! Roman hat gerade neue Klamotten gekauft, der soll zuschlagen!«

»Lëcha, wenn das dein Problem ist«, pariere ich sofort, »ich kann dir meine Klamotten für eine halbe Stunde leihen. Wir haben praktisch die gleiche Größe. Ich kann dir sogar noch Strümpfe kaufen für deine Visage ...«

»Kapier doch, das Schicksal hat dich ausgewählt! Ausgerechnet heute hast du neue Klamotten bekommen, und gleich dieses Gespräch. Das ist ein Zeichen des Schicksals, ein Zeichen, daß gerade du das tun mußt ...«

Die Tür geht ächzend auf, der Tabakrauch wird durch einen Schwall frischer Luft aufgewirbelt. In unser Kabuff stürzt die Regieassistentin Anja, sie zischt und schaut uns mit riesigen, runden Augen drohend an:

»Was sitzt ihr da herum?! Marsch auf die Bühne! Ihr habt drei Minuten Zeit! Und ölt gefälligst die Tür, das hält ja keiner aus …«

Wir springen auf, drücken die Kippen aus. Wir müssen den Umbau schaffen, solange Larisa Volkova vorn an der Rampe dem vierzigjährigen Jüngelchen Micheev ihre Liebe erklärt. Ihr Monolog dauert drei Minuten, in dieser Zeit muß sich das luxuriöse Wohnzimmer in einen städtischen Platz verwandeln …

Onkel Gena hat uns zur Kreuzung Trudovaja- Ecke Mičurin-Straße gebracht. Noch etwa dreihundert Meter bis zum Wohnheim.

Es ist tiefe Nacht, in den Häusern sind nur noch wenige Fenster erleuchtet, auf der Straße brennen kaum noch Laternen. Es ist leer und still. Die meisten Leute liegen längst im Bett, schlafen, um Kraft für den nächsten Tag zu tanken. Nur das Handelszentrum leuchtet in der Ferne, lärmt mit seiner Musik. Wie ein Leuchtturm, wie eine kleine Insel der käuflichen Freude, mit stürmischem Leben rund um die Uhr.

»Scheiße!« seufzt Lëcha wutentbrannt und schlurft durch die Finsternis der ausgestorbenen Höfe.

Ich folge ihm. Und höhne, um ihn zu beruhigen:

»Macht nichts, bald kriegst auch du die Chance, am allgemeinen Fest teilzunehmen. Du mußt nur die Buchhalterin kaltmachen …«

»Die mache ich kalt! Verdammt, ich mache das allein, wenn ihr zu lange herumscheißt. Sechstausend Mäuse, das ist doch … Die werden sich noch umgucken, wenn ich ihnen zeige, wie man richtig auf den Putz haut!« Lëcha schaut mit Haß und Neid über die Schulter auf das Lichtermeer des Handelszentrums zurück. »Ich werde draufhauen, daß die Fetzen nur so fliegen!«

»Stehlen, saufen, in den Knast«, lache ich spöttisch, »sehr romantisch!«

Vor dem Eingang zum Wohnheim das übliche Durcheinander. Irgendwelche Kerle, Mädchen. Sie verabreden etwas, streiten, zählen bei der Flamme des Feuerzeugs ihre Kohle. Saufen Wodka aus der Flasche. Die Vietnamesen zwitschern in ihrer Vogelsprache, die Chinesen murmeln und halten sich gegenseitig zerknitterte Zehnrubelscheine unter die Nase.

Lëcha und ich schlängeln uns durch, bemühen uns, keinen zu streifen oder anzustoßen, sonst gibt es Zoff. Diese Schlitzaugen sind cholerisch, außerdem zu viele. Kaum gibt es Stunk, springen sie aus allen Ritzen wie die Insekten, dann hat man gegen sie keine Chance. Sogar wenn es zu keiner Schlägerei kommt, durchlöchern sie einem das Hirn mit ihrem Teng! Peng! Meng!, was noch schlimmer ist, als wenn man eine in die Fresse kriegt.

Als erstes gehe ich aufs Klo, das ist schon Tradition. Unterwegs werfe ich einen Blick in die gekachelte Schachtel der ehemaligen Küche. Das Fensterbrett ist leer und verlassen, das Mädchen mit den glänzenden, kastanienbraunen Haaren ist wieder nicht da. Wie an allen anderen Abenden. Sie ist verschwunden. Einfach weg ... Hat ein paarmal verlockend dagesessen – und das war's dann. Das Fensterbrett ist verwaist. Aber wenn das Mädchen hier war, haben Wärme und ein sanftes Licht diesen dreckigen, unwirtlichen Raum erfüllt ... Und jetzt ist er wieder kalt und finster, jetzt bin ich wieder allein und muß unter Hunderten von fremden, furchterregenden Mädchen diejenige suchen, die ich lieben würde und die vielleicht mich lieben würde. Sie wird mich locken und verjagen, sie wird mir mal in märchenhaften Träumen, mal in Alpträumen begegnen. Kurz, ich muß mich wieder neu verlieben, ohne besondere Hoffnung auf Erwiderung ... Was kann ich schon geben, was kann ich bieten? Womit kann ich meiner Geliebten schon eine Freude machen? Ich bin nicht einmal dazu imstande, sie im Café des Handelszentrums zu einem Cocktail einzuladen. Was bleibt, sind Wunschträume und der übrige Blödsinn, die das reale Leben mit seinem wirklichen Vergnügen ersetzen ... Selbstverständlich kann man, wenn man will, diese dreckige Schachtel von ehemaliger Küche in einen Paradiesgarten verwandeln, sie mit einem Dutzend verführerischer, kleiner Nymphen besiedeln, man kann ihre illusorische Liebe und das erfundene Glück genießen. Man kann sich alles mögliche vorstellen. Aber dann wird man unvermeidlich aufwachen, sich umsehen, zusammenreißen, auf die zersprungenen Fliesen spucken und fluchend in das ekelhafte Leben zurückkehren, das einem zum Hals heraushängt, aber doch das eigene ist und das einzige, das man hat.

10

Lĕcha schnarcht auf jede nur erdenkliche Weise. Und ich habe einen wunderschönen Traum, von schokoladebraunen Frauen am sandigen Ufer eines ewig warmen Meeres, von Kokospalmen und weißen Jachten. Im Traum war ich der reichste, schönste und wichtigste Mann. Frauen, Jachten, Villen, Kokospalmen sind um mich herumgewirbelt wie Blumensträuße, und ich habe sie mal liebkost, mal weggestoßen. Ich habe mich so frei und wohl gefühlt wie noch nie, weder im realen Leben noch im Traum.

Dann bin ich natürlich aufgewacht, habe mit Mühe die Augen geöffnet und mich gestreckt, bis die Knochen krachten. Habe mich umgesehen. Gegenüber lag mein lieber Mitbewohner, den Kopf im Nacken, mit offenem Rachen. Und schnarchte ekelerregend, der spitze Adamsapfel wanderte im Hals hin und her. Im Zimmer war es kalt, es hat nach Socken gestunken, nach verfaulten Kartoffeln ... Keine Spur von den reizenden Dingen, die mir der Traum geschenkt hat. Alles war wie immer, wie jeden Morgen.

Ich dachte an gestern. Da ist irgend etwas passiert, etwas gleichzeitig Schönes und Trauriges. Ja, ich bin einem Bekannten, einem Jungen aus Abakan begegnet, und der hat mir voller Begeisterung von einem Festival erzählt, das vor kurzem stattgefunden hat. Etwa zwanzig Musikgruppen sind dort gewesen. Ich war nicht eingeladen. Wahrscheinlich haben sie mich einfach vergessen – ich bin in Abakan schon lange nicht mehr aufgetaucht. Und wenn ich hinfahre, sitze ich entweder beim Anarchisten Serëga und trinke etwas oder bei meinem Freund, dem ehemaligen Schlagzeuger Oleg Šolin. Beide pfeifen auf Festivals und andere öffentliche Veranstaltungen ... Sogar, wenn sie mich zu diesem Festival eingeladen hätten, wäre ich vermutlich nicht aufgetreten – die Texte meiner Lieder habe ich vergessen, die Gitarre habe ich seit zwei Jahren nicht mehr in der Hand gehabt. Ich bin ein Kulissenschieber, ein stumpfsinniger, gehässiger, ewig verkaterter Bühnenarbeiter ...

»Ooh, aaach«, Lëchas Schnarchen ist in Stöhnen übergegangen. Er würgt angestrengt, der Adamsapfel tanzt verkrampft in seinem Hals. »Ach ... Wie spät ist es?«

Meine Augen suchen die Uhr:

»Halb neun.«

»Was soll man machen?« Lëcha kratzt sich und kriecht ächzend aus dem Bett. »Immer zu spät!«

»Ich habe einen wahnsinnig tollen Traum gehabt«, ich muß unbedingt davon erzählen. »Als wäre ich Millionär oder so etwas Ähnliches gewesen … Ich saß in einem Liegestuhl, ringsum Strand, sonnengebräunte Weiber wie Mulattinnen. Jachten, bunte Villen, Sonne.« Ich schlucke die Spucke hinunter, die sich angesammelt hat, sie schmeckt sauer, vergiftet von den verfaulten Zähnen. »Und alles fühlte sich an, als wäre es echt. Und ich, stell dir vor, war der Besitzer dieser Pracht. Konnte machen, was ich wollte … Vor mir stand ein kleiner Marmortisch mit Ananas, Kokosnüssen …«

»Ich scheiß auf die Kokosnüsse!« bellt Lëcha. »Du gehst mir auf die Nerven, du Arsch! Ich bin sowieso schlecht drauf …«

Er zieht die Hose an, nimmt vom Fußboden ein abgerissenes Stück der Lokalzeitung »Die Macht der Arbeit« als Klopapier und verläßt das Zimmer. Ich drehe mich zur Wand, die Hände wie ein Kind unter der Wange zusammengelegt. Schließe die Augen ganz fest. Und sehe wieder den goldenen Sand, die jungen Mulattinnen in Badeanzügen, die nichts verbergen, sehe Jachten, Villen, Kokospalmen. Und ich bin gesund, reich, allmächtig. Sitze lässig im Liegestuhl und stöhne leise vor Glück. Aber … aber jetzt sieht das Ganze nicht mehr so lebendig aus, nicht so echt, sondern wie auf der bemalten Tafel, die im Park von Abakan neben der Bude des Fotografen steht. Die Mulattinnen und auch ich haben anstelle des Gesichts ein schwarzes Loch, und jeder, der will, kann seine unrasierte, häßliche Fresse durchstecken.

Es hat kurz und schwach an der Tür geklopft, die sofort aufgerissen wurde. Jemand ist hereingestürmt. Geschnaufe, Getrampel von fremden Füßen ... Ich bin zusammengezuckt, habe mich, noch bevor ich die Augen geöffnet habe, aufgesetzt, die Fäuste geballt, bereit für eine Schlägerei ...

Nein, das ist bloß Pavlik, bis zur Unkenntlichkeit entstellt. Statt eines jungen Hammels im schäbigen Pelz steht da ein gehetztes, winselndes Hündchen auf drei zitternden Pfoten.

»Es hat nicht geklappt! Nie klappt was!« Er füllt sofort das Zimmer mit seinem Gejammer. »Ich bin erledigt, Jungs! Endgültig fertig! Oh, diese Mistkerle, diese Halsabschneider ... Was soll ich jetzt tun?!«

»Was ist los?« Ich fange an, mich anzuziehen.

»Romka, mit mir ist es aus, Sense, verstehst du?« Pavlik schreit schluchzend auf und fällt auf Lëchas zerwühltes Bett. »Ich sitze total in der Klemme.«

»Erzähl in Ruhe.«

Ich schüttle zwei Zigaretten aus der Schachtel. Wir rauchen.

»Also, Romka ... Sie haben mir einen Auftrag gegeben ... Für dreitausend Rubel ... Ich sollte Haschisch von Kyzyl nach Krasnojarsk bringen.«

»Uff!«

»Also, ich habe es mit Mama ... mit Ksjucha besprochen. Wir brauchten Geld ... Wir haben uns entschlossen, daß ich es mache. Viele machen das und leben davon. Wir haben die Sache hier ausgehandelt, ich bin losgefahren. Als Vorschuß habe ich fünfhundert Rubel bekommen und das Reisegeld ... Das Geld haben wir gleich ausgegeben, klarer Fall, haben Winterstiefel für Ksjucha gekauft ...«

»Das war einsame Spitze!« Lëcha kommt seufzend, mit tiefster Befriedigung zurück.

Als Lëcha Pavlik sieht, verzieht sich sein Gesicht sofort, wie immer, wenn er in unserem Zimmer jemand ohne Essen und Alkohol entdeckt.

»Ah, grüß dich«, er schüttelt dem Gast träge die Hand, bedeutet ihm, das Bett freizumachen.

Pavlik setzt sich auf den Stuhl und jammert weiter:

»Ich bin reingefallen, Jungs, ich habe keine Chance mehr. Ich habe alles verspielt, wie der letzte Idiot!« Er drückt die Zigarettenkippe im Aschenbecher aus und erzählt Lëcha noch einmal, was er vorher bereits mir mitgeteilt hat.

Ich stelle inzwischen den Teekessel auf den Herd, bringe das Bett in Ordnung, räume den Tisch ab. Lëcha streckt sich, ohne besondere Notiz vom Gejammer des Gasts zu nehmen, auf dem Bett aus und starrt zur Zimmerdecke.

»Kurz gesagt, ich bin in den Bus eingestiegen und in dieses beschissene Kyzyl gefahren. Ein verfluchtes Nest, verdammt noch mal!«

»Wieso?« Ich bin wegen der Beschimpfung meiner kleinen Heimat ein bißchen beleidigt.

»Weil mir da diese blöde Geschichte passiert ist! Wieviel Schulden habe ich?!« Pavlik zieht die Stirn in erbärmliche Falten, rechnet nach. »Ein Gramm kostet bei denen fünfzig Rubel. Fünfhundert Gramm – wieviel ist das? Fünfhundert mal fünfzig ... Hm, das ist, das ist ...« Er murmelt, zählt mit den Fingern, schafft die Rechnung nicht. Auch wir sind geistig nicht imstande, ihm zu helfen. Schließlich winkt Pavlik ab. »Ist doch scheißegal, ich kann es sowieso nicht zurückzahlen ... Also, früh morgens war ich in Kyzyl. Ich bin mit dem Nachtbus gefahren, das ist besser ... Ich habe die Jungs getroffen, die Ware bekommen – fünf kleine Barren zu je einhundert Gramm. In einem Café – in der Nähe vom Bahnhof habe ich auf den Bus nach Krasnojarsk gewartet. Ich habe nicht gekifft, nicht gesoffen, ich war absolut clean, habe mich nicht einmal getraut, ein Bier zu trinken. Alles perfekt – ein intelligenter, junger Mann mit einem Buch von Stephen King …«

Nachdem ich Pavlik mit seinem vom langjährigen Kiffen ausgedörrten, kleinen Gesicht und dem Körper eines unterernährten Halbwüchsigen betrachtet habe, kann ich ein schwaches Grinsen nicht unterdrücken. Gott sei Dank hat er nichts bemerkt, zu sehr ist er mit seiner Erzählung beschäftigt:

»Ich bin als einer der ersten in den Bus eingestiegen, ganz nach hinten gegangen, habe das Paket mit dem Hasch unter den Sitzplatz geschoben. Ihr wißt ja, in diesen alten Bussen sind die Sitze dort, wo der Motor ist, immer ramponiert, und darunter liegt ein Haufen Mist. Die Jungs haben mir gesagt, dort wäre das sicherste Versteck … Alles ist, mit einem Wort, wie am Schnürchen gelaufen. Ich habe mich auf meinen Platz gesetzt, nüchtern, sauber, brav. Wir sind losgefahren. Es war schon Abend, drinnen war es dunkel, ruhig, ich bin eingeschlafen. Alles ist wie am Schnürchen gelaufen. Plötzlich wurde ich an der Schulter gerüttelt … Licht, Wirbel, vor mir ein Bulle: Junger Mann, bitte kommen Sie mit zur Kontrolle. – Da standen wir schon vor dem Zollamt in Ermakovsk. Kennt ihr das?«

»Na klar!« antworte ich eifrig. »Das ist wirklich ein beschissener Ort. Dort haben sie mich jedesmal brutal gefilzt, bis auf die Socken.«

»Genau«, Pavlik zündet sich mit einem Seufzer die Kippe aus dem Aschenbecher an. »Ich wurde genauso gefilzt, sie haben mich schikaniert, weil in meinem Paß der Stempel mit der polizeilichen Meldung gefehlt hat, aber dann ließen sie mich in Ruhe, haben mir sogar eine gute Reise gewünscht. Ein paar andere haben sie auch gefilzt … Alles war soweit in Ordnung, aber in Gedanken habe ich nur darum gefleht, daß sie den Stoff nicht finden. Und kaum wollte ich in den Bus einsteigen, habe ich gehört: Kommen Sie mit! – Die haben mir eine kleine Tüte mit zwei kleinen Scheiben, jede ungefähr fünf Gramm, unter die Nase gehalten und gefragt, ob das mir gehört.«

Pavlik ist plötzlich verstummt, für längere Zeit. Hockt da, mit herunterhängendem Kopf, die rauchende Kippe verbrennt fast seine Finger.

»Und dann?« treibe ich ihn, von der Geschichte fasziniert, an weiterzuerzählen.

»Was?« Er zuckt zusammen, blickt wehmütig zu mir auf, saugt angeekelt noch ein letztes Mal an der Zigarette und macht die Kippe, sich die Finger verbrennend, im Aschenbecher aus. »Kurz gesagt, sie haben mich hopsgenommen. Ganz unauffällig, ohne ein Wort. Haben mich ins Zollamt zurückgebracht, mir den Paß abgenommen, mich eingelocht. Ich habe natürlich versucht, zu beweisen, daß ich mit dem Stoff nichts zu tun habe. Aber die sagten nur, ich solle das Maul halten. Und zwar so, als ob sie ganz scharf darauf wären, mir die Fresse zu polieren … Als Zeugen haben sie drei Tuviner angeschleppt. Die sollten aussagen, daß sie den Stoff unter meinem Sitz gefunden haben. Sie haben genickt, unterschrieben und sind abgehauen. Da sehe ich, daß mein Bus wegfährt. Seid ihr verrückt, habe ich geschrien, was soll das? – Und die: Halt's Maul, haben wir gesagt. Setz dich und warte.«

»Die sind knallhart«, gibt Lëcha von sich. »In der Ausnüchterungszelle darfst du auch nicht protestieren – egal, ob du voll bist oder nur einen sitzen hast.«

»Wie kannst du das vergleichen … Ich hatte doch im Bus ein halbes Kilo Haschisch liegen, dafür muß ich meinen Kopf hinhalten!« Offensichtlich ist Pavlik das Ausmaß und die Aussichtslosigkeit seiner Lage noch deutlicher bewußt geworden, denn er kreischt und winselt:

»Was soll ich jetzt tun?! Die werden die ganze Kohle zurückverlangen! Wie schaffe ich das? O Gott, ich sitze total in der Klemme …«

Nachdem er sich halbwegs beruhigt hat, fährt er mit der Geschichte fort:

»Ein Bulle hat mich zum Revier mitgenommen. Ein junger Kerl, vielleicht sogar jünger als ich. Der kifft sicher selbst, hundertprozentig, das sieht man doch sofort. Der hat mich also in sein Büro gebracht und angefangen, mich zu erpressen: Leg freiwillig ein Geständnis ab, sagt er. Was brauchen wir diese Expertisen, diese blöden Scherereien. Sollen wir Speichelproben aus der Kehle nehmen, Hautproben von den Händen? Schreib einfach, woher du das Dope hast, von wem. – Ich sage zu ihm: Es gehört mir nicht, verstehst du?! Ich bin doch kein Idiot und lege den Stoff unter meinen eigenen Sitz! Da hätte ich mir ein sichereres Versteck gesucht. – Dann habe ich gesagt, daß ich ab und zu kiffe, aber das Gras sicher nicht mit mir rumschleppen würde … Kurz gesagt, so haben wir eine Weile rumgequasselt, dann hat er mir vorgeschlagen, ich solle eine Erklärung schreiben, daß sie weniger als ein halbes Gramm Stoff bei mir gefunden hätten, denn bei so wenig könne mir nicht viel passieren, ich müßte nur sechsundachtzig Rubel Strafe bezahlen und könnte dann weiterfahren.«

»Haha!« lacht Lëcha.

Pavlik lacht auch, allerdings bitter:

»Na ja, ich habe mir auch gedacht, daß das nur ein fieser Trick von dem Bullen ist, daß er mich auf diese Weise in die Falle locken will. Ich habe natürlich gesagt: Ich habe von einem neuen Gesetz gehört, daß man jetzt für jedes Krümelchen die volle Latte kriegt. Lassen Sie die Scherze. Ich gebe mein Ehrenwort, ich habe mit diesem Gras nichts zu tun. – Der Bulle hat mir das Strafgesetzbuch unter die Nase geschoben: Für uns gilt das da, bevor irgendwelche anderen Erlässe in Kraft treten. Such den Paragraphen zweihundertvierundzwanzig, den ersten Absatz und lies ... Danach war ich einverstanden.«

»Tatsächlich?!« wundere ich mich aufrichtig. »Und der Bulle hat dich nicht reingelegt?«

»Nein, der war fair ... Ich habe die Strafe bezahlt, sie haben mich zurück zum Zollamt gebracht und haben sogar ein Auto für mich gestoppt. Und jetzt bin ich da ...«

»Schwein gehabt.«

»Na ja, Knast wäre mir lieber. Was soll ich jetzt tun? Als erstes habe ich bei dem Burschen, mit dem ich den Deal gemacht habe, vorbeigeschaut, aber der war nicht zu Hause. Dann bin ich hergekommen, aber Ksjucha war nicht da ... Und ich habe den Schlüssel im Zimmer liegen lassen, damit ich keine unnötigen Sachen mithabe ... O je«, Pavlik hat mit einem intensiven Stöhnen aufgeseufzt, den kleinen, kahlen Kopf resigniert sinken lassen, ihn aber schnell wieder gehoben und ist aufgesprungen »ich sehe noch einmal nach, vielleicht ist sie zurück. Anscheinend hat sie bei ihrer Tante übernachtet ... Falls sie noch nicht da ist, könnten wir ein bißchen trinken. Einfach so, damit der Streß nachläßt. Sonst werde ich noch verrückt.«

»Los, mach, Paša!« Lëcha ist mit einem Schlag lebendiger und freundlicher geworden. »Du mußt dich entspannen.«

Ksjucha war nicht zu Hause, und die Jungs sind Wodka holen gegangen. Pavlik wollte eine Flasche Minal-Wodka kaufen, aber Lëcha hat ihn überredet, eineinhalb Liter von der »Zigeunerin« und Wurst zu nehmen.

Mir haben sie aufgetragen, den Tisch zu decken.

Selbstverständlich habe ich Kartoffeln geschält. Jetzt gehe ich sie waschen. Dann koche ich sie, gekochte Kartoffeln mit Wurst und Salzgurken – das ist genau das richtige.

Im Waschraum habe ich Lena getroffen, die Frau des vor kurzem zum Militär einberufenen Saša. Sie war auch mit Kartoffeln beschäftigt, hat sie in Stückchen geschnitten, die kleinen, schwarzen Augen entfernt.

»Hallo!« Ich spürte, wie meine Lippen sich zu einem charmanten Lächeln formten.

Lena guckte mich mit einer seltsamen Angst an und nickte: »Hallo ...«

Sie hat sich während dieser eineinhalb Wochen ohne die Schläge ihres Mannes verändert. Wirkt frischer, aufrechter, wie eine halb verwelkte Blume, die man in ein Glas mit Wasser gestellt hat.

»Und, schreibt Saša?« zeigte ich mich interessiert.

»Vorläufig nicht.«

»Na ja, in den ersten Tagen ist einem nicht danach, den Leuten zu Hause zu schreiben«, erklärte ich als ehemaliger Soldat. »Du hast nur eins im Kopf – bloß nicht zu verrecken.«

»Huuh ...«

Das leichte, enge Nachthemd mit Elefantenbabys drauf lag eng an Lenas festem Körper an. Ich wurde unruhig, eine ziemlich in Vergessenheit geratene Erregung packte mich. Ich schielte auf ihre weißen, molligen Beine, auf ihr rundes Knie. Der Saum des Nachthemds schien es wie eine Hand zu streicheln ...

»Und Serëga, wächst er?« Ich habe noch eine Frage gefunden, um das Gespräch fortzusetzen.

»Ja, was sonst ...«

»Hat wahrscheinlich Sehnsucht nach seinem Vater.«

»Und wie, der weint sich sicher noch zu Tode«, Lena verzog das Gesicht. »Was hat der Kleine von ihm schon groß gesehen? Ich habe ihn zu meinen Eltern gebracht, ich möchte das Zimmer renovieren.«

»Richtig. Man muß seine Umgebung verändern. Wenn die Sachen anders stehen, geht es einem gleich besser.«

Und von neuem ihr etwas stumpfsinniges Seufzen:

»Na ja ...«

Und ich, ermuntert durch dieses »na ja«, habe mit dem Ton eines starken Mannes vorgeschlagen:

»Falls du was brauchst, sag es mir, ich helfe dir. Tagsüber habe ich sowieso nichts zu tun, du kannst immer fragen, außer natürlich, wenn ich bei der Arbeit bin.« Diese Sätze habe nicht ich gesprochen, sondern einer, der tapfer und stark ist und plötzlich in meinem Inneren erwacht war. »Ich kann Wände streichen, tapezieren oder Möbel reparieren ...«

Lena hat ihren Blick vom Topf weggerissen. In ihren Augen die gleiche Angst, Angst und noch etwas, das mich gezwungen hat, zu lächeln und ihr zuzuzwinkern.

»Danke ... Wenn ich was brauche ...« Und schälte weiter konzentriert ihre Kartoffeln.

»In Ordnung«, verabschiedete ich mich, »mach's gut, Nachbarin!«

Sie ist zusammengezuckt, und ich spürte, wie sie mit sich kämpfte, ob sie mich ansehen sollte oder nicht. Sie hat es bei einem Nicken belassen.

Lëcha und Pavlik haben irgend etwas aufgeregt und richtig engagiert besprochen, aber ich konnte ihnen nicht zuhören. Ich war damit beschäftigt, mir die Einzelheiten der Begegnung im Waschraum wieder vor Augen zu führen. Und neue, sagenhaft verführerische Details hinzuzuphantasieren ... Ich meinte, wenn ich dieses junge, unter Einsamkeit und einem versoffenen Ehegatten leidende weibliche Wesen berührt hätte, wäre sie sofort zerschmolzen, hätte vor Lust gestöhnt ... Blöd, daß ich einfach so weggelaufen bin.

»Du mußt denen alles ganz normal erklären«, rät Lëcha. »Die sollten deine Situation eigentlich gut verstehen.«

»Die verstehen gut, und wie gut die alles verstehen ... So gut, daß ihr mich mit einer geschliffenen Feile im Herzen finden werdet.«

»Hör auf, Paša!« Nach einem Glas Wodka betrachtet Lëcha das Leben optimistisch. »Du übertreibst ...«

Entweder kommt es mir nur so vor, oder es ist wirklich so: nebenan, in Lenas Zimmer, gibt es ein Geräusch. Als würde jemand an der Wand kratzen, mich leise und ängstlich rufen. Ich lausche, aber die Stimmen von Pavlik und Lëcha hindern mich daran.

»Jungs, das Leben ist ein Kampf, das habe ich kapiert«, sagt unser Gast. »Ich habe sozusagen versucht, ohne Kampf an Geld heranzukommen, und das Schicksal hat mich sofort bestraft. Ohne Kampf geht gar nichts.«

»Was meinst du mit Kampf?« fragt Lëcha interessiert. »Wie Kampf?«

»Wie, wie ... Ich habe euch doch von den Jungs in Frankreich erzählt?«

In diesem Augenblick höre ich deutlich – da werden Möbel geschoben! Lena hat wahrscheinlich die Kartoffeln gegessen und macht mit ihrer Arbeit weiter. Wieder spüre ich das starke Bedürfnis, bei ihr zu sein, sie und die seltsame Angst in ihren

Augen zu sehen. Jetzt bin ich sicher – ich werde mich entschließen, ich kann es …

»Trinkt ohne mich«, ich stehe auf. »Ich muß … Wartet nicht auf mich.«

Mit besorgter Stimme fragt Lena hinter der Tür:

»Wer ist da?«

»Roman, dein Nachbar. Ich komme nur auf eine Sekunde!«

Das Schloß schnappt, die Tür geht ein bißchen auf. Lena guckt durch den hellen Spalt.

»Entschuldige, bitte … Darf ich?«

Und fast mit Gewalt dränge ich mich in ihr Zimmer. Lena tritt langsam, ruckartig zurück, als hätte ihr jemand einen Stoß versetzt. Sie versucht, dem Überfall Widerstand zu leisten, und zieht mich gleichzeitig weiter mit sich ins Zimmer …

»Ich habe gehört, daß du Möbel schiebst … Ich kann dir helfen«, murmele ich, »ich habe sowieso nichts zu tun … im Augenblick …«

Mein Blick betastet ihr Gesicht, ihren Hals, die Haare, die Vertiefung zwischen den Brüsten im Ausschnitt des Nachthemds. Und sie starrt auf meine Stirn. Ihre Lippen beben, anscheinend hat sie alles begriffen und wird gleich kreischen. Mit einem sanften Murmeln will ich sie beruhigen:

»Ich habe Zeit … viel Zeit, bis ich zur Arbeit muß … Laß mich was Schweres … Wir wohnen schon so lange nebeneinander und haben noch nie … Komm, Lena …«

Als ich sie umarmen will, bemerke ich, daß eine Hälfte des Betts mit irgendwelchen Fetzen bedeckt, die andere aber frei ist. Endlich habe ich mich von der Kette losgerissen, ich schwebe. Jetzt kann mich nichts mehr aufhalten.

Sie zieht sich weiter zurück.

»Nein …« Sie schreit nicht, sondern bittet so demütig und hoffnungslos, daß ich der letzte Kretin wäre, wenn ich ihr gehorchen würde.

Ich packe sie, drücke sie fest an mich. Beinahe wäre ich mit dem Gesicht gegen das ihre geschlagen. Ich spüre weder meine Lippen noch meine Wangen, als wären die Lippen verschwunden und nur die Kieferknochen und Zähne zurückgeblieben.

»Warte, warte …« Sie dreht das Gesicht weg, will sich verstecken, indem sie mir ihre Ohren, ihre Backenknochen zuwendet, sie will sich losreißen, wirkt aber irgendwie unentschlossen, als würde sie selbst daran zweifeln, als müßte sie sich dazu zwingen.

Ich werfe sie auf das Bett. Die Matratze ächzt müde unter unserer Last. Unter mir der weiche, warme, bebende Körper. So lebendig. Ich berühre ihn hastig, streichle, erforsche, knete ihn, meine Hände zittern auch, die eiskalten Finger verbrennen sich an der Hitze der fremden Haut.

»Bitte …«

Ihre Augen sind fest zugedrückt, die Lider in kleine Falten gelegt, die Hände gegen meine Brust gepreßt. Sie könnte mich wegstoßen, mit den Beinen ausschlagen, aber aus irgendeinem Grund tut sie das nicht. Sie hat sich in sich zusammengezogen und wartet … Ich knöpfe das Nachthemd auf, ein Knopf hat sich losgerissen, ein paar wertvolle Sekunden lang betrachte ich dieses blaue, runde Ding mit den Löchern, ohne zu wissen, was ich damit tun soll, dann komme ich wieder zu mir und werfe ihn auf den Fußboden … Ich sollte irgend etwas sagen, sie beruhigen. Nein, die Worte sind verschwunden, geblieben ist nur das Keuchen, das wahrhaftige, ehrliche, von der Natur gegebene Keuchen eines Lebewesens, das ein anderes überwältigt. Und so viele ringsum von denen, die sich unter dicken Kleidern verstecken, die einander begehren, alle sind ausgehungert, fast verrückt, und können sich doch nicht dazu entschließen. Sie gehen aneinander vorbei, ohne zu wagen, ein Zeichen zu geben, ohne ehrlich zu sagen, worum es wirklich geht … Lauter Idioten.

Ich mache alles schnell und sicher, als würde mich tatsächlich die Natur selbst lenken. Wie könnte es auch anders sein? In meinem Inneren bin ich im Augenblick nicht nur ich, sondern noch jemand, der stark und bösartig ist, der sich innerhalb von Sekunden aufgerichtet hat und kraftvoll geworden ist. Er läßt sich nicht beruhigen oder betrügen, er wird siegen, jeden Widerstand brechen. Und auch in ihr, die jetzt unter mir liegt, ist eine zweite erwacht. Deswegen ist sie im Waschraum so erschrocken, sie hat das Erwachen dieser zweiten gespürt, sie hat sich widersetzt – sinnlos. Diese zwei anderen haben unsere dumme Schüchternheit besiegt und uns auf das Bett gestoßen …

Ihre weiche, feuchte Wärme saugt mich ein, ich versinke total in ihr. Die Zeit dehnt sich und bleibt stehen. Ich bin in einem riesigen Trichter und kreise wie ein willenloser Span immer schneller, schneller, ich will nur eins – ins Zentrum vordringen, ins Zentrum dieses Strudels und vor Seligkeit verbrennen. Verbrennen, ertrinken, explodieren – mir ist alles egal.

»Nein, warte! Warte!« Lena ist zur Besinnung gekommen, bewegt sich unter mir. Ihr Gesicht ist irgendwo seitlich, ich sehe nur ihr Ohr, dann ein schielendes, flehendes Auge. »Nicht … nicht in mich …«

»Still, sag nichts«, ich suche ihre Lippen, ich will, daß sie mich wieder einsaugen, aber jetzt sind sie schwach, leblos und schal.

»Hörst du, nicht in mich!«

Und unten wird es eng und hart, trocken und rauh.

»Bitte, auf den Bauch ...«

Und ich bin wieder allein. Der andere, der Starke und Unbesiegbare ist verschwunden, als wäre er nie dagewesen. Meine Arme, meine Beine, mein Rücken haben sich mit der üblichen Schwere, dem üblichen Schmerz gefüllt ... Ich krieche von der Frau herunter, von ihrem nunmehr uninteressanten, versteinerten Körper. Ich sehe zwischen meine Beine. Da hängt ein kleiner, schlaffer Wurm. Ich verstecke ihn in der Unterhose, ziehe die Jeans an.

»Was ist?« sagt Lena, als wäre sie erstaunt.

Ich drehe mich um. Sie liegt auf dem Rücken, im halbgeöffneten Nachthemd. Die gelblichweiße Haut, der faltige Körper mit Ansätzen von Fett ... Ich muß jetzt sofort zu Lëcha und Pavlik, die haben wahrscheinlich noch etwas zu trinken ... Ich habe begriffen, daß alles viel einfacher ist oder im Gegenteil – unfaßbar kompliziert. Ich mache einen Schritt zur Tür. Lena packt mich am Arm:

»Warte!«

»Was?« Ich zucke erschrocken zusammen.

»Warte, geh nicht weg.« Sie knöpft das Nachthemd zu, geht zum Tisch.

Auf dem Tisch eine Flasche Wodka, eine Pfanne mit Bratkartoffeln, Kraut. Ich werde ein wenig munterer, sage sogar scherzhaft:

»Du trinkst allein?«

»Setz dich!« Sie hat es aus irgendeinem Grund eilig, schenkt mir schnell den Wodka randvoll ein. »Trink.«

»Und du?«

»Ich auch, ich auch!«

Wir haben getrunken. Ich habe die herrlichen, mit Knoblauch gebratenen Kartoffeln gegessen, und Lena hat losgeheult. Ich weiß, wie sie weint, wie oft habe ich ihr Weinen während der Streitereien mit ihrem Mann durch die Wand gehört. Ein lautes Winseln, ein Röcheln, erstickte Worte. So weint sie auch jetzt, obwohl da kein Mann ist, kein Streit. Schluchzt, schnappt nach Luft, versucht zu reden:

»Na und … ich trinke, na und … So viel … so viel habe ich aushalten müssen … nachgedacht … Ja, ich trinke … Was hat er … was hat er nur aus mir … gemacht …«

»Beruhige dich«, ich runzle die Stirn, »hör auf.«

»Nein, warte … ich kann das sonst niemandem erzählen … Bitte!«

Die übliche Szene. Nicht besonders angenehm, aber das übliche. Deswegen bin ich endgültig in meinen normalen Zustand zurückgekehrt. Ich schenke mir selbst ein, kippe ohne Umstände den Wodka runter. Lena schluchzt, röchelt, stößt krampfhaft Worte hervor, und ich betrachte das Chaos im Zimmer, die Renovierungsversuche.

»Er hat … hat mich nur gequält … Kein … kein einziger ruhiger Tag … Was ist das … was ist das für ein Leben … Serëga ist so nervös … er versteht alles, sieht alles … Und ich, was hat er mit mir …«

»Ja, ja«, nicke ich verständnisvoll, »das ist schwer.«

»Da!« Lena zeigt mir ihre Schulter. »Das war er … Siehst du?« Gleich unter dem Schlüsselbein eine runde Narbe, wie ein kleiner Hügel. »Mit dem Schraubenzieher!«

»O je. Trink, Lena.«

Sie nimmt das Glas, kippt den Schnaps hinunter. Verschluckt sich, hustet, ich klopfe ihr auf den Rücken.

»Iß, beruhige dich.«

»Ich war einkaufen«, erzählt sie, nachdem sie das Schluchzen halbwegs hinuntergewürgt hat, »Serëga habe ich bei ihm gelassen ... Ich mußte Schlange stehen ... nach billigem Hackfleisch ... Ich habe länger gebraucht ... Serëga hat genervt ... Als ich nach Hause gekommen bin, hat er gesagt: Wo hast du dich rumgetrieben, du Schlampe! Und hat mich mit dem Schraubenzieher ... Dabei war er nüchtern ... Aber wenn er betrunken ist ... Ach-ach-ach-ach!«

Wieder Schluchzen, Krämpfe, Worte. Mir reicht's, ich stehe auf.

»Schon gut, Lena, ich muß gehen. Entschuldige.«

11

Heute bin ich früher im Theater aufgetaucht, zirka um elf Uhr, gleich nachdem ich mit dem Bus von meinen Eltern zurückgekommen bin. Habe die Tasche in unserem Kabuff deponiert und es mir auf dem Sofa in der Quatschbude bequem gemacht ... Gestern war ein harter Tag – wir mußten Holz zum Heizen beschaffen und haben mit dem Förster Gennadij die Schneisen, die zum Schutz gegen Feuer angelegt sind, durchkämmt. Haben den Lastwagen vollgeladen und sind auf dem Rückweg in einem kleinen Sumpf steckengeblieben. Wir mußten alles wieder ausladen, Zweige und Holzlatten unter die Räder schieben. Kurz gesagt, erst um zehn Uhr abends sind wir nach Hause gekommen, haben das Holz einfach neben die Scheune geworfen und sind todmüde ins Bett gefallen ... Mein Körper ist wie Blei, ich kann nicht einmal die

Arme heben. Ich glaube, selbst die leichteste Kulisse kann ich nicht tragen ...

Ich habe also auf dem Sofa gesessen und auf die Schauspieler, Bühnenarbeiter und die anderen gewartet, da ist Petračenko aufgetaucht und hat mir, rätselhaft nickend und brummend, bedeutet, mitzukommen.

Jetzt sitzen wir in seiner Werkstatt. Ein Bett, ein kleiner Fernseher an der Wand, ein Haufen Abfall auf dem Tisch, Farbtuben, Leinwände, häßliche Attrappen, Inventarzeichen ...

»So«, der Bewohner und Sklave dieses Raumes wuselt hastig herum, »setz dich, hm, setz dich hierher. Laß uns einen Tropfen trinken.«

»Nein«, lehne ich ab, »Vadim bringt mich um! Wenn schon – dann nach der Vorstellung.«

»Dann trinke ich einen Schluck.« Serëga gießt sich ein wenig Wodka ein, kippt ihn runter, trinkt Wasser. »Weißt du, ich habe beschlossen, aufzuhören ...«

»Womit?«

»Na ja, mit dem Saufen. Ich halte es nicht mehr aus.«

Er seufzt deprimiert, starrt mich erwartungsvoll an. Wartet auf meine Reaktion. Selbstverständlich unterstütze ich diese Entscheidung:

»Recht hast du. Hör auf.«

Petračenko nimmt noch einen Schluck und fängt an, zu schwärmen:

»Ich höre mit dem Saufen auf, hm, und bringe Ordnung in die Bude. Da baue ich eine Zwischenwand.« Mit einer beilscharfen Geste teilt er das Zimmer in zwei Hälften. »Hier werde ich, sozusagen, wohnen, meine eigenen Bilder malen, und dort – der Rest. Höchste Zeit, einen Schlußstrich zu ziehen, einen dicken, fetten Schlußstrich!« Serëga hat einen Blick auf die

Flasche geworfen, in seinen Augen leuchten Entschlossenheit und Wut. Er hat die Flasche gehoben, als wolle er sie gegen die Wand schleudern. »Komm, Romka, was? Einen kleinen Abschiedstrunk!«

»Also gut«, ich gebe auf, »aber ganz wenig. Nur einen Schluck.«

In das Glucksen des Wodkas mischt sich das Gejammer des Bühnenmalers:

»Ach, so viele Jahre, hm, war ich nicht mehr trocken. Verdammter Mist, schon fünf Jahre lebe ich wie im Nebel. Seit ich von Svetlana, meiner letzten Frau, weg bin, saufe ich wie ein Loch ... Also, auf uns!«

Wir stoßen an.

»Serëga, auf daß es klappt!« wünsche ich ihm mit feierlicher, aufmunternder Stimme.

Wir stoßen zum zweiten Mal an und trinken aus.

»Zu essen, wie soll ich sagen, Verzeihung, gibt es nichts.« Petračenko kramt zwischen Zellophansäckchen, Tellern, leeren Konservendosen herum. »Nur Wodka ist da ... Ach, Romik, Romik, hm, du solltest, wie soll ich sagen, aufhören, du bist noch jung. Der Wodka verbrennt alles, macht alles kaputt!« Wieder hat er die fast leere Flasche gehoben und schüttelt sie. »Wie viele von denen sind durch meine Kehle geronnen. Ach, ach ja ...«

Ich rauche, betrachte den Bühnenmaler. Ich glaube und glaube auch wieder nicht, daß er wirklich mit dem Trinken aufhört. Was wird aus ihm, wenn er nicht täglich ein paar Pullen in sich reinschüttet? Nein, der hört nicht auf, der wird das nie schaffen. Ein Tag ohne Saufen – dann ist er nüchtern und dreht durch.

Und als ob er mich in meinen Zweifeln bestätigen wollte, holt Petračenko die nächste Flasche aus dem kleinen Schrank.

»Da ist sie«, erklärt er, »meine letzte! Die süffeln wir aus und Schluß! Für immer!«

»Vielleicht sollten wir das lieber nicht tun?«

»Das ist doch, wie soll ich sagen, die letzte. Komm, Romik, die erledigen wir noch!«

Und wieder Glucksen, wieder Petračenkos Schwärmen:

»Glaub mir, ich werde alles nachholen. Die Leinwand, hm, ist griffbereit, Material, Farbtuben, alles da ... Ach, ich werde arbeiten, bis ich umfalle!«

Wir stoßen kräftig an.

Ich führe das Glas zum Mund, will es in einem Zug leeren. Habe bereits dazu angesetzt, da geht die Tür auf.

»Säufst du schon wieder, du Schweinehund!« Der Brigadeleiter rollt mit einem wutverzerrten Gesicht auf mich zu. »Ich habe dich im Guten gewarnt ...«

Mir ist klar, der haut mir eine in die Fresse. Petračenko, es sei ihm gedankt, mischt sich rechtzeitig ein:

»Vadim, sei nicht böse. Bei mir ist heute, wie soll ich sagen, ein Feiertag!«

»Was für ein Feiertag?«

»Ich höre auf zu trinken – für immer. Für immer, Vadim! Setz dich, hörst du, trinken wir ein Schlückchen. Als Ritual, als Abschiedstrunk.«

Vadim nimmt Platz, ächzt mißmutig und beobachtet, wie die durchsichtige, scharf riechende Flüssigkeit in eine Tasse plätschert. Mit jedem Tropfen wird Vadims Blick freundlicher und wärmer.

»Hast du vergessen, daß heute Dienstag ist?«

Leicht torkelnd verlassen der Brigadeleiter und ich die Werkstatt.

»Nein, habe ich nicht«, sage ich. »Warum?«

»Warum, warum ... Wir wollten doch die Buchhalterin beobachten ... Oder willst du dich drücken?«

»Gar nichts will ich. Beobachten wir sie eben.«

Andrjunja steht stramm und angespannt neben der Wächterloge, als befinde er sich kurz vor dem Todeskampf. Starrt auf die Treppe zum ersten Stock, wo sich neben anderen überflüssigen Büros auch die Buchhaltung befindet.

Vadim rempelt ihn an und befiehlt ihm, bedrohlich flüsternd: »Entspann dich!«

Der Hüne sackt sofort in sich zusammen, seine Muskeln werden schlaff, er taumelt auf seinen dicken Beinen, sein Blick huscht über die Wände, über den abgenutzten Linoleumbelag auf dem Fußboden, über die verstaubte Stuckdecke.

Die Wächterin löffelt hingerissen aus einem Einliterglas Buchweizenbrei mit Speck. Uns ignoriert sie völlig.

»Wo ist Lëcha?« fragt der Brigadeleiter. »Es ist schon fünf vor eins.«

»Weiß ich nicht, ich bin nicht vom Wohnheim hergekommen.«

»Verdammt, wir haben uns doch verabredet!«

Mich überkommt ein mulmiges Gefühl. Die Empfindung, daß Vadim, sobald die Buchhalterin am Horizont auftaucht, sofort befehlen könnte: Jungs, macht sie kalt! Und dann werden wir vor aller Augen einen lautstarken, blutigen Raubüberfall begehen ... Ich bewege die Schultern hin und her, versuche, die kalte Gänsehaut vom Rücken abzuschütteln. Das hilft nicht. Ich nehme eine Zigarette. Knete sie langsam.

Und da hört man von oben ein Schnaufen, das Rascheln eines Regenmantels und langsame Schritte von Stufe zu Stufe. Vadim erstarrt zu Stein, in seinem Blick funkeln, wie bei Andrjunja vor drei Minuten, Tapferkeit und Entschlossenheit, die wahnsinnige Bereitschaft, vorwärts zu stürzen. Aber er reißt sich sofort zusammen, spielt einen einfach neben der Wächterloge stehenden, harmlosen, gelangweilten Menschen. Und die Schritte kommen näher, werden immer lauter und deutlicher. Die Beute steuert schnurstracks auf die Jäger zu. Da ist sie ... Da ist sie, unsere dicke, betagte Chefbuchhalterin. Über siebzig Jahre alt, mit einer riesigen Brille und der obligatorischen Tasche aus imitiertem Krokodilleder ...

Sich fest an das Geländer klammernd, kriecht sie immer näher, steigt zuerst mit dem rechten Fuß, dann mit dem linken auf die nächste Stufe. Schritt um Schritt, wie ein Minensucher auf einem zu durchkämmenden Feld. Langsam, aber unbeirrt, vermutlich zum fünftausendsten Mal.

Als sie bei uns angekommen ist, guckt sie mißtrauisch durch die Gläser ihrer großen Brille, erkennt uns und schleppt sich weiter. Bleibt neben der Wächterloge stehen, sagt wie immer kurz und bündig mit ihrer altersbedingt knarzenden, aber kräftigen Stimme:

»Ich gehe zur Bank.«

Die Wächterin reißt sich von ihrem Glas los, leckt sich ein Buchweizenkörnchen von den Lippen, hebt die Augen zur Chefbuchhalterin. Die Blicke der beiden Halbtoten kreuzen sich, ein Funken Harmonie blitzt auf.

»Ja, ja, ist gut«, nickt die Wächterin und steckt den Löffel in das Glas, die Chefbuchhalterin setzt ihren Weg fort.

Hinaus, auf die Straße, auf die gewohnte Route zur Bank, wie immer am Dienstag.

Lëcha ist nicht im Theater erschienen. Ich habe ihn im Zimmer vorgefunden, selbstverständlich im Bett.

Er lag wie üblich auf dem Rücken, starrte zur Zimmerdekke, aber seine Visage war verändert – das linke Auge ist von einem gewaltigen blaubraunen, wässerigen Fleck umrandet. Ein schrecklicher und gleichzeitig komischer Anblick.

»Wer hat dir das eingebrockt?« interessiere ich mich, während ich die Schuhe ausziehe.

»Laß mich in Ruhe, du Arsch«, knurrt mein Zimmergenosse leise. Er schnüffelt, und in sein Knurren mischt sich Neid:

»Uh, du Schweinehund hast dich vollaufen lassen!«

»Ja, Petračenko und ich haben nicht schlecht gesüffelt. Er will mit dem Trinken aufhören, das haben wir gefeiert ...«

Lëcha weiter auszufragen, wie er sich die Prügel eingefangen hat, hätte sich nicht gelohnt. Der wäre womöglich ausgerastet. Lange hat er es ohnehin nicht ausgehalten und von selbst angefangen zu erzählen:

»Heute hat es heißes Wasser gegeben, ich wollte meine Socken und ein Hemd waschen. Die Waschküche war schon gerammelt voll von Weibern, die haben sich angeschrien. Im Duschraum war nur noch ein Waschbecken frei – auch dort haben sie gewaschen. Also habe ich das einzig freie genommen ...«

»Erzähl, erzähl«, habe ich meinen Zimmergenossen ermuntert und mich gleichzeitig gefreut, daß es endlich heißes Wasser gibt.

»Da kommt so ein Schlitzauge daher. Ein Chinese oder Vietnamese – wer kann das Gesocks schon unterscheiden. Und der regt sich auf, warum alles besetzt ist. Hat mich so geschubst, vielleicht zufällig, vielleicht auch absichtlich. Ich habe ihn auch so geschubst, da ist er hingefallen. So ein Knirps. Ich habe ihn wirklich nicht besonders fest gestoßen ... Dann ist er aufgesprungen, hat irgendwas in seinem Kauderwelsch geschrien und ist abgehauen. Ich habe weitergewaschen. Plötzlich sind fünf Leute hereingerannt, der war auch dabei. So ein Scheiß ...« Lëcha berührt vorsichtig den verletzten Teil seiner Visage. »Wir haben ein Gastspiel, und da ... diese ... Hast du gehört, wann wir fahren?«

»Am Freitag.«

»Ach, Scheiße!«

Ich habe lustlos den Tisch gedeckt. Von zu Hause habe ich Pilav in einem kleinen Topf und Piroggen mitgebracht. Ich muß essen und ins Bett gehen. Die gestrige Epopöe mit dem Brennholz hat mich so viel Kraft gekostet, daß selbst eine Woche nicht ausreichen würde, um mich wiederherzustellen. Und dann noch das Gastspiel in Sajanogorsk – dort werden wir schuften müssen.

»Willst du was essen?« habe ich meinen Zimmergenossen gefragt, während ich den aufgewärmten Pilav vom Herd nahm.

»Ja ...«

Schweigend haben wir Reis und kleine Fleischstücke aus dem Topf geschöpft. Ich habe schnell und gierig gegessen, Lëcha hingegen vorsichtig, während er ununterbrochen seinen riesigen blauen Fleck betastete.

»Was glaubst du«, fragte er mich schließlich, »werden die mich mit so einer Dattel zum Gastspiel mitnehmen?«

»Das bezweifle ich, ehrlich gesagt ... Andererseits, Dima hat gekündigt, Igorëk, der Neue, fängt erst morgen an. Nicht ausgeschlossen, daß sie dich mitnehmen, du kennst dich wenigstens aus ...«

Der Kulturpalast in Sajanogorsk, einer Stadt in der Nähe vom Wasserkraftwerk Sajano-Šušenskoe, ist etwa doppelt so groß wie unser Theater. Dementsprechend ist auch die Bühne größer. Man braucht Routine, eine genaue Kenntnis der Bühne, um die Deko richtig aufbauen zu können. Lëcha und ich waren schon dutzende Male dort, wir kennen uns mehr oder weniger aus.

»Sie werden dich mitnehmen«, sagte ich überzeugt, »es gibt keine Alternative!«

»Wäre nicht schlecht ... Übrigens, ich habe vor kurzem deine Tussi getroffen!« Lëcha wurde munterer ...

»Welche Tussi?«

»Die Rothaarige vom Fensterbrett.«

Das ist ja wirklich spannend! Ich habe mir allerdings nichts anmerken lassen, nur so nebenbei gefragt:

»Wo hast du sie gesehen? Auf dem Fensterbrett?«

»Nein, paß auf!« Lëcha hat blitzschnell seinen Ärger vergessen und sofort losgelegt:

»Kurz gesagt, nachdem die mir die Fresse poliert haben, bin ich zu Pavlik gelaufen. Wollte mir drei Rubel für Bleiwasser borgen. Das hilft angeblich gegen blaue Flecken ... Pavlik war nicht da, also ging ich zu Lena, Sašas Frau, die hat mir Geld gegeben. Dann bin ich zur Apotheke im Handelszentrum gegangen, und wen, was glaubst du, habe ich bei den Kiosken gesehen? Rate mal!«

»Na, sie. Und?«

»Hör zu. Es hat kein Bleiwasser gegeben, also habe ich Zigaretten gekauft. Auf dem Rückweg stand sie plötzlich da. Wahnsinnig geschminkt, in einem kurzen Rock, hat zur Musik aus dem Kiosk getanzt und geraucht. Sie hatte dünne Strümpfe an, weißt du, so ganz feine ... Die hat irgendwie so ausgesehen ... Verdammt, ich war sofort affengeil! Ich bin in der Nähe stehengeblieben, habe sie beobachtet, keine Ahnung, wozu. Und da sind zwei so Muskelprotze auf sie zugesteuert, die haben wie Boxer ausgesehen, und hatten in den

Pfoten mehrere Flaschen ›Ferejn‹-Wodka und Tüten mit Futter. Die Kerle haben sie angequatscht, sie hat genickt und so gelächelt, weiß der Teufel wie, dann sind sie zu dritt weggegangen. Sind in ein Auto gestiegen und abgefahren. Hast du kapiert, Roman?«

»Was soll ich kapieren?«

»Bist du debil, oder was?! Die ist einfach eine kleine Hure! Du hättest sie damals, als sie noch hier rumhing, einfach ruck, zuck vögeln sollen. Jetzt hat sie sich sicher schon was geholt.«

Lëchas Erzählung hat mich natürlich nicht kaltgelassen. Eigentlich wäre ich am liebsten gleich gestartet und zum Handelszentrum gelaufen ... Ich habe eine Zigarette aus der Schachtel geschüttelt. In den Taschen nach dem Feuerzeug gekramt. Mein Zimmergenosse hat sich gekratzt, höhnisch gegrinst und gespottet:

»Übrigens, gar nicht übel, deine Tussi. Ich hätte sie anreden sollen. Sechzehn Jahre alt ... Du Idiot hast deine Chance verpaßt! Du Arsch ...«

Frostiger Smog lastet auf der Stadt. Alle Farben, außer Grau, wirken ausgebleicht, sogar die bunten Reklameschilder wirken grau. Das Atmen fällt einem schwer, die Kälte brennt in den Nasenlöchern, in der Kehle. Man muß das Gesicht unter dem Kragen verstecken.

Die Auspuffgase der Autos hängen über der Straße wie drükkende Schleier, der Ruß von verheizter Kohle fliegt aus den Schornsteinen der nahe liegenden Häuschen, streut schwarze Flocken auf den Gehsteig.

»Na so was«, sagt Lëcha gedehnt und erstaunt und verbirgt die Hände in den Ärmeln seiner Jacke. »Saukalt!«

Ja, das passiert selten, daß schon Ende Oktober minus zwanzig Grad sind. Aber das Schlimmste ist, daß es keinen Schnee gibt und die Kirschbäume, Pflaumenbäume und Erdbeerpflanzen erfrieren könnten. Meine Eltern verdienen im Sommer hauptsächlich am Verkauf von Gartenerdbeeren …

Wir sind natürlich auf dem Weg ins Theater, zu unserer Arbeit. Ununterbrochen rutschen wir auf vereisten Pfützen aus, fluchen. Wir gehen den gewohnten Weg, um die gewohnte Tätigkeit auszuüben. Das Gehen fällt unglaublich schwer, jede Zelle des Gehirns schreit pausenlos verzweifelt: Hör auf! Wozu das alles?! Laß das, lauf weg, mach was anderes! Finde um Gottes willen was anderes! – Aber die Beine schleppen einen automatisch weiter, über den Gehsteig, über den man schon tausendmal gegangen ist.

Ich betrachte die vereinzelten Passanten, die Leute in den Autos mit den ausgeschalteten Scheinwerfern – jedes Gesicht schreit das gleiche, aber alles geht, fährt, hastet dorthin, wohin man hasten muß. Das gibt es nur im Märchen: Man klopft auf die Erde und ist verwandelt, zieht Siebenmeilenstiefel an und ist in ein paar Minuten über alle Berge, wünscht sich etwas, und der Wunsch geht – hopp! – in Erfüllung. Aber im realen Leben … im realen Leben muß man sich nach der Decke strecken, positive Veränderungen hängen vom Zufall ab. Und manchen Leuten begegnen niemals Zufälle …

Ein Bus kommt mir entgegen, Nummer 120, »Minusinsk – Abakan«. In einer halben Stunde könnte ich dort sein, in einer anderen Stadt. Ich könnte noch einmal eine Band gründen, neue Lieder komponieren, sie in einem guten Studio aufnehmen, ein Demo-Tape nach Novosibirsk oder nach Moskau schicken, um den Erfolg kämpfen. Oder noch etwas in der Art … Sonst wird das ganze weitere Leben so jämmerlich an einem vorüberziehen. Der Bus stoppt an der Haltestelle, die Türen gehen zischend und ächzend auf ... Soll ich reinspringen, wegfahren?

»Gehst du weiter oder was?« schreit Lëcha, während er seine Visage aus dem Kragen herausstreckt. »Was hast du gesehen? Deine Tussi vielleicht?«

Ich hole ihn schweigend ein. Wir schleppen uns weiter.

Gestern wie auch heute war ich vor der Arbeit hier – und habe gesucht, gehofft ... Jetzt tue ich genau dasselbe. Ich wollte nicht auf den Bus von Onkel Gena warten und bin, sobald wir mit dem Abbau nach der Vorstellung fertig waren, mit einem Privatbus zum Handelszentrum gefahren. Zwei Rubel mußte ich dem Fahrer, diesem gierigen Kerl, bezahlen, aber sie ist nicht hier. Wieder nicht.

Gestern wie heute habe ich Lëcha malträtiert – ob er sicher ist, daß er sie bei den Kiosken gesehen hat, ob sie wirklich vor den Männern so herumstolziert ist, ob die sie tatsächlich aufgerissen und abgeschleppt haben. Zuerst hat Lëcha ruhig mit ja geantwortet, aber dann hat er gesagt: Du kannst mich mal. Das heißt – er hat nicht gelogen.

Nach Dienstschluß bin ich hierhergerast. Aber sie ist wieder nicht da.

Wahrscheinlich ist sie nur das eine Mal hiergewesen, hatte die Nase voll vom Wohnheim, vom engen Zimmer, vom Fensterbrett in der ehemaligen Küche, vom Walkman und wollte sich nur ein bißchen amüsieren. Oder vielleicht ist sie entführt worden, verhöhnt, vergewaltigt und bestialisch ermordet. Und liegt jetzt in einem schwarzen Müllsack auf der städtischen Müllhalde oder mit Zweigen bedeckt im Kiefernwald oder in einem Keller. Oder – oder komme ich einfach zu spät?

Aber ich hoffe. Ich hoffe auf eine stumpfsinnige, aufrichtige Weise. Manchmal gehe ich ganz langsam, fast schleichend, auf und ab, manchmal aber renne ich geradezu die kilometerlange Reihe der Kioske entlang. Ich suche sie, warte auf sie, ärgere mich, stelle mich darauf ein, mich gleich zu freuen. Um mich herum tummeln sich viele Frauen, junge Frauen, Mädchen, aber im Augenblick wäre mir auch die schönste gleichgültig. Ich will nur die vom Fensterbrett mit ihrem glänzenden, kastanienbraunen Haar, sie ist klein und zerbrechlich, man muß sie umarmen und wärmen. Man muß ihr in die Augen schauen. Ich hätte ihr schon so lange in die Augen schauen müssen ...

Und das Handelszentrum lebt rund um die Uhr sein festliches, lautes, unaufhaltsames, unermüdliches Leben. Die Verkaufsstände sind fast leer, aber bei den Kiosken, Cafés, Minimärkten herrscht reger Betrieb. Pausenlos fährt ein Auto vor, und irgendein Muskelprotz im sportlichen Outfit und mit Nerzmütze kauft Getränke und Delikatessen. Die treffen alle Vorbereitungen, um das Ende des Arbeitstags würdig zu feiern. Und ich? Ich stöbere in meinen Taschen, fische aus dem Mist ein paar Münzen heraus. Zähle, puste die auf der Handfläche klebenden Tabakkrümel weg. Stecke das Geld frustriert wieder ein. Das würde nicht mal für ein Eis reichen.

Und von neuem schlendere ich auf dem Gehsteig hin und her, pralle gegen fremde, für mich unwichtige Mädchen, gegen vor Liebe blinde Pärchen, gegen Muskelprotze in Jogginganzügen und Nerzmützen. Auf der Suche nach ihr checkt mein Blick Hunderte von Gesichtern. Ein kleines Geschöpf, ein kleines, wehrloses Geschöpf. Gleich werde ich sie sehen und umarmen, und wir werden uns gegenseitig retten, wärmen, verstecken. Wir werden weggehen, gemeinsam fliehen – ganz weit weg. Und für immer ...

Einige Male scheint mir, ich hätte sie gesehen. Das ist üblich, wenn man jemand unbedingt sehen will. Dann stürze ich auf dieses helle Trugbild zu, remple die Leute an, die mich anzischen, anschnauzen, laut beschimpfen, mich einen besoffenen Esel nennen ... Dort ist sie! Ich laufe auf sie zu, rutsche aus, rudere wie wild mit den Armen. Aber es ist eine andere – ich habe mich wieder geirrt. Und muß von neuem suchen, von neuem verrückt werden vor lauter Hoffnung und Enttäuschung, wieder auf dem Gehsteig unermüdlich auf und ab laufen, muß mich auf Trugbilder stürzen, um erschrocken zurückzuprallen.

Das könnte bis zum Morgen dauern, hunderttausend Jahre lang. Damit könnte man das ganze Leben verbringen.

12

In Sajanogorsk gibt es fast keine alten Leute. Die Stadt ist aus einem kleinen, abgeschiedenen Dorf in der Taiga entstanden, sofort sind helle, fünfstöckige Häuser, eingeteilt in gleichmäßige Wohnblocks, in die Höhe geschossen, in denen sich bequemerweise auch Geschäfte, Schulen, Kindergärten und Kinos befinden.

Sajanogorsk liegt am Ufer des Enisej, etwa fünfzehn Kilometer stromaufwärts ist das Wasserkraftwerk, eins der größten auf der Welt. Mit Kiefern und Lärchen bewachsene Berge umgeben Sajanogorsk von allen Seiten. Und der Enisej rast, zwischen Felsen eingeklemmt, wütend und wie verrückt dahin. Aus diesem Grund hat man vor ungefähr dreißig Jahren beschlossen, hier ein Kraftwerk zu bauen. Anfangs kamen Forscher und Geologen, dann die Bauarbeiter.

Gleichzeitig mit dem Kraftwerk hat man die Stadt aufgebaut. In der Umgebung hat es keine Ortschaften gegeben, nur die hinfälligen Behausungen von Altgläubigen und kleine Jagdhütten. Kein bequemer Platz zum Leben: das Hochgebirge, der nicht besonders strenge, aber langwierige Winter von Ende September bis Mitte April. Auf den Gipfeln der Berge liegt auch im Mai noch Schnee.

Nur Romantiker sind aus allen Regionen der Sowjetunion hierhergezogen. Viele sind geblieben; die übrigen sind nach der Fertigstellung des Kraftwerks auf neue Baustellen übersiedelt.

In der Nähe von Sajanogorsk gibt es einige Sanatorien, die eigentlich für die Erholung der Bewohner von Sajanogorsk und der Gäste aus Abakan, Krasnojarsk und Novosibirsk vorgesehen waren, aber sie stehen leer, weil das Aluminiumkombinat die Umwelt unglaublich verschmutzt hat.

Trotzdem ist es schön hier, Sajanogorsk sieht aus wie eine liebe Spielzeugstadt. Genauer gesagt – wie das Modell irgendeiner Architekturausstellung. Kompakt, harmonisch, eine Augenweide. Eine Musterstadt, so etwas wie die Hauptstadt von einer der sowjetischen »Jahrhundertbaustellen«. Die breiten, geraden Straßen tragen fast alle die Namen jener Städte, aus denen die Brigaden zum Bau des Wasserkraftwerks gekommen sind: Moskauer Straße, Leningrader Straße, Charkover Straße, Kiever Straße, Boulevard Odessa …

Die Einheimischen leben von den Erinnerungen an ihre romantische Jugend, treffen sich oft auf dem Golyj-Hügel am Stadtrand von Sajanogorsk, wo früher ihre Zelte gestanden haben, entfachen Lagerfeuer aus Zapfen, singen lebensbejahende Lieder zur Gitarre. Alle drei Monate erscheint eine Zeitschrift, in der Gedichte, Erzählungen, Memoiren von Siedlungspionieren, Essays über den Enisej, die Taiga und die Geschichte der Region Sajanogorsk veröffentlicht werden. Anfangs muß das eine Wandzeitung gewesen sein, angebracht auf Holztafeln, die an den Kreuzungen der kleinen Straßen in der Zeltstadt gestanden haben. Später, als man schon eine Druckerei hatte, hat sie sich zu einer umfangreichen Zeitschrift mit Illustrationen und einer hohen Auflage entwickelt.

Unser Theater wird ziemlich oft eingeladen. Etwa dreißigtausend Menschen leben hier, viele Akademiker, gebildete Leute, die mit allen Mitteln jene Mauer niederreißen wollen, die zwischen den relativ großen, alten Städten und den künstlich geschaffenen Siedlungen wie Sajanogorsk existiert. Die Stadt liegt ja tatsächlich inmitten von Bergen und Taiga, siebzig Kilometer von der Eisenbahn, mehr als hundert Kilometer von Abakan entfernt, und die Leute spüren die Abgeschiedenheit vom wirklichen Leben, schmoren im eigenen, postromantischen Saft.

Früher haben hier fast jeden Monat Theater aus dem ganzen Land gastiert, kamen ein Zirkus, ein Zoo, verschiedene Ausstellungen in die Stadt, aber jetzt ist alles komplizierter geworden. Wir sind näher an Sajanogorsk als andere Theater, deshalb müssen wir zwei-, dreimal im Jahr unsere Sachen packen, die Kulissen auf den alten Lastwagen laden und losfahren. Eigentlich ist das unser einziges Gastspiel, abgesehen von Aufführungen in den Dörfern im Gebiet von Minusinsk und der Teilnahme am jährlichen Festival der Schauspielhäuser aus der Region Krasnojarsk.

Wir, die vier Bühnenarbeiter – Vadim, Andrjunja, ich und der sechzehnjährige Igor, der Ersatzmann für Dima –, sitzen ganz hinten im Bus. Lëcha wurde wegen seiner ramponierten Visage nicht mitgenommen, außerdem hat er eine Gehirnerschütterung, er hat nur einen Tag gearbeitet und sofort angefangen zu kotzen ... Wir sind gestreßt, weil wir nicht rauchen dürfen – ein paar alte Schauspielerinnen können den Tabakrauch nicht ertragen. Onkel Gena hält ab und zu fünf Minuten an, die ganze Truppe stürzt aus dem Bus, alle saugen schnell an ihrer Zigarette und bewundern gleichzeitig die Landschaft.

»So schön, herrlich! Wenn ich dort unten ein kleines, warmes Häuschen mit Sauna hätte«, schwärmt der Schauspieler Semuchin, nachdem er in die Schlucht hinuntergesehen und die Miene des Trigorin aus Čechovs Stück »Die Möwe« aufgesetzt hat, und fährt mit müder Stimme fort:

»Ein, zwei Jahre ausruhen. Schlafen, nichts als schlafen ...«

Chrapčenko, unser Witzbold, holt ihn auf den Boden der Realität zurück:

»Das werden dir die Bären vermiesen. Wenn man sich die jede Nacht vom Leib halten muß, ist das eine ziemlich aktive Form von Erholung.«

»Gibt es hier wirklich Bären?« zweifelt die Kruglova. »Gleich neben der Straße ...«

»Haben Sie etwa vergessen, Schätzchen, daß im Jahr fünfundachtzig ein Bär durch ganz Minusinsk marschiert ist?«

Der Regisseur Dubravin ruft nervös:

»Herrschaften, wir müssen weiterfahren! Wir sind sowieso zwei Stunden zu spät dran. Steigen Sie ein, bitte!« Er zerdrückt mit dem Schuh die Kippe im verschneiten Kies und klettert als erster in den Bus.

Das wichtigste Gesprächsthema heute ist das Verschwinden der Friseuse Ksjucha. Selbstverständlich weiß keiner etwas Konkretes, dafür gibt es in Hülle und Fülle Mutmaßungen und Gerüchte. Manche erzählen einen kompletten Unsinn, nämlich daß Ksjucha ihren Lebensgefährten (also Pavlik) abgemurkst habe.

»Abgemurkst vielleicht nicht, aber irgendwas hat sie angestellt«, murmelt Vadim, der neben mir sitzt. »Was war los im Wohnheim? Hörst du, Roman?«

»Ich habe schon alles erzählt«, reagiere ich gelangweilt, wiederhole aber doch – nicht ohne Vergnügen und in einem geheimnisvollen Flüsterton – die Geschichte:

»Also, am Abend ist Vališevskij bei uns aufgetaucht und hat gesagt, daß in Ksjuchas Zimmer die Polizei ist. Lëcha hat erwidert, er solle abhauen, aber ich habe nachgesehen. Da waren wirklich zirka fünf Bullen, alles war durchwühlt, irgendwelche Tüten und kleine Säcke sind rausgetragen worden ... Ihr Freund hat gern gekifft, vielleicht deswegen ...«

»Na ja ...« Vadim beugt sich zu mir und flüstert mir direkt ins Ohr:

»Diese unklare Sache könnte uns das Ding mit der Buchhalterin vermasseln!«

»Warum?«

»Keine Ahnung, ich habe nur so ein Gefühl ... Jedenfalls bedeutet das nichts Gutes.«

»Wahrscheinlich«, murmle ich, »das glaube ich auch ...«

»Wieviel Geld hast du eigentlich dabei?«

»Gar keins. Woher auch?«

»Ich glaube, ich spinne!« Der Brigadeleiter ist überrascht und wendet sich an Andrjunja:

»Hast du Kohle mit?«

»Ungefähr dreißig Rubel.«

»Na ja, ich spüre, das wird eine ziemlich beschissene Reise. Was sollen wir jetzt tun?« Da erinnert er sich an den Neuling:

»He, Igorëk, wie schaut es mit deinen Finanzen aus?«

Igor, ein hagerer, auf den ersten Blick schüchterner Halbwüchsiger antwortet ausweichend:

»Ich habe ein bißchen was mit, für den Notfall.«

»Nein, denk nichts Böses, ich habe nur so ... Wir müssen einfach deinen Eintritt ins Kollektiv feiern. Gleich mit einem Gastspiel anfangen – das ist ein gutes Zeichen! Wir sollten das begießen, wie es sich gehört.« Vadim zwinkert dem Bürschchen zu. »Am Abend machen wir am Ufer vom Enisej ein Lagerfeuer ... Weiß du, wie der Enisej dort ist? Huch, wie ein Teufel! Wir sitzen ein bißchen zusammen, unterhalten uns, braten Brot über einem richtigen Feuer ...«

»Vadim, hör auf!« Andrjunja schmatzt genüßlich, seine riesige Hand streichelt seinen Bauch. »Sonst halte ich es bis zur Vorstellung nicht aus.«

Was Vadim uns über das Ufer und das Lagerfeuer vorgeschwärmt hat, konnten wir nicht in die Tat umsetzen. An allen drei Tagen mußten wir wahnsinnig viel arbeiten, außerdem war auch das Wetter ungünstig.

Wir hatten zwei Aufführungen pro Tag. Vormittags das Märchen für die Kinder, am Abend eine Vorstellung für die Erwachsenen. Bei jeder Vorstellung gab es viel umzubauen, und weil der Kulturpalast in einem Park liegt, ohne normale Zufahrt, mußten wir die Kulissen vom Lastwagen bis zur Bühne schleppen – eine Strecke von zweihundert Metern. Wir haben schrecklich geflucht, das ist klar ...

Und drei Tage lang hat uns der Direktor des Kulturpalasts, ein dicker, zirka fünfzigjähriger Mann mit roter Visage, die Ohren vollgejammert. Kam zu uns ins Raucherzimmer, wo wir Bühnenarbeiter, während die Schauspieler auf der Bühne standen, die Zeit totgeschlagen haben, und hat mit der uralten Leier angefangen:

»Jungs, das Leben hier ist nicht lustig, gar nicht lustig. Wir haben geglaubt, gehofft, und jetzt ist alles aus. Die Hoffnung ist das schlimmste Übel, die größte Dummheit. Wenn die Hoffnung nicht wäre, könnte man die Sache noch irgendwie in Ordnung bringen. Man könnte, solange man noch Kraft hat, übersiedeln, sich an einem normalen Ort niederlassen ... Wir haben gehofft. Jetzt hat es sich ausgehofft. Ach, ach ...«

Und wir haben geduldig und stumpf diesem Menschen in seinem einstmals teuren und mittlerweile abgeschabten, abgetragenen Anzug, mit seiner absurden Blümchenkrawatte am Hals zugehört. Der Mann hat ausgesehen, als hätte er entweder einen fürchterlichen Kater oder wäre zu Tode erschöpft. Die Augen mit den geplatzten Äderchen wirkten wie blind, die Haut im Gesicht war auch dicht mit Adern, wie mit einem rötlichen Spinnengewebe, überzogen, die Lippen schmal, blaß, am Hals sah man Flecken von nicht rasierten Bartstoppeln.

Er hat dagesessen, eine Zigarette nach der anderen geraucht und wie im Delirium gequasselt:

»Die Hoffnung ist das größte Übel, sie, nur sie, richtet die Menschen zugrunde. Schon im ›Faust‹ gibt es die weisen Worte: Fluch sei der Hoffnung! Fluch dem Glauben, und Fluch vor allem der Geduld! – Nicht schlecht, was? Richtige, goldene Worte ...« Er hat die nächste Zigarette aus der Schachtel geklopft, den gekünstelten Stimmen der Schauspieler gelauscht und den Kopf geschüttelt. »Der Zuschauerraum ist brechend voll. Glaubt ihr, weil das Leben der Leute so schön ist? Meint ihr, sie hätten eine Alternative für den heutigen Abend? Ach, die Leute haben keine Alternativen. Leere, nichts als Leere ... Die Buchhandlung steht nackt da, nicht einmal Krimis werden uns geliefert. Fernsehen? Wir können hier nur den I. Kanal empfangen … Und was sieht man? Actionfilme, Serien. Wir können das nicht verdauen, wir haben das nicht gelernt … Wir sitzen da, wie in einer festverschlossenen Konservendose. Ach, Leute, Leute, danke, daß ihr gekommen seid, ihr verhindert, daß wir endgültig ersticken. Wenigstens irgendwer, der sich bemüht …«

Vadim hat mir zugeflüstert:

»Vielleicht sollten wir ihn um ein paar Flaschen anpumpen? Dann könnten wir uns nach der Vorstellung ein bißchen zusammensetzen und entspannen.«

»Vermutlich haben wir keine Chance«, flüsterte ich zurück, »ich glaube nicht, daß er trinkt, und wenn er trinkt, dann sicher allein.«

»Hm … Schon möglich.«

»Jungs, und das Schrecklichste ist, daß wir unsere Kinder zugrunde richten. Sie verachten uns, lachen über uns.« Der Direktor hat den angeschmorten Zigarettenfilter weggeworfen, eine neue Zigarette herausgeholt und sie betrachtet, als ob er nicht wüßte, mit welchem Ende er sie in den Mund stekken solle. »Und sie lachen nicht nur und verachten uns stillschweigend, sondern sagen offen: Warum bist du aus Moskau weggegangen, du Idiot, was hat dir dort gefehlt? Hast du dabei an uns gedacht, wie es uns hier gehen wird? Klar, sagen sie, das ist keine große Sache – den Rucksack zusammenzupacken und abzuhauen, in ein Kaff am Arsch der Welt. Aber was sollen wir in diesem Loch tun?!« – Der Direktor hat uns der Reihe nach mit blutunterlaufenen Augen fixiert, dann die Zigarette angezündet. »So sieht es aus … Aber wer konnte sich das damals vorstellen! Wir sind hierhergekommen, um unsere eigene, echte Stadt aufzubauen, in der auch die Menschen echt sind, ohne Bodensatz, ohne uralten Ruß ... Um glücklich zu leben! Von Null anfangen – dafür sauber. Versteht ihr das?« Er deutete mit dem Kopf in Richtung Vadim. »Du bist ein erwachsener Kerl, du kannst dich sicher daran erinnern, wie deine älteren Brüder zum Bau der Bajkal-Amur-Magistrale oder nach Jamal in den hohen Norden oder eben hierhergegangen sind. Damals war das in aller Munde, jeden Tag sind die Informationen von den Baustellen eingetroffen, wie Berichte von der Front ... Tja, aber jetzt ... Nur Leere und der bitterste Bodensatz. Wir sind selbst zu Bodensatz geworden! Was? Ich schäme mich vor meinen Kindern ... Wir haben sie betrogen. Sie haben recht, daß sie uns verachten und um Geld anbetteln, damit sie von hier weg können. Sollen sie nur ... Unserer Generation ist die Puste ausgegangen, das Volk von Sajanogorsk, lebenslustig und stolz, das gibt es nicht mehr. Wir gehen herum und arbeiten wie Kriegsgefangene ... Jungs, wir haben in der Stadt jetzt sogar«, der Direktor ist noch leiser geworden, zischt beinahe, »unseren eigenen Frauenmörder. Ja, ja! Habt ihr davon gehört? Am Abend überfällt er schwangere Frauen und tritt sie in den Bauch ... Habt ihr nichts gehört? Jede Zeitung hat darüber geschrieben, wir sind berühmt in ganz Rußland ...«

»Ich habe in der ›Macht der Arbeit‹ davon gelesen«, sagte der kleine Igor erschrocken und neugierig.

»Genau! Auch die ›Izvestija‹ und die ›Komsomolskaja Pravda‹ haben darüber berichtet ... Hätten wir uns das damals vorstellen können? Wir haben doch nur von der glücklichen Zukunft geschwärmt ...«

Durch die Tür, die uns von Bühne und Zuschauerraum trennte, drang Applaus, ohrenbetäubend laut, wie eine Explosion. Die Leute klatschten sehr lange, ohne nachzulassen, ohne einheitlichen Rhythmus, hektisch durcheinander, aber aufrichtig. Dann hörte man das Getrampel der Schauspieler, die in die Garderoben rannten, um sich kurz auszuruhen und eine Zigarette vor dem zweiten Akt zu rauchen. Wir sind auf die Bühne gegangen – jetzt war unser Part an der Reihe.

Ich habe mich umgesehen. Der Direktor zündete sich angeekelt die zehnte Zigarette innerhalb der letzten dreißig Minuten an und rieb sich, als ob er sie herauspressen wollte, die roten, erschöpften Augen …

Wir haben im einzigen, aber sehr guten Hotel der Stadt gewohnt – ein schmaler, elfstöckiger Turm aus Beton und Glas – und fühlten uns wie in Soči am Schwarzen Meer. Auf Wunsch der Schauspieler haben wir Zimmer im zweiten Stock bekommen, da viele befürchteten, das seit langem leeerstehende, außergewöhnlich hohe Gebäude könnte einstürzen. Da war es schon besser, der Erde näher zu sein.

Vadim, Andrjunja und ich bezogen ein Dreibettzimmer, und der arme Igorëk mußte das Zimmer mit Ljalin und Chrapčenko teilen.

»Entschuldige«, sagte der Brigadeleiter bei der Zimmereinteilung mit ungewöhnlicher Schüchternheit, »es gibt keine Vierbettzimmer … Gib acht … Sei nicht zu freundlich. Vor allem zu Ljalin.«

Am ersten Abend, nach der Vorstellung, haben wir selbstverständlich den Auftakt des Gastspiels gefeiert. Im Hotelrestaurant war ein kleines Bankett vorbereitet. Das Stadtoberhaupt von Sajanogorsk war anwesend, Leute aus der Kulturabteilung, ein paar Prominente sowie der Direktor des Kulturpalasts mit seinem roten Gesicht. Ansprachen wurden gehalten, Gedichte rezitiert. Unser Dubravin hat sich um eine würdevolle Dankesrede bemüht und versprochen, weitere Gastspiele in der »ruhmreichen Stadt der Energiewirtschaftler und Romantiker« abzuhalten, vielleicht sogar jeden Monat ... Zu essen gab es nichts, statt Wodka haben sie neunprozentigen Rotwein kredenzt, was uns veranlaßt hat, schleunigst aufs Zimmer zu gehen, um dort anständig zu feiern. Draußen tobte ein Schneesturm, die riesigen Fensterscheiben ächzten unter den Windböen. An einen Spaziergang zum Ufer des Enisej, an ein Lagerfeuer war nicht mehr zu denken.

»Gut gemacht«, sagte Andrjunja beim Anblick von Wodka und Essen, das Vadim und ich in einem nahen, rund um die Uhr geöffneten Laden gekauft haben und auf den Tisch stellten. »Dort sitzt man wie ein wildfremder Trottel herum und wartet nur darauf, daß sie endlich mit ihrem Gefasel aufhören und sich über ihren Rebensaft hermachen.«

Der Brigadeleiter erfreute uns mit der Nachricht:

»Larisa Volkova hat versprochen vorbeizukommen. Ich habe für sie eine Flasche süßen Wein geklaut.«

»Super! Mit Mädchen zusammen ist es immer gemütlicher«, Andrjunja hat über das ganze Gesicht gegrinst. »Wir könnten auch die Kostümbildnerinnen einladen, Olga oder die Vertretung von Ksjucha.«

»Die wollen nicht.«

»Blöde Weiber ...«

Übrigens, kurz vor der Abreise haben wir in allen Friseurläden von Minusinsk eilig nach einem Ersatz für die verschwundene Ksjucha gesucht. Man hat ein junges (ziemlich hübsches) Mädchen gefunden und so halbwegs angelernt ... Ja, die Neue ist in Ordnung, vielleicht bleibt sie im Theater, falls Ksjucha ernsthaft in der Klemme sitzt. Dann werde ich mich an sie heranmachen ...

Wir haben nicht sehr animiert getrunken, jeder hat, ohne es offen zuzugeben, ungeduldig auf die kleine, hübsche Schauspielerin Larisa Volkova gewartet ... Immer, wenn Petračenko sein Lied über die Verlogenheit der Schauspielkunst anstimmt, habe ich ausgerechnet sie vor Augen. Larisa spielt ihre Rollen so aufrichtig, daß nicht nur ich, sondern auch viele andere fast in Tränen ausbrechen – die Schwermut kratzt so richtig an der Seele. Dann gehe ich möglichst weit weg von der Bühne, damit ich sie nicht sehe, damit ich die von einem fremden, längst verstorbenen Autor ausgedachten Worte nicht hören muß, die sie voller Gefühl spricht und die sie zum zwanzigsten, zum fünfzigsten Mal aufrichtig durchlebt ... Es heißt, sie ist sehr talentiert, und nach den drei Spielzeiten, die sie am Theater gleich nach der Schauspielschule verbracht hat, ist sie fast unersetzlich geworden – sie spielt praktisch in jeder Aufführung.

Über den Teppich auf dem Gang das Rascheln von vielen Schritten. Stimmen.

»Die sind fertig mit ihrem Bankett«, vermutete Andrjunja. »Sicher haben sie vereinbart, daß wir hier eine Filiale eröffnen!«

»Und du bleibst im ruhmreichen Sajanogorsk«, hänselte ihn der Brigadeleiter sofort, »und wirst der Chef von den Bühnenarbeitern hier.«

Andrjunja wollte ihm gerade eine angemessene Antwort geben, da klopfte es. Vadim ist aufgesprungen.

»Ich schau nur kurz vorbei, Jungs«, sicherte sich Larisa ab, noch bevor sie eingetreten war, und bewunderte von der Tür aus unser Zimmer. »Ach, ihr habt ein Appartement! Luxus! Tatjana und ich sind zwar nur zu zweit, aber ... Die Wände haben Riesenflecken, die Tapeten sind lose ...«

Man hätte glauben können, daß sie in Minusinsk in einem

schneeweißen Palast mit Swimmingpool und Baldachinen wohnte … Vadim wuselte vor ihr herum wie ein Lakai.

»Setz dich hierher, Larisa. Wir haben extra für dich Wein aufgehoben … Was ist mit dem Bankett?«

»Bankett! Pfui!« Die Schauspielerin hat verächtlich das hübsche Gesicht verzogen. »Genug, genug«, stoppte sie den kleinen Strahl Wein, der in ihren Plastikbecher floß, »das Märchen morgen ist anstrengend. Ich muß Purzelbäume schlagen, rumlaufen … Die Märchen kosten mehr Energie als die normalen Vorstellungen.«

Vadim wollte sie ganz ungeniert aufreißen. Hat ihr, selbstverständlich nur im Rahmen seiner Möglichkeiten, tolpatschige Komplimente gemacht. Andrjunja konkurrierte mit dem Brigadeleiter. Mich hat das aus irgendeinem Grund geärgert, ich hatte das Bedürfnis, unerwartet etwas Rüpelhaftes zu sagen … Ich habe das lebhafte, attraktive, junge, aber durch die Schminke schon ein wenig mitgenommene Gesicht von Larisa betrachtet, ihrer melodischen und gleichzeitig gekünstelten, enervierenden Stimme zugehört. Mit dieser Stimme teilte sie uns ihre künstlerischen Pläne mit:

»Ich möchte im Sommer die Aufnahmeprüfungen für das Moskauer Theaterinstitut bestehen. Dubravin ist einverstanden, er ist sicher, daß ich Talent habe.«

»Was heißt Talent, ein gewaltiges Talent!« korrigierte sie Vadim.

»Recht hast du, Larisa, das wäre eine ernsthafte Sache!« schaltete sich auch Andrjunja ein.

»Falls ich es schaffe, in Moskau Fuß zu fassen, werde ich mir dort auch ein Engagement suchen. Was habe ich hier verloren? Aber«, Larisa bremste sich gleich wieder, »beschreien wir's nicht.«

»Genau«, sagte ich, während ich den Jungs Wodka in die Plastikbecher füllte. »Trinken wir auf unsere grandiosen Wunschträume!«

»Ich kann ... ich kann nicht mehr«, meldete sich der jetzt schon betrunkene Igorëk zu Wort, stand auf, verlor beinahe das Gleichgewicht und klammerte sich an die Lehne des Stuhls.

»Warte, Igorëk, das letzte Glas. Komm, auf die Wunschträume! Das ist heilig!«

»Nein, ich kann nicht ... Ich gehe schlafen ...« Mit Schluckauf taumelte Igorëk aus dem Zimmer.

Kurz danach wollte auch die kleine Schauspielerin weg:

»Ich muß ins Bett. Morgen habe ich das anstrengende Märchen ...«

»Hör auf! Wir haben noch so viel Wein, so viel zu essen!« Vadim reichte ihr einen kleinen Teller mit einem aufgeschnittenen, gelben Apfel. »Larisa, Liebling, noch ein ganz kleines bißchen! Reden wir noch.«

Aber sie ist trotzdem gegangen. Schweigend haben wir den Wodka ausgetrunken, dann den Wein, das Licht ausgeschaltet und sind ins Bett gegangen. Der Brigadeleiter fing an, mit böser, erregter Stimme zu phantasieren, in welchen Stellungen er Larisa Volkova ficken würde. Allmählich stimmten Andrjunja und ich mit ein. Und da entstand ein unheimlich erregendes, fast reales Bild. Mir kam es so vor, als würde es das Mädchen mit Vadim oder Andrjunja in ihren Betten treiben und als würde sie gleich unter mir oder – besser – über mir auftauchen. Eine nackte Amazone auf einem jungen Hengst ... Bemüht, keine Geräusche zu machen, habe ich mein in der Faust zusammengepreßtes, mit Blut und Kraft gefülltes Glied masturbiert und mich schnell in einen Zipfel des Lakens ergossen.

Beim Einschlafen spürte ich den heißen, glatten, prallen Körper des wunderschönen Mädchens neben mir.

Am Sonntag sind wir spätabends nach Minusinsk zurückgekehrt. Das Abladen des Lastwagens haben wir auf Dienstag verschoben.

Mit letzter Kraft habe ich mich bis zum Wohnheim geschleppt, Lëcha war natürlich da. Der blaue Fleck war fast aus seiner Visage verschwunden, dafür hatte er ein neues Problem.

»Und was jetzt? Wie soll ich ihnen helfen?« legte er gleich mit seinem Gejammer los, ohne nach dem Verlauf des Gastspiels zu fragen. »Soll ich Nachttöpfe schleppen? Ach, so ein Mist ... Scheiße!«

»Was ist schon wieder los?«

Er liest mir das Telegramm vor:

»Komm zum Abschied, es geht uns sehr schlecht, das Geld für die Reise habe ich ans Theater geschickt. Mama. – Was sagst du?«

Ich schweige. Geschockt und gleichzeitig froh, daß Lëcha, wenn auch für kurze Zeit, ein, zwei Wochen abwesend sein könnte. Ich wäre ein bißchen allein ... Um irgendwie zu reagieren, antworte ich:

»Ziemlich unangenehm.«

Und sofort ergießt sich ein Wortschwall über mich:

»Vielleicht soll ich mich einfach drücken? Ich kriege das Geld und schicke es zurück. Was? Ich schicke ein Telegramm, daß ich arbeite, nicht kommen kann. Was? Ich gehe dort vor die Hunde, Romka, ich spüre das! Was soll ich dort tun? Ich habe dort keine Chance. Soll ich vielleicht auch in die Grube kriechen? Na ja, ich habe den Führerschein, ich könnte Lastwagen fahren, aber … kann ich das überhaupt schaffen? Ich werde vor lauter Frust extra einen Unfall bauen … Ich will nicht weg … Meine Eltern, na und? Sie haben sich das Leben verschissen, und jetzt rufen sie mich, damit ich ihnen helfe, ihr Leben zu Ende zu leben. Mist, ich will selbst leben! Wenn die Sache mit der Buchhalterin klappt, kann ich wenigstens einmal so richtig draufhauen. Ich fahre einfach nicht, oder? Zum Teufel mit der Sohnespflicht! Was haben sie sich denn gedacht, als sie mich gezeugt haben? Ich habe sie nicht darum gebeten, aber wenn ich schon auf der Welt bin … Warum muß ich auch so leiden wie sie?«

»Warte«, ich versuche, das Thema zu wechseln. »Hast du was von Ksjucha gehört?«

»Was gehen mich diese ganzen Ksjuchas an?! Mir reichen meine eigenen, verdammten Scherereien!«

Aber, wie so oft, wenn er genug rumgebrüllt hat, erzählt Lëcha begeistert von den Problemen anderer Leute. Heute von Ksjucha und Pavlik:

»Kurz gesagt, jetzt hat es diesen Idioten erwischt. Fünf Jahre wird der sicher keine Gelegenheit mehr zum Lesen haben. Haha, abgesehen von der eigenen Anklageschrift! Was passiert ist? Die haben einen Geschäftsmann ausgeraubt. Im Theater und hier, im Wohnheim, habe ich verschiedenes gehört, aber man kann's kaum glauben – die Geschichte ist viel zu komisch. Nein, wirklich, wie in einem billigen Film … Also, Pavlik hatte einen Kumpel, der hatte ein Auto. Pavlik, Ksjucha und dieser Kumpel sind eines Abends zu dritt zum Haus eines Geschäftsmanns gefahren, haben sich Strümpfe über die Köpfe gezogen und Spielzeugpistolen rausgeholt. Diese chinesischen, die sehen aus wie echte … Mit einem Wort, sie sind bei dem Geschäftsmann eingebrochen, haben ihm und seiner Frau befohlen, sich auf den Boden zu legen, haben sie gefesselt, haben die Bude durchsucht und angeblich fünftausend Rubel und noch irgendein Zeug gefunden ... Dann sind sie abgehauen. Es hätte vielleicht geklappt, wenn sie nicht von der Verkehrsstreife angehalten worden wären. Reiner Zufall, die wollten nur die Papiere kontrollieren, aber die Jungs haben Gas gegeben. Die Bullen sind ihnen nach. Die haben sie hoppgenommen. Die Logenschließerin hat mir das erzählt, ihr Sohn – merk dir das, du Hund! – arbeitet bei der Staatsanwaltschaft ... Ksjucha kommt anscheinend auf Bewährung raus, aber Pavlik wird die volle Länge abkriegen. Außerdem haben sie Drogen in seinem Zimmer gefunden ... Gefällt dir die Geschichte?«

»Ja«, seufze ich, »so was von Idioten gibt es selten.«

»Na ja, so einfach ist das nicht. Man muß genau unterscheiden ... Ich liege seit drei Tagen herum und denke nach. Man muß die Sache klug durchziehen. Mit Köpfchen! Das betrifft auch unsere Buchhalterin. Wichtig ist, daß nur wir vier Bescheid wissen, daß es keine nervöse Hektik, keine Pannen gibt ... Schau, wenn es bei denen geklappt hätte – fünf Riesen, das ist nicht schlecht, aber im letzten Moment haben sie selbst alles vermasselt ...«

Ich bin froh, daß Lëcha von der bevorstehenden Reise zu seinen kranken Eltern abgelenkt ist, ich ziehe mich aus und haue mich ins Bett. Mein Zimmergenosse kommt ins Schwärmen:

»Man muß die Sache ernsthaft vorbereiten. Das Risiko auf Null reduzieren ... Sie haben fünftausend Rubel geklaut. Das heißt – tausendsiebenhundert pro Kopf. Nicht schlecht, was? Dazu noch Gold, Wertsachen ... Wenn es mit der Buchhalterin klappt, kriegt jeder von uns mindestens tausend Rubel. Auch kein Witz. Wo will man die Kohle sonst hernehmen, nur hundert Rubel zum Beispiel? Nicht mal zehn Rubel bekommt man einfach so geschenkt, aber man muß doch irgendwie existieren.«

13

Drei Viertel zwölf. Von allen Seiten bläst ein eiskalter Wind. Aus irgendeinem Grund wollte ich zu Fuß von der Arbeit nach Hause gehen – wollte ein bißchen spazieren –, und jetzt verfluche ich mich, stecke den Kopf unter den Kragen, bewege die erfrorenen Finger.

Die Straßen sind leer und finster. Die Fenster der Häuser sind dicht mit Fensterläden verrammelt, die Fensterläden werden innen von Stahlhaken gehalten und diese wiederum sind ganz fest in die Wände geschraubt. In den Höfen knurren aggressive, bissige Kettenhunde. Über den hohen, blinden Zäunen ist Stacheldraht gespannt. Das sind sichere Festungen, da kommt keiner rein ...

Ich will nicht ins Wohnheim. Ich halte es nicht mehr aus, alles ekelt mich dort an: der jammernde Lëcha, die rissige Decke, der Gestank der Toiletten, das schwache Flackern der Leuchten, die fast schon den Geist aufgegeben haben, das leere Fensterbrett in der Küche ... Aber wohin? Warum bin ich zu Fuß gegangen? Nein, ich hatte einen Grund. Ich muß woanders hin, auf keinen Fall ins Wohnheim. Ich muß das Gewöhnliche, Überdrüssige, Alte abstreifen. Muß ein anderer werden, der allen fremd ist. Sogar mir selbst. Vor allem mir selbst.

An der Kreuzung der Trudovaja- und der Mičurin-Straße bleibe ich stehen. Vor mir strahlt mit all seiner Festbeleuchtung das Handelszentrum, zwinkert verlockend mit den bunten Lichterketten in den Auslagen der Kioske. Aber ich will nicht hin. Was soll ich dort? Dort gibt es nichts für mich. Auch nicht das Mädchen mit dem glänzenden, kastanienbraunen Haar. Oder ich begegne ihr nur deshalb nicht, weil sie nicht für mich bestimmt ist. Sie ist für jemand anderen da ... Zum Teufel mit ihr ...

Ich sehe nach oben. Über meinem Kopf hängt der farblose Himmel, weder dunkel noch hell, weder hoch noch niedrig. Unklar, was das sein soll. Ab und zu fällt etwas runter. Regen oder Schnee ...

Ich ziehe eine Schachtel Zigaretten aus der Tasche, will eine anzünden, aber im letzten Augenblick wird mir klar, daß ich keine Lust habe zu rauchen. Ich möchte etwas anderes ... Stecke die Zigaretten wieder ein. Vielleicht bin ich krank ...

Wie wäre es, wenn ich zum nächsten Haustor gehe, an die erste Tür klopfe:

»Guten Tag! Da bin ich.« – »Oh, kommen Sie bitte herein! Bleiben Sie. Wir haben so auf Sie gewartet. Lassen Sie uns Freunde werden!«

»Grüß dich«, Šura Rešetov lächelt schief, aber aufrichtig. »Du kommst gerade recht.«

»Darf ich?«

»Klar, was sonst.«

Šuras »gerade recht« beunruhigt mich ein bißchen, das könnte heißen, daß er gerade vorhat, zu trinken oder zu kiffen. Aber danach ist mir im Augenblick überhaupt nicht, ich möchte – wie seit Urzeiten nicht mehr – gemütlich und leise beim Licht einer Tischlampe oder, noch besser, bei Kerzenlicht ein bißchen plaudern. Dummes, kindisches Zeug erzählen und mir auch so etwas anhören. Die ganze Nacht bis zum Morgen. Und dann den Sonnenaufgang beobachten, bewundern, vor Begeisterung erstarren ... Solche Nächte liegen weit zurück, sind in jene Vergangenheit versunken, als ich das Saufen noch nicht gekannt habe, als ich mir keine besonderen Gedanken über Mädchen gemacht habe, mir dafür aber fieberhaft, bis mir der Kopf weh tat, das Hirn über den Sinn des Lebens zerbrochen habe oder darüber, wie ein Telefon, ein Fernseher, ein Recorder funktioniert. Ob das Weltall eine Grenze hat und wie die aussieht und was dahinter liegt ... Heute hätte ich Lust, wieder mal über so einen Quatsch nachzudenken.

Šura, als hätte er meine Gedanken gelesen, lächelt mich vertraulich an und nickt:

»Laß uns ein bißchen dasitzen, entspannen. Genießen wir den heutigen Tag. Morgen wird es schneien.«

»Schneien?« staune ich. »Woher willst du das wissen?«

»Die Witterung, allen Anzeichen nach kommt Schnee.« Und als er mich in sein Zimmer führt, erklärt er:

»Ich habe doch so viele Jahre unter freiem Himmel verbracht, Romyč. In den eigenen Wänden wird man kein Maler, man braucht Luft, Freiheit.«

Er ist absolut nüchtern und wirkt plötzlich viel jünger, trotz seines Barts und seiner Falten; er ist hager, aber kräftig. Und mir jetzt sehr nah, genau der Mensch, an den ich vor einer Viertelstunde an der Kreuzung Trudovaja- und Mičurin-Straße gedacht habe ...

»Setz dich«, sagt Šura, »ich bringe gleich Tee. Kräutertee!«

»Aus welchen Kräutern?« erschrecke ich.

»Heilpflanzen aus der Taiga. Das ist der gesündeste Tee. Mit jedem Schluck tankst du unglaublich viel Energie, der Kopf funktioniert plötzlich … Gleich kannst du ihn kosten, er muß noch ziehen …«

Ich halte ihn zurück, grinse, und ohne zu wissen warum, bin ich gereizt:

»Das haut einen ja um. Du wirkst geläutert, Petračenko trinkt seit ein paar Tagen keinen einzigen Tropfen, und in mir gärt auch irgendwas … als würde gleich aus allen Poren die Scheiße rausfließen … Aber dafür bin ich dann rein wie ein Baby …«

»Morgen kommt der Winter, deswegen braucht man eine Reinigung. Man will die Hektik loswerden, sich besinnen. Die Natur selbst verlangt das. Ich mache Tee, dann reden wir.«

Šura verschwindet. Ich hole die Zigaretten raus, suche einen Aschenbecher, sehe keinen. Hm, kann es sein, daß Rešetov sich so der Entspannung hingegeben hat, daß er heute nicht raucht? Die können mich mal … Einmal lallen sie und fallen unter den Tisch, das andere Mal spielen sie Heilige. Ich reiße ein Streichhölzchen an, ziehe den warmen, ätzenden Rauch in meine Kehle.

Lege mich quer auf das Sofa, betrachte die riesige Stellage für die Bilder, die über die ganze Wand reicht. Unter den Leinwänden, vergoldeten Bilderrahmen und den alten, von Nägeln durchlöcherten Blendrahmen sehe ich eine grüne Mappe aus Zeltstoff. In ihr bewahrt Šura Gouachen auf, dort existiert eine kleine, bunte, märchenhafte, fast irreale Welt …

Ich streife die Asche in die Zigarettenschachtel, in der nur noch drei Zigaretten übriggeblieben sind. Zwei Schachteln habe ich noch zu Hause, das heißt im Wohnheim, das freut mich.

Auf dem Stuhl, der an die Wand angelehnt ist, steht ein angefangenes Bild: blauweiße, verschneite Felsen, hoch aufgeschossene, hagere Lärchen mit grauer, abgestorbener Verbrämung auf den raren, nur auf einer Seite des Stammes wachsenden Zweigen; ein schmutzig-rötlicher Himmel hängt tief über der Erde, durchbohrt von den Wipfeln der Bäume. Der untere Teil des Bildes ist noch unberührt vom Pinsel, da sieht man die nackte, in der Grundfarbe glänzende Leinwand.

»Der Tee«, sagt Šura zärtlich, während er mit zwei riesigen, mit Untertassen bedeckten Gefäßen eintritt. »Ich trinke schon den dritten Tag nur diesen Tee. Eine tolle Sache ... enthällt alle nötigen Nährstoffe. Und du hast fast keinen Hunger ...«

Unter den Untertassen dringt Dampf hervor. Die Luft füllt sich schnell mit dem Aroma des Kräutertees. Ich erinnere mich an die Vorratskammer im Haus meiner Großmutter, in der von der Decke die verschiedensten Kräuterbüschel herunterhingen. Der würzige, aber angenehme Geruch kitzelte in der Nase, es wurde einem ein wenig schwindlig und man stellte sich irgendwelche geheimnisvollen, bemoosten Lebewesen in dunklen Winkeln vor. Nicht furchterregend, sondern angenehm warm ... Ich dachte an die Taiga im Herbst, vor dem Kälteeinbruch. Auch sie geheimnisvoll, ruhig und gutmütig, sich ohne Eile auf einen langen, stillen Schlaf vorbereitend ...

»Ich war schon lange nicht mehr in der Taiga«, sage ich. »Als Kind haben mich meine Eltern oft mitgenommen zum Pilzesammeln, Beerensammeln, oder wir sind einfach so hingefahren ... Vor kurzem hatten wir ein Gastspiel in Sajanogorsk und haben in den Bergen eine Rast gemacht. So schön ist es dort, aber auch deprimierend ...«

»Die Taiga ruft, lockt einen«, nickt Rešetov. »Sie rettet uns alle.« Er nimmt die Untertasse ab, schlürft laut das heiße Getränk, räuspert sich genüßlich und redet weiter:

»Aus der Taiga bekommen wir die größte Menge Sauerstoff, die energetische Nahrung. Nimm als Vergleich den Wald um Minusinsk, der ist nur ein Sandkorn, ein kleiner See. Aber die Taiga ist ein Ozean. Man läuft einen Monat lang und glaubt, man hätte nur zehn Schritte gemacht. Ich meine das in bezug auf ihre Ausdehnung – was die Lebensqualität betrifft, kann ein Monat in der Taiga das ganze Leben in einer Stadtwohnung aufwiegen. Denk an die weisen Männer, die sind alle in die Taiga geflüchtet …«

Ich trinke einen Schluck von der bittersüßen, würzigen und eigentlich nicht gut schmeckenden Flüssigkeit, stelle die Tasse auf den Tisch. Das Gespräch über die Taiga ist mir nicht sehr angenehm – ich höre etwas Verlogenes, Süßliches, eine gewisse Borniertheit heraus. Es juckt mich zu fragen:

»Šura, wenn man dich jetzt plötzlich an einen Ort, zweihundert Kilometer von der Zivilisation entfernt, versetzen würde, wäre das der richtige Kick für dich?« Und komme zu einem existentielleren Problem:

»Du hast also jetzt ein nüchternes Dasein angefangen?«

»Nein, wieso …« Rešetov scheint in meinem Ton eine gewisse Ironie entdeckt zu haben. »Das ist nur eine kleine, hm, Verschnaufpause. Ich will den Organismus, das Hirn entschlakken.« Und fängt wieder mit seinen Betrachtungen an. »Romka, es geht im Prinzip nicht darum, ob du trinkst oder nicht trinkst, ob du kiffst oder nie auf Drogen warst. Darum geht es nicht. Das wichtigste ist die Kontrolle über dich selbst, daß du noch alles im Griff hast. Du sagst, Petračenko habe mit dem Saufen aufgehört … Gott sei Dank, Gott sei Dank … Nur warum? Warum hat er aufgehört?«

»Er will malen«, antworte ich. »Er hat künstlerische Ideen, Pläne … Anscheinend hat er die Nase voll vom Dekomalen.«

»Na ja, er hat einen undankbaren Job, das stimmt. Aber verstehst du, es geht nicht darum, ob man trinkt oder nicht, es geht um die Freiheit. Serëga hat sie verloren, und ich bezweifle, daß er sie je wiederfindet. Sogar wenn er als Bühnenmaler aufhört und alles andere sein läßt.« Rešetov nimmt einen Schluck Tee, sucht stotternd die passenden Worte. »Hm … ich zum Beispiel, manchmal saufe ich, kiffe bis zum Umfallen, aber im Endeffekt habe ich doch die meiste Zeit gemalt. Auf den ersten Blick sieht es aus wie die schrecklichste Saufphase, wie ein Totalausfall für zwei, drei Monate, aber wenn ich zur Besinnung komme und mich umsehe, entdecke ich plötzlich – schwups – ein paar neue Bilder. Dabei kann ich mich nicht erinnern, wann und wie ich sie gemalt habe. Das passiert irgendwie von selbst, verstehst du, so wie … bei einem Mondsüchtigen …«

»Toll«, grinse ich, »eine unbewußte Kreativität.«

»Wieso unbewußt … Im Gegenteil, das ist das tiefste Bewußtsein, das man mit nichts ausradieren, mit nichts verdrängen kann, ebensowenig, wie zu essen oder zu atmen … Obwohl es passieren kann, daß das Leben selbst den Spieß umdreht, und dann ist es mit einem Schlag aus mit der Kunst. Oder eine höhere Macht schneidet alles ab. Die Kreativität hängt sowieso an einem dünnen Faden, jede Sekunde kann der Faden reißen, und dann … dann ist es wie bei Petračenko … Dann kann man sich vollaufen lassen oder sich im Gegenteil mit einer brutalen Roßkur vor dem Saufen schützen – man kann nie wieder daran anknüpfen.«

»Da hast du recht, Šura. Als ich noch jung war, habe ich Gedichte und Liedtexte geschrieben … Wir hatten eine Band, haben sogar einige Konzerte gegeben. Aber es ist nichts daraus geworden.«

Rešetov seufzt mitleidig:

»Schade, schade. Vielleicht wäre das dein Lebensinhalt. Deine Berufung.«

»Könnte sein«, stimme ich zu, widerspreche aber sofort, ohne zu wissen, ob ich es ehrlich meine oder nicht:

»Nein, das waren Kindereien. Ohne Dichterei geht es mir auch gut … Übrigens, wo ist der Aschenbecher?«

Šura findet ihn unter dem Sofa. Drinnen die Reste dutzender Joints.

»Du hast aber vor deinem Anfall von Nüchternheit nicht schlecht geraucht!« staune ich. »Nach so einer Menge steigt jeder gern auf Tee um.«

Der Maler verzieht das Gesicht, Joints interessieren ihn im Augenblick nicht.

»Weißt du, Roman«, sagt er in einem ernsthaften, fast belehrenden Ton, »man muß in sich noch etwas anderes haben. Wie soll ich sagen … So einen inneren Angelpunkt, abseits vom Alltag. Man kann nicht nur von diesen nackten, alltäglichen Banalitäten leben. Das ist, als würde man sich den Tod holen, während man so dahingeht. Wie Selbstzerstörung, verstehst du?«

»Ja, aber was macht man, wenn man diesen verdammten Punkt nicht in sich hat? Man müßte einfach wegfahren, weit weg«, bricht mein sehnlichster Wunsch aus mir heraus. »Nach Petersburg … Dort habe ich vor dem Militär an der Technischen Fachschule zweieinhalb Monate lang eine Ausbildung als Fliesenleger gemacht … Damals war es leicht – man konnte ins Flugzeug steigen und war nach sechs Stunden dort. Man ist zu irgendeiner Lehranstalt gegangen, hat die Papiere eingereicht und einen Platz im Internat bekommen, dreimal am Tag zu essen, ein Stipendium. Aber jetzt …«

»Ich habe auch meine Träume«, seufzt Šura, »fast seit meiner Kindheit. Über Krasnojarsk bin ich nicht hinausgekommen … Ich möchte nach Tibet oder nach Japan. Weißt du, was für tolle Plätze es in Japan gibt! Ich meine das ursprüngliche Japan, bevor die Europäer hingekommen sind … Ich würde so eine kleine Japanerin heiraten, in eine Bambushütte ziehen und in aller Ruhe meine Bilder malen, nachdenken …«

»Šura, zeig mir die Gouachen, die aus der grünen Mappe.«

Er blickt mit Interesse auf seine Stellage, stochert mit dem Blick in seinen Werken und winkt ab:

»Lassen wir das. Das sind bloß Versuche, Romka, lauter armselige Versuche. Auf einen Erfolg kommen hundert Versuche, im besten Fall.«

»Zeig, tu nicht so.«

Rešetov tut, als habe er keine Lust, und holt die grüne Mappe von der Stellage, legt sie auf den Tisch, bindet die Litzen auf. Wie immer ist er ein wenig verlegen vor dem Vorzeigen, er räuspert sich, streicht sich über den Bart und erklärt:

»Das Thema ist hauptsächlich Südostasien. Phantasien … aus verschiedenen Jahren. Neue und solche, die ich vor etwa zehn Jahren gemalt habe. Reine Gouachen, oder mit Aquarellfarben gemischt, mit Ölfarben, mit Bronze …«

Er hat das erste Bild in die Hand genommen, gleichzeitig entfernt er die noch nicht fertiggemalte Leinwand vom Stuhl, kommentiert:

»Aus irgendeinem Grund habe ich das angefangen. Da unten kommt der Ojskoe-See hin. Kennst du diesen Platz im Sajangebirge?«

»Klar. Die Straße nach Kyzyl führt doch an dem See vorbei.«

»Ja, stimmt … Als ich an diese Gegend dachte, habe ich gleich angefangen, sie zu malen«, Rešetov betrachtet die Leinwand gleichzeitig kritisch und liebevoll. »Aber wenn man's recht überlegt, vergeudet man nur Material. Kein Mensch wird das kaufen, keinem wird es besonders auffallen. Ein kleines Landschaftsbild ... Aber ich muß es malen. Im Kopf pocht es und pocht: Du mußt es malen. So ist das.«

Er hat die Leinwand an den Fuß der Stellage gelehnt. Nimmt eine Gouache.

»Die hat vorläufig keinen Titel ... Der Arbeitstitel lautet ›Das Pflanzen von Reis.‹«

Menschen mit spitz zulaufenden Hüten aus Schilf auf dem Kopf beugen sich über den schmutzigen Boden, stehen bis zu den Knien im Morast, in den Händen Büschel von Grünzeug. Ein Büffel, eingespannt in einen Pflug, bewegt sich, den dicken Hals vorgestreckt, mit Anstrengung und ganzer Kraft über das sumpfige Feld. Der graubraune Ton überwiegt, nur das zarte Grün des Pflanzguts erfreut das Auge ... Auf dem nächsten Blatt liegt eine mollige, verträumte Thailänderin in lockerer Pose auf einem mit einem gemusterten Tuch bedeckten Sofa, ihre Augen sind halb geöffnet, zwischen den Fingern der rechten Hand steckt das lange Mundstück einer kleinen Pfeife; ein spitzer, kleiner Schuh hängt an den Zehen ihres Fußes. Das ganze Zimmer ist mit rosa und blutroten Blättern bestreut.

»Der Mohntraum«, flüstert Šura, seufzt, holt ein neues Blatt und kommentiert wieder lebhaft:

»Das ist ›Lhasa‹. Gilt als die Hauptstadt von Tibet.«

»Ich weiß, ich weiß, ich habe in Geographie eine Zwei gehabt ...«

Niedrige, aus Steinplatten gebaute Häuschen mit flachen Dächern. Wie Bauklötzchen von Kindern. Die Fenster – schmale, schwarze Ritzen. Die Häuschen klettern über den Hang des

Berges hinauf, anstelle von Gärten verkümmerte, kleine, nackte Bäume. In der Ferne ein rauher, schneebedeckter Gipfel, der dem Mount Everest und auch dem Fudschijama ähnlich sieht …

»Es ist unmöglich«, setzt Šura das vor einer halben Stunde unterbrochene Gespräch fort, »in der Realität, in der puren, irdischen Realität zu existieren. Hüte dich vor allem davor, dich in dieser Realität ohne Sicherungsseil zu bewegen. Sonst wirst du dir nie aus der Patsche helfen – das merk dir! Besser, man ist total verrückt als absolut und ständig nüchtern … Ach, ich muß möglichst schnell ins Freie. Sauerstoff schnappen … Morgen soll ein Kunde zu mir kommen, der braucht ein neues Schild für seinen Kiosk. Das erledige ich, er zahlt, und dann ab auf den Tepsej …«

Der Tepsej ist ein Berg, etwa dreißig Kilometer von Minusinsk entfernt, er liegt am Ufer des Stausees von Krasnojarsk und ist der Lieblingsplatz der Maler. Sie haben dort eine Lehmhütte mit einem Ofen aus Steinplatten, irgendwo sind auch Angelgeräte versteckt. Dort erholen sie sich von der Zivilisation …

»Verstehst du, auf dem Tepsej vergeht die Zeit auf ganz andere Weise«, Šura redet und redet, und seine langsame Stimme kommt mir schon mystisch, wie aus dem Jenseits, vor. »Ein Tag dauert dort so lange wie ein ganzes Leben. Er zieht sich dahin, und jede Minute ist anders, du hast so viele Empfindungen, Gedanken – kein Vergleich mit dem Zustand, wenn du high bist vom Hasch … Unsere Vorfahren haben es zum Beispiel noch verstanden, im Lauf ihres Lebens Unmengen von Geheimnissen zu entdecken, massenhaft Gedanken zu erwägen, daher gab es auch unter ihnen echte Philosophen.

Und heute? Der Kopf wird ausschließlich mit Mist vollgestopft, du kapierst von Anfang an nichts und verreckst als Idiot …«

»Ja, du genießt ein paar Monate die Natur«, unterbreche ich ihn, »und dann kommst du sowieso zurück – zum Klo, zum Bad, zum Fernseher. Ein Gasherd ist auf alle Fälle bequemer als ein Lagerfeuer, da kannst du quasseln, wie du willst.«

»Schau!« Šura springt auf, löscht das Licht, schiebt den Tüllvorhang energisch beiseite. »Da ist er, der liebe Schnee.«

Ich drücke meine Zigarette aus, stelle mich neben ihn.

Draußen fallen große, flauschige Schneeflocken. Die nächtliche Atmosphäre weiß, verdichtet, das neungeschossige Haus von gegenüber ist verschwunden, man sieht kein Licht mehr.

»Ich habe irgendwo gehört oder gelesen«, sage ich, keine Ahnung, warum, »daß eine Schneeflocke, während sie fliegt, ein Wunder ist, einmalig und schön. Aber wenn sie zu Boden gefallen ist, zum übrigen Schnee, stört sie einen nur noch beim Gehen.«

»Ja, ja«, reagiert Šura unbestimmt und lustlos, und in seinen Augen leuchtet kindliches Entzücken.

Diese Begeisterung reizt mich noch mehr, provoziert mich zu bösen Worten:

»Du, Šura, du bist überzeugt, daß man kreativ sein muß, damit man sich vor der Realität schützen kann, sich nicht in ihr auflöst. Im Prinzip stimmt das vielleicht, aber weißt du, das ist ein Zeichen von Schwäche. Von Schwäche schlechthin. So hat man den Vogel Strauß in den Zeichentrickfilmen dargestellt: Der Vogel wird verfolgt, er rennt, rennt, und wenn er keine Kraft mehr hat, dann steckt er den Kopf in den Sand. Nach dem Motto – ich bin nicht mehr da. Genauso seid ihr … Ja, du bist Maler, ein guter Maler. Aber … dieses Lhasa, der Fudschijama, die Thailänderin ... Du kannst ja in Wirklichkeit nicht dorthin, und so versuchst du es wenigstens auf diese Weise. Stimmt's? Oder unsere Schauspieler. Die versuchen auch ständig, sich irgendwie ihre eigene, kleine Welt zusammenzubasteln und dann, wenn sie in dieser erfundenen Welt ein wenig Energie getankt haben, geht's wieder zurück in die Realität. Und die Zuschauer ... die sind auch ... wie der Vogel Strauß ... Ich würde das auch gerne machen, aber ... Schon gut, Šura, entschuldige, daß ich dich vollgequatscht habe. Ich gehe jetzt, morgen muß ich zur Arbeit.«

»In Ordnung«, der Maler nickt mit einer scheinbar verborgenen Freude. »Ich habe morgen auch zu tun, wenn der Kunde kommt. Dann kann ich was verdienen, kaufe mir was zu essen ...«

»Und dann fahre ich zum Tepsej, mich verstecken«, beende ich seinen Satz.

Rešetov schaltet das Licht ein und begleitet mich ins Vorzimmer.

Im Korridor des Heims, fast gegenüber von unserer Tür, hockt Lena, wiegt sich hin und her, als ob ein unsichtbarer Wind sie rütteln und umwerfen wollte. Über ihr der Hüne von Sašas Abschiedsfeier. Er sieht böse auf Lena herunter und verliert offensichtlich das letzte Quentchen Hoffnung, mit dieser Frau eine angenehme Nacht zu verbringen. Lenas Gesicht ist jünger geworden, rosiger, aber bösartig, mit bebenden Lippen. Ein wenig abseits steht Lëcha, verschlafen und mißmutig.

»Seht euch das an, die ist wieder total blau«, erklärt der Riese verärgert. »Zwei Stunden tu ich schon rum mit ihr, ich kann sie nicht ins Bett schleppen.«

»Alles klar«, antwortet Lëcha mit indifferenter Stimme.

Eine Weile stehen wir alle drei schweigend da, betrachten Lena, als würden wir etwas von ihr erwarten. Und sie schaukelt weiter mit erhobenem Gesicht und bebenden Lippen ...

»Gibt's was Neues von Saša?« frage ich den Hünen.

»Der macht einen Kurs, lernt, wie man Füße in Fußlappen einwickelt. Angeblich muß er am 23. Februar den Fahneneid ablegen. Dann geht's wirklich los ...«

»Der Schweinehund«, stößt Lena hervor. »Recht ... recht geschieht ihm ... dem Ungeheuer ...«

»Er hat Lena einen Brief geschrieben, sie hat ihn mir gezeigt, fünf Blätter«, fährt der Hüne mit dem Aussehen eines Neandertalers überraschend gewandt fort:

»Er bittet sie zu kommen, bittet um Entschuldigung ... weil er sie so schlecht behandelt hat.«

»Das stinkende Ungeheuer ...«

»Und sie«, er deutet mit dem Kopf auf Lena, »hat das Kind bei ihren Eltern abgeliefert, und so sieht das jetzt aus.«

»Das ist doch klar«, sagt Lëcha mit offensichtlicher Schadenfreude. »Sie rächt sich auf diese Weise an ihrem lieben Ehemann.«

»Wer kennt sich da schon aus«, der Hüne beugt sich ächzend zu ihr hinunter, will ihr auf die Beine helfen, Lena wehrt sich schwach:

»Laß ... laß ... besser so ...«

»Hör auf, Lena, steh auf. Geh ins Bett«, der Hüne versucht, seinem Baß einen zärtlichen Unterton zu verleihen. »Ruh dich aus ...«

Lena kämpft jetzt beherzter, schlägt mit ihren kleinen Händen fast auf den Kerl ein. Der hält sie, beruhigt sie – das war ein Fehler. Plötzlich unterbricht sie ihr jammerndes Gemurmel, ihre Augen werden rund, und eine Sekunde später sprudelt aus ihrem Mund eine kleine, trübe Fontäne. Ich weiche instinktiv zurück, Lëcha schnalzt genüßlich mit der Zunge.

»Scheiße!« Der Hüne hat Lena losgelassen, gegen die Wand gestoßen und versucht angeekelt und vorsichtig, mit der Hand seine nasse Jacke zu säubern. »Was soll das, du Drecksau? Was tust du?!«

Die durch den Lärm aufgescheuchten Nachbarn stecken ihre Köpfe aus den Zimmern heraus. Aber keiner beschwert sich.

Lena hockt verkrampft auf dem Fußboden, sie erstickt fast an der Kotze, es schüttelt sie, sie krümmt sich. Aus ihr ergießt sich wieder in Wellen die nach Wodka und Magensaft stinkende, klebrige Flüssigkeit. Man hat den Eindruck, sie habe mindestens drei Liter getrunken und nichts gegessen … Der Hüne steht völlig perplex an der Wand, guckt mal auf seine Jacke, mal auf die Kotzende. Man hat den Eindruck, als würde er ihr sofort, in der Sekunde, seinen stumpfnasigen Schuh mit aller Wucht auf den Schädel knallen.

Mir reicht's, ich gehe ins Zimmer, ziehe mich aus. Ich muß schlafen. Ich lausche noch lange, insgeheim mit Angst und Neugierde auf das Geräusch des Schlags wartend, und höre unmittelbar danach das wilde Kreischen von Lena, das Knurren des Hünen und das alles übertönende Gewieher von Lëcha.

14

In Minusinsk grassiert eine Grippeepidemie. Angeblich sind alle Krankenhäuser überfüllt, es gibt keine Medikamente. In jeder Ausgabe der Lokalzeitung »Macht der Arbeit« ist die

Kontonummer des Wohltätigkeitsfonds für den Ankauf von Medikamenten abgedruckt. Mehr als die Hälfte unserer Theatertruppe befindet sich im Krankenstand, die Vorstellungen für die nächsten zwei Wochen sind abgesagt worden.

Obendrein hat im Theater ein außerordentliches Ereignis stattgefunden. Die Schauspielerin Tanja Taroševa hat ihren Geburtstag gefeiert. Ich hatte seit dem Morgen nichts im Magen und war daher sehr schnell betrunken. Ich habe mich in unser Kabuff verkrochen, bin auf die Pritsche gefallen und ohnmächtig eingeschlafen. Wie sich später herausgestellt hat, war dies das einzig Richtige. Ljalin, unser schwuler Freund, hat nämlich nach dem Saufgelage Igorëk auf der Treppe abgepaßt, hat ihn gepackt und wollte ihn küssen, aber Igorëk konnte sich befreien und erzählte alles brühwarm unseren Jungs. Vadim, Andrjunja und Lëcha wollten die Angelegenheit klären, haben dabei aber ein bißchen übertrieben. Im Endeffekt wurde Ljalin mit einer gebrochenen Rippe, einer Gehirnerschütterung und noch irgendeiner Verletzung ins Krankenhaus eingeliefert. Gerüchten zufolge hat er die Sache bei der Polizei angezeigt …

Lëcha hat das Geld überwiesen bekommen und ist heute zu seinen Eltern gefahren. Über Abakan, denn aus Minusinsk fahren keine Züge nach Westen, und ich habe die Gelegenheit beim Schopf gepackt und bin einfach mitgefahren, um endlich wieder mal meine Bekannten in Abakan zu besuchen.

Auch in Abakan hat es eine Menge Veränderungen und Unannehmlichkeiten gegeben. Die Mutter von Oleg Šolin ist an Krebs gestorben, Sergej Anarchist hat sich scheiden lassen. Die beiden wohnen jetzt zusammen in Šolins Dreizimmerwohnung. Ihr ganzes Geld haben sie in zwanzig Kilo Erbsen und zehn Brotlaibe investiert. Der Anarchist hat das Brot geröstet.

So essen sie zweimal am Tag Erbsenbrei und müssen nicht hungern.

Šolin steht zappelig am Fenster, ich sitze im Lehnsessel, rauche genüßlich eine Filterzigarette, die ich auf der Straße geschnorrt habe. Der Anarchist lungert auf dem Sofa rum. Er hat seinen alten, zentralasiatischen Schlafrock mit den Paradeschulterstücken eines Obersten an, das rote Fallschirmjägerbarett mit dem Abzeichen »IRA« in den Nacken geschoben. Und liest hingerissen aus einem dicken Heft vor:

»Und da sind die letzten Kämpfer der Irisch-Republikanischen Armee in die Falle geraten. Nachdem sie sich in den Ruinen des Hafens von Belfast verschanzt hatten, wehrten sie heldenhaft alle Attacken der vor Wut rasenden, britischen Strafkommandos ab. Von der Bucht her kam das Trommelfeuer der Marine. Raketen und Bombenangriffe mähten viele der Kämpfer nieder, aber die Überlebenden lehnten jede Gnade seitens der Feinde ab. ›Freiheit oder Tod!‹ flüsterten sie mit rissigen Lippen. Im Hafen, auf der Spitze des Baukrans, wehte die grün-weiß-orange-farbene Flagge – das Symbol des freien Irlands.«

»Nein, sie wird nicht kommen«, sagt Šolin und wendet sich vom Fenster ab.

»Was?« Durch diese Replik unterbrochen, sieht der Anarchist Oleg fragend und fassungslos an, dann begreift er und winkt ab:

»Hör auf, Šolinberg, die wird schon kommen!«

»Nein, nein, ich habe sie verloren.«

Der Anarchist seufzt mit gespieltem Mitleid und wendet sich an mich. Wahrscheinlich zum fünften Mal höre ich innerhalb einer Stunde folgendes:

»Ich habe einen Roman geschrieben. Neun Tage habe ich

ununterbrochen geschuftet. Der Arbeitstitel lautet ›Die Freiheit!‹ Ich bin auf der ersten Seite abgetaucht und erst heute wieder aufgetaucht, nachdem ich den letzten Punkt gesetzt habe. Jetzt lese ich noch einmal.«

Und ich antworte zum fünften Mal:

»Du bist großartig, einfach großartig, Serëga.« Etwas anderes fällt mir nicht ein.

»So-o ...« Mit meinem bescheidenen Lob zufrieden, sucht er wieder konzentriert im Heft die Stelle, an der er die Lektüre unterbrochen hat. »So ... ja ... Am Himmel kreisten räuberisch die Schwärme der königlichen Hubschrauber ...«

»Serëga«, fleht Šolin mit kränklicher Stimme, »lies später vor. Ich halte es nicht mehr aus ...«

Der Anarchist klappt folgsam das Heft zu, läßt den Kopf auf ein Kissen fallen. Oleg geht im Zimmer auf und ab, bleibt immer wieder am Fenster stehen, schaut hinaus, dreht sich, da er die Erwartete nicht erblickt hat, wieder um und spaziert weiter im Zimmer auf und ab.

Die Wohnung ist noch genauso eingerichtet wie früher, als Olegs Mutter noch lebte. Selbstverständlich herrscht ein ziemliches Chaos, die Luft stinkt nach Tabakrauch, aber eigentlich gibt es keine Veränderungen. Alles erinnert an ein gemütliches Familienleben, Gegenstände haben doch eine viel höhere Lebenserwartung als Menschen.

Da ist eine Anrichte mit Tafelgeschirr für zwölf Personen und großen Kristallgläsern. Eine alte Nähmaschine, auf der Sterne und Ähren abgebildet sind, steht auf einem weißen, beinahe neuen Spitzendeckchen. An den Wänden zwei Bücherregale mit jener Auswahl an Büchern, die früher jede kultivierte, sowjetische Familie besessen hat: eine braune fünfundzwanzigbändige Ausgabe von Gorkij, Čechov in Grün,

Dickens, ebenfalls in Grün, ein hellblauer Blok, eine dreibändige, fliederfarbene Ausgabe von Bunin, einzelne Bände der Bibliothek der Weltliteratur, die abgenutzten Buchrücken der gebundenen Reihe »Klassiker und Zeitgenossen« … In der Ecke auf dünnen Beinen ein Schrank aus Furnierholz und Glas, ein Fernseher, Marke »Rubin«.

»So sieht's aus, Sen«, sagt Šolin zu mir, »jetzt bin ich ein richtiges Waisenkind. Ich bin allein … habe überhaupt keine Verwandten mehr.«

Noch vor zwei, drei Monaten war er ein wohlgenährter, blonder, sauberer Junge. Ich habe ihn auf einer meiner ersten Reisen nach Abakan kennengelernt. Damals wollte ich mir das Rockfestival ansehen, und es endete damit, daß ich selbst auch daran teilnahm, nachdem ich ein paar Musiker, die ich zufällig getroffen hatte, darum bat, mich zu begleiten. Šolin hat am Schlagzeug gesessen und etwas Passendes getrommelt. Nach unserem Auftritt haben wir zusammen eine Flasche Portwein getrunken, und er hat mir angeboten, bei ihm zu übernachten. Ich weiß noch, damals war er im ersten Studienjahr an der Fakultät für Mathematik und Physik der Pädagogischen Hochschule. Sogar im betrunkenen Zustand hat er sehr kultiviert gesprochen, massenhaft kluge Worte gebraucht, ist ständig vom Du zum Sie übergegangen … Innerhalb von wenigen Jahren hat er seine ganze Verwandtschaft verloren. Zuerst starb sein Großvater, ein Radiomoderator, dann sein Vater, und jetzt ist auch seine Mutter tot. Sie hat an einem Forschungsinstitut gearbeitet, hat sich mit der Geschichte der Chakassen beschäftigt und sogar im fortgeschrittenen Stadium ihrer Krankheit noch darüber geschrieben. Ich habe sie einige Male gesehen, als ich bei Šolin übernachtet habe, und mit jedem Mal glich sie zunehmend einer Toten. Oleg pflegte sie zweieinhalb Jahre lang, nahm sich Urlaub von der Uni, aber sie ist trotzdem an Magenkrebs gestorben …

Oleg blieb die Dreizimmerwohnung. Die Familie soll sie erst vor kurzem vom Staat bekommen haben, und jetzt – zack – ist von den Vieren nur noch Oleg da, und das mit zwanzig Jahren.

Diese Tragödien haben ihn stark verändert. Plötzlich ist er noch einmal in die Länge geschossen und abgemagert. Seine Haare sind irgendwie sehr schnell und chaotisch gewachsen, sehen wie Filz aus und sitzen wie eine schmutziggelbe Perücke auf seinem Kopf. Sein Gesicht trägt die Grimasse eines Märtyrers, Mundpartie und Stirn sind von tiefen Runzeln zerfurcht. Er bewegt sich irgendwie abrupt, zuckt, macht ein paar schnelle Gesten und erstarrt wieder, als ob er in Bewußtlosigkeit versinken würde. Dann erneut dieses Zucken, eine halbe Minute aktives Leben, und wieder tritt Starre ein. Man schämt sich irgendwie, ihn anzuschauen – als wäre er ein Invalide oder Krüppel …

»Hm«, brumme ich mein Beileid, und der Anarchist, ihm sei gedankt, versucht schnell, ihn zu trösten:

»Laß das, Šolinberg, denk nicht daran. Du bekommst sie sowieso nicht zurück. Du mußt dich aktiv mit einer Sache beschäftigen. Schreib etwas …«

Oleg setzt sich mit einem bitteren Lächeln an den Tisch und fängt an, eine Zigarette zu drehen.

»Mama hat den Tabak gekauft, um damit auf der Datscha die Blattläuse zu vergiften, und jetzt rauche ich ihn.«

Der Anarchist fummelt auf dem Sofa herum, nimmt wieder das Heft in die Hand, blättert darin. Wendet sich an mich:

»Gib mir einen Tip, wo ich meine ›Freiheit!‹ veröffentlichen könnte. Das ist doch ein nützliches Buch. Man muß es unters Volk bringen.«

»O Gott«, verzieht Šolin sein Gesicht, »so ein Dummkopf.«

»Schon gut, Oleg, ich habe überhaupt nicht mit dir geredet.«

Offensichtlich beginnen Oleg und Serëga, einander zu hassen. Ich kenne dieses Gefühl – auch mich hat mein teurer Zimmergenosse in diesen eineinhalb Jahren bis aufs Blut gequält ... Wenn man einen Feind haben möchte, muß man nur längere Zeit mit einem Menschen zusammenwohnen. Da ist man bald drauf und dran, ihn umzubringen.

Šolin drückt die Kippe im überfüllten Aschenbecher aus und zuckt zusammen:

»Schluß, ich kann nicht mehr. Ich gehe! Ich muß sie finden!«

»Heiliger Strohsack, wo willst du hin?! Kennst du wenigstens die Adresse von dieser Ženja?« explodiert der Anarchist. »Da hast du dir ein Objekt der Begierde ausgesucht. So ein Quatsch.«

Šolin hört nicht hin, er ist bereits im Vorzimmer, zieht die Schuhe an, nestelt nervös an der Jacke herum.

Die Tür schlägt zu. Er ist weg.

»Was für eine Ženja?« interessiere ich mich.

»Vorgestern hat er so eine Tussi mitgebracht«, erzählt der Anarchist. »Vierundzwanzig Stunden war er mit ihr in dem Zimmer da drüben, hat mich nicht hineingelassen ... Dann ist sie weggegangen und hat versprochen, heute früh wiederzukommen. Seit sechs Uhr hüpft er herum und jammert. Du kennst ihn doch, Hauptsache, er leidet ... Laß uns lieber über die Sache reden.«

»Über welche Sache?«

Serëga wechselt vom Liegen ins Sitzen, dreht das Heft in den Händen, guckt hinein, als würde er ein Wort suchen, mit dem er beginnen könnte, und fängt an zu reden:

»Sen, ich sage dir gleich, ich meine es sehr ernst. Ich habe auch früher viel darüber gequatscht, aber damals war es tatsächlich nur Gerede. Jetzt ist das mein Ernst. Kurz gesagt, ich schlage vor: Hauen wir ab nach Irland!«

Ja, das ist die fixe Idee des Anarchisten. Pausenlos trägt er sich mit irgendwelchen grandiosen Plänen, aber der unabänderlich wichtigste Plan ist – nach Ulster auszuwandern und der Irisch-Republikanischen Armee beizutreten. Irgendwann in seiner Kindheit hat er im Fernsehen ein von einem Plastikgeschoß verunstaltetes Kind gesehen, dann ein paar im Knast sitzende Iren im Hungerstreik, und seither kann er sich nicht beruhigen. Hat ein Dutzend Abzeichen mit dem Logo »IRA« gekauft, hat diese an seine Kleidung geheftet, hat Bücher über Waffen durchgeackert, und, da ihm die Möglichkeit fehlt, zur abgelegenen Insel abzuhauen, bereitet er nun, vorläufig nur verbal, Attentate vor – auf die Kirche, auf das Oberhaupt von Chakassien, Lebed jun., auf die Anhänger des Schriftstellers Tolkien, auf die Liberal-Demokratische Partei von Žirinovskij … Trotzdem fängt er immer wieder an, für die Reise nach Irland zu agitieren.

»Romka, sieh doch selber, in welcher Situation wir alle sind«, redet er wie ein Besessener auf mich ein. »Welche Perspektiven haben wir hier? Gar keine. Hast du irgendwelche Perspektiven? Nein, und ich noch weniger. Und Šolin auch nicht … Deswegen müssen wir entschlossen handeln. Alle großen Persönlichkeiten haben irgendwann etwas getan, was auf den ersten Blick verrückt war und – sie konnten sich emporschwingen! Schau: Wir steigen in den Zug und fahren als blinde Passagiere. Zuerst nach Novosibirsk. Das dauert nur vierundzwanzig Stunden! Dort habe ich einen Kumpel aus der Militärzeit. Bei dem ruhen wir uns aus. Dann bis

Sverdlovsk. Dort kenne ich zwar niemanden, aber angeblich gibt es eine große alternative Szene. Die werden uns helfen, stimmt's? Von Sverdlovsk nach Moskau – noch einmal vierundzwanzig Stunden. Das schaffen wir, Sen! Von Moskau geht es nach Minsk. Andere Leute haben schon die ganze Welt ohne einen einzigen Groschen bereist, und wir müssen nur achttausend Kilometer zurücklegen ... Polen, Deutschland, Frankreich, das machen wir zu Fuß. Und schon liegt er vor uns – der Ärmelkanal. Wir entern eine Jacht – dort gibt es jede Menge von Jachten –, und ab nach Irland. Machen wir das, ja? Sag ja!«

Der Anarchist ist vom Sofa aufgesprungen und steht in der Mitte des Zimmers. In seinem Schlafrock mit den Schulterstücken, mit seinem Barett, bärtig und hager, sieht er aus wie der Krieger einer unbekannten, winzigen Armee, die das Pamir-Gebirge überwinden muß. Alle sind schon deprimiert und verzweifelt, und der Anarchist ermuntert sie, indem er ihnen heiße Wortgeschosse entgegenschleudert:

»Wir treten der IRA bei, wir schlagen uns für die heilige Freiheit! Wir müssen doch letzten Endes siegen! Romka, begreife doch, wir brauchen nur den Sieg! Ich habe vor kurzem einen Bericht gesehen – die Situation hat sich wieder verschärft, lauter Vergeltungsmaßnahmen. Die werden total fertiggemacht, das Volk wird einfach vernichtet. Das ist doch im Augenblick das kleinste europäische Volk! Die leben dort wie im KZ! Fahren wir hin, Roman ...«

»Dann fahren wir lieber nach Tschetschenien«, ich versuche, ihn mit einem Scherz abzulenken. »Das ist näher, realistischer. Ist doch egal, wo man stirbt, oder?«

»Es geht doch nicht ums Sterben, verdammt noch mal«, sagt Serëga kleinlaut, »es geht um die Freiheit, um Ulster ...«

Draußen ein verschneiter Hof mit niedrigen, an Skelette von seltsamen Tieren erinnernden Pappeln, Schaukeln, einer Reckstange, Bänken für Mütter und Rentner. An drei Seiten des Hofs neungeschossige Häuser, an der vierten Seite ein Laden und Kioske. Der Laden und die Kioske sind voll von Wodka, Wein, gutem Essen ... Mir fällt ein, in irgendeinem Film ist ein Mann, der vor lauter Armut und Nüchternheit schon fast verrückt geworden war, in einen Laden eingebrochen, hat einen Liter Wodka ausgesoffen, eine Stange geräucherte Wurst gegessen und ist umgefallen. Im Knast hat es ihm nicht wirklich leid getan, daß er so dumm war. Er war der Ansicht, daß er so wenigstens ein paar Minuten lang glücklich war.

Man sieht keine Menschen. Seltsam, es ist doch hellichter Tag. Draußen ist alles verschlafen, frostig und still. Auf einem Pappelzweig sitzen Spatzen, aufgereiht und regungslos. Es kommt einem so vor, wenn noch eine Sekunde vergeht, dann werden sie wie erstarrte, kleine Klumpen in den Schnee fallen ... Ich beobachte den Hof, die Fenster des Nachbarhauses, den Gehsteig, ich suche etwas, aber ich weiß nicht, was.

Ich hüte mich vor einem Gespräch mit dem Anarchisten. Auf diese sinnlosen Gespräche (er wird nirgendwo hinfahren, daß weiß er selbst am besten) habe ich keinen Bock. Reden und sich ärgern und sich mit grandiosen Plänen täuschen. Novosibirsk, Moskau, Warschau, Paris ... Vielleicht sollte ich nach Minusinsk fahren, das Zimmer in Ordnung bringen und etwas Vernünftiges tun ...

Es läutet. Hektisch und ungeduldig. Der Anarchist geht, um die Tür zu öffnen.

»Das wird Šolinberg sein. Vielleicht hat er Ženja gefunden?«

Anstelle von Šolin tritt ein unerwarteter Gast ein – Jura Pikulin. Der sieht unglaublich vertrocknet, zerknittert und zerbrechlich wie ein verbranntes Streichhölzchen aus. Man könnte meinen, wenn man ihn nur kurz berührte, würde er zu Staub zerfallen.

»Grüß euch ... grüß euch!« preßt er heiser, mit Anstrengung hervor und setzt sich auf den erstbesten Stuhl. Bei jedem Ausatmen ächzt er:

»Ach, habt ihr ... habt ihr was zu rauchen?«

»Tabak ist da«, antworte ich, »zur Bekämpfung von Pflanzenschädlingen. Du kannst dir eine Zigarette drehen.«

»Ach, bitte, tu das für mich, nur nicht zuviel Papier, sonst ... ach ... sonst muß ich kotzen.«

»Was ist los mit dir?« fragt der Anarchist. »Haben sie dich verprügelt?«

»Aber was ... Ich habe einen fürchterlichen Kater. Drei Tage haben wir durchgesoffen bei ... bei Kovrigin. Heute bin ich zu mir gekommen ... ach ... und habe keinen einzigen Rubel mehr ... Dabei hatte ich fast dreihundert ... Sie haben mir irgendwas erzählt ... ich habe Sekt gekauft, ›Smirnoff‹-Wodka, Bier ... ach ... dunkles Bier ... Habe irgendwelche Cocktails erfunden ... Vorher das gleiche in Minusinsk ... mit Bondin ... Dem ist das Haus durch die Lappen gegangen ... Das hat schon ein anderer gekauft ... Jetzt will er zum Tepsej, dort leben ... ach ... wie ein Einsiedler. Ungefähr eine Woche lang haben wir diesen Entschluß gefeiert ...«

»Verstehe, verstehe«, der Anarchist nickt neiderfüllt. »Nicht schlecht.«

»Und jetzt ... da«, Pikulin zeigt seine entsetzlich zitternden Hände. »Habt ihr vielleicht ... habt ihr was zum Trinken, damit der Kater vergeht?«

»Hm, nein, wir hätten selbst nichts dagegen.«

Pikulin nimmt die gedrehte Zigarette, macht ein paar gierige Züge und erstickt fast vor Husten.

»Und ich habe einen Roman geschrieben«, der Anarchist kann sich nicht beherrschen, »in neun Tagen einen ganzen Roman! Sechsundneunzig eng beschriebene Heftseiten.«

»Und wovon handelt der?« fragt Pikulin absolut desinteressiert.

»Von Ulster. Die Befreiung der Stadt von den Okkupanten.«

»Ach so, ach so. Hast du diese Krankheit noch immer nicht überwunden?«

»Das ist keine Krankheit, Jura, das ist ein Ziel!«

»Na ja … ach, ja, ja …«

Langsam, aber unaufhaltsam dämmert es. Der Schnee ist bläulich geworden, die Pappel-Skelette spreizen ihre dunklen Knochen noch stärker auseinander, und die Mauern der Häuser sind heller geworden, die Quadrate der Fenster zeichnen sich schärfer ab. In den einen leuchtet ein gelbliches, gemütliches, irgendwie sattes Licht, in den anderen herrscht leblose, kalte Finsternis.

Der Anarchist hat gerade seine nächste feurige Rede über Irland beendet und uns am Ende dazu aufgerufen, das Notwendigste einzupacken und zum Bahnhof zu laufen. Pikulin und ich hüllen uns in Schweigen.

»Schade, daß ihr Jungs nicht mitmacht«, sagt der Anarchist deprimiert nach einer langen, erdrückenden Pause. »Wir haben hier nichts mehr verloren. Absolut nichts. Weder ich noch Roman, noch du, Jura. Wir sollten auch Šolin mitnehmen. Er wird doch auf jeden Fall auf der Straße landen …«

»Wieso auf der Straße?« fragt Pikulin lebhafter.

»Wie soll ich sagen ... Die sind dabei, ihm die Wohnung abzunehmen. Ständig kommen irgendwelche schweren Jungs vorbei und schlagen ihm einen Tausch vor. Er kriegt für seine Wohnung eine Einzimmerwohnung und fünfzigtausend Rubel. Ist doch klar, was das für ein Tausch ist. Wenn er die Papiere unterschrieben hat, setzen sie ihn vor die Tür.«

»Und was meint Šolin?«

»Gar nichts... Ich glaube, dem ist alles egal. Seit dem Tod seiner Mutter steht er unter Schock ...«

Jura rutscht auf dem Stuhl hin und her, zündet die Kippe einer Selbstgedrehten an.

»Sind das wirklich harte Jungs oder irgendwelche kleinen Fische?«

»Anscheinend harte Jungs. Aber die wollen selbst nicht auftreten, die machen das durch Strohmänner. Da kommt einer, Andrej heißt er, der behauptet, er sei ein Vermittler, der es gut meint ...«

Ein paar Minuten denkt Pikulin nach, Serëga, der Anarchist, starrt ihn an wie den Retter aus der Not. Dann sagt der Maler sachlich:

»Also, ich kann mir folgende Lösung vorstellen. Ich habe in Černogorsk ... das ist eine kleine Stadt, zehn Minuten mit dem Bus von hier entfernt ...«

»Klar, klar.«

»Also, in Černogorsk habe ich Bekannte. Die machen dort im Großhandel ihre Deals, auch hier haben sie Stützpunkte. Ihr Boß heißt Cedekovič. Ist euch dieser Name ein Begriff? Nein? Das kann ein Manko sein oder euer Glück. Stas Cedekovič ... Der ist eine Autorität. Also, ich kann mit Cedekovič ein paar intime Worte wechseln, der wird mir nichts abschlagen. Soll ich, Sergej?«

»Na klar ... Ich bin dafür. Du mußt es nur noch Šolin einreden. Der pfeift auf alle Vorschläge.«

Jura winkt ab:

»Wozu sollen wir ihn überhaupt informieren! Der kann im Augenblick keine Probleme brauchen. Wir erledigen das allein.« Dann wechselt er den Ton und fragt mit kläglicher Stimme:

»Hast du was zu futtern? Mein Magen schrumpft.«

»Eingeweichte Erbsen, man muß sie nur noch kochen.«

Der Hinweis auf Essen ruft in mir das Gefühl von Hunger hervor. Schnell schlage ich dem Anarchisten vor:

»Ich kann sie kochen.«

»Nein, ich mache das schon.«

Gegen sechs Uhr kommt Šolin. Zerzaust, betrunken, erschöpft. Taumelnd, sich an die Möbel klammernd, schleppt er sich zum Sofa und fällt schwer, mit dem Gesicht nach unten, darauf nieder. Eine Weile liegt er so da, dann wälzt er sich auf die Seite und schnarcht leise.

»Oleg! Oleg!« Pikulin rüttelt ihn. »Sag, wo hast du dich betrunken!«

»Laß ihn«, sagt der Anarchist stirnrunzelnd, »soll er schlafen. Gehen wir lieber in die Küche ...«

Wir löffeln den Erbsenbrei gemeinsam aus einem großen Teller, wie Mitglieder einer patriarchalischen Bauernfamilie. Ich zerkleinere die nicht gar gekochten Erbsen und betrachte das zahlreiche Küchengeschirr, das an den Wänden hängt und auf den kleinen Regalen steht. So viel Geschirr hat man gekauft, und bis auf die Töpfe und Löffel wird nichts mehr gebraucht ...

»Gut, gut«, schnurrt Pikulin, »mir geht's schon besser. Super ...«

»Füttert ihr euren Organismus?« Šolin steht wie ein Gespenst in der Tür, sieht uns mit blutunterlaufenen Augen an, schüttelt vorwurfsvoll den Kopf. »Kompliment ... Ihr unterscheidet euch nicht besonders von den Viechern ...«

»Setz dich, bitte, iß was«, antwortet der Anarchist mit der Stimme einer besorgten Tante, »du mußt Kraft schöpfen.«

»Danke, ich will nicht.«

Dann setzt er sich doch, holt aus der Hintertasche der Jeans eine Zigarette heraus, die sich als kaputt entpuppt. Šolin steckt sie weg. Fängt lustlos und wie gegen seinen Willen an, über seine Wanderung durch Abakan Bericht zu erstatten:

»Ich bin praktisch die ganze Stadt abgelaufen. Habe Menschen gesucht, Liebe, Freude. So in der Art ... Kolja Kidiekov plant eine Weltreise, Manankin bereitet eine neue Fernsehsendung vor, der hat mich auf einen Wodka eingeladen ...«

»Warte!« schreit der Anarchist. »Kidiekov will eine Weltreise machen?! Woher hat er so viel Geld?«

»Er fährt nicht allein, sondern mit dieser Folklore-Truppe ... Die brauchen seinen Kehlkopfgesang ...«

»Der hat aber Schwein!«

»Soll er fahren, sich die Welt anschauen«, Šolin zuckt verächtlich die Achseln, »mein Schicksal ist hier. Diese geliebte und verfluchte Stadt ist mein Planet. Diese Wohnung ist mein Land, die Zimmer sind meine Städte.«

Wenn die Jungs dich aus der Wohnung rauswerfen, dann verlierst du das Land und auch die Städte, fällt mir ein. Ich muß mich richtig zusammenreißen, um nicht zu lachen.

Ja, wenn es weder Kraft noch Möglichkeiten gibt, die Welt zu bereisen, dann ist die einzige, wenn auch armselige Alternative, vom Zimmer in die Küche, von der Küche ins Zimmer zu wandern. Diese Prozedur erfrischt, ermuntert und beruhigt ein wenig.

Wir sind mit dem Essen fertig und ins Zimmer übergesiedelt. Pikulin hat sich wie ein Toter auf das Sofa gelegt – die Hände über der Brust gefaltet –, der Anarchist dreht sich eine Zigarette, und Oleg, ein wenig nüchterner, zeigt mir aus irgendeinem Grund ein zerknittertes, abgewetztes Zeitungsfoto.

»Schau«, erklärt er, »was wir für eine Familie waren. Merkst du, mit was für einem hoffnungsvollen Blick wir in die Zukunft gesehen haben, aber in Wirklichkeit – ins Grab …«

Auf dem Foto sieht man einen fülligen, gutaussehenden, älteren Mann mit dichtem, grauem Haar, ein junges, hübsches Ehepaar – auf den Schultern des Mannes sitzt ein etwa dreijähriger, pausbackiger, lächelnder Junge mit einer Mütze aus Kaninchenfell auf dem Kopf. Alle blicken offen und fröhlich in die gleiche Richtung, und über ihnen wie ein Feuerwerk die Zeile: Ein glückliches neues Jahr 1980, liebe Abakaner!

»Das ist mein Großvater, Vasilij Georgievič«, sagt Šolin, irgendwie beängstigend liebevoll, »das ist Papa, Jurij Vasilevič, und das ist Mama …«

»Hallo!« Eine helle, angenehme Stimme zerschneidet die stickige Luft. »Wieso ist die Tür offen? Habt ihr keine Angst? Aha, ich verstehe, ihr seid wieder mal melancholisch …«

»Ja, Nataša, es gibt wenig Grund zur Freude«, seufzt der Anarchist. »Bald kommt die Nacht, und wir sind immer noch nüchtern.«

»Ist doch gut, wenn es nur immer so wäre!«

Nataša, ein fünfzehnjähriges Mädchen aus der Nachbarwohnung, frisch, hübsch und verführerisch wie die meisten Mädchen in ihrem Alter, geht mit leichten Schritten durch das

Zimmer, setzt sich auf einen freien Stuhl. Dann erklärt sie, als wäre das die freudigste Nachricht auf der ganzen Welt:

»Ich komme gerade aus dem Schwimmbad! Ich habe meine Alten herumgekriegt, daß sie mir eine Karte für ein halbes Jahr kaufen. Ich bin so geschwommen – einfach klasse!«

Man kann sagen, daß ich sie kenne, ich habe sie ein paarmal getroffen, als Šolins Mutter noch lebte. Nataša hat Oleg geholfen, sie zu pflegen. Damals war ich ganz verrückt nach der Kleinen ... Jetzt auch, selbstverständlich. Ich sitze wie auf der Lauer am Rand des Sofas, habe das Gesicht mit der Hand halb bedeckt, starre durch die gespreizten Finger auf Natašas Beine in den schwarzen Strumpfhosen, durch die ganz leicht ihre weiße Haut schimmert. Ich versuche, mir die Haut ihrer Beinen vorzustellen ... Glatt, unbehaart, keine Äderchen, kein Muttermal ... Wahrscheinlich das, was man früher als elfenbeinfarben bezeichnet hat. Ich weiß nicht genau, was das für eine Farbe ist, aber der Ausdruck ist schön ... Von ihren Beinen kriecht mein Blick höher, berührt die langen Finger, die spitzen Ecken ihrer Ellbogen, liebkost ihren Hals, der keine Falten, keinen einzigen Millimeter überflüssiger Haut aufweist, und tastet sich vorsichtig bis zu ihrem Gesicht vor.

Das Gesicht ist das wichtigste am Aussehen eines Menschen. Der wichtigste und der schutzloseste Teil. Ich glaube, die Moslems haben recht, wenn sie ihre Frauen dazu zwingen, das Gesicht zu verbergen, es vor der Sonne, vor dem staubigen Wind und vor den Blicken fremder Menschen zu schützen ...

»Nataša, meine Süße«, fleht Šolin jammernd, »umgib uns mit Wärme. Damit wir die Bitterkeit der ständigen Enttäuschungen leichter ertragen.«

Das Mädchen lächelt aufmunternd, zündet sich eine gut riechende Zigarette an. Šolin und der Anarchist haben bei ihr sofort eine Zigarette geschnorrt, ich habe mit beiden ausgemacht, daß ich sie aufrauchen kann.

»Was für Enttäuschungen, Oleg?« interessiert sich Nataša.

»Ach, ich habe heute begriffen, daß es keine Liebe gibt.«

»Haha! Und was gibt es an ihrer Stelle?«

»An ihrer Stelle? Es gibt, verzeih, den Geschlechtstrieb. Der kann mehr oder weniger stark sein, langwierig oder kurz ... Gestern war hier ein Mädchen, ziemlich nett und gar nicht dumm. Wir haben vierundzwanzig äußerst intensive Stunden miteinander verbracht. Wir haben geredet und auch ... das andere getan. Aber wenn wir geredet haben, hauptsächlich über erhabene Dinge – über die Malerei, über die Literatur –, dann konnte ich nicht wirklich verstehen, was sie redet und was ich selbst rede, denn mich hat ständig das Bedürfnis, sie zu streicheln, sie zu küssen, daran gehindert. Ich habe ihr nicht zugehört, sondern habe geträumt und sie bewundert. Ich bin mir sicher: so geht es allen. Und eine Weile später vergeht das, und die Menschen werden einander wieder fremd.«

»Vielleicht gilt das für einige nicht ganz normale Männer, aber für die Frauen ist etwas anderes wichtig!« haucht Nataša.

Mir haben Šolins Worte gefallen, ich empfinde dasselbe, wenn ich in Gesellschaft eines attraktiven Mädchens bin. So wie jetzt. Und deswegen frage ich ziemlich nervös:

»Und was ist da so wichtig?«

Es läutet. Der Anarchist brummt unzufrieden und geht die Tür öffnen.

Pikulin richtet sich ein bißchen auf dem Sofa auf und flüstert ein einfältiges Gebet:

»Wenn nur jemand mit Wodka käme, bitte, laß jemand mit Wodka kommen ...«

Der Anarchist hat ins Zimmer hereingesehen. Sein Gesicht wirkt besorgt.

Hinter ihm steht unauffällig ein langer, hagerer, ganz junger Bursche mit gepflegter Frisur, in einer Sportjacke. Der Bursche lächelt Šolin an, der geht folgsam zu ihm:

»Gehen wir lieber ins andere Zimmer.«

Sie sind weg. Der Anarchist ist zwischen dem Zimmer und dem Vorzimmer stehengeblieben.

»Wer ist das?« fragt Pikulin und blinzelt mißtrauisch. »Hörst du, Serëga?«

»Einer von denen ... habe ich doch erzählt. Bezüglich der Wohnung.«

»Diese Schweine«, seufzt Nataša. »Man sollte sie anzeigen. Sie machen ihn fertig ...«

»Wir können versuchen, die Sache selbst in den Griff zu kriegen.« Pikulin steht auf, guckt ins Vorzimmer und ruft laut:

»He, Sie, kommen Sie mal her!« Er sieht sich zum Anarchisten um:

»Wie heißt er?«

»Jura, hör auf!«

»Wie er heißt, habe ich gefragt!«

»Andrej, glaube ich.«

»He, Andrej, komm kurz her, sei so lieb!« Pikulin setzt sich auf den Stuhl in der Mitte des Zimmers, legt ein Bein über das andere.

»Nataša, darf ich dich um eine Zigarette bitten?«

»Ich habe nur noch zwei.«

»Ich brauche eine, damit ich wichtig aussehe!«

Widerwillig gibt ihm das Mädchen eine Zigarette. Der Maler raucht lässig, anscheinend will er irgendwelche Filmschauspieler nachahmen. Er wartet noch ein paar Minuten, dann ruft er laut:

»Andrej, mein Freund, laß mich nicht warten, ich bitte dich!«

»Das bringt nichts«, sage ich. »Das ist doch seine Sache …«

»Er kommt«, zischt der Anarchist.

Andrej betritt das Zimmer, hinter ihm müde, deprimiert Šolin.

»Grüß dich, Andrej!« schreit Pikulin und starrt den Strohmann frech an. »Wie geht's, wie steht's, wie laufen die Geschäfte?«

»Guten Abend …«

»Alles in Ordnung? Super. Ich wollte ein bißchen mit dir plaudern, Andrej. Setz dich, genier dich nicht.«

Der Junge mustert angeekelt das kleine, unansehnliche Männchen und dreht sich zu Šolin um:

»Ich verstehe nicht…«

»Laß das blöde Getue, du Schönling! Du verstehst alles, du Arsch!« bricht es aus Pikulin heraus, er ist aufgesprungen und hat sich eine Sekunde später vor Andrej aufgepflanzt. »Hör zu, du Witzfigur, du wirst dir jetzt meine Worte gut merken. Kapiert? Richte deinen Chefs aus, die Hütte ist bereits vergeben. Ihr mieses Gesocks, ihr habt hier überhaupt nichts verloren. Hier bin ich! Hast du kapiert, du Knirps? Mein Name ist, zu deiner Information, Cedekovič. Stanislav Cedekovič. Hast du diesen schönen Namen schon mal gehört? Nein? Schade, schade, mein Schönster. Merk ihn dir gut, deine Bosse kennen den Namen hundertprozentig. Und wenn es noch irgendeinen Stunk gibt, dann werden wir uns intensiver unterhalten müssen. Kapiert? Wenn ja – hau ab.«

Andrej hat sich die aufgeregte Rede ruhig angehört, zuckt

die Achseln und sagt mit süßlicher, latent bedrohlicher Stimme:

»Gut, ich werde es ausrichten. Alles klar. Gute Nacht.« Er verbeugt sich leicht und verläßt das Zimmer.

Die Wohnungstür ist zugefallen.

»Na, das war doch glaubwürdig?« Pikulin möchte unsere Meinung hören. »Der hat alles verstanden, die werden sich hier nicht mehr blicken lassen.«

»Es war überflüssig«, antwortet der Wohnungsinhaber mit tonloser Stimme, setzt sich auf das Sofa und stützt den Kopf in die Hände. »Aber, egal ... ich bin todmüde.«

Der Anarchist hat sich von seinem Schrecken erholt:

»Das hättest du nicht tun dürfen, Jura. Du verschwindest heute oder spätestens morgen, und was sollen wir tun? Hast du dir das überlegt?« Er geht zum Fenster, starrt in die nebelige Mischung aus Lichtern und Finsternis. »In der Nacht kann uns die ganze Bande überfallen, uns zusammenschlagen, damit wir nie wieder auf blöde Gedanken kommen ...«

»Hör auf«, läßt Pikulin sich nicht beirren, »piß dich nicht an!«

Aus irgendeinem Grund habe ich das Bedürfnis, das Feuer noch mehr anzuheizen:

»Stimmt, es könnte jede Sekunde losgehen. Hauen wir lieber für eine Nacht ab.«

»Leute, Schluß!« brüllt der vorlaute Maler. »Ich habe es goldrichtig gemacht. Man muß sich gegen das Pack wehren. Nataša, sag, die haben doch verstanden, die wissen jetzt, wer Cedekovič ist!«

»Ach, wir müssen was trinken.« Šolin hat die Hände vom Gesicht genommen und sieht das Mädchen an. »Nataša, in einer Woche kriege ich meine Waisenrente. Was?«

»Ich habe kein Geld.«

»Sehr schlimm ...«

Sergej, der Anarchist, hat die aktuelle Lage laut analysiert:

»Wir können nirgendwohin. Wir bereiten uns auf den Kampf vor. Die werden sich das nicht einfach gefallen lassen, sie kommen zurück.« Nachdem er sich im Zimmer umgesehen hat, rückt er das Barett zurecht. »Wir dürfen keine Zeit verlieren! Sie werden wahrscheinlich mit dem Auto kommen, direkt vor das Fenster. Werden die Treppe hochkommen. Das dauert nicht länger als eine Minute ... Erstens, wir brauchen einen Posten am Balkon. Wer macht das freiwillig?«

Pikulin hat das Gesicht verzogen und abgewunken:

»Ah, jetzt ist Irland dran.«

Ich habe die still gewordene, verdutzte, aber dadurch um so sympathischere Nataša beobachtet. Und wollte plötzlich etwas Heldenhaftes tun, in Gedanken habe ich die Mafia herbeigewünscht, habe mir ausgemalt, wie wir mit den riesigen Kerlen, die wie Schränke aussehen, kämpfen, wie ich das Mädchen rette, indem ich sie mit Hilfe von Bettlaken zur Straße abseile. Nein, noch schöner wäre, wenn ich dem Feind die auf sie gerichtete Pistole aus der Hand schlagen und den für sie bestimmten Schlag mit der Kette auf mich lenken könnte ...

»Sollen sie kommen, wir werden alle Attacken abwehren!« entfährt mir ein kriegerischer Schrei.

»Bravo, Roman! Also, wie viele sind wir?« Der Anarchist rennt im Zimmer auf und ab. »Eins, zwei ... fünf Leute! Nataša, dich ernenne ich zur Krankenschwester. Im Bad auf dem Fußboden liegt ein Kissenbezug, daraus muß man Binden machen. Roman, Jura, Šolinberg ...«

»Mir ist alles egal. Ich bin müde ...«

»Hör auf zu jammern! Es geht um Leben und Tod. Zumindest um deine Unabhängigkeit!«

»Wir werden mit Flaschen werfen«, ich zeige unter den großen Eßtisch. »Da liegen etwa dreißig Stück.«

»Und ich kann Messer werfen!« Auch Pikulin ist schließlich Feuer und Flamme für den bevorstehenden Kampf. »Ich treffe aus jeder Position zu neunundneunzig Prozent.«

»Ausgezeichnet, Jura, genial! Wir schlagen sie zurück! Nein, wirklich, wie lange soll man sich das noch gefallen lassen?! Freiheit oder Tod!« schreit der Anarchist, während er weiter von einer Ecke in die andere läuft, dann springt er zur Anrichte:

»He, Freunde, helft mir, sie hierher zu schieben. Die wird einen guten Schutz abgeben.«

Bereitwillig habe ich die Anrichte auf der anderen Seite gepackt. Mit Anstrengung geschoben. Zufällig hat mein Blick Nataša und Šolin gestreift. Das Mädchen beobachtet die Hektik mit finsterer Miene, Oleg holt lustlos die Flaschen unter dem Tisch hervor ... Die Füße der Anrichte knirschen über den Parkettboden, das Kristallgeschirr klirrt jämmerlich ...

»Aufhören, ihr Idioten!« Nataša hat es nicht mehr ausgehalten, ist aufgesprungen. »Ihr Trottel!«

Sie hat dem Anarchisten einen solchen Stoß versetzt, daß die Anrichte bedrohlich wankt und die Weingläser im Glasregal umgekippt sind.

»Ihr seid wahnsinnig! Nichts berühren! Still sitzen!« Natašas Schreie gellen uns wie kurze Feuerstöße in den Ohren. »Sitzen bleiben, habe ich gesagt!«

Pikulin plumpst auf einen Stuhl, glotzt mit großen Augen vor sich hin. Ich lasse die Anrichte los, richte mich auf.

»Sitzen bleiben, nichts berühren! Ich komme gleich.«

Šolin fragt skeptisch:

»Wo willst du hin? Zur Mafia?«

»Ich gehe und treibe Geld auf, damit ihr Idioten was zu trinken bekommt. Ihr seid komplett bescheuert! Besser, wenn ihr euch still betrinkt und schlaft …«

»Ehrlich, du kannst Geld auftreiben, Nataša?« versucht Pikulin sich mit ohnmächtig geschwächter Stimme zu vergewissern.

»Macht nur keinen Quatsch. Und du zieh dieses blöde Zeug aus.«

»Mach ich, mach ich!« Serëga reißt erschrocken und hastig sein Barett vom Kopf und fängt an, den Gürtel des Schlafrocks aufzubinden.

»Das wäre alles, ich gehe jetzt. Ich brauche zehn Minuten, nicht mehr.«

»Vielleicht gehen wir zusammen?« Pikulin will mitgehen. »Ich meine, dann können wir gleich zum Kiosk …«

»Das erledige ich, die werden mir schon was geben. Ihr bleibt nur einfach sitzen.«

»Natürlich, Nataša, kein Problem … Aber weißt du, kauf was Billiges … damit wir zwei Flaschen haben … oder eine ganze Flasche Wodka und noch einen Viertelliter …«

Die Tür fällt ins Schloß. Der Maler geht zum Tisch, fängt an, aufzuräumen. Der Anarchist hängt den Schlafrock und das Barett im Vorzimmer auf, setzt sich in einem T-Shirt mit der Aufschrift »BOSS« auf das Sofa und seufzt:

»Das heißt, wir haben aufgegeben …«

»Dafür kriegen wir was zu trinken.«

Ich drehe eine Zigarette. In meiner Brust ist das vertraute Gefühl von Wärme und einem leichten Ziehen entstanden. Wenn Nataša eine Flasche Wodka bringt, dann kriegt jeder mehr als die Hälfte eines großen Glases. Selbstverständlich zu wenig. Aber wenn sie plötzlich zwei Flaschen bringt …

»Rücken wir wenigstens die Anrichte an den richtigen Platz«, schlägt der Anarchist schüchtern vor, aber Pikulins Geschrei übertönt ihn:

»Finger weg! Um Gottes willen, nichts anrühren!«

»Jetzt saufen wir einen, und dann gehe ich zu den Tolkien-Fans«, brummt Serëga. »Das sind zwar Blödmänner, aber die genießen das Leben, wie es sich gehört. Machen Schwerter, kämpfen. Die haben Energie, die kann man mit der Idee der Freiheit anstecken. Kommst du mit, Šolinberg? Sie haben ihren eigenen Keller, unter dem Kino. Ich war schon dort, habe nachgesehen, wo man den Sprengstoff am besten deponieren kann. Na ja, ich wollte sie doch in die Luft jagen … Ein absolut guter Platz zum Leben … Šolinberg, was meinst du?«

Šolin lächelt nur spöttisch.

15

Unser Häuschen ist bis zum Fenster eingeschneit. Überall unpassierbare, fast bis zur Gürtellinie reichende Schneehaufen und Schneewehen. Es kommt einem vor, als wollte sich die Erde vor Frost, Wind und dieser ganzen, harten Novemberwelt möglichst sicher verstecken.

Bereits vom Damm aus sehe ich: Mein Vater schaufelt im Hof Schnee mit einer Schaufel aus Furnierholz, wälzt riesige Haufen. Er arbeitet gleichmäßig, ohne Eile, er weiß, wenn er zu schnell und zu unüberlegt an die Arbeit geht, kann er es nicht schaffen … Aus dem Schornstein steigt eine dichte, schnurgerade Rauchsäule. Aus irgendeinem Grund haben sie heute recht früh eingeheizt, normalerweise machen sie das Häuschen erst um acht Uhr abends warm, kurz vor dem Schlafengehen. Im Augenblick ist es nicht einmal fünf.

Es ist trüb, der Kiefernwald hinter dem Dorf sieht aus wie eine rauhe, mit dicker Ölfarbe bemalte, dunkelblaue Wand. Über dem Wald, hinter den Wolken, der verschwommene Fleck der alten, erkalteten Sonne.

Ich gehe den schmalen Pfad, der zwischen den in die Mulde verwehten Schneehaufen ausgetreten wurde, am Teich entlang zum Haus. Man kann sich nicht vorstellen, daß es hier vor nur drei Monaten einen Badestrand gab und Mädchen im Bikini im warmen, weichen Wasser plätscherten, um dann auf dem goldfarbenen Sand in der Sonne zu liegen. Die Kassettenrecorder spielten flotte, fröhliche Musik, am Abend war das Ufer übersät von Fischern, die immer wieder kleine Karpfen aus dem Teich angelten. Jede Nacht hat unter der Birke ein Lagerfeuer gelodert, die Jugendlichen haben Schnaps getrunken, Lieder gegrölt, gekreischt, die Hunde in den nahe liegenden Häusern nervös gemacht und die Leute nicht schlafen lassen, die Kraft für den neuen Arbeitstag schöpfen mußten … Und in der Früh wurden die Kühe zum Teich getrieben, damit sie vor dem langen Weiden saufen konnten … Und jetzt herrscht hier eine tote Stille, weiße, kalte Eintönigkeit.

»Hallo!« Mein Vater ist überrascht. »Warum kommst du heute? Wir haben dich nicht erwartet.«

Er stößt die Schaufel in den mürben Schneehaufen neben dem Tor, zieht einen Handschuh aus und wischt sich mit der Hand über die schweißnasse Stirn.

»Die Vorstellungen sind wegen der Grippewelle abgesagt worden«, antworte ich, »also kann ich ein paar Tage bei euch bleiben.«

»Und wie geht es dir?«

»Ich bin gesund.«

»Das ist das Wichtigste. Geh, deine Mama wird sich freuen. Ich mache das hier fertig und komme auch.«

»Wo ist Biča?« Ich sehe die leere Hundehütte.

Mein Vater seufzt:

»Tja ... unseren Alten gibt es nicht mehr. Schon seit vier Tagen. Er hat die ganze Nacht geheult, bevor er starb, anscheinend wollte er weg, und in der Früh habe ich ihn neben seiner Hütte gefunden ... Wir haben da mit Bekannten geredet, sie haben Welpen, aber die sind noch zu klein. Es ist schlimm ohne Hund, man kann nicht richtig schlafen, man liegt da und horcht nur, was draußen ist.«

»Schade, schade«, nicke ich.

Der vertraute Duft zu Hause. Eine Mischung aus dem durch Mamas Hände zubereiteten Essen, Teig, dem frischen Wachstuch auf dem Tisch, dem Bücherstaub, dem Geruch der Kleider, von seit der Kindheit vertrauten Dingen ... Im Ofen knackst fröhlich und laut das trockene Brennholz, der Rauchabzug wummert, die heiße Luft rast nach oben – in die Freiheit.

»Warum bist du ohne Licht?« Ich drücke den Schalter, aber die Glühbirne leuchtet nicht.

»Wir haben wieder eine extreme Situation«, antwortet meine Mama mit einer gekünstelt optimistischen Stimme. »Vorgestern war ein Schneesturm, angeblich sind im Umkreis von einigen Kilometern die Strommasten umgestürzt.«

»Ach so? In der Stadt war nichts. Und wie geht es euch?«

»So irgendwie. Vater hat einen Akku hergerichtet, der gibt Strom für eine kleine Glühbirne. Ist irgendwie gemütlicher.«

Mama hebt den Deckel vom Topf, versucht durch den dichten, sengenden Dampf etwas zu sehen. Ich hole mein Feuerzeug heraus, leuchte ihr.

»Seit einer halben Stunde siedet es, aber es will nicht richtig anfangen zu kochen. Dafür aber«, Mama findet sofort etwas Positives an der Sache, »dafür aber wird das Essen viel besser schmecken, weil es auf richtigem Feuer gekocht wurde.«

»Ja, sicher«, sage ich traurig. »Kann ich dir irgendwie helfen?«

»Nein … Erzähl mir lieber, was es Neues in der Stadt gibt. In den letzten Tagen sind wir total … kein Fernsehen, kein Radio. Gott sei Dank kriegen wir wenigstens die Zeitung …«

Ich versuche, mein ungehorsames Hirn in Bewegung zu setzen, um etwas Erzählenswertes zu finden. Mama ist schneller:

»Hast du von Kašin gehört? Dem Bürgermeister von Kyzyl? In der gestrigen Ausgabe der »Macht der Arbeit« wurde berichtet, daß er in den Hungerstreik getreten ist.«

»Warum?«

»Weil sie seine Arbeit behindern, weil die Russen auf alle möglichen Arten zurückgedrängt werden. Ich suche sie später, lies selbst … Oh, endlich kocht es! Ich habe zwei Armvoll Brennholz gebraucht, Kohle haben sie immer noch nicht geliefert. Ich müßte mich öfter beschweren …«

Zum Abendessen gibt es Schmorbraten mit Kartoffeln. Über dem Tisch hängt die Autolampe, die ein schwaches Licht gibt. Diese Beleuchtung ist zwar unzureichend und verschwommen, aber sie drängt die beunruhigende, tote Finsternis doch ein wenig zurück.

»Vater hat drei Kilo Rindfleisch verdient«, berichtet Mama stolz. »Er und Gennadij haben irgend jemandem Brennholz geliefert. Die Leute haben mit Fleisch bezahlt. Ich habe für dich, mein Kind, ein Stück Filet aufgehoben, nimm es mit. Du kannst es im Fenster lagern, bei so einem Wetter wird es, so Gott will, nicht verderben.«

»Wir sollten das Schwein abstechen«, sagt mein Vater. »Bald kommt der Winter. Die Leute schlachten schon. Machen wir das vielleicht morgen?«

»Ja«, ich bemühe mich, hilfsbereit zu erscheinen, obwohl mir die Lust aufs Essen nach diesem Vorschlag sofort vergangen ist. Besonders angenehm ist das Schlachten nicht, aber ich überwinde mich und frage eifrig:

»Sind die Lötlampen in Ordnung?«

»Ich habe sie vor kurzem kontrolliert.«

»Wahrscheinlich sollten wir jemand holen, der uns hilft«, läßt sich Mamas besorgte Stimme vernehmen.

Vater winkt ab:

»Das schaffen wir allein. Für uns zwei erwachsene Männer«, er zwinkert, »ist das kein Problem! Wir häuten es, nehmen es aus, dann hole ich Spiritus. Wir werden feiern, wie es sich gehört. Ja, Roman?«

»Na klar ...«

Ohne Licht kann man gar nichts tun. Zu früh, um ins Bett zu gehen, lesen ist unmöglich, das Gespräch mit den Eltern ist auch nicht abendfüllend.

Also bin ich im Hof herumgegangen, habe versucht, Schnee zu schaufeln, aber man sieht fast nichts, und ich habe auch keine besondere Lust. Morgen und übermorgen fällt sowieso wieder Schnee ... Ich bin kurz vor der leeren Hundehütte stehengeblieben. Auf dem Dach liegen die Kette und das Halsband, daneben die Schüssel, ein abgenagter Knochen. In einem Monat etwa zieht ein neuer Bewohner hier ein – für ein paar Jahre. Dann der nächste. Und auch in unserem Häuschen wird es so sein …

Ich habe mich auf die Stufen des Eingangs gesetzt, eine Zigarette angezündet. Habe den entfernten, für die Nacht typischen, undeutlichen und beunruhigenden Geräuschen gelauscht, habe versucht festzustellen, woher sie kommen. Das ist mir nicht gelungen. Wie von selbst sind mir Geschehnisse aus der Vergangenheit eingefallen. Was im Lauf meines zwanzigjährigen bewußten Lebens alles so passiert ist. Aber, was heißt schon »bewußt« … Man treibt so von einem Tag zum anderen dahin, irgend etwas verändert sich natürlich, man hofft ständig auf irgend etwas, aber dann begreift man, daß man sich getäuscht hat. Man hat sich geirrt oder wurde in die Irre geführt.

Betrug auf Schritt und Tritt. Mich zum Beispiel haben die längste Zeit (und wenn man es genau überlegt, bis heute) meine Eltern betrogen, die es selbstverständlich gut mit mir gemeint haben. Sie waren zärtlich zu mir, ihre Liebe war zu groß, zu viele Süßigkeiten, zu viele Märchen. Welche Erinnerungen aus der Kindheit haben sich mir am stärksten eingeprägt? Der Neujahrsbaum, geschmückt mit bunten Kugeln, Lametta, Girlanden, Bonbons. Mit einem leuchtenden Stern oben auf der Spitze. Am Abend davor hat das größte Zimmer in unserer Wohnung wie immer ausgesehen, alle Sachen haben an ihren langweiligen Plätzen gestanden, aber am Morgen des nächsten Tages war das Zimmer plötzlich in eine feierliche, nicht wiederzuerkennende, bunt leuchtende Welt verwandelt. Und während ich mich fasziniert umsah, habe ich gefragt, wie das geschehen konnte. Und die Eltern haben geantwortet: »In der Nacht war Väterchen Frost da, hat die Tanne gebracht, den Schmuck und hat für dich dort, in dem kleinen, roten Sack, etwas dagelassen.« Ich habe die Hand in das Säckchen gesteckt und Geschenke gefunden. Und hinterher? Wenn meine Mutter mit mir spazierengegangen ist, hat sie verhindert, daß ich neben dem Müllcontainer im Hof den Haufen von grauen, nackten Tannen sah. Und als ich acht Jahre alt war, habe ich erfahren, daß mein Vater die Tanne bringt und sie in seinem Zimmer auftauen läßt, bis sie sich voll entfaltet hat. Auf dem Kleiderschrank habe ich die Schachtel mit dem Neujahrsschmuck entdeckt. Und da ist in mir etwas abgestorben, irgendein wichtiger Teil ... Ich weiß noch, wie ich launisch war, nicht essen wollte, die Nase über dem Teller gerümpft habe, und wie meine Eltern mir erklärt haben, daß unter dem Teller eine kleine Schokoladenmedaille liegt, die ich aber nur bekäme, wenn ich die Suppe oder den Brei aufäße. Also habe ich brav gegessen und im Endeffekt die runde, in Folie eingewickelte Schokolade bekommen. »Woher kommt die?!« habe ich gestaunt, und die Erklärung war: »Das ist ein Zauberteller, er schenkt nur denen eine kleine Schokoladenmedaille, die brav essen!«

Gegen Ende des Sommers sind meine Eltern oft für mehrere Tage weit in die Taiga hineingefahren, um Pilze und Beeren zu sammeln, und ich mußte bei meiner Tante bleiben. Wenn sie zurückkamen, haben sie mir eine Mandarine oder ein Bonbon oder Pfefferkuchen geschenkt. Ich habe mich gewundert, daß es in der Taiga so köstliche Sachen gibt. Und meine Eltern haben mir erklärt, daß ein kleiner Hase sie extra für mich auf einen Baumstumpf gelegt hat. Ich war doch brav, während sie fort waren? Später, wenn ich durch den Wald ging und einen

Baumstumpf sah, war ich schrecklich aufgeregt und hoffte: Vielleicht liegt da ein Geschenk vom kleinen Hasen …

Am Abend hat mir Mama gern von Leningrad erzählt, von dieser märchenhaften Stadt. Hat mich mit der Liebe zu dieser Stadt infiziert. Und Jahre später, als ich zwischen Schulabschluß und Militärdienst dort leben wollte, ist mir klar geworden, daß diese Stadt für mich genauso zugänglich war wie die Exponate in einem Museum. »Nicht berühren«, »das Museum ist von 10 bis 19 Uhr geöffnet« … Und Leningrad hat sich wie der kleine Hase und Väterchen Frost mit seinem Sack voller Geschenke als Betrug entpuppt …

Die Kindergärtnerinnen haben gelogen, Senkevič hat in seiner Fernsehsendung »Klub der Filmreisen« gelogen, die Lehrer haben gelogen, die Mädchen in der Diskothek haben gelogen, und in dem bekannten Gedicht, in dem behauptet wird, daß alle Berufe toll sind und man jeden wählen kann, wird auch gelogen … Natalja Grigorevna, unsere Klassenlehrerin, hat wahnsinnig interessant Geschichte unterrichtet, sie hat sich so sehr bemüht, gebildete, kultivierte Menschen, wahre Bürger eines großen Landes, aus uns zu machen! Als ich vom Militärdienst zurückgekommen bin, habe ich erfahren, daß Natalja Grigorevna ihre pädagogische Laufbahn beendet, im buchstäblichen Sinn ihr Leben in die Hand genommen und Geschäftsfrau geworden ist – sie hat ein ganzes Netz von kleinen Läden mit exotischen Früchten organisiert. Eines Tages habe ich sie auf der Straße getroffen und zuerst nicht erkannt. Sie sah jünger aus, trug einen rosa Trainingsanzug. Ihre Stimme war nicht gröber geworden, nein, aber entschlossener, die Sätze kamen aus ihrem Mund geschossen wie kleine, pralle Kugeln … So wie Natalja Grigorevna früher leidenschaftlich über Geschichte, Staatsbewußtsein und Kultur geredet hatte, redete sie jetzt über tropische, in unserem asiatisch-sibirischen Kyzyl unbekannte Früchte. Hat Pläne geschmiedet, wie sie den Leuten beibringt, täglich Mango, Kiwi oder Avocado zu essen, hat die wertvollsten Vitamine aufgezählt. Ich habe mir die Freiheit herausgenommen und gefragt: »Und was ist mit der Schule? Mit Borodino, dem falschen Demetrius, mit Graf Rostopčin?« Natalja Grigorevna winkte nur ab, als hätte ich sie an eine alte, lächerliche und blöde Geschichte erinnert …

Ja, die Betrügereien. Sie piksen mich täglich, überall. Dieses Mädchen vom Fensterbrett, die hat doch aus irgendeinem Grund dort gesessen, und ich habe sie aus irgendeinem Grund gesehen, wie sie einsam auf einen Prinz wartete. Und als ich bereit war, ihr Prinz zu werden, mich ändern, aufraffen wollte, als ich reif für die echte Liebe war, da war sie verschwunden, das Fensterbrett war leer, die gekachelte Schachtel der Küche war kalt und entsetzlich wie der Schlund einer bodenlosen Tiefe … Oder nehmen wir unsere Schauspieler, deren Selbsttäuschung und Betrug. Oder Sergej Anarchist. Er hat so lange versucht, die anderen mit seiner, wenn auch verrückten, Idee anzustecken, und jetzt ist scheinbar auch ihm die Luft ausgegangen wie einem kleinen, durchlöcherten Luftballon.

Ich schnippe die Kippe weg. Der rötliche Punkt beschreibt einen Bogen und fällt hinunter. Die kleinen Funken zerstreuen sich, verschwinden … Verdammt, dort liegen doch die Holzbretter! Ich springe auf, gehe dorthin, wo die Kippe gelandet ist. Ich suche lange. Stoße mit dem Finger auf etwas Scharfes. Ein Nagel. Ich durchstöbere die Holzbretter. Wo ist sie? … Nicht einmal eine armselige Kippe kann normal runterfallen in den Schnee, nein, sie muß Scherereien machen …

Die Tür in der Diele knarrt. Vaters Stimme:

»Roman? Wo bist du?«

»Hier ...«

»Warum kommst du nicht? Wir vermissen dich schon.«

»Gleich ...« Ich lasse das hochgehobene Holzbrett runterknallen. Zum Teufel mit der Kippe, egal, was passiert. »Ich komme sofort, ich muß nur auf die Toilette ...«

»Und dann gehen wir schlafen. Morgen müssen wir früh in Schwung kommen, wenn wir die Sache mit dem Schwein erledigen wollen ... Es wird nicht nur eine Stunde dauern, und die Tage sind so kurz – ehe du dich versiehst, ist es dunkel.«

Die riesige Sau, die nie geworfen hat, verbrachte fast neun Monate in dem dunklen, engen Anbau neben dem Kaninchengehege. Im März, ich kann mich erinnern, war sie noch eine saubere, rosige, flinke Kugel, und jetzt ist das ein fauler, fetter Brocken, der die Menschen mit einem gierigen Grunzen begrüßt.

Mein Vater gibt gern allem und jedem einen Namen. Den Autos, den Treibhäusern, den Obstbäumen und selbstverständlich allen Lebewesen. Jedes rassereine Kaninchenweibchen hat einen Namen. Die Brave, die Weiße, die Böse. Nur für die Sau hat er keinen Namen gefunden. Die ganzen neun Monate spielte sie keine Rolle, wurde fast ignoriert. Man hat ihr zweimal pro Tag eine ekelhafte Brühe in den kleinen Trog gegossen und rasch wieder andere Sachen erledigt, ohne zu kontrollieren, ob sie ihr Fressen verschlingt und an Gewicht zulegt. Erst jetzt, nachdem wir sie in den Viehhof hinausgelassen hatten, stellten wir fest, daß das ein Lebewesen war.

Sie steht fest auf dem niedergetretenen, schmutzigen Schnee, dreht langsam den Kopf auf dem fetten, faltigen Hals. Guckt sich um, gewöhnt sich an die frische Luft, an das Licht. Eine Anspannung und die Entschlossenheit, sich gegen jede Aggression unsererseits zu verteidigen, sind bei ihr zu spüren. Die klugen Äuglein beobachten uns, und man könnte glauben, daß sie begreift, wozu der Vater eine Schlinge aus dem Seil formt, dessen anderes Ende er am Balken unter dem Dach des Holzschuppens befestigt hat. Daß sie begreift, wozu Mama ein Emailbecken bereithält und ich diverse Messer, Lötlampen und Lappen auf den Tisch lege. Ja, sie begreift es, aber sie kann es nicht glauben, daß die Menschen, die sie seit ihrer Kindheit gefüttert haben, die ab und zu ihre Behausung ausgemistet und trockenes Stroh als Unterlage gestreut haben, ihr etwas Böses antun können ...

»Also, ich bin fertig«, sagt mein Vater leise, mit weicher Stimme. »Fangen wir an?«

»Ach, mein Gott«, seufzt Mama.

Es gab Zeiten, da hat mein Vater sich nicht einmal getraut, einem Huhn den Kopf abzuhacken, aber jetzt schlachtet er zehn Kaninchen auf einmal, er weiß, wie man das Fell richtig abzieht, wie man verhindert, daß die Gallenblase durchstochen wird, welche Innereien eßbar sind und welche nicht. Und seit wir hierher übergesiedelt sind, müssen wir jeden Herbst mit so einem Schwein fertig werden ... Das Leben auf dem Lande ist nicht gerade sentimental – man muß alles wissen und alles können, damit man nicht am Hungertuch nagt.

Mein Vater geht, abrupte Bewegungen vermeidend, auf die Sau zu, redet schmeichelnd, fast zärtlich auf sie ein, krault sie hinterm Ohr. Und die Sau hat sich sofort entspannt, ist auf die Liebkosungen hereingefallen, fängt an, dankbar zu grunzen ... Die Bewegungen meines Vaters werden immer entschlossener, sicherer. Mit der linken Hand krault er ihren Hals, in der rechten Hand hält er ein langes, breites Jagdmesser. Und ich stehe bereit ... Die Sau hat sich nun total entspannt, hingelegt, selig die Augen geschlossen. Mein Vater korrigiert vorsichtig ihre Position, dreht sie leicht auf die rechte Seite, so daß ihre linken Beine ein bißchen angehoben sind.

Vater krault weiter, redet zärtlich, sitzt schon fast auf dem Körper der Sau. Ich ziehe die Schlinge an ihrem Hinterbein zu und bereite mich darauf vor, mich mit dem ganzen Gewicht auf sie zu legen. Mama tritt nervös von einem Fuß auf den anderen, sie steht ein bißchen entfernt, hält das Becken für das Blut ... Der Morgen ist unfreundlich, der Himmel ist von einem Horizont zum anderen dicht mit Wolken bedeckt; der Schnee ist schwer und alt, als ob wir jetzt nicht Mitte November hätten, sondern März; die Luft ist erstaunlich mild, dicht und irgendwie stallwarm ... Oder es kommt nur mir so vor ...

»Alles wird gut, gut«, lullt mein Vater sein Opfer ein, die Sau antwortet mit einem genüßlich dankbaren Schnaufen.

Er dreht sich zu mir und fragt mit einer anderen Stimme – unruhig, als müßte er sich gleich mit einem nicht ebenbürtigen Kontrahenten schlagen:

»Bist du fertig?«

»Ja.«

»Dann los ...«

Ein kurzes, tief aus der Brust kommendes Grunzen, das Glänzen eines trüben Stahlspiegels. Und irgend etwas platzt mit einem Krachen, der schlaffe, willenlose Fetthaufen unter mir wird innerhalb einer halben Sekunde steinhart und zerrt so, daß der Strick wie eine Saite gespannt ist. Und gleich darauf durchlöchert einem ein durchdringendes Quieken, schrecklicher als jedes menschliche Kreischen, die Ohren ... Die Sau versucht aufzuspringen, wir sitzen auf ihr, drücken sie mit unserer ganzen Kraft zu Boden.

»Ach, ich habe nicht genau getroffen«, überbrüllt mein Vater dieses Kreischen und stößt das Messer unter ihrem Schulterblatt hinein.

»Macht nichts«, antworte ich, »sie wird gleich ruhig sein!«

Immer schwächer werden ihre Versuche, sich zu erheben, das Kreischen geht in ein qualvolles Röcheln über. Der Körper ist in sich zusammengesackt, aber diesmal nicht in seliger Entspannung, sondern in einer tödlichen Ohnmacht ...

»Galina, bring das Becken her!«

Mama kommt zu uns gelaufen, schiebt das Becken unter den Kopf der Sau. Die Messerklinge ritzt den Hals auf, wie unter Druck spritzt himbeerfarbenes Blut hervor. Durch den Körper rollen krampfartige Wellen, es scheint so, als seien es die Wellen des Bluts, das aus ihr herausgepumpt wird.

»Laß sie los«, sagt mein Vater. »Richte die Lötlampen her.«

Obwohl eine solche Eile jetzt eigentlich überflüssig ist, stürze ich zu dem kleinen Tisch, suche in der Hosentasche nach Streichhölzern. Der gefährlichste Augenblick – das Töten – ist vorbei, jetzt steht die langweilige Prozedur des Absengens bevor. Dann kommt noch etwas Schlimmeres: die Eingeweide herausnehmen, das Fett für den Speck schneiden, das Zerstückeln ... Was will man machen, die Sache ist nicht angenehm, dafür sind wir den ganzen Winter mit Fleisch versorgt.

Die Scherereien mit dem Schwein haben den ganzen Tag in Anspruch genommen. Schließlich hat Mama angefangen, das Abendessen zu kochen, Vater ist Spiritus kaufen gegangen. Ich habe die Kaninchen gefüttert und die Hühner aus dem Hühnerstall gelassen. Sollen sie frei rumlaufen, ein bißchen von den Eingeweiden, den Blutstropfen, die wie Beeren im Schnee gefroren sind, aufpicken ... Mit den Handschuhen unter dem Hintern sitze ich auf einem kleinen Erdhügel, rauche, ruhe mich aus.

Nachdem die Sonne den kurzen Novemberhalbkreis absolviert hat, rutscht sie hinter den niedrigen, mit Espen bewachsenen Berg. Die Wolken werden dunkler, füllen sich, verdichten sich vor der Nacht. Die Farben sind verschwunden, die auf ihr Recht pochende Nacht hat sie beschmutzt, eliminiert, hat nur ein Schwarz und ein graues Weiß übriggelassen.

Das Dorf liegt schläfrig, leblos da. Der Teich ist leer, die glatte Schneedecke ist von den dunklen Linien der Pfade durchzogen. Man denkt, die warten nur darauf, daß sie jemand sanft betritt, aber keiner hat Lust.

Da ist aber doch etwas. Ich richte mich erwartungsvoll ein wenig auf ... Ein rotbraunes, kleinwüchsiges Pferd schleppt einen ramponierten Schlitten ohne Seitenwände über einen nahen Weg hinter dem Teich. Ein mir unbekannter Bursche steht wackelig auf der Unterlage aus Stroh, hält die Zügel, treibt das kleine Vieh an und stoppt es gleichzeitig. Mal stürzt es vorwärts, mal stemmt es die Hinterbeine in den Boden und bleibt folgsam stehen.

»Komm schon, du verdammter Gaul!« brüllt der Bursche in besoffener Wut und voller Gier nach einem tollen Ritt, peitscht den Rücken des Pferdchens mit den Zügeln. »Vorwärts, du blödes Vieh!«

Das Tier zieht an, was den Burschen nach hinten wirft, worauf er selbstverständlich wieder an den Zügeln zieht. Das ergibt den nächsten Stop.

»Los, habe ich gesagt, du Miststück!«

Den ganzen Weg über wird diese seltsame Art der Fortbewegung vom verrückten Gebell der Hunde in der Nachbarschaft begleitet. Die Kläffer aus den Nebenstraßen schließen sich an, und bald herrscht im halben Dorf ein Tumult. Nur in unserem Hof ist es ruhig – wir haben keinen Hund mehr, der einen vor der Gefahr warnen könnte …

Der Tisch ist von einer kleinen Autolampe beleuchtet. In zwei Pfannen dünstet wohlriechend das Schweinefleisch. In einer Pfanne liegen Fleisch und Nieren, in der anderen die Leber. In einer großen Schüssel gelbe, wie mit Butter getränkte, samtweiche Kartoffeln. Außerdem eingelegte Gurken, Tomaten, Kraut, Fladenbrot. Eine Flasche Spiritus.

»Das ist alles aus unserer eigenen Produktion«, erklärt mein Vater feierlich und schenkt ein, »außer Mehl und Spiritus. Aber der Alkohol war für normale Leute sowieso immer ein Luxus, und das Getreide könnte man, wenn man will, auch selbst anbauen. Eigentlich ist man vom Geld gar nicht so sehr abhängig.«

Es juckt mich, ihn daran zu erinnern, wieviel Geld für Schweinefutter draufgegangen ist, für Zellophan, für die Gartenschläuche, aber ich will ihm seine gehobene Stimmung nicht verderben. Ich nicke zustimmend. Mein Vater hebt das Wodkaglas:

»So, meine Lieben, stoßen wir auf alles Gute an. Bisher haben wir uns ganz erfolgreich durchgeschlagen, auf daß es in Zukunft nicht schlechter wird!«

Wir stoßen an, schlucken die brennende Flüssigkeit hinunter, kauen mit Vergnügen das frische, zarte, leicht nach Kiefernholz duftende Fleisch.

»Ach, wirklich lecker!«

Aus irgendeinem Grund hatte ich ausgerechnet in diesem Moment, zu Beginn unseres Festmahls, das Bedürfnis, Revue passieren zu lassen, wie wir uns dieses Fleisch besorgt haben. Ich wollte den öligen, intensiven Geruch der blutigen Eingeweide noch einmal riechen, den fetten Körper sehen, über den die blaue, dröhnende Flamme der Lötlampe läuft, das Anschwellen und Platzen der Blasen auf der abgesengten Haut. Ich versuchte, ich weiß nicht warum, mir Ekel vor dem Fleisch des Tieres, das mit meiner Hilfe getötet worden war, einzuflößen ... Es gelang mir nicht, es wollte kein Ekel aufkommen, das Messer, die Eingeweide, der Gestank der verbrannten Borsten, die Schläge der Axt auf die Knochen, der rußige, zungenlose, selig grinsende Schweinekopf auf dem Holzklotz erschien mir als etwas Natürliches, Normales, so wie der Prozeß der Nahrungsaufnahme selbst, so wie das kurz darauf entstehende Bedürfnis, überflüssige Stoffe aus dem Organismus auszuscheiden, so wie die Geräusche und Gerüche, die auch diese Prozedur begleiten.

»Nimm von hier, mein Schatz, hier sind hauptsächlich Nieren«, sagt Mama fürsorglich, »ich hole sie für dich raus, du magst sie doch.«

»Keine Sorge, Mam«, und ich fange energisch an, in der Pfanne die in kleine Scheiben geschnittenen Nieren aufzuspüren.

Nach weiteren zwei Gläsern von dem starken Spiritus ging es mir absolut gut. Wie Sonnenblumenkerne werfe ich die kleinen, prallen Tomaten in meinen Mund, zerbeiße sie mit Genuß, schlucke das saftige, salzig-süße, etwas herbe Mark.

Mein beschwipster Vater hat ein rotes Gesicht und beginnt langsam mit einem Monolog:

»In materieller Hinsicht ist es uns früher viel schlechter gegangen, wir waren viel ärmer, aber dafür war die Moral höher, besonders nach dem Krieg. Ich war damals ein ganz kleiner

Junge, aber ich kann mich gut erinnern ... Mein Vater ist mit einer schrecklichen Verwundung heimgekehrt, genauer gesagt – er wurde als hoffnungsloser Fall ins Spital von Krasnojarsk eingeliefert. Und dann? Er hat geheiratet, immerhin drei Kinder großgezogen, ein Haus gebaut, eine Sauna, einen kleinen Stall. Zuerst haben wir uns eine Ziege angeschafft, dann eine Kuh ... Im Jahr siebenundfünfzig hat ihn die alte Wunde doch eingeholt – er ist gestorben. Er hat uns auf das Leben vorbereitet und ist gestorben ... Und wieviel wir gearbeitet haben! Meine Schwester hat im Alter von elf Jahren angefangen zu arbeiten. Überhaupt haben alle geschuftet, faule Leute haben einfach nicht als Menschen gegolten, das sage ich ohne Übertreibung. Später hat man sie dann verwöhnt. Aber damals haben alle wie die Ameisen geschuftet. Anders wäre es nicht gegangen. Wir wären als Volk ausgestorben. Wir hätten aufgehört, ein Volk zu sein.« Vater hat uns wieder eingeschenkt, das Glas gehoben und feierlich vorgeschlagen:

»Laßt uns auf jene Generation trinken. Auf meinen und Mamas Vater, auf deine Großväter, Roman! Du hast sie nicht gekannt, sie sind so früh gestorben, weil sie sich nicht geschont haben ...«

Der Alkohol wirkt sich unterschiedlich auf ihn aus: Manchmal ist er, wenn er getrunken hat, hemmungslos optimistisch, schwärmt von einem erfolgreichen Sommer, von unserem baldigen glücklichen Leben, ein anderes Mal schildert er alles in den schwärzesten Farben, rechnet mit einer bevorstehenden, allgemeinen Katastrophe. Heute hat er in einem munteren Ton begonnen, aber allmählich ist er pessimistisch geworden:

»Und warum haben wir es heutzutage so schwer?« fragt mein Vater und beantwortet sich seine Frage gleich selbst.

»Nicht, weil wir kein Geld haben, nicht wegen dieser, hm, unsicheren Situation ... Der Hauptgrund ist, daß keine Ideologie mehr vorhanden ist. Der Begriff ist zu einem Schimpfwort geworden. Aber wenn du in einem Staat lebst, ist eine Ideologie notwendig. Ich war früher auch gegen den ideologischen Druck, aber jetzt sehe ich, kaum hat man die Schrauben ein wenig gelockert, ist alles sofort auseinandergefallen ... Oberflächlich gesehen, kommt einem alles einfacher vor: Mach, was du willst, verdiene, soviel du verdienen kannst, eröffne dein eigenes Geschäft ... Wer hätte uns vor zwanzig Jahren erlaubt, so viele Treibhäuser zu besitzen? Die hätten uns auf der Stelle fertiggemacht. Und erinnert ihr euch noch daran, was Anfang der neunziger Jahre los war – als man privat für eine Kiste Wodka einen nagelneuen Lastwagen bekommen konnte und der Autobetrieb sich noch dafür bedankt hat, daß du ihn von dem Lastwagen befreit hast ... Aber aus irgendeinem Grund haben wir uns fast alle als Idioten entpuppt, wir konnten uns, haha, unseren legitimen Anteil nicht unter den Nagel reißen. Und wir haben das deshalb nicht geschafft, weil der durchschnittliche Mensch bei uns daran gewöhnt ist, im Kollektiv zu existieren, er schämt sich zu raffen. Übrigens, vor kurzem habe ich im Radio gehört, daß das Schiebergeschäft ein wissenschaftlicher Begriff aus der Ökonomie ist, also auf keinen Fall etwas Peinliches.«

Hier, in dieser dunklen, von Gott und den Menschen verlassenen Hütte kommt einem diese Analyse, dieser Monolog direkt absurd vor. Und rundherum liegen noch zweihundert dunkle, von Schnee zugeschüttete Häuschen, in denen man auf Strom wartet, ab und zu über Politik und Wirtschaft diskutiert, und in jedem Häuschen gibt es hundertprozentig einen, der mit irgend etwas unzufrieden ist. Und hinter dem Dorf der

Wald, die Felder, die sich über vierzig Kilometer hinziehen, dahinter das Kreiszentrum Minusinsk, wieder Wald und Felder, Berge, Dörfer, Städte und Einwohner, die auch versuchen, sich zu unterhalten, sich zu erinnern, ihre Lage zu analysieren …

»Schon gut, Vater«, bittet Mama mit weicher Stimme, »warum müssen wir gerade jetzt davon reden …«

»Weil es einen wurmt.« Er ächzt verärgert, kratzt mit der Gabel auf dem Teller. »Wir wollen nicht so dahinvegetieren … Du wirst wahrscheinlich nirgends derartig deprimierte Geschäftsleute treffen wie bei uns Russen. Mama und ich zum Beispiel, wir haben uns so lange dagegen gewehrt, uns hinter den Verkaufstisch zu stellen, fremde Ware zu verkaufen, da würden wir uns schämen, wenn wir schon handeln müssen, dann nur mit eigener Produktion, mit dem, was wir selbst angebaut haben … Und viele treiben nur aus reiner Not Handel … Oder sieh dir die Kunden an. Die verschiedensten Leute kommen vorbei, die meisten sind ziemlich anständig, nicht schlecht angezogen, mit intelligenten Gesichtern, aber mit dem Blick eines Bettlers. Kommt so einer und starrt auf die Gurken, Radieschen, als würde er sie mit den Augen ablecken. Starrt sie an und schlurft weiter …«

Ich würde meinen Vater am liebsten unterbrechen und vorschlagen, ein letztes Glas vor dem Schlafengehen zu trinken, aber ich beherrsche mich, ich reiße mich zusammen, weil ich weiß, er hat nicht so oft die Möglichkeit, in Ruhe zu reden, und auch keine Zuhörer. Sie haben bisher keine Freunde hier, nur Nachbarn und Bekannte.

»Wir müssen etwas tun, aber etwas ganz anderes …« Vater verteilt den restlichen Spiritus auf die Gläser. »Meine Generation, wir sind nämlich an dieser Situation schuld. Wir haben doch immer etwas Neues gewollt, und das haben wir jetzt gekriegt … auf unsere alten Tage eine in die Fresse. Und die kommen an die Macht, scheffeln Geld – und ab ins Ausland oder in den Ruhestand. Und sie haben keine Angst, vor nichts! Aber … Leonid Andreev hat eine sehr gute Erzählung geschrieben. Trinken wir aus, dann erzähle ich … Ach! Ein guter Spiritus, genauso lecker wie das Fleisch … Also, in der Erzählung geht es um einen Gouverneur. Auf seine Art und Weise ein guter und ehrlicher Mensch, aber er begeht ein Verbrechen. Eigentlich war es kein Verbrechen, vom Standpunkt der staatlichen Interessen aus betrachtet … Kurz und gut, die Soldaten haben auf seinen Befehl in eine Arbeiterdemonstration geschossen, unter den Toten waren auch Frauen und Kinder. Die ganze Stadt weiß darüber Bescheid, der Gouverneur ist sicher: Er wird bald bestraft, hingerichtet. Er wartet darauf, verzichtet auf Leibwächter, auf die Versetzung in ein anderes Gouvernement. Er weiß, er kann sich vor dem Richter nicht verstecken. Und er wird tatsächlich umgebracht. Ein Mensch geht mit einem Revolver auf ihn zu, schießt und kann unbehelligt flüchten. So ist das … Ich meine, es müßte eine Instanz geben, die für die Bestrafung von Verbrechen sorgt. Egal, welche staatlichen Interessen diese Verbrechen rechtfertigen. Vielleicht hätten sie dann Angst, das Volk so offen und frech zu verhöhnen.«

Ich erinnere mich an die Reden von Pavlik, Lëcha, Sergej Anarchist und lächle unvorsichtig. Mein Vater merkt es, seufzt deprimiert – mein Lächeln hat ihn gekränkt. Er steht langsam und schwerfällig auf, küßt Mama auf die Wange und geht zum Ofen, um zu rauchen.

Die Fensterscheiben klirren bedrohlich unter den ungestümen Windstößen, und es scheint, als würden sie sich sogar ein wenig verbiegen; auf dem Dach irgendein Klopfen, etwas fällt langsam auseinander. Im Zimmer ist es fast dunkel, draußen wirbelt und tanzt das Schneegestöber, man kann nicht einmal mehr die Birke, die zehn Schritte vom Häuschen entfernt steht, erkennen.

Drinnen ist es kühl und ungemütlich, der Wind bläst die Wärme hinaus. Das Holz weigert sich, ordentlich anzubrennen. Mein Vater brummt:

»Der Luftdruck ist total niedrig, das Feuer zieht überhaupt nicht …«

Meine Augen schmerzen und tränen vom Lesen, an Schlaf ist nicht zu denken.

Mama liegt auf dem Sofa, das Kissen in den Nacken geschoben. Man hört ihr angestrengtes, röchelndes Atmen. Ab und zu ein trockener, die Brust zerreißender Hustenanfall. Wenn der vorbei ist, spuckt sie einen Schleimklumpen in den Eimer, spritzt sich mit einem Spray Aerosol in den Rachen und hustet weiter, aber diesmal weicher, leiser. Und wieder atmet sie röchelnd die Luft ein und aus. Bis zum nächsten Anfall.

Ich stöbere in meinen Musikkassetten. Die sind in einer Kiste unter dem gleich nach unserer Übersiedlung gestohlenen Recorder aufbewahrt. Ein ganzer Haufen, achtundzwanzig Stück, und jede erkenne ich auf den ersten Blick, bei jeder weiß ich auswendig, was auf ihr aufgenommen ist. Auf vierundzwanzig Kassetten sind die Lieder meiner Lieblingsgruppen. Nein, Lieblingsgruppen ist das falsche Wort, sie sind lebensnotwendig für mich … »Aquarium«, das erste Album von »Kino«, »Zoo«, Bašlačëv, Janka, »Anleitung zum Überleben«, sieben Kassetten zu je neunzig Minuten mit »Bürgerwehr«. Der zischend-knurrend-summende Ton von mehreren Instrumenten gleichzeitig, und darüber die erstickte, gleichsam mit jedem Satz den Tod erwartende Stimme des sibirischen Underground-Leaders Egor Letov:

> Es gibt nur zwei Auswege für ehrliche Jungs –
> nimm die Pistole und schieß alles nieder
> oder erschieß dich selbst, dich selbst, dich selbst,
> wenn du diese Welt ernst nimmst.

Die Zeit, als ich die Welt noch ernst genommen habe, liegt nicht so weit zurück. Aber jetzt kommt es mir immer öfter so vor, als wäre das Leben ein Fluß sinnloser Tage, du kannst darin zappeln oder auch nicht zappeln, es kommt dasselbe dabei heraus …

Weil ich im Wohnheim keinen Recorder habe, konnte ich nie Musik hören, ich habe mal die eine, mal die andere Kassette mitgenommen und sie in Lëchas Recorder gesteckt. Nach einer Minute hat mein Zimmergenosse auf STOP gedrückt. Nichts zu machen, er steht auf andere Sounds, das sehe ich ein – jedem das Seine. Des öfteren singe ich Songs, die für mich besonders wichtig sind, flüsternd vor mich hin, das ist, als würde ich lebensrettende Pillen schlucken.

Und dann sind da noch vier Kassetten mit meinen Konzerten, genauer gesagt, mit den Aufnahmen der Gruppe »GAM«. Auf jeder Kassette Fotos von unseren zornigen, gleichzeitig aber gerade wegen dieses kindischen Zorns komischen Visagen. Saša A.O., Ron Tkačëv, Jurik Žundo und ich, der »Extremsänger Sen«. Da waren wir zwanzig oder zweiundzwanzig. Fast eineinhalb Jahre haben wir uns in einer leeren, aus Betonplatten gebauten Garage getroffen und Musik gemacht. Ich habe mit heiserer Baßstimme in ein schlechtes Mikrofon gesungen:

Ataman Machno, die Säbel gezogen!
Unter Maschinengewehrfeuer dem Tod zum Trotz.
Wir leben hier, wir singen
Wir suchen die Anarchie, wir warten auf sie.

Die Anarchie lebt, sie wird siegen,
wir hoffen, und die Zeit kommt bald:
Die Staatsgewalt bricht für immer zusammen,
nieder mit dem Präsident, nieder mit dem Parlament!

Mehr als hundert Lieder sind auf diesen vier Kassetten aufgenommen, und mit jedem sind Erinnerungen verknüpft. Versuche, einen Ausdruck für die eigene Weltanschauung zu finden. In jedem Lied habe ich ehrlich aus vollem Hals geschrien, und die Jungs haben sich die Finger an den Saiten zerschrammt. Von jeder Probe sind wir erleuchtet weggegangen, als wären wir nun immun gegen die Bisse der Welt der Erwachsenen. Wie konnte es auch anders sein, hat unsere Gruppe doch in dem Augenblick, als wir uns die Gitarren griffen und das Mikrofon an den Verstärker angeschlossen war, auf die anormale, verlogene, pseudoanständige Welt, die uns umgab, eingeschlagen. Als wir zum Festival der Republiken eingeladen wurden, haben wir im Theater einen unglaublichen Wirbel gemacht! Sogar im offiziellen Organ der örtlichen Machthaber, »Tuva Respublika«, hat man über die »jungen Rebellen« geschrieben ... Aber kurz darauf bin ich mit meinen Eltern hierher übergesiedelt. Wie ich gehört habe, ist Saša A.O. Journalist geworden und schreibt Reportagen über die Kriminalität, Ron ist jetzt ein unersetzlicher Computergrafiker beim »Tuva TV«, und Jurik hat sein Studium an der Technischen Universität beendet und arbeitet an der Dissertation. Ja, wie man so sagt, die

Jungs haben ihren Platz im Leben gefunden, nur ich kann mein Leben irgendwie nicht in den Griff kriegen. Oder vielleicht habe ich es auch geschafft und kann es mir nur nicht eingestehen …

Eine besonders starke Windböe ist gegen die Mauer gefahren, als hätte eine Bestie mit ihrer riesengroßen Pranke auf die Balken gehauen. Auf dem Dach hat etwas laut gekracht und ist zerbrochen.

»O Gott, was war das?« seufzt Mama jämmerlich. »Was ist das für ein November in diesem Jahr … es stürmt und stürmt …«

Vater beruhigt sie:

»Lieber jetzt so ein Wetter als im April. Der Gemüsegarten liegt in der Senke, die Erdbeeren sind ordentlich mit Schnee bedeckt, im Frühling können wir mit einer guten Ernte rechnen. Übrigens, Roman«, ich höre, daß er aufgestanden ist, »ich habe fünf Bücher aussortiert, um Papierbecher draus zu machen. Sieh sie dir an, vielleicht brauchst du sie noch.«

Ich lege die Kassetten zurück in die Kiste.

»Ich möchte im Winter tausend kleine Becher basteln«, mein Vater weiht mich in seine Pläne ein. »Wir wollen nach dem holländischen System anbauen, alles mit Setzpflanzen. Die Sommerküche werde ich zu einer Pflanzstätte umbauen, ich mache ein großes Fenster und Regale. Gutes Geld kann man nur mit der Frühware verdienen. Rechne selbst, ein Bund Radieschen kostet Mitte Mai mindestens sechs Rubel, Anfang Juni aber nur noch zwei Rubel. Die Gurken kosten im Juni zwanzig Rubel das Kilo, im Juli aber bestenfalls um die drei. Wenn wir nur um ein paar Wochen schneller wären als die anderen, dann könnten wir deutlich mehr Geld verdienen …«

Mit jedem Satz wird mein Vater begeisterter, seine Stimme klingt immer aufgeregter und lauter. »Kisten haben wir in Hülle und Fülle, wir setzen die Samen zuerst in Papierbecher ein und pflanzen sie dann in die Beete. Auf diese Weise werden wir versuchen, ein paar Wochen zu gewinnen.«

Ich nicke verständnisvoll, ich will nicht streiten, obwohl ich genügend Gründe habe, um zu zweifeln. Erstens, das Umpflanzen der Setzlinge von den Bechern in die Beete bedeutet eine elende Schufterei. In einem Bund sind sieben oder acht große Radieschen, der Preis dafür beträgt, sagen wir, fünf Rubel. Um ernsthaft Gewinn zu erzielen, muß man unglaublich viele Radieschen verkaufen ... Zweitens, das Klima in unserem Dorf unterscheidet sich von dem in Minusinsk: Hier ist es normalerweise um einige Grad kälter, und – da kann man noch so schlau sein – die auf Gemüseanbau spezialisierten Bauern aus Minusinsk wird man nicht übertreffen. Außerdem werden Radieschen, wenn ihre Wurzeln beschädigt sind, hölzern, und solche wird nicht einmal im März jemand kaufen ...

»Laß uns das versuchen«, sage ich, »nur wie ... Ich arbeite ja sechs Tage pro Woche ...«

»Irgendwie werden wir das schaffen«, mein Vater läßt sich nicht verunsichern. »Ich habe noch eine Idee, mein Freund. Ich habe eine Einrichtung erfunden, die heißt vertikales Beet. Ich habe Mama erklärt, wie das funktioniert, und sie ist dafür. Schau.«

Er nimmt ein Blatt Papier und einen Kugelschreiber, setzt sich in unseren einzigen Lehnsessel, fängt an zu zeichnen und zu erzählen:

»Aus Drähten und Zweigen der Purpurweide, man kann auch dünne Stangen aus Kiefernholz verwenden, wird ein

Netz geflochten. Ein bißchen mehr als einen Meter. Das Netz wird zu einem Rohr geformt und mit dem unteren Ende ein wenig eingegraben, auf dem Boden spannt man eine Zellophanplane, um die Feuchtigkeit zu halten. Innen muß man das Rohr mit Zellophan isolieren, schüttet Erde und Humus hinein und eine Schicht Holzmehl in die Mitte. Dafür benutzt man einen Eimer ohne Boden, damit sich die Erde mit dem Holzmehl nicht vermischt. Und dann pflanzen wir Gurken, Tomaten oder Paprika an. Was wir wollen. Oben drüber bauen wir ein Gerüst aus Holzstangen, da können wir zum Beispiel die Gurkenpflanzen anbinden, damit sie einen Halt haben. Kapierst du? Wir müssen etwas haben, das effektiver ist als ein Beet oder Treibhaus. Dadurch sparen wir Bodenfläche, und die Erde wird in so einem Rohr viel langsamer abkühlen. Kurz gesagt, ein vertikales Beet ist in jeder Hinsicht besser. Was?«

Mein Vater möchte die Freude an seiner Erfindung mit mir teilen, also nicke ich wieder und lächle, wobei ich allerdings befürchte, daß sich mein Lächeln in ein skeptisches Grinsen verwandelt.

»Im Frühling will ich etwa zehn Stück davon aufstellen: Fünf, sagen wir, im Treibhaus, fünf draußen an der sonnigsten Stelle. Na ja, wir müssen ja irgendwie aus der Misere herauskommen.« Vater steht auf, geht in die Küche und sagt zu Mama. »Glaubst du, wir schaffen das?«

»Hoffentlich…« Ihre Stimme klingt mehr nach Erschöpfung und verstecktem Zorn als nach Hoffnung, und wie zur Bestätigung erfolgt der nächste Hustenanfall.

Vaters Fröhlichkeit und Begeisterung sind verschwunden, seine Falten haben sich tiefer eingegraben, er selbst ist irgendwie kleiner geworden … Steht ein bißchen da, sieht auf die Uhr und zerknüllt das Papier mit der Zeichnung vom vertikalen Beet.

»Ach«, seufzt er, »schon elf vorbei. Ich muß die Tiere füttern. Anscheinend wird sich der Wind nicht legen, und sie sind doch auch lebendige Wesen ...«

16

Ich habe die Vorhänge, die früher in meinem Zimmer in Kyzyl hingen, ins Wohnheim mitgebracht. Diese schweren, goldgrünen Vorhänge haben mich damals wie sichere Schilder vor der Straße mit ihrem Autolärm, vor den gaffenden Fenstern des gegenüberliegenden Hauses, vor der unverschämten Sonne, vor der schrecklichen Dunkelheit der Nacht beschützt.

Jetzt hänge ich sie im Wohnheim am Fenster auf. Den alten, von Staub und Zigarettenrauch geschwärzten Lappen aus Tüll stecke ich unter Lëchas Bett.

Im Laden »Elektra« habe ich die für den Kassettenrecorder nötigen Ersatzteile gekauft, und in einer halben Stunde war das Gerät repariert. Zu den klugen Songs von Grebenščikov habe ich den Fußboden geputzt, den Staub von unserer bescheidenen Einrichtung gewischt; ohne Sentimentalität verschiedenes unbrauchbares Zeug weggeworfen – im Schrank herumliegende, zerrissene Tüten, Konservendosen, Flaschen. Mit dem Stiel des Schrubbers, den ich im Waschraum gefunden habe, habe ich aus den Ecken Girlanden von staubigen Spinnennetzen entfernt.

Dann habe ich das Klappfenster aufgemacht und bin, während das Zimmer durchlüftete, duschen gegangen. Habe mich so richtig mit Vergnügen gewaschen, die Stoppeln im Gesicht rasiert. Nachdem ich mich abgetrocknet hatte, bin ich zum nächstgelegenen Friseur gegangen und habe mir für sechzehn Rubel die Haare ganz kurz schneiden lassen.

Geld ist momentan kein Problem. Meine Eltern haben mir siebzig Rubel gegeben, das wird, wenn ich nicht trinke, für lange Zeit reichen. Außerdem habe ich vor der Quarantäne zwanzig Lebensmittelmarken bekommen. Die liegen heil und unberührt in meiner Paßhülle. Abgesehen davon habe ich genug Lebensmittel. Es geht mir gut.

Ewig lange war ich nicht mehr in einer so gehobenen Stimmung. Als hätte mir jemand eine neue Batterie eingelegt, und ich könnte jetzt alles schaffen. Ein Quentchen Wille, Energie und Lust – und jede Sache wird erledigt. Alle Hindernisse werden beseitigt ... Zum ersten Mal seit langer Zeit fühle ich mich frei und stark, mich lähmt weder mein debiler Zimmergenosse (der jetzt einfach weg ist) noch Geldmangel, noch bin ich durch einen Kater geschwächt. Und vor mir liegen ein paar freie Tage. Vielleicht kann ich mich nach einem richtigen Job umsehen. Wie Pavliks »Mama« Ksjucha zu sagen pflegte: Von nichts kommt nichts. – Man muß suchen, agieren, natürlich nicht auf so dumme Weise wie diese Möchtegern-Räuber, aber man darf auch nicht verschimmeln.

Ich könnte zum Beispiel die Jungs im Handelszentrum fragen, ob sie einen Helfer, einen Spediteur oder etwas in der Art brauchen, vielleicht habe ich Glück. Oder wieder eine Band gründen, Šolin wachrütteln, der ist doch ein guter Schlagzeuger. Ich würde natürlich nicht mehr meine alten, anarchistischen Agitationslieder singen, sondern mehr in Richtung Pop komponieren, etwa so wie »Agatha Christie« oder »Spleen«. In Abakan gibt es eine Diskothek, in der Gruppen live auftreten, im lokalen TV läuft ein Musikprogramm ... Aber nein, das wird mir nicht gelingen, ich glaube nicht, daß Šolin sich wachrütteln läßt, daß ich neue Songs komponieren werde ... Oder sollte ich vielleicht versuchen, im Theater in Abakan eine Stelle zu bekommen, die Gehälter sind höher, und sie werden bar ausbezahlt, fast ohne Verzögerung, wenn auch nur in »Kantanovki«. Ich könnte dazulernen, Beleuchter werden, oder vielleicht gelingt es mir sogar, mich als Schauspieler einzuschleichen. Sie haben nicht genügend junge Männer ...

Ich habe Fleisch gebraten. Eine Pfanne voll, dazu Zwiebeln. Man muß sich gut ernähren, wenn man ein aktives Leben führen will ... Ich öffne eine Literdose mit Tomaten, die hat mir Mama zum Geburtstag mitgegeben, falls ich ihn hier feiern werde. Geburtstag habe ich erst in zwei Wochen, und wer weiß, was bis dahin alles geschieht. Und was ist überhaupt ein Geburtstag nach dem Kalender? Nur eine Formalität, eine Zahl auf einem Blatt Papier. Nein, das wirkliche Fest findet heute statt, heute bin ich fünfundzwanzig Jahre alt geworden. Hinter mir liegen fünfundzwanzig Jahre Kinderspiele, Fehler, schüchterne Vorbereitung auf das Erwachsenenleben. Ich muß endlich besonnen und seriös werden.

Ich esse langsam, genußvoll, denn jetzt esse ich bewußt und würge nicht schnell irgend etwas hinunter. Wie angenehm! Der Geschmack ist nicht durch den Geruch von Wodka vergiftet, nicht durch sein Brennen verpfuscht. Die ganze Aufmerksamkeit ist dem Essen, nicht dem Trinken gewidmet.

Die Einrichtung des Zimmers verdirbt mir ein bißchen die Laune. Armselig, keine Frage. Die Tapeten ... Die sind farblos geworden, so alt sind sie, haben sich stellenweise an den Rändern von der Wand gelöst und verbogen. Man müßte sie durch neue ersetzen. Ich habe heute im Geschäft für Haushaltswaren Tapeten in einem zarten Rosa mit blauen Blümchen gesehen. Keine üble Farbe …

Aber ewig findet sich ein Grund, der das, was man mit Mühe und Not erreicht hat, zerstört, vernichtet, eliminiert. Da bin ich also wieder auferstanden, habe mich aus dem Strudel von ununterbrochenem Halbschlaf und Alptraum herausgearbeitet, habe, wie es mir vorkam, meinen Drang zum Verderben besiegt, mich von der Fäulnis gereinigt. Und war sicher – diese Scheiße habe ich hinter mir … Ja, für sich kann man träumen und Entscheidungen treffen, soviel man will, man kann sich kleine Flügel annähen und glauben, man könne fliegen, aber da gibt es noch die Außenwelt. Sobald man seine Nase hinaussteckt, wird einem gezeigt, wo es langgeht. Sie haut einem eins aufs Dach, damit man keine Illusionen hegt.

Die gekachelte Schachtel der ehemaligen Küche, fünf Schritte weiter auf dem Gang der Waschraum, dort gibt es ein Waschbecken und Wasser, wo man Geschirr abwaschen kann. Warum kommt zuerst die verdammte, ehemalige Küche und nicht der Waschraum? Früher habe ich mir so eine Frage nicht gestellt, früher habe ich von dieser öden, besudelten Schachtel, die aussieht wie der Raum für die Totenwäsche in einem Leichenschauhaus, Wärme, fast Glück erwartet. Und jedesmal, wenn ich auf dem Fensterbrett das Mädchen mit dem glänzenden, kastanienbraunen Haar entdeckt habe, bin ich erstarrt und habe wie ein Idiot eine halbe Stunde lang darauf gewartet, daß sie mir im nächsten Augenblick das Gesicht zuwendet, mich anlächelt, zu sich winkt. Und ich wäre auf sie zugegangen, hätte sie umarmt, den Duft ihrer Haare eingeatmet. Und zwei von Einsamkeit gequälte Herzen hätten sich gefunden. Und dann wäre das langersehnte Glück dagewesen.

Heute wollte ich sie nicht sehen, ihr Gesicht, ihre Haare, ihren Geruch, dieser Traum ist längst in mir erloschen, ich habe einen großen Schritt nach vorne gemacht. Habe meinen Weg durchs Leben auch ohne sie gefunden. Ich wollte nur Geschirr abwaschen.

Aus purer Gewohnheit habe ich mich umgesehen, automatisch. Es ist schwierig, sich etwas abzugewöhnen, was man beinahe täglich gemacht hat. Der Hals dreht sich von selbst ... Ja, ich habe hingesehen ...

Da steht sie mit dem Gesicht zum Fenster, die zu Fäusten geballten Hände auf das Fensterbrett gestützt. Sie starrt nach draußen in die Finsternis. Die Stöpsel vom Walkman stecken nicht in den Ohren. Es ist still ... Ihre Haare, so scheint es, haben den Glanz verloren (oder nur im Licht der schwachen, trüben Glühbirne?), sie schimmern nicht mehr golden und sind irgendwie seltsam schnell gewachsen. Früher haben ihr die Haare ein wenig über die Schultern gereicht, aber jetzt fast bis zur Taille ... Sie ist größer geworden, fast so groß wie ich; und auch nicht so dünn, wie ich dachte. Aber das ist sie, sicher. Ich habe sie einfach lange nicht gesehen, und meine Phantasie hat sie leicht verändert. Zum Vorteil oder Nachteil – das ist unwichtig. Trotzdem ist sie die einzige, die mir helfen kann, der ich helfen kann. Ich werde ihren Blick vom Fenster wegreißen, ich werde sie in mein sauberes Zimmer mitnehmen. Und sie nie wieder verlieren.

Ihr Rücken zuckte, als hätte er auf meine Gedanken reagiert. Jetzt wird sie sich umdrehen, endlich umdrehen ...

»Was ... was wollen Sie?« sagt eine trockene, heisere Stimme. Das ist nicht ihre Stimme, sie muß eine andere, total andere Stimme haben.

Selbstverständlich ist sie es nicht. Das ist eine etwa fünfunddreißigjährige Frau mit einem aufgedunsenen Gesicht, rot wie eine Tomate. Unter den blassen Augen, gleichsam pupillenlosen Augen, hängen dunkle, runzlige Tränensäcke.

»Verzeihung«, brumme ich ratlos. »Ich wollte nur …«

»Sie … Sie kennen sie? Marina?«

»Was?«

Die Frau macht eine heftige Bewegung, und ich sehe wieder den Rücken, den Nacken, wieder sind die Fäuste auf das Fensterbrett gestützt.

»Marina?« Endlich verstehe ich und wage mich weiter vor. »Sie meinen das Mädchen, das immer hier gesessen hat?«

Jetzt werde ich etwas Schreckliches und Interessantes erfahren. Auf die Antwort warte ich mit größerer Spannung als auf den Blick jenes Mädchens damals.

»Kennen Sie sie?« Wieder höre ich die trockene Stimme, die wie mit Schmirgelpapier kratzt.

»Ja. Ich wohne gleich hier … Warum?«

Mit beiden Händen halte ich meine Teller fest, höre, wie in der Brust der Frau ein geballtes, überreifes Schluchzen anschwillt und nun aus ihr herausbricht …

Wir sind in ihrem Zimmer. Es ist genauso groß wie meins, nur viel gemütlicher eingerichtet. Man sieht sofort – hier schalten und walten Frauen.

Vielfältiger, für das Auge angenehmer Kram, der Duft von Parfüms, Cremes, an den Wänden dicht aneinandergereihte Fotos aus Illustrierten. Popstars, Schauspieler, Models … Überall liegen weiche Stofftiere und Puppen, was allerdings keine

Unordnung macht. Viel Platz nimmt ein großer, dem Aussehen nach alter, dreiteiliger Spiegel ein. In einem Teil fehlt das Spiegelglas, man sieht das dunkelbraune Furnierholz, das teilweise mit bunten Bildchen bedeckt ist.

Man kann sich an diesem Zimmer nicht satt sehen, so viele auffällige Kleinigkeiten gibt es hier, die nur dafür geschaffen sind, daß man sie bewundert. Deswegen wende ich ständig meinen Blick vom Gesicht Olga Borisovnas (der Mutter jenes Mädchens) ab, das durch Leid verunstaltet ist, und lasse ihn über die Wände, Möbel wandern, streife mit den Augen kleine Bären und Mäuse aus Plüsch, kleine Vasen, Spitzen, und höre ihr unauffällig nicht zu. Dann besinne ich mich wieder, strenge mich an, sehe konzentriert auf die sich bewegenden, bebenden Lippen der Frau.

»Wir ... wir sind hier ganz allein. Was haben wir erwartet? ... Dort war es schlimm ... hier werden wir wenigstens nicht verhungern ...«

Wir sitzen einander am Tisch gegenüber. Auf dem Wachstuch mit geschmackvollen, cremefarbenen Blümchen stehen eine Flasche Wein und zwei kleine Kristallgläser, daneben liegt ein vierfach zusammengelegtes Blatt Papier. Olga Borisovna starrt, den Kopf auf die linke Hand gestützt, auf das Wachstuch, in der rechten Hand hält sie eine nicht angezündete Zigarette.

»Ich habe gehört, es sei dort besser geworden. Ruhiger. Celinograd haben sie zur Hauptstadt gemacht, unsere Wohnung wäre jetzt wahrscheinlich wahnsinnig teuer. Nein ... nein ... es war so hart, so unerträglich ...«

Ein eiskalter Wind weht vom Klappfenster, das einen Spalt breit geöffnet ist, über den Fußboden zum Gang. Der Luftzug ist nicht schlecht. So kann man ganz schnell krank werden.

»Marina und ich … wir haben gut zusammengelebt. Wie Freundinnen. Man sagt, es gebe eine Rivalität zwischen Mutter und Tochter und anderen Unsinn … Wir haben uns immer verstanden. Ich habe sie mit achtzehn bekommen, da war ich selbst noch ein junges Mädchen … Ich habe noch nicht vergessen, wie man sich in ihrem Alter fühlt … Aber wozu … ach … ich verstehe selbst nicht, was ich da rede …«

Olga Borisovna hat sehr schöne Hände. Schmal, glatt, die Finger sind lang, dünn und geschmeidig; die Nägel sind kurz geschnitten, wirken aber trotzdem länglich und oval … Nur die bläulichen Adern machen diese Hände lebendig, sonst könnte man meinen, sie wären aus einem ungewöhnlichen Ton geknetet worden. Diese Hände sind hypnotisch, ich könnte sie unendlich lange betrachten, bewundern.

»Erst in letzter Zeit … ist unsere Beziehung kaputtgegangen … Das ist auch verständlich … Irgendwann hat jeder einmal die Nase voll, noch dazu in ihrem Alter. Sie fing an auszugehen, war die halbe Nacht irgendwo unterwegs. Auch mit der Schule gab es Probleme … Sie wollte keine Hausaufgaben machen. Wenn ich mit ihr reden wollte, hat sie mich nur angeschnauzt, nervös gezuckt … Ich verstehe, ich weiß, daß ich schuld bin. Aber … was hätte ich tun sollen? Was? … Das Kind hatte nicht einmal ein eigenes Zimmer, nichts … von der Zukunft ganz zu schweigen. Und … in Celinograd haben wir … ganz anders gelebt. Sie ist in ganz anderen Verhältnissen aufgewachsen. Verstehen Sie? Sie ist in einer Dreizimmerwohnung aufgewachsen, hatte Freunde, lauter kluge Kinder … Sie hat ihre Hobbys gehabt. Und wie sie malen konnte! Hier hat sie mit allem aufgehört. Wie soll man sich hier auch mit irgend etwas ernsthaft beschäftigen …«

Jeder Satz, ich spüre es, fällt Olga Borisovna unerträglich

schwer. Sie muß das Schluchzen unterdrücken, redet daher in kurzen Sätzen, manchmal fast in einem offiziellen Ton, mit trockener Betonung. Und ich begreife nicht, wozu sie mir das alles erzählt, warum sie ausgerechnet mir was vorjammert, der ich genauso ein Heimbewohner bin und aus genauso einer Familie stamme, der es früher gutgegangen ist. Oder sie hat mich gerade deshalb ausgewählt, weil sie in mir einen Leidensgenossen erkannt hat. Am ehesten aber hat es sich zufällig ergeben. Ich bin neben der verdammten Küche stehengeblieben, jetzt kriege ich eine Portion Last aufgebürdet …

»Mein Mann ist ums Leben gekommen … vor sechs Jahren. Er war Oberleutnant und hat bei den Truppen des Innenministeriums gedient. Post mortem hat man ihn mit einer Medaille ausgezeichnet … ein Deserteur hat ihn erschossen … bei der Festnahme. Im ›Roten Stern‹ wurde davon berichtet … Die Auszahlung seiner Rente hat praktisch gleich nach seinem Tod aufgehört … unser Orchester wurde aufgelöst … Ich habe in der Philharmonie gearbeitet … als Geigerin … Wie soll man da existieren? Meine … meine Eltern sind gestorben, ich war ein spätes Kind. Als sie jung waren, hatten sie keine Zeit für Kinder, sie mußten das Neuland erobern … haben in Waggons gewohnt … Und wir … was sollten wir tun? … Wir konnten nur flüchten.«

Das Schluchzen hat die Frau fast überwältigt, sie stößt ein paar häßliche Kehllaute aus. Nach einem Schluck Wein atmet sie ruhiger, fährt mit ihrer Geschichte fort:

»Wir haben uns also entschlossen. Im Frühling 1994. Damals sind die Kasachen, die Nomadenvölker, aus der Steppe gekommen und sind wie die mongolischen Horden in die Stadt eingefallen. Fast hätten sie mit den Kosaken Krieg angefangen … Täglich wurden Leute zusammengeschlagen, verhaftet, täglich Kundgebungen für die Unabhängigkeit der Republik ... Viele haben ihre Wohnung einfach verlassen, sind mit zwei Koffern geflüchtet. Zum Schluß haben sie alles kaputtgemacht ... Toiletten und Badewannen zertrümmert, damit die Barbaren nichts bekommen ... Und das Geld, was heißt Geld – man konnte nirgendwo Essen kaufen. In Karaganda, habe ich gehört, haben sie sogar Hunde gegessen ... Was ist uns also anderes übriggeblieben?«

Die kleinen, weichen, bunten Elefanten, Katzen und Nilpferde lächeln glücklich. Ihre Knopfäuglein strahlen unvergänglichen Frohsinn aus, die kleinen Tiere fühlen sich wohl und gemütlich auf dem Sofa, auf den Nachttischen, auf den kleinen Kissen. Denen fehlt nichts.

»Wir haben uns entschlossen abzureisen ... Marina und ich ... zu den Eltern meines Mannes, die wohnen in Bogotol ... nicht weit von Ačinsk entfernt. Kennen Sie die Ortschaft?«

Ich nicke, für eine Sekunde begegne ich ihrem drückenden, glühenden Blick, weiche ihm schnell aus und schaue zur Seite, vor mich hin. Ich will ihre Augen nicht. Sie wollen aus mir das herausziehen, was ich innerhalb der letzten Tage mühselig und Stück für Stück in mir gespeichert habe. Ich bin voll davon, aber ich brauche es für mich allein. Wie kann man das nennen? Kraft? Hoffnung? Nein, das wäre falsch. Ich habe jetzt das Gefühl, daß alles gut wird. Und wenn ich es verliere, abgebe, werde ich wieder abstürzen, werde wieder zur Beute des Sumpfes. Aber die Frau überschüttet und überschüttet mich mit Worten.

»Ich habe ihnen geschrieben. Sie sagten, wir seien willkommen – nur auf dem Papier selbstverständlich. Ich habe einen

Container gemietet ... Die Wohnung habe ich für eine Million und dreihunderttausend Rubel verkaufen können, alte Rubel, jetzt ist das eine Lappalie ... Wir sind irgendwie nach Bogotol gekommen, haben zweieinhalb Jahre dort gelebt ... Genauer gesagt, uns gequält. Seit dem Begräbnis meines Mannes habe ich seine Eltern nicht mehr gesehen, ich konnte mir nicht vorstellen, daß Menschen derartig verkommen können ... Der Alte hat sich jeden Tag betrunken, seine Frau hat ihn nicht ins Zimmer gelassen, also hat er ständig auf dem Gang ... uriniert ... Schrecklicher Gestank ununterbrochen, irgendwelche Fetzen lagen herum ... Viele Sachen von uns sind plötzlich verschwunden, meine Ringe, Ohrringe ... Die Alte hat ... auf dem Bahnhof Piroggen verkauft. Sie hat sie zu Hause gebacken und ist dann auf dem Bahnsteig damit auf und ab gelaufen. Mich hat sie auch dazu gezwungen: Du bist ein gepflegtes Mädchen, nicht häßlich, solche wie du verkaufen die Ware immer am besten. – Was hätte ich tun sollen? Selbstverständlich habe ich es gemacht ... Ich habe mich beim Arbeitsamt gemeldet, die haben mir gleich gesagt: Machen Sie sich keine Hoffnungen, wir haben achttausend solcher Fälle, fast die Hälfte der normalen Bevölkerung. – Keine Arbeit ... Und Marina ...«

Beim Namen der Tochter hat Olga Borisovna laut und krampfhaft geschluchzt und das Schluchzen sofort mit einem Schluck Wein runtergespült.

»Marina hat sich plötzlich ... irgendwie zurückgezogen ... hat ganze Tage auf dem Sofa gelegen ... die ganze Zeit gelesen ... ich mußte sie zwingen, in die Schule zu gehen ... Ich war auch schon verzweifelt. Eine grauenvolle, grauenvolle Stadt ... lauter ehemalige Knastbrüder, Armut ... Keine Chance auf einen Job. Und ... ich hatte die schrecklichsten Gedanken. Ich habe in der Nacht im Bett gelegen, und immer die gleiche Frage: Wozu noch leben? Was soll noch kommen? Warum muß ich mich weiter so quälen? Ich … ich bin dreißig … und ab auf die Müllhalde, keiner schert sich um mich … Nur Marina hat mir noch Halt gegeben … Was sollte sie ohne mich tun … Und jetzt … Wohin ist sie gegangen? Wo ist sie?« Die Frau konnte sich nicht mehr beherrschen und schluchzte schließlich nur noch bitterlich, mit einem erstickten Röcheln, das Gesicht im Ärmel des flauschigen Pullis vergraben.

Ich habe es gewagt, das Blatt vom Tisch zu nehmen. Habe es auseinandergefaltet und gelesen: Mama, ich bin weggefahren. Ich habe Geld. Verzeih mir, und mach dir keine Sorgen. Marina.

»Allein … ich bin jetzt allein, verstehen Sie! Ach, nein, Sie können sich nicht vorstellen … was das heißt, allein zu sein«, wieder höre ich das kurze, abrupte, in meinem Ohr stechende Stöhnen. »Keiner braucht mich … kein Mensch. Sie sehen mich an wie eine … ich bin doch für die … Keiner hat mit mir wie mit einem Menschen geredet … Klar, wozu auch! In Bogotol hat man mir von diesem Minusinsk erzählt: So eine Stadt, so schön ist dort alles … Und ich habe gerade erfahren, daß sie hier einen Lehrer brauchen … für Musiktheorie. Ich bin zuerst allein hergefahren, habe die Stelle bekommen. Dann habe ich Ma… Marina geholt, auch verschiedene Sachen … Und hier … Was ist hier? Das ist hier passiert …« Ein kurzer, heiserer Laut tief in der Kehle, sie bedeckt das Gesicht mit der Hand, die langen Finger gespreizt.

Ich habe ihr Wein nachgeschenkt, auch mir selbst ein wenig. Und sage:

»Vielleicht findet man sie. Haben Sie schon eine Vermißtenanzeige gemacht?«

Statt einer Antwort höre ich hinter der Hand wie aus dem Jenseits einen ruhigen Befehl:

»Gehen Sie.«

»Hm«, sage ich verwundert. »Warum?«

»Gehen Sie bitte. Ich ... ich habe Ihnen alles erzählt ... O Gott, sie ist schon sechs Tage weg, und ich lebe noch, sitze herum, trinke Wein!« Sie hat die Arme hochgerissen, das Glas fallen lassen, über das Wachstuch rinnt eine kleine, rostrote Pfütze. »Ich muß mich beeilen, ich muß sie suchen!«

»Beruhigen Sie sich«, ist es gedankenlos aus mir herausgeplatzt. »Sie wird zurückkommen. Ich habe auch als Kind versucht, von zu Hause abzuhauen. Ich habe mich ein paar Tage irgendwo herumgetrieben, und dann bin ich zurückgekommen und habe um Verzeihung gebeten.«

»Hören Sie auf! Sie ...« Olga Borisovna ist aufgesprungen, schnell im Zimmer auf und ab gelaufen, hat die Hände an die Schläfen gepreßt. »Aber sie ... sie wird nicht ... Ich kenne sie. Sie hat sich entschlossen ... Sie kommt nicht zurück. Ist Ihnen das klar?!«

Da bin ich wirklich in eine Falle geraten. Dabei habe ich einen so schönen Tag hinter mir. Und jetzt muß ich mich die halbe Nacht mit einem fremden, für mich völlig überflüssigen Menschen herumschlagen. Trost spenden.

»Sie sollten nicht so reden, hören Sie auf«, bitte ich mit warmherziger Stimme. »Alles kommt in Ordnung. In ihrem Alter ist so etwas sogar notwendig, damit man über sich selbst Bescheid weiß, damit man sich versteht. Ich kenne das von mir ...«

»Hören Sie endlich auf zu spotten! Gehen Sie jetzt! Es reicht!«

Huch, die sieht aber drein! Fast mit Haß. Glaubt die vielleicht, daß sie in mir einen Sündenbock gefunden hat ... Noch vor zehn Tagen ist diese Olga Borisovna sicher stolz und selbstgefällig herummarschiert, hat sich in der Früh lange vor dem dreiteiligen Spiegel angemalt, ihre wundervollen Hände gehegt und gepflegt. Hat sich mit ihrer Tochter wild gezankt, sie aus dem Zimmer geekelt, um sich mit irgendeinem Klarinettisten aus ihrer Schule vergnügen zu können. Und die Tochter ist zuerst in die ehemalige Küche gelaufen und dann zum Handelszentrum. Und jetzt, wo sie abgehauen ist, verwandelt sich die Frau Mama in die unglücklichste Mutter.

Wirklich, was habe ich hier verloren? Wozu meine Zeit verschwenden, mir den Kopf über Probleme von fremden Leuten zerbrechen? Ich habe mir für morgen sehr viel vorgenommen, ich brauche Kraft.

»Na, wie Sie wollen«, seufze ich. »Ihre Sache.«

Aber etwas Gutes muß ich ihr noch sagen, ein paar energische, herzliche Worte. Sie hat mich doch nicht einfach so mitgeschleppt. Sie hat mich in der Küche angesprochen, als erste den Kontakt aufgenommen … Und jetzt wartet sie. Sollte ich vielleicht den nächsten Schritt unternehmen, sie umarmen … im Grunde hätte ich nichts dagegen.

Wir stehen da und sehen einander in die Augen. Wir sind fast gleich groß, der Blick würde mir nicht schwerfallen, wenn in ihren Augen nicht deutlich zu lesen wäre, daß ich abhauen soll. Würden ihre Mundwinkel ein bißchen zittern, der Ausdruck ihrer Augen sich um eine Spur ändern, würde ich sie umarmen, an mich pressen. Und die Worte, die einzig passenden Worte würden sich, da bin ich mir sicher, sofort finden. Ich könnte sie und mich selbst überzeugen, daß unsere Begegnung nicht im geringsten zufällig war, daß ihre Tochter, indem sie sich auf dem Fensterbrett aufgehalten hat, eigentlich den Ort und die Umstände für unsere Begegnung vorbereitet hat.

»Und?« fragt sie, ohne die Lippen zu bewegen. »Wie lange wollen Sie noch hierbleiben?«

»Was?« Und mache einen Schritt auf sie zu.

Ein lautes, unverschämtes Klopfen weckt mich. Da wird ohne Unterbrechung mit blöder Kraft gehämmert. Mir kommt es vor, als würde, wenn ich nicht sofort aufmache, die Tür einfach aufgebrochen. Auf diese Art hat nicht einmal der betrunkene Saša sein Zimmer gestürmt.

Ich springe auf, drehe den Schlüssel nach links. Gut, daß ich angezogen geschlafen habe, sonst wäre es total blöd – in Unterhose und einem ausgeleierten T-Shirt dazustehen. Um so blöder, wenn die Polizei vor der Tür ist. Zuerst sehe ich einen nicht mehr jungen, stämmigen Unteroffizier, hinter ihm zwei von der Kripo in Zivil, aber man weiß sofort, daß sie die Bosse sind. Als letzte in der kleinen Kolonne stehen eine magere Alte, der ich oft auf der Etage begegne, und ein einfacher Polizist in einer graublauen Jacke.

Das Zimmer wird gleich eng und fremd. Ich fühle mich wie in einem unbekannten Raum, in den ich mit Gewalt geschleppt worden bin. Ohne Schuhe komme ich mir klein und wehrlos vor.

»Der da?« fragt einer von denen in Zivil die Alte. Der trägt einen langen Regenmantel mit hochgeschlagenem Kragen.

Die Alte wackelt mit dem Kopf und antwortet bösartig:

»Der ist es, den kenne ich. Er war dort und hat Krach gemacht ... außerdem treibt er sich ständig betrunken im Korridor herum und raucht, wo er will.«

»Alles klar, danke.«

Der einfache Polizist hat die Alte sofort auf den Gang hinausgedrängt und sich an der Schwelle aufgestellt wie ein Wachposten. Sein Boß, der im Regenmantel, besichtigt das Zimmer und brüllt plötzlich los, indem er so tut, als ob das nicht an mich adressiert wäre:

»Her mit dem Paß!«

Scheiße, was ist los …

»Was ist passiert?« versuche ich, Widerstand zu leisten.

»Den Paß, habe ich gesagt!«

Ich dränge mich zum Schrank durch. Der einfache Polizist steht angespannt da, bereit, mir jeden Augenblick eine aufs Zwerchfell zu hauen, es lohnt sich nicht, die Bullen zu ärgern … Ich hole meinen Paß aus der Jacke, übergebe ihn dem Kriminalbeamten im Regenmantel.

»Also, wo arbeiten wir?«

»Als Hack…« besser, wenn ich die offizielle Bezeichnung meiner Arbeit angebe, »als Bühnenarbeiter im Theater.«

»Wo wohnst du?«

»Na hier …«

»Aber laut Paß bist du im Dorf Zacholmovo angemeldet. Stimmt was nicht, he?« Er richtet den strengen, entschlossenen Blick eines Hammels auf mich. »Was sagst du dazu?«

»Also, es ist so«, lalle ich, »meine Eltern wohnen dort, ich arbeite hier …«

»So, so … Schon gut, spielt im Augenblick keine Rolle. Es geht um was anderes, mein Junge.« Er steckt den Paß in die Tasche des Regenmantels und fragt klar und deutlich:

»Wann hast du zum letzten Mal die Bürgerin Trušanina gesehen?«

»Wen?«

»Hör zu, du Bühnenarbeiter, ich mag es nicht, wenn sich jemand in meiner Anwesenheit blöd stellt. Klar? Sonst nehme ich dich mit aufs Revier, und dort ist es nicht üblich, Fragen zu wiederholen.«

Der im Regenmantel ahmt offensichtlich die Bullen im Film nach, und ich hätte normalerweise nichts dagegen, mich über so einen Esel zu amüsieren, aber jetzt stehe ich im Zentrum seiner Aufmerksamkeit, deswegen bin ich nicht zum Spaßen aufgelegt.

Ich stehe umgeben von vier großen, starken, warm angezogenen, allmächtigen Männern. Stehe da und kapiere tatsächlich nichts. Klar ist mir nur, daß ich möglichst schnell etwas sagen muß.

»Kannst du dich nicht erinnern?« fragt müde der zweite in Zivil. Er ist jünger als der erste, hat anscheinend einen niedrigeren Rang und ist kulanter.

»Will er alles abstreiten?« meldet sich die Alte, während sie hinter dem Rücken des einfachen Polizisten hervorspäht. »Du warst am Abend bei ihr, ich bin Zeugin!«

»Bei Olga Borisovna?«

»Na siehst du ...«

Ich wende mich an den im Regenmantel:

»Entschuldigen Sie, aber ich habe ihren Familiennamen nicht gekannt.«

»Wann war das?« setzt er sein Verhör fort.

»Ungefähr um zehn ...«

»So, so, gut«, und schlägt seinem Kollegen vor:

»Los, bring ihn hin, soll er sich das selbst anschauen.«

»In Ordnung.«

Ich werde über den Gang geführt. Klar, da ist etwas Ernsthaftes passiert, die Frage ist nur, was die von mir wollen. Ja, ich wollte sie umarmen, und sie hat sich verkrampft und angefangen zu kreischen. Ich habe »Verzeihung« gemurmelt und bin gegangen. Habe mich ins Bett gelegt ... Stimmt das? Aber warum sollte es anders sein? Ich war nüchtern, ein Glas von diesem fast alkoholfreien Wein hat überhaupt keine Wirkung hinterlassen. Ja, ich bin ruhig weggegangen und habe mich ins Bett gelegt … Was soll das … Übrigens ist es ganz richtig, daß die mich in die Mangel nehmen, ich bin selber schuld – man darf sich nicht in irgendeinen Dreck reinziehen lassen. Gestern ist es mir so phantastisch gut gegangen, aber ich mußte ja unbedingt mit einem Menschen Kontakt aufnehmen. Jetzt kriegst du dafür eine aufs Dach, du Idiot …

Mein Hirn ist voll von unendlich vielen Geschichten, die ich gelesen, gehört oder im Fernsehen gesehen habe. Wie Unschuldige wegen Mord, Raubüberfall, Vergewaltigung angeklagt werden, wie jene, die nicht gestehen wollen, in den Polizeikommissariaten und den Untersuchungshaftzellen zu Tode geprügelt werden … So sieht mein neues Leben aus, mein Geburtstag. Das nennt man einen geistig Wiedergeborenen … Haben die überhaupt das Recht, mich irgendwohin zu führen, mir den Paß wegzunehmen, mich herumzukommandieren? Ich überlege, was ich tun soll, wo und bei wem ich Schutz finden könnte. Das Getrampel der Schritte geht in Schreie aus Kriminalfilmen über: Ich verlange einen Anwalt! Ich habe das Recht auf einen Anruf!

Vor der Tür zum Zimmer von Olga Borisovna liegen eine Tragbahre und ein schwarzer Plastiksack. Zwei Burschen in dunkelblauer, imprägnierter Uniform sitzen in der Hocke und rauchen. Ich möchte auch so gern rauchen. Wenigstens ein paar Züge.

Der im Regenmantel befiehlt den anderen, während er das Zimmer betritt:

»Wartet vorläufig draußen.«

Wie von einer Tarantel gestochen, legt die Alte los:

»Ich habe genau gesehen, wie der da aus dem Zimmer gekommen ist ... Ich wollte ins Bett gehen, plötzlich Geschrei, Lärm. Da habe ich meine Tür einen Spalt aufgemacht ...«

»Oma, das kannst du später erzählen«, unterbricht sie der zweite Kripobeamte, »spar deine Kräfte. Wir setzen uns gleich bequemer hin, du beschreibst mir alles ausführlich, und ich notiere das. Übrigens, können wir das bei dir tun?«

»Warum denn nicht! Bei mir ist alles in Ordnung, ich wohne allein. Außerdem können wir einen Tee trinken.«

Der Boß kehrt zurück, faßt mich am Arm und bietet mir bösartig und schalkhaft an:

»Na, dann wollen wir uns anschauen, was du angerichtet hast.«

Das Zimmer, vor kurzem noch so warm und gemütlich, ist wie auf den Kopf gestellt. Die Ordnung hat sich in ein Chaos verwandelt. Alles ist berührt, begutachtet, mit dem Atem von fremden Menschen besudelt worden. Sieben Leute – Ärzte, Polizisten, Spezialisten für Spurensuche in Anzügen und Krawatten. Sie tauschen murmelnd Worte untereinander aus, messen irgend etwas ab; die Flasche und das Glas sind mit einer dunklen Schmiere bedeckt, daneben ein kleiner Metallkoffer, darüber gebeugt ein dicker Kerl mit Brille.

Fast in der Mitte des Zimmers, neben dem dreiteiligen Spiegel, liegt Olga Borisovna. Mit dem Gesicht nach unten, neben ihrem Kopf ein kleiner Blutfleck ... Ich habe noch nie in meinem Leben eine Leiche gesehen, die nicht im Sarg liegt, aber ich habe keine Angst. Im Augenblick fürchte ich mich vor den Lebenden.

»Ich bin fertig, Igor Jurič«, erklärt der Kerl mit der Brille fröhlich dem Mann im Regenmantel.

»Nimm diesem Spaßvogel die Fingerabdrücke ab.« Ich bekomme einen leichten Stoß unter das Schulterblatt und gehe zum Tisch.

»Mit Vergnügen«, der Kerl holt aus dem Koffer ein Blatt Zeichenpapier und ein Fläschchen mit schwarzer Flüssigkeit. »Gib mir die Hand, zuerst die linke.«

Der Boß unterhält sich mit den Ärzten. Sie reden leise, man versteht nichts ... Es dröhnt in meinen Ohren, als ob ein Sturm in ihnen tobte ...

Der mit der Brille schmiert meine Fingerspitzen der Reihe nach mit der tuscheähnlichen Flüssigkeit ein und drückt sie kräftig und mit einem leichten Drehen aufs Papier ... Verdammt, das ist doch irgendein blöder Thriller, den ich mir, immer noch unbeteiligt, ansehe, obwohl ich mitspiele. Hm, nicht schlecht! Aber mir kommt es tatsächlich so vor, als sähe ich mir das unbeteiligt an. Wahrscheinlich eine Art Selbstschutz. Wenn man das Ganze ernst nehmen würde, könnte man ganz locker durchdrehen ... Man muß sich das einmal vorstellen: Eine Frau, mit der man vor ein paar Stunden geredet hat, ihre Augen, ihre bebenden Lippen gesehen und ihre schönen Hände betrachtet hat, die man beruhigen und umarmen wollte, liegt jetzt auf dem Fußboden. Ihre Haut ist seltsam weiß, weiß bis ins Gräuliche, und neben dem Kopf – eine kleine, dunkle Pfütze ... Darüber darf man nicht nachdenken. Auf keinen Fall! Ich bin nur ein Zuschauer. Mir kann nichts Schreckliches passieren. Ich sehe mir das an, höre zu, und dann gehe ich schlafen.

Sie wird in den schwarzen Sack gepackt. Die Burschen in der imprägnierten Uniform fummeln angeekelt und offensichtlich widerwillig an dem Körper herum ... Und der Toten ist alles egal, sie ist willenlos und mit allem einverstanden. Und es ist nicht lange her, da hat sie laut geschluchzt, Worte gesprochen, sich bewegt, mich mal voller Hoffnung, mal voller Haß angesehen ... Warum bin ich weggegangen? Ich hätte sie nicht allein lassen sollen ... Jetzt muß ich mich verantworten ... Und meine Eltern ... Wer wird sie verständigen? Wie soll es überhaupt weitergehen? Aus, aus ...

»Los, Senčin, erzähl.«

Ich sitze auf demselben Stuhl wie am Abend, und auf dem Platz von Olga Borisovna sitzt der zweite Kriminalbeamte in Zivil. Vor ihm liegt ein Stoß Papier, eine Mappe. Der Boß – die Parodie eines Kommissars aus einem Film – geht im Zimmer auf und ab, raucht.

»Was soll ich erzählen?« versuche ich, meine Gedanken zu ordnen.

»Alles, Junge, alles. In deiner Situation wäre es besser, wenn du alles erzählst.«

Ich stoße einen langen Seufzer aus und will anfangen.

»Was gibt es da zu stöhnen, du Mißgeburt?!« brüllt der im Regenmantel. »Willst du dich wie eine Schwuchtel aufführen? Dafür hast du im Knast noch Gelegenheit genug!«

»Also«, schaltet sich der Zweite ein, »los, erzähl, wo und wann hast du dich mit der Ermordeten getroffen.«

»Mit der Ermordeten«, das wurde auf den ersten Blick so nebenbei gesagt, aber beide haben mich dabei angestarrt, um meine Reaktion zu beobachten. Ich versuche, das Zittern zu bekämpfen, und rede, wie ich glaube, ruhig und überlegt:

»Zirka um acht Uhr abends bin ich das Geschirr abwaschen gegangen. Sie war in der Küche ... Eigentlich ist das keine Küche mehr, nur so ein ...«

»Und weiter?«

»Sie hat mich gefragt, ob ich ihre Tochter kenne. Ich sagte: ja.«

»Du weißt, daß ihre Tochter minderjährig ist?« ätzt der im Regenmantel.

Ich sehe ihn an, und er grinst zufrieden, als hätte ich etwas ausgeplaudert, was verhängnisvoll für mich ist.

»Weiter«, verlangt der Zweite, nachdem er meine Aussage notiert hat.

»Sie …«

»Wer?«

»Olga Borisovna … sie hat mich zu sich gebeten … Sie hat gejammert, daß sie ganz allein ist …«

Ich erzähle lange und ausführlich ihre Geschichte von der Übersiedlung, von den Eltern ihres toten Ehemannes. Der Boß spaziert weiter durch das Zimmer, und der Zweite schreibt, hört nur zu oder trommelt leicht mit dem Kugelschreiber auf den Tisch …

Schließlich gibt er mir das Blatt Papier:

»Lies es durch und unterschreib.«

Ich lese, mit Mühe und Not kann ich die schlechte Handschrift entziffern, zwinge mich, den Sinn des Geschriebenen so halbwegs zu erfassen. Man muß das lesen – die können locker eine Bemerkung reinschmuggeln, die einem die Schuld in die Schuhe schiebt … Endlich habe ich den letzten Satz geschafft: Wurde von den Mitarbeitern der Polizei in Begleitung der Zeugin Akulova E.S. in seinem Zimmer Nummer 408 ausfindig gemacht und aus dem Schlaf gerüttelt. – »Was für eine Zeugin?!« will ich mich empören.

»Also, du hast es zur Kenntnis genommen?«

»Ja. Dürfte ungefähr stimmen.«

»Schreib jetzt: ›Von mir durchgelesen, alles stimmt mit meinen Worten überein‹. Und die Unterschrift.«

Ich tue, was mir befohlen wurde.

Dann gehen beide zum Fenster und unterhalten sich leise, etwa zehn Minuten. Ich gucke extra nicht in ihre Richtung, wische die schwarze Farbe von meinen Fingern, lausche aber besonders aufmerksam. Ich schnappe Fragmente von Sätzen auf:

»... aber die Tür war mit Schlüssel und Riegel zugesperrt ...«

»... die Fingerabdrücke werden zeigen ...«

»... die Sachen, die Sachen ...«

Der Zweite, glaube ich, hält zu mir, aber dieser blöde Kerl im Regenmantel reißt sich ein Bein aus und klammert sich an jede Kleinigkeit, nur um mich als Mörder zu überführen. Er sprudelt aufgeregt, aber deutlich heraus:

»Das wäre zu einfach: Sie wird bewußtlos, ein Ohnmachtsanfall oder etwas Ähnliches, sie fällt um, stößt mit dem Kopf an eine Kante und ist sofort mausetot. Nein, hier muß eine fremde Hand im Spiel gewesen sein. Glaub mir!«

Der Zweite antwortet etwas im Flüsterton, und ich reibe und reibe wie ein Roboter meine verschwitzten, zitternden Hände. Von den Wänden blicken lächelnd schöne Sänger und Models auf mich herab ...

»Also gut, vorläufig bist du frei«, teilt mir der Boß unwillig mit. »Du gibst jetzt eine schriftliche Verpflichtung ab, deinen Wohnort ohne amtliche Genehmigung nicht zu verlassen, und dann geh schlafen.«

Der Zweite legt ein getipptes Formular vor mich hin und zeigt mir, was und wo ich unterschreiben muß.

»Darf ich zu meinen Eltern fahren?« frage ich. »Nach Zacholmovo, vierzig Kilometer von hier entfernt?«

»Nein!« brüllt der Boß. »Solange die Ermittlungen laufen, bleibst du hier und gehst nur zur Arbeit. Gib die genaue Anschrift an! Merk dir, wenn wir dich innerhalb von drei Tagen nicht finden, werden wir dich in ganz Rußland zur Fahndung ausschreiben. Und du weißt, hoffe ich, was normalerweise bei der Verhaftung so alles passiert …«

»Es wird nur eine Woche dauern«, beruhigt mich der Zweite. »Sobald die Expertisen vorliegen, sobald bewiesen ist, daß es ein natürlicher Tod war, kannst du von uns aus nach Paris fahren.«

17

Heute haben wir im Theater den ersten Arbeitstag nach der Quarantäne. Vadim, Andrjunja, Igor und ich hängen in unserem Kabuff herum. Ich beende meine Erzählung, wie ich wegen Mordes beinahe im Knast gelandet wäre:

»Ich komme ins Zimmer zurück, dort ist alles durcheinander. Die haben zwar nicht alles extra auf den Kopf gestellt, aber man konnte schon sehen, daß sie alles gewissenhaft durchwühlt haben. Sogar das Fleisch zwischen den Fensterrahmen haben sie kontrolliert. Außerdem habe ich vergessen, mir von dem Blödmann mit dem Regenmantel meinen Paß zurückgeben zu lassen. Ich bin den ganzen Tag von einem Revier zum nächsten gelaufen, bis ich den Bullen endlich gefunden habe …«

»Du hast wirklich Schwein gehabt«, seufzt Vadim, »das hätte schlimm ausgehen können.«

Andrjunja ist voller Schadenfreude:

»Jetzt sind wir alle gebrandmarkt, jeder hat ein Verfahren am Hals!«

»Wieso jeder? Igor ist vorläufig sauber.«

»Den hat es auch erwischt. Er ist sozusagen ein Opfer.«

»Tja, Ljalin hat uns das Leben kompliziert gemacht ...«

Meine Erzählung hat nicht die Aufmerksamkeit hervorgerufen, mit der ich gerechnet habe, als ich in den letzten Tagen allein herumgesessen habe und nicht wußte, wem ich meine Geschichte mitteilen könnte. Ständig in Erwartung, daß mich jede Sekunde eine Einsatztruppe überfällt und in den Knast schleppt ... Endlich habe ich die Möglichkeit, meine Angst wenigstens ein bißchen durch das Erzählen, durch das Zusammensein mit Menschen, die mir nahe sind, zu verringern, aber sie haben kein besonderes Mitgefühl gezeigt. Verständlich, ihre Probleme sind nicht geringer als meine.

Bald haben sie mich überhaupt vergessen. Vor allem Vadim und Andrjunja. Sie sprechen nur miteinander und über ihre Sachen.

»Ljalin ist angeblich immer noch im Krankenhaus«, erzählt Andrjunja besorgt, »die Mißgeburt will ihre Anzeige nicht zurückziehen.«

Der Brigadeleiter winkt ab:

»Alles erstunken und erlogen! Der hängt längst zu Hause herum. Die wollen uns verarschen, damit wir uns vor Angst in die Hosen machen. Ich habe vor kurzem mit Semuchin geredet ...«

»Und? Wie sieht's aus?«

»Beschissen ... Er sagt, alle sind gegen uns, alle. Sie wollen uns loswerden.«

»Dreckschweine!« Aber nach kurzem Überlegen präsentiert Andrjunja einen überraschenden Vergleich:

»Das ist doch klar im Grunde – die sind wie die Wespen. Wenn du eine angreifst, attackiert dich gleich der ganze Schwarm. Aber nur nach außen hin, die können sich doch gegenseitig nicht ausstehen.«

»Richtig …« Vadim wendet sich plötzlich heftig zu Igor um: »Und du machst keinen Mucks in bezug auf eine Kündigung. Kapiert? Nur wegen dir, du Arsch, ist das passiert. Wir hätten ihn kaltmachen können, stockbesoffen wie wir waren.«

»Ganz locker!« bestätigt Andrjunja.

Igor preßt schuldbewußt die Lippen zusammen:

»Ja, natürlich, Jungs … Ich halte zu euch …«

Im Kabuff ist es heiß und stickig. Klar, wir würden lieber auf unserem Lieblingssofa in der Quatschbude sitzen, aber der Zutritt ist uns verboten. Jetzt sind wir für die Schauspielerclique die schlimmsten Feinde. Sogar die Frauen schauen uns voll Haß an. Am Gesichtsausdruck des Direktors Viktor Albertovič kann man erkennen, daß er sich für Vadim, Andrjunja und Lëcha (ich hoffe, er zählt mich nicht zu den Schlägern) etwas überlegt hat, was allen Mutmaßungen und Gerüchten zufolge nicht gerade günstig für sie ausgehen wird … Vielleicht ist das gar nicht schlecht, wenn ihnen gekündigt wird, dann kommen neue Leute, und vielleicht werde ich Brigadeleiter. Das wäre ein neues Kapitel in meinem Leben, außerdem ist das Gehalt etwas höher …

Kurz nach fünf (wir haben gerade aufgebaut) ist Dima aufgetaucht. Auf den ersten Blick war er nicht wiederzuerkennen – er hat sich in weniger als einem Monat total verändert. Aus dem frechen, stämmigen Kerl ist ein mageres, gebücktes, unsicheres Männlein geworden.

»Geht's gut, Jungs?« Das hat wirklich wie eine Frage geklungen. Jedem von uns hat er seine dunkle, rissige Hand hingestreckt. »Die Wächterin wollte mich nicht hereinlassen.«

»Na so was«, reagiert Vadim verärgert. »Und wie geht es dir?«

»Na ja, tja, nicht besonders ...«

Wir gehen zu unserem Kabuff hinunter, Dima holt aus der Jackentasche eine Flasche Minus-Wodka.

»Laßt uns einen Schluck trinken. Ich bin nur für eine halbe Stunde vorbeigekommen. He, ihr fehlt mir so ... Auf unser Treffen, ja?«

Die Augen von Andrjunja haben gleich zu leuchten angefangen, aber Vadim sieht finster drein. Er kann es nicht leiden, wenn während der Arbeitszeit getrunken wird.

»Für fünf Leute, das ist nichts, Vadim«, beruhige ich ihn, »richtig saufen werden wir später, nach der Vorstellung.«

»Na gut, schenkt ein!«

Igorëk wollte nicht trinken und hat, da er wegen des Rauchs keine Luft mehr kriegen konnte, das Kabuff verlassen. Jeder von uns hat der Reihe nach seine Portion aus dem einzigen, kleinen Glas runtergekippt. Andrjunja hat als erster getrunken und unter dem Einfluß des Wodkas angefangen, zu erzählen:

»So viele Ereignisse, Dima, der Schädel könnte einem platzen! Kurz gesagt, wir haben still und friedlich den Geburtstag von Tanja Taroševa gefeiert, haben uns anständig betrunken, alles war in Ordnung, wir wollten schon in den Bus einsteigen, da kommt unser Kleiner, der jetzt weggegangen ist ... der hat übrigens deine Stelle ...«

Nach der Geschichte über Ljalins Bestrafung und deren Konsequenzen, versuchte ich, meine Mördergeschichte anzubringen, aber Dima hat mich gleich mit einem neidischen Seufzer unterbrochen:

»Bei euch ist es lustig ... Ist die Sache mit der Buchhalterin schon gelaufen?«

»Abgesagt.« Der Brigadeleiter hat das Thema abgebrochen

und Wodka eingeschenkt. »Wir haben sowieso ständig Probleme am Hals. Vielleicht später ...«

»Macht nichts, dafür habt ihr es der Schwuchtel gegeben, haha. Und ich«, Dima seufzt bitter, »ich kann nichts Interessantes erzählen ... Es war ein Fehler, daß ich gekündigt habe.«

»Was«, sage ich, »läuft es nicht gut mit deinen Leichen auf dem Friedhof?«

»Die Leichen, die Leichen sind nicht das Wichtigste ...«

»Erzähl!«

Dima trinkt aus, schnüffelt am Ärmel seines schäbigen, kurzen Mantels, wartet, bis alle Wodka getrunken haben, und zeichnet dann das Bild seines neuen Lebens. Dabei seufzt er und kratzt sich ständig am Kopf:

»Zu unserer Brigade gehören vier Leute. Und der Boß, Leonid Georgič. Wir arbeiten jeden Tag. Man kann ein paar Tage schwänzen, also offiziell im Krankenstand sein, nur kriegt man dann, klar, keine Kopeke. An einem Tag können drei Begräbnisse sein. Im Sommer ist das angeblich normal, aber jetzt ist das ein Scheiß ... In einem halben Meter Tiefe ist der Boden hart wie ein Knochen. Man könnte die Erde mit brennenden Autoreifen vorwärmen, aber wo soll man die herholen. Wir suchen die Straßengräben ab ... Die aus dem Kriegsversehrtenheim machen uns total fertig. Da krepiert einer nach dem anderen. Wir verscharren sie dicht nebeneinander, Sarg an Sarg, wie im Schützengraben. An denen verdienen wir nichts, auch von den normalen Leuten kriegen wir höchstens eine Flasche Wodka für alle und jeder ein Handtuch. Ich habe einen ganzen Haufen von diesen Fetzen, die könnte ich verkaufen ... Einmal haben wir einen Reichen begraben, jeder hat hundert Rubel bekommen, etwa fünf Buddeln Stoličnaja-Wodka, zu essen ... Und wie wir schuften müssen, ein einziger Scheißdreck ... Da, die Hände sind vom Brecheisen total aufgerieben.« Dima hat uns seine verunstalteten Pfoten gezeigt und sie wieder zwischen den Knien versteckt. »Bisher haben wir keinen Lohn gesehen. Nicht mal Lebensmittelmarken ... Auch hier im Theater habe ich jeden Tag angerufen, meine Abrechnung steht noch aus, heute habe ich endlich ein Viertel davon ausbezahlt bekommen ...«

»Was? Ausbezahlt?« Vadim ist aufgesprungen, hat sogar seine Zigarette fallen lassen.

»Dreihundertvierzig Rubel. Fast tausend sind sie mir noch schuldig ... Ich müßte Pelzstiefel kaufen, ich verbringe doch den ganzen Tag in der Kälte ...«

Der Brigadeleiter hört ihm nicht zu und verschwindet ohne Erklärung.

»Wo will er hin?« Andrjunja versteht nicht.

Ich habe eine Ahnung, will mir aber keine Hoffnungen machen und hüte mich, laut auszusprechen, daß Vadim sich nach unserem Lohn erkundigen will. Deswegen habe ich die Flasche in die Hand genommen:

»Los, noch einen Schluck.«

Das war's. Vadims Portion lassen wir im Glas. Die leere Flasche haben wir unter der Pritsche versteckt.

»Einmal mußte ich einen Sarg zunageln«, fährt Dima fort. »Also habe ich die Nägel und den Hammer genommen, aber ich konnte nicht. Meine Hand hat sich nicht bewegt ... So ein kleines Mädchen im Sarg, ich habe sie die ganze Zeit während der Trauerzeremonie angesehen ...«

Das alles interessiert mich absolut nicht. Atemlos warte ich auf den Brigadeleiter.

Die Kassiererin murrt selbstverständlich:

»Müßt ihr unbedingt zwei Minuten vor Schluß kommen ...«

Igorëk hat seinen Anteil bereits und lächelt glücklich.

»Wieviel?« fragen wir ihn ungeduldig.

»Zweihundert Rubel, ihr sollt angeblich mehr kriegen.«

Vadim konnte sich, während er den Empfang quittierte, nicht beherrschen und lachte laut. Auf seiner ausgestreckten Hand landete ein Bündel Geldscheine, darauf das Kleingeld.

»Und? Wieviel?« bedrängt ihn Andrjunja. »Dreihundert? Fünfhundert?«

Vadim hält das Geld in der Faust, geht beiseite. Andrjunja hat den Kopf durch das kleine Fenster am Schalter gesteckt.

»Weg mit dem Kopf!« höre ich die verärgerte Stimme der Kassiererin.

Andrjunja weicht zurück, knallt mit dem Nacken gegen das Furnier und bringt damit die allmächtige Verteilerin des Geldes noch mehr auf die Palme. Jetzt kreischt sie fast:

»Wollen Sie hier alles kaputtmachen?! Sie machen alles kaputt!«

»Verzeihung«, brummt der Muskelprotz, während er gierig beobachtet, was in dem kleinen, mit Geld vollgestopften Zimmer vor sich geht. Und sicher träumt er: Hier müßte man einbrechen – das wäre klasse!

Vadim hat inzwischen seinen Lohn kontrolliert und seufzt zufrieden.

»Dreihundertfünfundachtzig, wie vom Himmel gefallen!«

»Wie vom Himmel«, sage ich, »was haben wir dafür schuften müssen ...«

Andrjunja bekommt das Geld und fängt gleich an nachzuzählen.

»Geh weg«, ich versuche, ihn wegzuschieben, »das kannst du auch woanders tun.«

Der einfältige Hüne reagiert nicht, hat alle Muskeln angespannt, steht da wie ein Felsbrocken. Nur seine Finger bewegen sich, während sie die Geldscheine zählen, und die Lippen flüstern:

»... zwanzig, dreißig, vierzig ...«

»Senčin!« rufe ich der Kassiererin über seine Schulter zu. »Senčin, auch ein Bühnenarbeiter!«

Die Auszahlung des Lohns ist nicht nur ein feierliches Ereignis, sondern geradezu ein außerordentliches. Es bringt sofort einen gewissen Sinn ins Leben, in die Arbeit, wie ein kleiner Leuchtturm, der vor einem auftaucht. Aber diese Auszahlung findet höchst selten statt, höchst selten hält man soviel Geld auf einmal in Händen, daß einem direkt mulmig wird ...

Das Geld hat uns mit einem Schlag verwandelt – wir sind sofort verschlossen geworden. Angespannt. Wir haben jetzt etwas zu verlieren. Aber keiner will etwas verlieren.

Nachdem wir das Geld eingesteckt haben, sitzen wir um dreihundertfünfzig Rubel reicher wie frierende Spatzen in dem engen, stickigen Zimmer und schweigen. Ich spüre, daß alle wahnsinnig gern trinken, etwas Köstliches essen würden, aber vor den Augen der anderen fällt es schwer, das geliebte Bündel rauszuholen, zwanzig, dreißig Rubel in die gemeinsame Kasse zu werfen und zu sagen: ›Laßt uns einen trinken!‹ Wenn man nur diese zwanzig, dreißig Rubel hat, fällt es einem viel leichter.

»Tja«, Dima ächzt und rutscht auf dem Stuhl hin und her, er will etwas sagen, traut sich aber nicht. Sein Ächzen sollte uns sozusagen inspirieren.

Keiner geht darauf ein, ein paar Minuten später steht er auf:

»Gut, dann gehe ich ... Ich muß mich ausschlafen, für morgen, ach ... zwei Begräbnisse ...«

Vadim überwindet die Angst, sein dickes Bündel zu verschleudern, und preßt dann doch noch hervor:

»Na, vielleicht sollten wir einen kippen? Ein bißchen feiern?«

Diese Replik fällt ins Leere: Andrjunja murmelt etwas von einem neuen Pulli, Dima verabschiedet sich rasch und verschwindet.

Und ich habe Angst vor dem Trinken. Ich kann mir den Ablauf des Gelages absolut realistisch ausmalen: Ich stürze eineinhalb Flaschen Wodka hinunter (vor lauter Freude schafft man diese Menge wie nichts), um zwei Uhr nachts gehe ich in gehobener Stimmung nach Hause, singe aus vollem Hals Lieder, mache Mädchen an und ende in der Ausnüchterungszelle. In der Frühe ein grauenvoller Kater, eine Geldstrafe, bittere Gedanken an den im Fluß Lethe versunkenen Lohn. Lieber reiße ich mich zusammen.

»Wenn nicht, dann nicht«, Vadim akzeptiert unsere Ablehnung mit versteckter Freude, »wir werden noch genug Zeit dafür haben. Gott hat viele Tage.« Und, um sich vom Gedanken an das Trinken abzulenken, fängt er an zu schimpfen:

»Scheiße, wir haben das Geld beinahe verpaßt. Irgendein Heini hätte uns doch einen Wink geben können, daß das Geld ausbezahlt wird. Aber das kriegen diese Schweine zurück!«

Ich fahre von der Arbeit nach Hause. Nicht mit dem klapprigen Bus von Onkel Gena, sondern in einem niedrigen, bequemen, blitzschnellen, ausländischen Wagen. Das Auto dürfte aus Japan sein, weil das Lenkrad auf der rechten Seite angebracht ist. Ich habe einfach aus Spaß mit der Hand gewinkt, da ist es stehengeblieben. Dem Fahrer habe ich zehn Rubel angeboten, und jetzt genieße ich die Fahrt.

Ich sitze locker auf dem Beifahrersitz, rauche eine »Bond«, gucke nach vorne. Ich sehe den schwarzen Asphalt, den schwarzen Himmel und links und rechts armselige, verschneite Häuschen, schiefe Zäune. Der sogenannte »Privatbesitz«. Das ausländische Auto fährt mich zum neuen Stadtteil, jagt dorthin, wo ich die Möglichkeit habe, mir einen langersehnten Wunsch zu erfüllen. Die entgegenkommenden Autos flitzen vorüber, blenden mich und den Fahrer mit dem Licht ihrer Scheinwerfer. Ein gruseliges und angenehmes Gefühl, die Sekunden der Gefahr und der Schutzlosigkeit zu spüren, wenn nur einen halben Meter entfernt ein metallener Kasten vorbeisaust und man nur die weiße Leere sieht ... Vorbei. Der Kasten ist schon hinter einem, entfernt sich immer weiter, und man empfindet eine unglaubliche Erleichterung, möchte schreien und vor Freude hüpfen. Nein, es lohnt sich nicht, zu schreien und zu hüpfen. Ein Zug an einer teuren Zigarette reicht völlig.

Aber dann kommt ein neues Auto entgegen, die weißen Flecken der Scheinwerfer nähern sich, werden schärfer und wieder einige Sekunden des Wartens und der Leere ...

Das Autoradio läuft, aus den Boxen schnurrt eine hohe, kokett dahingehauchte Stimme:

> ... Ihr Junge ist weit fort von hier ...
> Auf den sieben Meeren,
> er trinkt den Saft von anderen Mädchen,
> singt seine Lieder nur für sie.
> Vielleicht ist das Ganze nicht fair,
> Aber dafür sicher sehr spannend ...

»Wer singt da?« Die hohe Stimme und die Melodie interessieren mich.

Der Fahrer erklärt höflich:

»Eine neue Gruppe, »Mumij Troll.« Ich habe die Kassette gekauft, das ist ein echter Ohrwurm.«

»Die sind wirklich gut«, nicke ich, während ich der Stimme vom Band lausche, und der Fahrer fährt fort zu erzählen, obwohl er mich bereits stört und mir auf die Nerven geht:

»Angeblich finden die Junkies einen globalen Sinn in dieser Musik, aber mir gefällt sie einfach so. Klingt irgendwie außerirdisch ... Jetzt kommt ein Stück über Delphine. Das Lied ist klasse!«

Das Handelszentrum ist wie immer voll Leben. Es ist gewissermaßen das Herz der Stadt, in dem ständig Menschen, Musik, Straßenlaternen, Autos, die angefahren kommen und wegfahren, pulsieren. Vielleicht kommt es mir nur so vor, aber das Handelszentrum wird mit jedem Tag mächtiger, zieht die umliegende Stadt immer fester an sich, immer lebhafter pocht dieses riesige Herz. Im Sommer ist es irgendwie ruhiger und unauffälliger gewesen als jetzt – an einem frostigen Abend, Ende November ... Vor den Kiosken stehen die Leute Schlange, die Cafés und Minimärkte sind mit Kundschaft vollgestopft. Hinter den Verkaufsständen, die normalerweise nach sechs oder sieben Uhr abends leer sind, tummeln sich die Händler.

Der Fahrer hält seinen weißen, ausländischen Wagen neben der Bierbar »Baltika« an. Ich zahle und sage, daß ich unbedingt eine Kassette mit den Liedern von »Mumij Troll« kaufen werde. Der Fahrer lächelt wie ein Kumpel, nickt.

Dank der dreihundert Rubel sind die Ereignisse der letzten Woche weit in die Ferne gerückt, sind verblaßt, fast vergessen. Olga Borisovna und ihre Tochter, die schriftliche Verpflichtung, den Wohnort nicht ohne amtliche Genehmigung zu verlassen, die Probleme der Eltern, die Probleme im Theater, all der andere Zoff ... Zum Teufel damit! Wie lange muß man sich noch mit dem ganzen Schwachsinn beschäftigen?

Ich betrete die Bar selbstbewußt, souverän, ohne Eile. Versuche, eine gelangweilte, satte Miene aufzusetzen, aber meine Lippen dehnen sich von selbst zu einem Lächeln. Ich habe seit langer Zeit nicht mehr wirklich gelächelt, meistens grinse ich bitter oder spöttisch.

Ein schwaches, bläuliches Licht, etwa zehn kleine Tische, junge Burschen und Mädchen. Der Rauch von aromatischen Zigaretten macht einen schwindlig, nach der frischen Luft draußen kann man hier fast nicht atmen, aber nur am Anfang ... Über dem Tresen ein großer Fernseher, auf dem Bildschirm ein Clip von irgendeinem fremdsprachigen Song: Über die Straße rast ein schickes Cabrio, am Lenkrad sitzt ein übermütiges, hübsches Mädchen mit gelbem Haar, in einem T-Shirt und in modisch zerrissenen Shorts. Sie pfeift auf alles, flitzt auf der Überholspur dahin und singt. Die Autos weichen ihr aus Angst vor einem Zusammenprall aus, fliegen in den Straßengraben, überschlagen sich, aber die mit dem gelben Haar zuckt mit keiner Wimper. Sie hat die Augen geschlossen, die Beine aufs Lenkrad gelegt ... Es wäre interessant zu erfahren, wovon sie singt – die Worte haben anscheinend einen Sinn ... Auf dem Gaspedal ein schwerer Stein, der es herunterdrückt. Klar, das Mädchen wird nicht anhalten, das ist ihr letzter entfesselter, aber dafür hundertprozentig geiler Coup ...

Ich behalte den Clip im Auge und gehe zur Theke. Schmeiße fünfzig Rubel hin:

»Ein Bier.«

»Im Glas?« erkundigt sich höflich der Barmann und hält es mir gleichzeitig hin.

»Wäre nicht schlecht.«

Das Bier wird aus der Flasche in ein hohes, dünnes Glas gefüllt. Auf dem Glas das Firmenlogo »Baltika«. Diese Logos sieht man überall, die Bar gehört dieser Firma.

Ich nehme einen Schluck von dem starken Bier, warte, bis der Barmann mir das Restgeld zurückgibt, und füge hinzu, als ob es mir erst jetzt eingefallen wäre:

»Ach ja, und eine Tüte Chips mit Bacon.«

»›Laise‹? ›Estrella‹? ›Russisches Gold‹?«

»Geben Sie mir ›Estrella‹.«

Ehrlich gesagt, tausend Jahre habe ich schon davon geträumt, so dazusitzen. Genau wie jetzt. Ich habe mir vermutlich auch genau diese Musik vorgestellt ... Anzusehen, was im Fernseher läuft, ist nicht bequem, man muß den Kopf in die Höhe strecken, also starre ich die Flaschen auf den Glasregalen vor mir an.

Da sind Dutzende Sorten von Wein, Wodka, Whisky, Bier, Likör. Tequila, Gin Tonic, Fanta, Mirinda, Cola ... Fast nichts von dieser märchenhaften Fülle habe ich bisher gekostet. Die Menschheit hat so viele tolle Sachen erfunden, und ich komme da an wie aus der Steinzeit: der billigste Wodka, Prima-Zigaretten, armselige Lieder aus einem beschissenen Recorder. Alles übrige fliegt an mir vorüber. Und ich bin selbst, selbst an allem schuld.

Ich zünde eine Zigarette an. Lege die Schachtel vor mir auf die Plastiktheke, die wie Marmor aussieht. Heute rauche ich »Bond«, ich muß mich nicht schämen. Der Barmann stellt sofort einen sauberen Aschenbecher neben meine Zigaretten. Aber ich habe es mit dem Abstreifen der Asche nicht eilig. Ich beobachte, wie sie als zerbrechliches Stäbchen am Ende der Zigarette hängt. Es gibt einen Aberglauben: Wenn man die Zigarette bis zum Filter raucht, ohne daß die Asche runterfällt und ohne ein Wort gesagt zu haben, wird jeder Wunsch in Erfüllung gehen …

Meinen Lohn habe ich gleich in zwei Hälften geteilt. Zweihundert Rubel stecken in der Innentasche meiner Jacke, hinter dem Paß, den Rest habe ich in der Jeans gelassen. Der Teil für die heutige Feier. Ich habe nicht vor, besonders viel zu trinken, nur Bier und vielleicht noch einen leichten, aber richtigen Wein. Wie oft habe ich gelesen oder in Filmen gesehen, wie die Leute diese Bordeaux und Chardonnays genießen, die Augen verdrehen, vor Seligkeit stöhnen. Ich aber kenne nur das süße Brennen von Portwein »33« oder »777« oder den sauren Geschmack von »Sauvignon« und »Mönchsklause«. Diese Sorten sind nicht zum Genießen da, man kippt einfach schnell ein paar Flaschen hinunter und wartet auf die Wirkung.

Ich bummle an den Kiosken entlang. Sehe mir die Waren an, die Menschen, vergesse nicht, mich aufrecht und souverän zu halten. Die Mütze aus schwarzem Kaninchenpelz habe ich verwegen in den Nacken geschoben, betrachte mich in der dunklen Auslage eines geschlossenen Geschäfts. Ich glaube, ich sehe nicht übel aus. Die Jacke sitzt perfekt, die Schultern sind breit, die Hüften schmal; der Schnitt der Jeans ist so, wie es gerade in ist. Alles paßt, alles in Ordnung, bitte keine Minderwertigkeitsgefühle … Auch das Wetter entspricht meiner Stimmung. Es ist warm, aber nicht so warm, daß der Schnee schmilzt, nein, das ist eine winterliche Wärme, wie im Gebirge. Warm, und gleichzeitig knirscht der Schnee …

Um mich herum hauptsächlich Jugendliche. So viele hübsche Mädchen! Viele sind ohne Begleitung. Ja, aus irgendeinem Grund gibt es wenig Jungs … Da ist eine. Spaziert langsam den

Gehsteig auf und ab. Ungefähr so groß wie ich, in einer kurzen, weißen Jacke. Unter der Jacke guckt der schmale Streifen eines Lederrocks hervor. Die Beine in warmen, enganliegenden Wollstrumpfhosen. Über der weißen Jacke wie ein Fächer das dunkle Haar. Ihr Gesicht hat etwas Asiatisches; vielleicht ist sie aus Chakassien oder ein Mischling. Höchstwahrscheinlich wartet sie auf einen Jungen, ihren Freund. Ein Rendezvous. Gleich wird einer gelaufen kommen, sie umarmen, und dann flitzen sie in den Nachtklub oder in eine Diskothek.

Ich bleibe etwa zehn Schritte von ihr entfernt stehen. Zünde eine Zigarette an. Tue so, als würde ich auch auf eine Freundin warten. Unauffällig beobachte ich das Mädchen in der weißen Jacke. Sie ist haarscharf mein Typ. Kräftig und gut gebaut, und sie hat etwas von einem Raubtier an sich. Kein Vergleich mit der melancholischen Tussi vom Fensterbrett. Und blitzartig wird sie zur einzigen auf der ganzen Welt, die ich begehre, die ich lieben möchte.

Der Junge ... der Junge kommt und kommt nicht. Und keiner von diesen vielen Menschen, die geschäftig vorbeischreiten oder faul dahinschlendern, scheint von ihr Notiz zu nehmen. Als ob sie, die so verführerisch ist, so sexy angezogen ist, überhaupt nicht da wäre. Nicht zu fassen ... Oder gar kein Zufall? Vielleicht gibt mir das Schicksal von neuem eine Chance, ein Stückchen Freude zu erwischen, lenkt fremde Augen vom schönsten Mädchen ab, um es mir zu schenken ...

Hm, was stehe ich hier herum? Wieso wachse ich hier an wie der letzte Kretin?!

»Hallo!« lächle ich breit und offen, gleichzeitig bemühe ich mich, meine schlechten Zähne zu verbergen.

»Hallo«, höre ich ihre ein wenig mißtrauische, abwartende Antwort.

»Der Abend heute ist klasse, wie ein Feiertag. Stimmt's?« versuche ich ein Gespräch anzuknüpfen. »Es ist unerträglich, zu Hause herumzuhocken ... Wartest du auf jemanden?«

»Nicht wirklich ...«

»Vielleicht gehen wir auf einen Sprung in die Bar? Sitzen ein bißchen, trinken Bier.« Und wieder lächle ich sie freundlich an. »Abgemacht?«

»Ich trinke kein Bier. Ich mag es nicht, es ist mir zu bitter.«

»Was magst du denn? Heute bin ich, noch dazu für so ein liebes Mädchen, zu allem bereit!«

Wahrscheinlich sage ich nicht das Richtige, aber meine Ungeschicklichkeit wird durch meine Aufrichtigkeit kompensiert. Ich bin sicher: Meine Augen strahlen Liebe aus. So einem Blick kann man nichts abschlagen. Unmöglich, daß sie mich abblitzen läßt ... Die Sekunden, in denen ich auf ihre Antwort warte, dehnen sich bis zur Unendlichkeit. Ich sehe ihr in die Augen, die sind ein bißchen geschlitzt, deswegen kommt es mir so vor, als würde sie mich wegen meiner Tolpatschigkeit auslachen. Ich spüre die Wärme und Glätte ihrer runden Wangen, die Zärtlichkeit ihrer vollen Lippen ... Noch ein Augenblick, und ich halte es nicht mehr aus, ich werde sie umarmen, und niemand wird mich von ihr wegreißen können ...

»Gut«, sagt sie schließlich kokett und nachdenklich, »Gin Tonic schmeckt mir, oder der Wein ›Isabella‹ ...«

Ich fasse sie unter dem Arm und sage:

»Wunderbar, ausgezeichnet.«

Das geräumige, warme Innere des »Moskvič 41«. Das Auto fährt zügig über die leere, verschlafene Mičurin-Straße. Der ziemlich kahle, ältere Fahrer hat es eilig, uns bei der angegebenen Adresse abzuliefern, aber ich will, daß er sich verfährt.

Es wäre so schön, sich zu verirren, damit die Fahrt niemals endet …

Das Mädchen und ich sitzen hinten. Ich halte auf dem Schoß eine Tüte mit einer Flasche gutem Wodka, drei Dosen Gin Tonic, einem geräucherten Huhn, Äpfeln, Oliven.

»Müssen wir noch lange fahren?« fragt Žanna. (Endlich ein ungewöhnlicher Name, nicht diese langweiligen Lenas, Marinas, Olgas …)

»Nein«, antwortet der Fahrer, »zu Fuß wären es auf dem kürzesten Weg nur zehn Minuten. Das ginge schneller, als mit dem Auto …«

Ich will aber nicht zu Fuß gehen, schon gar nicht den kürzesten Weg. Ich brauche die Geschwindigkeit, die Wärme und das Halbdunkel im Auto. Jeder Augenblick bringt mich und das Mädchen einander näher. Irgendeine unklare Kraft erlaubt eine Berührung … Ich streife mit meinen Fingern über ihr Bein. Betaste unter der dicken Wollstrumpfhose ihr Knie, wage mich mit der Hand höher, spreize die Finger und umfasse das Weiche ihres Schenkels. Sie legt meine Hand weg, aber sie macht das nicht scharf, nicht grob, sondern als ob sie sagen wollte: Warte, es ist zu früh, wenn wir ankommen, dann … Ihre Finger gleiten in meine Hand, streicheln sie ein bißchen: Bald, bald.

Etwa eine halbe Stunde haben wir im »Baltika« verbracht und kaum etwas geredet. Wir haben einander angesehen, der Musik zugehört; Žanna hat Gin Tonic, ich habe ein Bier getrunken. Dann habe ich vorgeschlagen, etwas Leckeres zu kaufen und zu mir zu fahren. Und sie war erstaunlich schnell einverstanden. Und jetzt fahren wir. Ich bemühe mich, nicht nachzudenken, wie sie reagieren wird, wenn das Auto neben der Eingangstür des Wohnheims der Möbelfabrik hält. Ich habe eine Ahnung, aber so genau möchte ich es gar nicht wissen. Daher will ich den entscheidenden Moment möglichst lange aufschieben, lange, endlos lange fahren, das Mädchen anfassen, dieselbe Luft wie sie einatmen, wissen, daß sie neben mir sitzt, mit mir zusammen sein möchte …

Ich nehme ihre Hand, unsere Finger verflechten sich gehorsam; ich summe leise das Lied, das ich vorher im anderen Auto gehört habe:

> Ich möchte unter meine Haut
> einen Schwarm von Delphinen lassen,
> ich würde mit ihnen zusammen
> für immer wegschwimmen …

»Hör auf!« Žanna unterbricht mich überraschend heftig. »Das ist der falsche Text.«

»Entschuldige, ich habe mir die Worte nicht ganz gemerkt. Das ist ein neues Album.«

»Hast du es?«

»Leider nicht …«

»Schade.«

Dieses kurze Wort hat die Hoffnung auf eine angenehme Nacht fast beseitigt. Ja, gleich wird alles vorbei sein …

»Hier, wenn ich mich nicht täusche?« Der Fahrer biegt von der Mičurin-Straße in die schwarze Schlucht der Höfe ein.

Und da beleuchten die Scheinwerfer das fünfstöckige Haus, den Aufgang mit dem üblichen Gewusel von irgendwelchen Leuten … Ich stecke die Hand in die Tasche, um zehn Rubel herauszunehmen.

Das Auto macht im Hof einen Halbkreis und bleibt etwa fünf Meter vom Eingang entfernt stehen. Ich reiche dem Fahrer das Geld, mache die Tür auf, raschle dabei mit der Tüte, steige aus. Ich will dem Mädchen aus dem Auto helfen. Aber sie bleibt sitzen.

»Wir sind da, Žanna«, ich beuge mich vor, gucke ins Auto und begegne ihrem fassungslosen Blick, der fast bösartig ist.

»Ist das ein Wohnheim?«

»Ja ...« Jetzt fühle ich nur noch Müdigkeit, Schläfrigkeit, Gleichgültigkeit. Die Tüte mit dem Essen hängt schwer an meinem Arm. Nur schnell ins Zimmer, nur schnell ins Bett.

Aber irgend etwas in mir will nicht einfach so aufgeben, ich versuche noch, das Mädchen aus dem Auto herauszulocken:

»Žanna, bitte ... laß uns reden. Ich habe ein wunderschönes Zimmer, einen Recorder ...«

Der Fahrer starrt auf die Windschutzscheibe, wartet geduldig.

»Žanna«, rufe ich kläglich und bereits ohne Hoffnung.

»Auf Wiedersehen«, höre ich ihre beleidigte, dumpfe Antwort und dann den Knall der zuschlagenden Tür – wie ein fetter Schlußpunkt.

Das Auto fährt widerwillig los, rollt weg. Ich schaue ihm nach. Die roten Lämpchen über der Stoßstange werden immer kleiner, unsichtbarer. Die Räder knirschen über den Matsch aus Schnee und Kies. Dann kommt die Mauer, das Auto verschwindet. Žanna ist weg. Ich bin wieder allein.

Ich schleiche zum Wohnheim. Vor dem Eingang stehen Vietnamesen (oder Chinesen), Mädchen. Eine Flasche Portwein wandert im Kreis herum, alle trinken. Ich schlängle mich durch, bemühe mich, niemand anzusehen, niemand zu berühren.

»Dir geht's anscheinend sehr gut, Roman!« höre ich eine bekannte Stimme. »Läßt dich sogar im Taxi kutschieren.«

Lena. Ein kleines, schlitzäugiges Männchen mit einer riesigen Mütze aus Hundepelz auf dem Kopf hat den Arm um ihre Taille gelegt.

»Was du nicht sagst«, antworte ich, »für zwei Tage bin ich reich.«

Lenas Kavalier sieht mich böse an, wie einen Nebenbuhler, und ich verschwinde schnell im Treppenhaus.

Aus meinem Zimmer kommt laute Musik. Typische Gaunerlieder. Die Tür steht einen Spaltbreit offen. Ich stoße sie auf, gehe hinein.

»Da ist er ja, der Hurensohn!« Lëcha sitzt am Tisch, mit kurz geschorenem Haar, er ist rasiert, sieht jünger aus, lacht über das ganze Gesicht. »Hereinspaziert, du debiler Kretin! Wo hast du dich herumgetrieben?«

In mir bricht alles zusammen, Leere. Ich finde keine Worte. Lege vorsichtig die Tüte aufs Bett. Auf dem Tisch steht eine Literflasche billiger Wodka, eine Dose Schmorfleisch, in Stükke gebrochenes Brot.

»Setz dich, laß uns saufen!« sagt Lëcha und steckt sich eine Filterzigarette in den Mund.

Ich setze mich, beobachte, wie er den Wodka in die Gläser schenkt. Fast randvoll.

»Wieso so viel?«

Mit der Geste eines Gastgebers sagt er:

»Trink, genier dich nicht!« Heftig stößt er sein Glas gegen meines, ein simpler Trinkspruch:

»Los!«

»Meinetwegen …«

»Freust du dich nicht?« Die beschwipst fröhliche Stimme meines Zimmergenossen hört sich sofort gekränkt an.

»Ich freue mich ja«, will ich ihn rasch beruhigen, »ich freue mich.« Nehme zwei große Schlucke, verschlucke mich und huste.

»Iß was, du Idiot, schnell! Da hast du Fleisch, Brot.«

Um seine arrogante Gastfreundschaft in die Schranken zu weisen, hole ich meine Reichtümer aus der Tüte. Werfe eine Schachtel »Bond« auf den Tisch. Und Lëchas Jubel steigert sich:

»Nicht schlecht! Ein geiles Festessen! Soll ich vielleicht Lena rufen?«

»Versuch es«, grinse ich spöttisch. »Die ist gerade draußen mit einem Schlitzauge.«

»So ein dummes Luder ... Recht geschieht ihr.«

Wir trinken. Lassen uns schamlos das Huhn schmecken. Lëcha fängt an zu erzählen.

»Meine Reise war in Ordnung. Das Wichtigste, ich habe kapiert, wo es in diesem Leben langgeht. Ja. Wir müssen endlich den Arsch bewegen, Roman, verstehst du? Jetzt beginnt das richtige Leben. Ich habe ein bißchen Kohle mitgebracht, habe mich von den Eltern verabschiedet. Sie haben eingesehen, daß ich dort nichts verloren habe. Sie würden auch selbst abhauen, aber wo sollen sie hin ...« Lëcha nimmt die Flasche in die Hand, schenkt Wodka nach. »Im Zug habe ich eine tolle Tussi kennengelernt! Sie ist auch aus Minusinsk ... Hat mir ihre Adresse gegeben, morgen gehe zu ihr, lade sie irgendwohin ein. Weißt du, was der Eintritt in den Nachtklub kostet?«

»Fünfzig Rubel, glaube ich«, und zucke die Achseln.

»Ziemlich teuer ... Aber macht nichts, wir werden sehen. Los!«

Wir trinken.

»Man darf nicht herumhängen, Romka, das habe ich begriffen. Heutzutage herumzuhängen, ist einfach idiotisch! Pavlik ist ein Kretin, aber das war ihm selbst klar ... Habt ihr der Buchhalterin immer noch nicht das Geld abgenommen? Nein? Richtig, das zahlt sich nicht aus. Wir müssen uns etwas Ernsthaftes einfallen lassen. Die Leute um uns herum, Romik, die ziehen wahnsinnige Geschäfte durch, scheffeln ein Schweinegeld! Und wir kriechen nur herum ... Nein, ich bin aufgewacht, ich weiß jetzt Bescheid. Ich habe den totalen Durchblick! Ich schaffe es, allen zum Trotz! Wir schlagen richtig zu, Romik!« Und füllt die Gläser von neuem.

Ich möchte ihn gern fragen, warum er es so eilig hat. Statt dessen nehme ich das Glas und führe es folgsam an den Mund. Ich muß mich schnell betrinken und dann umfallen. Dem heutigen Tag den Garaus machen ...

»Bei uns dort machen alle Zaster mit Buntmetallen. Das bringt am meisten Profit. Drähte, Ersatzteile, Türklinken schleppen sie zu irgendwelchen Umschlagplätzen. Kinder, Obdachlose, Arbeiter, jeder. Die Leute hier haben noch keine Ahnung von diesen tollen Geschäften. Ich habe mit denen dort geredet, die würden mit uns zusammenarbeiten, die Umschlagplätze einrichten helfen, und wir nehmen ihnen das Metall ab, als Chefs der Filiale. Bist du einverstanden?«

»Wir können es versuchen«, murmle ich und gebe mich der Schwere des Wodkas hin, die mich blitzartig überfallen hat.

»So ist es richtig, Romka. Wir werden so viel Kohle machen, daß die alle vor Neid durchdrehen! Im Park des Sieges gibt es jede Menge Bronze, Kupfer. Wir müssen nur schlau sein ... Morgen gehe ich zu meiner Exfrau, hole meine Sachen ab. Ich habe dort meinen Mantel, Hosen, Hemden liegenlassen. War immer zu faul. Ich sehe ja aus wie ein Arsch ... Nein, wir müssen endlich unser Hirn gebrauchen! Was gibt's im Theater? Ljalin lebt noch, diese Mißgeburt? Hat zu wenig abgekriegt ...

Und du?« Lëcha blinzelt, sieht mich forschend an. »Schöne Klamotten, sauber, mit Gin Tonic. Ein Gentleman, haha! Hast du deine Tussi vom Fensterbrett immer noch nicht aufgerissen? Du bist ein debiler Kretin! Worauf wartest du noch?! Heutzutage muß man zuschlagen!«